JN035864

講談社文庫

忍者に結婚は難しい

横関 大

講談社

忍者に結婚は難しい

Marriage is difficult for a ninja

プロローグ

鳥が鳴いている。ミソサザイだろうと月乃蛍（つきのほたる）は見当をつける。バードウォッチングが趣味というわけではないが、幼い頃から自然に慣れ親しんでいるため、鳴き声を聞いただけで鳥の種類は大体想像がつく。ミソサザイは日本に生息する野鳥の中でも最小種の一つであり、その体の割に大きな鳴き声を出すことで知られている。

荷物は大きめのリュックサックだけだ。その中にはキャンプグッズがコンパクトにまとまっている。週末は都会の喧騒（けんそう）を離れ、山の中でキャンプをする。それが蛍の趣味だ。いや、必要不可欠な儀式のようなものに近い。都会の日常は息が詰まる。息抜きが必要だ。

季節は春。時刻は午後三時を過ぎたあたり。桜の開花には少し早いが、春っぽい穏やかな日差しが降り注いでいる。ここは山全体がキャンプ場となっていて、入山料的な料金を支払えば、好きなところにテントを張っていいという自由度の高いキャンプ場だった。ただし長年の利用者が開拓してきたのか、山のあちらこちらにテントを張るにはうってつけの平らな場所が点在しており、蛍自身も三ヵ所ほどのお気に入りのスポットを見つけてある。そのうちの一ヵ所に向かい、蛍は歩いていた。

夕飯は野菜の天ぷらだ。リュックの中にはスーパーで買ってきたキノコ類やサツマイモなどの野菜のほかに、さきほど採ったばかりのフキノトウが入っている。フキノトウにはフキノール酸という成分が含まれていて、鎮咳や花粉症に効果があると言われている。テントを張ったら川辺に行き、セリを探してみるつもりだった。揚げた野菜に塩を振って食べる。蛍の好物の一つだ。

道から逸れて、森の中に入る。しばらく小枝を分け進むと、やがてぽっかりと空いたスペースに出る。蛍のお気に入りのスポットなのだが、今日は先客がいた。カーキ色のテントが張られていて、その前に一人の男が座っている。男はダッチオーブンで調理をしているようだった。

別の場所に行こうか。次のお気に入りスポットに向かうため、蛍が引き返そうとしたときだった。男が声をかけてきた。

「こんにちは」

無視するのはどうかと思い、蛍は応じた。

「こんにちは」

「もしかして、ここを狙ってました?」

男がそう言って、地面を指で差した。ここにテントを張りたかったのか、という意味だろう。蛍は曖昧に答えた。

「ええ、まあ」

「ここ、穴場ですよね。眺めもいいし、意外に水場からも近いし」

年齢はさほど変わらない。蛍と同年代か、少し上といった感じだった。人懐こい笑みをこちらに向けている。悪い人ではなさそうだ。それが第一印象だった。

「よかったら少し話しませんか？　あ、俺、草刈っていいます」

初対面の男と話すことなど何もない。それでも蛍が足を止めたのは、男の邪気のない笑顔のせいだったかもしれないし、こうして気さくに声をかけられたのは久し振りだったせいかもしれない。男は立ち上がり、座っていた椅子を蛍の方に置き、自分は地面に直接尻をつけて座った。

「どうぞお座りください」

こうまでされてしまうと断りづらい。少し話すだけだ。蛍は自分にそう言い訳して、椅子に座った。座り心地のいい椅子だった。テントなども外国製の有名メーカーのものだ。この椅子も高そうだ。

「コーヒー、淹れますね」

「お気遣いなく」

男がケトルを焚き火台の上に置きながら訊いてくる。

「どちらから来たんですか？」

「東京です」

「奇遇ですね。俺も東京です。あ、奇遇でもないか。駐車場に停まってた車、ほとんど都内からの車だったもんな」

ここ数年のキャンプブームのせいか、蛍が通い始めた頃に比べ、だいぶ客も増えつつある。かと言って別のキャンプ場を開拓しようとは思わない。蛍はこのロケーションを気に入っている。

「そうだ、職業当てクイズしませんか？」許可する前に男は勝手に始めてしまう。

「そうだな。会社員って感じはしないな。うーん、看護師さんじゃないですか？」

当たらずとも遠からずといった感じだった。蛍は答えた。

「違います。看護師じゃありません」

「じゃあ次はそちらの番ですね。俺の職業、何だと思います？」

私ほど警戒心の強い女はいない。常日頃からそう思っているのだが、蛍は自分がガードを緩めていることを実感していた。波長、とでも言えばいいのだろうか。この男とは気が合いそうだな。早くもそんな予感がしていて、そう思うこと自体、蛍には珍しいことだった。

蛍は男を見る。二の腕が意外に逞しい。この男の職業とはいったい何か。蛍は本気で考え始めていた。

第一章　伊甲同舟

「だから言っただろ。結婚するなら同じ業界の女にしておくべきだったんだ。俺は何度もそう忠告したじゃないか」

耳が痛い。草刈悟郎は生ビールのジョッキをテーブルの上に置いた。真向かいの席では友人の音無祐樹が講釈を垂れている。これまでに何度となく聞いた話だ。

「俺たちの業界は特殊だ。一般人と結婚してうまくいくわけないんだって。俺みたいに見合いで同じ業界の女と一緒になるのがベストなんだよ。俺には考えられないね、一般人と結婚するなんて。あ、お姉さん、グレープフルーツサワー、おかわりね」

音無が通りかかった店員を呼び止め、追加のドリンクを注文した。ここは桜新町の駅近くにある居酒屋だ。会社帰りのサラリーマンたちで店内は賑わっている。

「だいたい一般人と結婚するってどうなんだよ。女房とどんな話をしてんだよ。さっぱり理解できないよ、俺には」

音無とは出身地も同じで、保育園に通っていた頃からの付き合いだ。高校までずっと一緒だった。忍者学校の同期でもあり、親友と言っても差し支えのない間柄だ。

「どんな話って言われてもな、最近じゃ特に話題もないよ」

「だろ？　そうなんだよ、結局そうなるんだよ、一般人と結婚しちまうとな。その点、俺なんか違うぜ。家でも業界の噂話とかできるしな。それに今日だって帰れば女房が三つ指ついて『おかえりなさい』って俺を出迎えるはずだ」

「マジか？」

「マジだよ。大マジだ。女というのは三歩下がってついてくるもの。ちゃんとそう教育してるからな。おっとお姉さん、この器、下げてくれる？」

ドリンクを運んできた店員に対し、音無は空いた焼き鳥の皿と生ビールのジョッキを差しだした。店員が立ち去るのを待ってから、再び音無が口を開く。

「草刈、お前家で何してんだよ。家ん中に一般人がいたんじゃトレーニングもできないだろ」

「家ではスマホでこっそり動画見てる。トレーニングは外でしてるよ」

「情けないな。まったく情けない。伊賀忍者ともあろう者が」

悟郎は伊賀忍者の末裔だ。もちろん音無もそうだ。戦国時代から連綿と続く忍者一族に生を受け、幼い頃から忍者になるための厳しい訓練を受けてきた。悟郎も音無も郵便局に勤めており、普段はごく普通の一般人として暮らしているが、それはあくまでも表の顔。裏の顔は忍者だった。ただしこれは誰にも知られてはいけない秘密であり、同じ忍者同士であるからこそ、こういう会話が成立しているのである。今も一応気を遣いながら話している。

悟郎が結婚したのは二年前、二十八歳のときだ。相手は二歳年下の一般女性だった。当然のように実家の両親は反対した。音無のように伊賀同士の結婚を薦(すす)められたが、当時はすっかり恋愛ドラマの主人公になったような気分で、両親の反対を押し切り結婚した。

楽しかったのは最初の半年間だけだった。当然、妻は悟郎が忍者であることを知らないし、打ち明けるわけにはいかなかった。普段から忍者であることを周囲に悟られぬよう、細心の注意を払う生活。のんびりできるはずの家でも等身大の自分を出すわけにいかず、それがストレスとなるのにさして時間はかからなかった。些細(ささい)なことで妻と口論となり、夫婦喧嘩(げんか)が絶えない。

今朝もそうだ。大事な話がある。そう前置きして妻が切りだしたのは、トイレの使用方法に関するものだった。あなたがトイレを使ったあとには絶対に小便の飛沫が床に飛び散っている。だからこれからは小をするときには便座を下ろして座ってくれ。妻はそう言うのだった。

ふざけるんじゃない。こっちは毎日ストレス抱えて生きてるんだ。トイレくらい俺の好きにさせてくれ。

そう思っただけで、口に出すことはできなかった。ただし了解はせず、ああ、おうとか適当に誤魔化(ごまか)して家から出てきた。朝から揉めてしまったせいか、今日は一日中気分が悪かった。

「なに暗い顔してんだよ。また奥さんに何か言われたんだろ」

見透かしたように音無が言ってきたので、悟郎は今朝妻から言われたトイレ問題について打ち明けた。小便をするときに座るか座らないか。そういう問題が世の男性の間に存在することは悟郎も認識していた。

「おいおい、草刈。馬鹿なこと言うなよ」悟郎が説明を終えると、音無が半笑いで言った。「俺たち忍者なんだぜ。忍者のプライドに懸(か)けても、座って小便なんかできないだろ。ご先祖様に笑われてしまうぞ」

「やっぱりそうだよな」

「決まってるだろ。座って小便してるときに敵に襲われてみろよ。目も当てられないとはこのことだ。そのまま死んでしまったら末代(まつだい)までの恥(はじ)だぞ」

音無の結論は悟郎自身も半ば予期していたものだったので、すんなりと胸に収まった。そうなのだ。俺は忍者なのだ。忍者が座って小便をするなど、絶対にあってはならない。いつ敵が襲ってくるかわかったものではないではないか。とは言っても今は戦国時代ではなく、襲ってくる敵などいないのだが……。

「わかった。俺は絶対に座らない。立ってするよ」

「そうしろ。そうあるべきだ」

突然怒声が聞こえた。店の入り口のあたりに男が立っていた。いかつい風貌の男だった。腕にはタトゥーが入っている。店員に何やらいちゃもんをつけている。

「……いいから責任者出せって言ってんだよ。てめえじゃ話にならねえよ。俺のスーツ、いくらすると思ってんだよ、このクソガキが」

事情は飲み込めた。おそらく店員が誤ってグラスの中身を男にかけてしまったのだ。男はそれを口実に、店員に難癖をつけてきたのだろう。

「……どうなってんだよ。まったくふざけんじゃねえよ。俺は被害者なんだぜ」

男は大声で喚いている。すっかり店内も嫌な雰囲気になっていた。客たちも黙り込み、事の成り行きを見守っている。

音無が目配せを送ってきた。長い付き合いなので、彼が何を言いたいのか理解できた。悟郎はうなずき、懐に忍ばせていた棒状の鉄——長さは十センチほどで先端は鋭く尖っている——を出し、テーブルの下で音無に手渡した。

棒手裏剣だ。世間一般で手裏剣というと、星型や風車型が連想されるが、もっとも実用的な手裏剣はスティックタイプの棒手裏剣だ。投げて良し、刺して良し、打って良し。伊賀忍者の必需品だ。

男が騒いでいるのはちょうど悟郎の背中側に当たる。悟郎は体を斜めに傾け、音無のためにスペースを作る。音無は素早く周囲に目を配り、客の誰もこちらを見ていないことを確認してから、棒手裏剣を放った。

何が起こったのか、悟郎たち以外に理解できた者はいないはずだ。まるでハイキックでノックアウトされたキックボクサーのように、男は膝から頽れた。刃の部分ではなく、柄の部分が後頭部に当たったのだ。すべて音無の計算通りだ。

客たちが息を飲む中、悟郎は何食わぬ顔をして立ち上がり、レジの方に向かった。そして「大丈夫ですか」と男の身を案じる振りをしながら、床に落ちている棒手裏剣を回収した。パトカーのサイレンが聞こえてきた。店のスタッフが呼んだのかもしれなかった。

徐々に周囲に人が集まってきたので、悟郎は自分の席に戻った。音無の姿は見えなかった。きっとトイレにでも行ったのだろう。何も言わずにドロンするような奴ではないのは悟郎もわかっている。

深夜の住宅街は静まり返っている。世田谷区弦巻にある閑静な住宅街だ。悟郎が自宅に着いたのは、深夜零時になろうかとしている時間だった。

集合住宅ではなく、一軒家に住んでいる。借家だった。築十年に満たないが、所有者が突然海外に転勤することになり、家を空けなくてはならなくなったという掘り出し物だ。

インターホンを鳴らすわけにはいかない。悟郎は鍵を差し込み、玄関のドアを開けた。中は真っ暗だ。奥のリビングだけは小さな明かりが灯っている。靴を脱ぎ、短い廊下を歩いた。敢えて足音を立てて歩く。忍者の修行を積んでいるため、足音を立てずに廊下を歩くことはもちろん可能だ。抜き足、差し足、忍び足というやつだ。しかし妻に余計な疑いを持たれたくなかった。うちの旦那、どうして足音を立てずに歩けるのかしら。そんな風に思われたら駄目なのだ。

リビングに入った。奥のキッチンでコップに水を注ぎ、それを飲んだ。さすがにテレビを点ける時間ではない。シャワーを浴びて眠るとするか。ネクタイを緩めたところで、尿意を催していることに気づいた。ビールの飲み過ぎだ。

リビングを出て、トイレに入る。蓋がされている。蓋を上げ、さらに便座を持ち上げた。チャックを下げて小便をする準備を整える。そのとき不意に今朝の妻の言葉が脳裏によみがえった。

――お願いだから今度からは座ってして。悟郎さんは気づかないかもしれないけど、いつも飛び散ってるのよ。掃除する私の身にもなってほしい。

悟郎は自分のものを持ったまま、しばし考えた。少々酔っているとはいえ、今も頭ははっきりしている。今なら小便を一滴残さず、中央の泉に注ぎ込むことは十分可能だ。下のクッションフロアを汚すことなど断じて有り得ない。

別の声が聞こえた。果たして、本当にそれができるのか。多少の酔いもあるはずだし、万が一ということもある。うっかりと飛び散ってしまうかもしれないぞ。

そうは言っても俺は伊賀忍者の末裔。座って小便をするなどプライドが許さない。いつ敵が襲ってこないとも限らないではないか。いや、ちょっと待て。この平和なご時世、誰が襲ってくるというのだ？

悩みに悩んだ末、悟郎は便座を下ろした。そしてズボンを下ろし、便座に座った。屈辱的(くつじょくてき)だった。妻の言いなりになってしまったのが悔しかったし、何より忍者としてのプライドが引き裂かれるような思いだった。

仕方ないではないか。悟郎は自分に言い聞かせる。酔っていたからだ。今の状態ではうまくできない可能性もあった。だから座っただけだ。普通の状態であるなら立ってできたはずだ。

便座は少し温かく、まるで慰められているようで癪(しゃく)に障った。用を足してからトイレを出て、悟郎はそのままシャワーを浴びた。シャワーを浴びている間も屈辱的な気分は晴れなかった。髪を乾かし、歯を磨いてから二階に向かった。

二階には部屋が二つしかなく、そのうちの一つが夫婦の寝室だ。当然、妻は眠っているはずで、悟郎は注意深く寝室のドアを開けた。広めの寝室には二台のシングルベッドが東西に分かれて置かれている。東側のベッドで妻が眠っていた。

新婚当時は、独身時から使っていた互いのシングルベッドを中央に寄せ合い、さもダブルベッドであるかのように使っていた。半年ほど前だった。飲み会で帰りが遅くなる日が続き、ある日帰宅すると寝室のレイアウトがこうなっていた。妻からの無言の抗議だと解釈した。

悟郎は西側にある自分のベッドに入る。妻が背中を向けて眠っているのが見える。その背中はやけに遠くに見えた。二台のシングルベッドの間には、ベルリンの壁さながらに、高くて険しい障壁が存在しているように思えてならなかった。

草刈蛍は目を覚ました。午前五時ちょうどだった。目覚まし時計をセットしなくても、体内時計でこの時間に必ず目が覚める。最初に確認するのは天気だ。外を見なくても室内の温度や湿度などから、大体の天気は予想できる。今日はきっと晴れだ。

蛍はベッドから下り、薄くカーテンを開けて窓の外を見る。薄暗いが、空に雲は見えなかった。夫の悟郎はまだ眠っている。蛍は寝室から出て、隣の部屋でパジャマからトレーニングウェアに着替え、一階に下りた。

冷蔵庫から牛乳を出し、コップ一杯飲む。洗面所で顔を洗い、歯を磨く。真夏なら日焼け止めクリームを塗るところだが、今は九月に入っており、夜明けはもう少し先だ。蛍は帽子を被り、ジョギングシューズを履いて外に出た。まだ薄暗く、ひんやりとした空気が肌に心地よかった。

まずは歩く。歩きながら自分の体調を確かめ、足首や肩のストレッチなどをおこなう。それから徐々に速度を上げていく。アスファルトを蹴る音が耳に響く。今日も体調はよさそうだ。

走るコースは決まっている。あまり信号に引っかかることなく、存分に走れるコースを自分なりに作っているのだ。走る時間はおよそ一時間程度、距離にして十七、八キロほどだろうか。タイムなど計ったことがないのでわからないが、かなりの速度で蛍は走っている。たまにすれ違う犬の散歩中の老人などは、蛍の走りを見て感嘆の表情を浮かべるほどだ。

蛍にとって朝のジョギングは苦でもなく、もしやれと言われるなら二時間でも三時間でも同じペースで走っていられる自信があった。幼い頃からの修行の賜物と言えた。そう、蛍は甲賀（こうが）忍者の末裔なのである。

蛍が育てられたのは長野の山奥にある山小屋だった。もともと別荘だった建物らしく、小学校まで徒歩で片道二時間という道のりだったが、姉や妹と一緒に虫を獲ったり、魚を捕まえたりしながら、楽しく通った。

東京に来てから、思い切り体を動かせる機会が減った。ジムに入会したこともあったが、蛍が本気でトレーニングをすると、ほかの会員を驚かせてしまう結果になってしまった。そうして最終的に落ち着いたのが早朝のジョギングだ。雨の日以外、こうして走っている。

ずっと陸上部だったから走るのが日課になっている。夫の悟郎にはそう言ってあるが、鈍い夫は妻の行動にそもそも無関心だった。今もベッドの中で惰眠を貪っていることだろう。そういえば昨日も夫は帰りが遅かった。寝室に入ってきたのは午前一時になろうとしている時間だった。眠ったふりをしていたが、実は蛍は起きていた。いや、起きていたというよりも、蛍は幼い頃からの修行のせいで、完全に眠りに落ちることがないのだ。八割程度は眠っていても、二割程度は意識を保っているという状態だ。だから昨夜夫が帰宅した時間も知っているし、彼が座って小用を足したことも知っている。トイレに入った音が聞こえたが、その後はジョボジョボといういつもの音が聞こえなかったからだ。その点だけは少し褒めてやってもいい。

一時間のジョギングを終え、蛍は帰宅した。着替えてから朝食の準備に入る。といってもさほど難しいことはしない。サラダとトースト。それが草刈家の朝食だ。

結婚して三ヵ月ほど経った頃だった。夫の悟郎が朝食を食べているとき、朝食は和食がいいと言いだしたことがあった。ご飯に味噌汁、焼き魚に納豆といった、いわゆる和風の朝食を食べたいと。そこで蛍はこう提案した。だったら朝食作りを当番制にしてみるっていうのはどうかな。すると彼はあっさりと引き下がった。だったら最初から提案するな、と蛍は内心思ったものだ。

六時半過ぎ、ようやく夫の悟郎が一階に下りてきた。それを見て蛍はパンをトースターの中に入れる。そして冷蔵庫の中から昨日の晩に作っておいたサラダを出し、ラップを剝がした。あとはパンが焼けるのを待つだけだ。簡単だ。

忍者というのは合理的でなければならない。目的を達成するため、最短ルートを探しだし、努力するのが忍者というものだ。だから朝から朝食作りに時間をかけたり、匂いの強い納豆などを食べるというのは、根本的に有り得ないのだ。

顔を洗った夫がリビングに入ってきた。まだその髪には寝癖がついている。ちょうどトースターの音が鳴り、パンが焼き上がった。コップに牛乳を注ぎ、テーブルの上に置いた。

「おはよう」

「おはよう」

素っ気ない朝の挨拶（あいさつ）を交わす。悟郎はテレビを点け、朝の情報番組にチャンネルを合わせた。少し眠そうな目をしたまま、悟郎は朝食を食べ始めた。最近では面倒臭いのか、サラダをパンに挟み、そこに大量のマヨネーズをかけて食べている。

二年前、蛍はこの男と結婚した。もちろん愛情はあったし、結婚しても忍者としての活動に支障はないと思っていた。それに一般人と結婚するのは隠れ蓑（かくれみの）になると思った。既婚者である、という理由だけで、社会に適合していると認知する傾向がこの国には少なからずある。

果たして自分の決断が正しいものだったのか。ここ最近、蛍はそういう疑念を覚えていた。所詮は赤の他人だった。家に帰るとそこには他人がいるのである。しかもその他人は朝食は和食がいいとか言ったり、立ったまま小用を足して床を汚したり、朝からくだらない情報番組を観たりするのである。しかも使った食器は決して洗わない。とことん私とは相性が良くない。

「おっ、また打ったな」

悟郎が満足げに言った。情報番組はスポーツコーナーに入っていて、メジャーリーグの速報を伝えていた。日本人打者がホームランを打ったようだった。そりゃ打つでしょうよ、野球選手なんだから。そう言いたいのを堪え、蛍はトーストを一口食べた。

「よしよし、いいぞ。明日も頼むぞ」

悟郎の口元にはマヨネーズが付着しているが、可愛くも何ともなかった。いい歳して馬鹿じゃないの、と言いたくなってくるが、蛍は何とかその言葉を飲み込んだ。

悟郎が勤めるのは世田谷中央郵便局だ。世田谷区のほぼ中心にある大きな郵便局だった。悟郎は主に集配を担当しており、真っ赤な電動バイクで担当エリアを走り回るのが仕事だった。

午前中の配達を終え、昼休みに入った。食堂で昼食を食べていると、真向かいの席に音無が座った。悟郎が食堂のカレーライスを食べているのに対し、彼は愛妻弁当を手にしている。

「草刈、どうだ？　座ってしたか？　それとも立ってしたのか？」

いきなり触れられたくない質問をされ、悟郎は何食わぬ顔で答えた。

「立ってしたに決まってるだろ」

「だよな。座ってなんて無理だよな」

音無は内勤だ。日中も局内にいて、接客に追われている。昨年までは世田谷区内の別の郵便局にいたが、今年から一緒に働くことになった。郵便局員に伊賀忍者の末裔が多いことは世間には知られていない。

伊賀忍者発祥の地とされる伊賀地方は、現在の三重県西部の周囲を山に囲まれた地域だ。その起源は諸説あるが、もっとも活躍したのは戦国時代だった。他の地域に比べて大名の支配力が弱いことから、里の者たちは強い団結力で独自の政治をおこなっていたとされている。政治の中心でもある京都にも近いことから、情報も多く入ってきたのだろう。

伊賀忍者の名を世の中に知らしめたのは天正六年（一五七八）から天正九年（一五八一）の間、二度にかけて起こった織田勢と伊賀惣国一揆との争いである。惣国一揆というのは地侍などが一国規模で団結した組織のことで、一度目は織田勢を追い払った伊賀衆だったが、二度目は五万の大軍で侵攻され、最終的には和睦という形で決着がついた。伊賀全体で三割以上の者が犠牲になったとも言われている。

それでも地形を用いた奇襲や、松明などを使ったかく乱作戦は織田勢を苦しめ、伊賀忍者の名前は一躍全国に轟く結果となった。となると黙っていないのが他国の大名たちである。伊賀忍者を金で利用し、みずからの領土拡大に用いたのだ。

そんな伊賀出身の忍者の中で、もっとも有名なのが服部半蔵正成だ。彼は三河の松平家に仕え、家康の天下統一に尽力した功労者の一人と言われているが、彼は忍者というより武将としての側面が強かった。正史には伝えられていないが、半蔵は多くの伊賀者を従えており、他国の動向を窺ったり、または他国に潜入させるなどの情報収集を担っていた。悟郎の先祖もそうした伊賀者の一人だった。

家康が江戸幕府を開いたのちも、伊賀者たちは主に江戸城の警備を任されたが、中にはみずからの才を活かして商売を始めたり、医者になった者もいると言われている。仕事は変われど、忍者の技術だけは脈々と受け継がれた。

時は流れて明治時代。明治四年（一八七一）、郵便事業が創業、東京と京都・大阪間で郵便の取り扱いがスタートし、同時期に全国的に郵便のネットワークが構築されていった。そんなときだ。明治政府の中枢の一人が伊賀忍者の存在に目をつけ、郵便事業に登用することに決めた。軽快な身のこなしと無尽蔵なスタミナ。それに加えて地形を見る目。伊賀忍者の活躍により、郵便ネットワークは瞬く間に出来上がった。

そういう経緯もあり、今も郵便局員の中には伊賀忍者の末裔が多く残っていて、採用され易い傾向にある。悟郎の実家は静岡市なのだが、最後の将軍、徳川慶喜（よしのぶ）公が明治期に静岡で暮らしたので、その警護のために多くの忍者が移住した関係で、今も静岡市内には忍者が多い。悟郎は都内の大学に進学するのを機に上京、大学卒業後は迷わず郵便局に入った。それが伊賀忍者として当然の道だったし、ほかの選択肢など考えられなかった。

「そういえば任務が始まるみたいだぞ」

ややや声を小さくして、音無が言った。任務というのは伊賀忍者に与えられる仕事のことだ。長年江戸城を警備していたという実績があるためか、今でも極秘裏に仕事を任されることがある。主なものは政治家の自宅の警備や、取り扱い厳重注意の書簡の配達などだ。インターネットが普及した今でも、書簡によるやりとりが政治家たちの間では用いられており、実はそれが非常に重要だったりするのだ。

「どんな任務だ？」

「さあな。近いうちにメールが来るんじゃないか」

やはりこのご時世、その手の通達などはメールでおこなわれる。ただし通販サイトからのキャンペーン通知を装うなど、徹底したセキュリティが施されている。添付されている文書を開くのに三十分近く時間を要することもあるくらいだ。

「奥さん、料理上手なんだな」

音無の弁当は二段重ねで、片方には唐揚げや玉子焼きなどのおかずが、もう片方にはご飯が入っていた。ご飯の上には海苔が敷かれており、その下には醬油で味つけされたかつお節が入っているらしい。大層な御馳走だ。

「まあな」と音無は答えた。「うちの女房、専業主婦だろ。基本的に暇なんだよ。だから料理とかに凝るんだよ。悪いことじゃないんだけどな」

音無の妻は同じ伊賀忍者の末裔だ。といっても妻は忍術を継承しているわけではない。それでも幼い頃から忍者一家で育ったということもあり、いろいろと融通が利くらしい。

家で忍者であることを隠さず、堂々と暮らせる。それが悟郎にとってはとてつもなく羨ましかった。

悟郎の場合、忍者という言葉が意味している通り、家でも忍ばなければならないのである。まったく忍者も楽ではない。

あおぞら薬局世田谷店。それが蛍が勤める調剤(ちょうざい)薬局の名称だ。向かい側に区立の総合病院があるため、それなりに忙しい。ただし両隣にも薬局があるので、客は自然と分散する形となる。
「……眠くなる成分が含まれているため、車の運転や機械の操作などは控えた方がよろしいかと思います。こちらは朝昼晩、食後にお飲みください」
蛍の目の前には作業服を着た男性がいる。交通事故でむち打ち症になったらしい。
蛍は薬剤師としてここで働いている。大学は薬学部に進学し、国家試験にも合格しうになった。以前は違う薬局で働いていたのだが、結婚を機に自宅から近いこの薬局で働くようになった。

「……こちらは湿布になりますね。効果は一日持続するので、患部に貼ってください。かぶれるようなことがありましたら、使用を控えるようにお願いします」

忍者と医薬というのは切っても切れない関係だ。甲賀の里がある近江地方は薬草の産地として有名で、天皇に薬を献上していたとも言われている。薬売りに扮して他国に潜入することもあったようだ。子供の頃から野山を駆け回り、擦り傷などの絶えない幼少期を過ごした蛍にとって、山で採れる薬草は馴染みのあるものだった。

「それではお大事にしてください」

男性が立ち去っていく。働いている薬剤師は全部で五人いて、三人が窓口で対応、二人がバックヤードで薬剤を用意している。蛍は主に窓口対応を任されている。

「次にお待ちの方、どうぞ」

一人の女性が窓口までやってきた。かなりの高齢で、杖をついている。女性は持っていた杖をカウンターに引っかけるようにして置いた。それを見て蛍は気を引き締める。

符号というものだ。古来、忍者は通信手段として、さまざまなものを利用した。代表的なものが五色米と呼ばれる五色の米で、それを道の先々で撒くなどして、仲間に情報を伝えていたと言われている。ほかにも木に縄を巻く、小石を積み上げるなど、その方法は多岐にわたる。

そうした符号は現在にも受け継がれている。自然を活かしたものだけではなく、仕草や行動パターンなどを使い、忍者同士がコンタクトをとっているのだ。蛍が今、着目したのは杖の置き方だ。明らかに符号だった。彼女が使いであることを示していた。

「こんにちは」

蛍がそう声をかけると、女性が座りながら言った。

「今日も暑いわね。お皿の水が干涸びちゃうわ」

「河童ですね、それ」

合い言葉が成立し、女性が使いであることが確定する。彼女は処方箋をカウンターの上に置いた。処方箋の名前は山田になっている。蛍に接触してくる使いは毎度顔触れが違うが、名前は全員が山田だった。処方箋の下には一枚の紙があり、白紙のように見えるが真ん中にQRコードがあった。蛍はその紙だけを白衣のポケットに忍ばせ、処方箋をバックヤードに持っていった。

「お願いします」

別の薬剤師が薬の用意を始める。一種類だったので、すぐに薬の用意は整った。それを持ってカウンターに戻り、再び山田の前に座る。

「山田さん、今日はお薬手帳をお持ちですか？」

「持ってません」

「そうですか。感冒薬が処方されていますね。朝昼晩、食後にお飲みください。眠気を感じることがありますので、車の運転などはお気をつけください」

「わかりました」

料金を払ってから、山田は立ち去っていく。蛍は次の客を呼んだ。そうこうしているうちに時計は午後一時を回っていた。一時から二時半までは休憩となる。蛍は白衣を脱いでから、自分のバッグを手に薬局から出た。

徒歩三分ほどの場所にある神社の境内に入る。一人になりたい場合や、人目につきたくないときに訪れる場所だ。

木製のベンチに座り、山田から受けとった紙を出す。それから自分のスマートフォンでQRコードを読み込んだ。画面に表示されたファイルを見る。そこには今回の指令が記されている。

指令。甲賀忍者のミッションのようなものだ。月に一、二回の割合で、蛍のもとには指令が舞い込んでくる。指令の内容は密談している政治家の写真を撮ったり、政府高官の自宅に侵入してパソコンからデータを盗んだりとさまざまだ。指令は現政権に打撃を与えようとするものであることが多かった。それは蛍の先祖でもある甲賀忍者に由来している。

甲賀地方というのは滋賀県南部にあり、あの伊賀とも隣接する場所にあった。伊賀と同じく、甲賀も独自の忍術を操り、各地の大名に召し抱えられた。蛍の生家である月乃一族は、かの有名な豊臣秀吉(とよとみひでよし)に仕えた忍者であり、表には出ない数々の武功を挙げたとされている。

大坂夏の陣でも豊臣方に与(くみ)し、亡き太閤(たいこう)の遺児を大坂城外に落ち延びさせるため、尽力したと伝えられている。しかし最後の最後で徳川の操る伊賀者の追撃に遭い、その大役を務め上げることはできなかったという。

時代は徳川の治世(ちせい)となり、豊臣方についた甲賀忍者は肩身の狭い思いをすることになった。幕府に従う者、職を失って野に下る者。甲賀者が散り散りになっていく中、月乃家は代々忍術を継承し、反徳川として暗躍した。あの島原の乱でも月乃一族が活躍したと言われている。

その流れは現在でも脈々と受け継がれていて、こうして蛍のもとには反政府的な指令が回ってくるのだった。

ファイルを読む。赤巻(あかまき)という政治家のスキャンダルを暴けという指令だった。赤巻というのは当選二回の五十代の衆議院議員だった。表には出ていないが伊賀系の議員であることは蛍も承知している。伊賀忍者は今も勢力を保っており、こうして国会議員を送り込んでいるというのだから驚きだ。もともと伊賀忍者は通信・運輸系の仕事を牛耳っていると聞かされていた。夫の悟郎が勤務する郵便局も伊賀者がよく入り込む業種として知られているが、夫が一般人であるのは結婚したときに入念に調べてわかっているし、日頃の態度を見ても明らかだ。伊賀忍者なら小便をトイレの床にまき散らしたりはしないはずだ。

ファイルには写真が添付されていた。忍者らしからぬ巨体だった。違法薬物に手を出している可能性があり、その決定的瞬間を押さえろというのが今回の指令だ。赤巻は与党の議員であることから、彼の失脚は政府にも打撃を与えることができるのだ。

蛍はバッグからおにぎりを出した。出勤前にコンビニで買ったものだ。フィルムを剝がしておにぎりを食べ始めた蛍だったが、その思考の大半は指令の遂行方法に費やされている。

夫の機嫌が明らかに悪い。蛍が「ご飯できたよ」と呼びかけると、悟郎はテレビの前からテーブルの方までやってきた。食卓に並んだ夕食のメニューを見た途端、夫の機嫌が悪くなったのだ。冷蔵庫を開け、中からビールを出した悟郎が、乱暴に冷蔵庫のドアを閉めた。俺は機嫌が悪いんだぞ。そう主張しているような閉め方だった。面倒臭いが、仕方ないので訊いてやる。

「どうしたの？」

「昼飯もカレーだったんだよ」

「ふーん、そう」

悟郎は郵便局内にある食堂で昼食を食べている。そこで昼にカレーライスを食べたということだろう。二食連続で同一メニューになってしまったことに憤慨しているのだ。

「ふーん、そうって、お前な」怒りを噛み締めるような顔つきで夫は言う。「レトルトじゃないか。手の込んだカレーだったら俺も文句は言わないよ。でも所詮はレトルトだろ。だったら温める前に言ってくれよ。そうすれば対処できたかもしれないじゃないか」

仰せの通り、レトルトカレーだ。買い置きしているものを温めただけだ。しかしご飯は炊いたし、福神漬けだってある。スーパーで二割引きで売っていたコロッケもレンジで温めた。

「所詮はレトルトって、それは失礼よ」思わず蛍も反論していた。「レトルトだって立派な食事じゃないのよ。レトルト食品作ってる方に失礼だわ。私だって今日は急なミーティングが入って忙しかったの。だからレトルトにしたんじゃないの」

そう言いながらも蛍は少々後ろめたい気持ちがないわけでもなかった。実は急なミーティングというのは嘘で、仕事が終わったあとに秋葉原に足を運び、次の指令で必要な電子製品を物色していたのだ。そのせいで帰りが少し遅れてしまい、レトルトカレーの出番になったというわけだ。自分にも落ち度があるとわかっているからこそ、蛍は強めの態度に出る。

「もしレトルトが嫌だって言うなら、今後一切レトルトは出さないことにしてもいいわよ。あ、即席のカップ麺とかもやめておいた方が無難かもね」

悟郎は不貞腐れた顔つきで椅子に座っている。蛍はさらに言う。

「無理しないで。食べたくないなら食べなくてもいいから」

「別に食べないとは言ってないだろ」

渋々といった様子で悟郎はスプーンをとり、カレーを食べ始める。蛍も椅子に座り、カレーを食べた。レトルトカレーは可もなく不可もなくといった味だった。

二人無言のまま食事をする。カツカツとスプーンと皿がぶつかる音だけが聞こえてくる。夫婦間の会話がなくなったのはいつからだろうか。

悟郎と出会ったのは二年半前、場所は伊豆地方にあるキャンプ場だった。その日もいつものように山を登り、テントを張る場所に向かって歩いた。山の中腹に見晴らしのいいお気に入りの場所があったのだが、その日は生憎先客がいた。それが悟郎だった。

向こうから話しかけられた。男の無邪気な笑みに心を許す形で話に付き合った。それで終わりのはずだったが、二週間後に同じ場所で悟郎と再会した。となると盛り上がらないはずがない。その日から交際がスタートした。

それまでにも男性と付き合ったことはあったが、すべて情報収集を兼ねた交際だった。損得勘定を抜きにして男性と付き合ったのは悟郎が初めてだった。

デートはいつもキャンプ場だった。蛍の二十六歳の誕生日、彼からプロポーズされた。思った以上に喜んでいる自分がいて、蛍は正直驚いた。結婚なんて自分には無理だとずっと思っていたが、知らず知らず蛍は彼の差しだした指輪を受けとっていた。胸の内で計算が働いていたのも事実だった。薬剤師というのは狭い世界であり、「月乃さん、彼氏いないの？」とか「月乃さん、今度合コン行かない？」と薬剤師仲間に言われることはしょっちゅうだったし、病院の若手医師から連絡先を訊かれて困ることも頻繁(ひんぱん)にあった。左手の薬指にこの指輪をしてしまえば、そういう煩わしさから逃れることができる。咄嗟にそう思ったのである。

「ご馳走様」

悟郎の声で我に返る。悟郎は早くもカレーを食べ終えたようで、食器をシンクに片づけた。そのままリビングに向かい、充電中だったスマートフォンをケーブルから引き抜いた。

「ちょっと出てくるから」

そう言って悟郎はリビングから出ていった。相当機嫌を損ねてしまったらしい。しばらくレトルトカレーはやめた方がよさそうだ。

気がついたことがあり、蛍は立ち上がった。電子レンジを開けると、そこには出し損ねたコロッケが二つ、耐熱皿の上に並んでいた。


「悪かったな、急に呼びだしてしまって……」

「気にするなよ、俺とお前の仲じゃないか」

音無がそう言ってグラスを差しだしてきたので、悟郎は自分のグラスを持ち上げてカチンと合わせた。目の前にはチャイナドレス風の衣装を着た女性たちがいる。ここは駅前にあるスナックだ。すでにカレーライスで満腹だったため、こういう店しか思いつかなかったのだ。普通の静かなバーだとバーテンダーの耳を気にしなくてはならず、込み入った話ができない。しかしこの手の店だと女の子が来ないようにと頼んでおけば、騒々しい中で聞かれたくない話もできるというわけだ。

「で、何があったんだ？　また喧嘩でもしたんだろ」

「喧嘩というわけでもないんだけどな」

さすがに夕飯の献立に腹が立ったと言うのは恥ずかしかったので、そのあたりのことは言わずにおいた。それでも察してくれたようでウィスキーの水割りを飲みながら音無が言った。

「ああいう美人の子って、怒るときついっていうか、怖いところがあるよな」

音無が妻の蛍に会ったのは披露宴のときだけだ。そのときの印象が強いのかもしれなかった。

「やっぱり一般人はやめておくべきだったんだよ。今さら遅いかもしれないけどな。まあお前に覚悟があるなら、別れるっていう選択肢もあるんだが」

気分的には相当参っている。離婚してもいいという気持ちも少なからずあるが、それは選択肢になかった。そう、伊賀忍者の世界において、離婚はご法度とされているのだ。

離婚ができないわけではない。一般人と同じように、離婚届に判を押して役所に提出すれば、それだけで離婚は成立する。しかし伊賀忍者にとっての離婚とは、男子失格の烙印が押される行為であり、一生それを背負って生きていかなければならないのだ。出世の見込みもなくなり、下手すれば郵便局も馘になる恐れすらある。絶対に離婚してはいけない。性別問わず、伊賀忍者にはその教えが骨の髄まで刷り込まれている。

「離婚は……難しいだろうな」

溜め息とともに悟郎は言った。それに音無も同調した。

「だよな。下手したら家の問題になってしまうからな」

「ああ。まあ俺の家は下忍だからこれ以上落ちようがないんだけどな」

「おいおい、草刈。上とか下とか言いっこなしだぜ」

「すまん、つい」

伊賀忍者は家柄を重んじる。現在、正式に登録されている伊賀忍者の家は五百程度。それらは上忍、中忍、下忍という階級制度に縛りつけられている。江戸時代はもっと厳しかったとされていて、上忍と下忍が語らうなんてこともなかったという。ちなみに音無家は上忍であり、草刈家は下忍だ。上忍は全体の一割を占め、四割が中忍、五割が下忍という構成になっている。さらにそれぞれの中にも序列があり、草刈家は下忍の三番隊甲組。下忍の中でも真ん中くらいの位置づけだ。

この番付は三年に一度、更新される。もし離婚したらその家の番付は下がると、若い伊賀忍者の間ではまことしやかに囁かれているが、その実情は定かではない。離婚したという話を聞かないからだ。実例がないため、確かめようがないのである。

「離婚が無理である以上、適当に息抜きするしかないんじゃないか」

　音無がそう言って通りかかった女性の店員に目を向けた。かなり胸の大きな子で、本人もそれを自覚しているのか、衣装の胸元が大きく開いている。

「お前がその気なら、俺も協力してやってもいいぜ」

「結構だ。やめておくよ」

　伊賀忍者の社会というのは閉鎖的であり、同時に形式的なことが多かった。上忍、下忍といった階級制度もそうだし、お歳暮お中元は欠かしてはいけないという風習が今も続いていた。組合と呼ばれる伊賀忍者独自の互助会的な集まりもあり、そこでのしがらみも厳しい。

　多様性を求められる世の中となり、世間では新しい価値観のもと、多くの企業や自治体が働き方を見直している。しかし伊賀忍者だけは昔と変わらぬ古い価値観に囚われたままだった。伝統を重視する。その美徳は悟郎にも理解できる。しかし番付という階級制度で忍者たちを縛りつけるというやり方は、悟郎の目には旧態依然としたシステムにしか見えなかった。

　数年前からそういったものに嫌気がさし、悟郎は週末にはソロキャンプに行くようになった。そんなとき、蛍と出会った。悟郎にとって蛍という一般女性は自由の象徴のようにも見えた。

実家では悟郎の嫁選びが本格化していることも知っていた。どうせこれからも伊賀社会に縛りつけられるなら、せめて結婚相手くらいは自分で選びたかった。そこで悟郎は決意を固めた。出会って半年後、彼女の誕生日にプロポーズしたのだ。

しかし今になって考えると性急だったと言わざるを得ない。キャンプのときは自由の象徴のように見えた蛍も、家に入ってしまうとただの一般女性だった。しかも内向的な性格のせいか、蛍は家でも本ばかり読んでいた。同じ本――大抵は日本の歴史小説――を飽きもせずに何度も繰り返し読んでいるのだ。彼女が読書に集中すると話しかけるわけにもいかず、自然と夫婦の仲は冷えていく。完全に悪循環だ。

「ねえ、君。ちょっと話し相手になってくれるかな」

音無が通りかかった女性の店員を呼び止めた。さきほども前を通った胸の大きな子だ。髪を茶色に染め、化粧も濃い。何から何まで蛍とは正反対だ。

「もちろんいいよ。お客さん、何してる人？」

「しがない郵便局員だよ。こいつ、俺の親友なんだけど、奥さんと喧嘩しちゃったみたいでね。君に慰めてほしいみたい」

「無理だよ、私には。だって奥さんいるんでしょう」

「せめて話し相手になってあげてよ。君、名前は？」

音無は勝手に会話を進めてしまう。でもまあ、店の子と話すくらいなら問題なかろう。気をとり直して、悟郎はグラスの水割りを飲み干した。

蛍は自宅のリビングにいた。夫婦共用のノートパソコンの前だ。今日、蛍は午後から休みだった。薬剤師同士が調整をして、こうして平日の午後に休みが回ってくることがたまにある。

パソコンの画面は真っ黒だ。ビデオチャットアプリを開いているのだが、相手はオフラインの状態だ。約束の午後二時はもう過ぎている。しばらく待っているとようやく反応があった。屋外だった。グラウンドのようにだだっ広い場所を背にして、一人の女性がこちらを見ている。長い髪を後ろで縛り、ジャージ姿だ。

「……あれ？　おかしいな？　繋がってないのかな。おーい、蛍。私の声、聞こえてる？」

音声が聞こえてきた。蛍は答えた。

「聞こえてるよ、お姉ちゃん」

二歳上の姉、月乃楓だ。彼女の背後には小屋のようなものも見える。それは厩舎だった。ホース片手に掃除をしている男の姿も遠方に見えた。場所は茨城県にある美浦のトレーニングセンターだ。そう、姉の楓は中央競馬のジョッキーだ。

かつてはそのルックスからアイドルジョッキーとして持てはやされていたが、ここ数年は男性騎手とタイトルを争うほどの実力派ジョッキーに成長している。ただし蛍は競馬に詳しくないので姉の騎乗する姿を見たのは数えるほどだ。

「元気そうだね、蛍」

「まあね。お姉ちゃんこそ」

楓が競馬学校に入学するまで、ずっと長野の山奥で一緒に暮らしていた。蛍の下には妹が一人いて、三姉妹はいつも一緒だった。特に楓は三姉妹の中でもっとも運動神経が優れており、何をやっても勝てたためしがなかった。競馬の騎手になりたい。姉がそう言いだしたとき、蛍は驚きもしなかった。競馬の騎手というのがどんな仕事かわからなかったが、幼い頃から野生のイノシシに跨って遊んでいた姉の姿を見ていた妹からすれば、乗馬など姉には簡単だと思った。

「どう？　結婚生活は。旦那さんも元気でやってるの？」

「元気だと思うけど」

「ん？　何か歯切れが悪いわね。さては蛍、夫婦喧嘩でもしたんじゃない」

やはり姉にはわかってしまうものらしい。蛍はここ最近、夫婦仲がうまくいっていないことを楓に話した。画面の向こうで楓は笑った。

「旦那さんの気持ちもわからなくもないわね。カレーが二食続いたら私だって怒るよ」

楓は悟郎とは面識がない。蛍は天涯孤独の身の上という設定になっているので、披露宴にも招待していないのだ。ただし妹と一緒に式場のスタッフに化けて、遠くから蛍の花嫁姿を見ていたのを知っている。

「だからって飲みにいくのはおかしいわよ。しかも女の子のいる店に行ったんだと思う」

「本当？」

「うん。朝、洗濯するときにかすかに香水の匂いがしたから」

蛍の鼻を誤魔化すことはできない。きっと女性がいる店に行ったのだ。

「それは腹立つね。忍者を舐めるんじゃない。そう言ってやったらどう？」

「言えるわけないじゃん。忍者であることを隠して結婚してるんだから」

「そっか。結婚生活も楽じゃないわね」

本当にそうなのだ。一人の異性と同じ屋根の下に暮らし続けることの難しさ。それを蛍は痛感している。そもそも蛍は一般人ではなく、忍者なのだ。夫に内緒で指令を続けるのは気を遣うし、バレないように苦慮している。幸いこれまでは問題なく続けられているが、少しくらい気づけよ、と思わないこともない。鈍感な夫というのも考えものだ。気づかれたらそれはそれで大変なのだが。

「離婚して引っ越してきたら？　こっちはいいわよ。山もあるし、湖もある。また昔みたいにキャンプやろうよ。週末は私も難しいけど、平日だったら時間とれるしね」

楓は美浦の宿舎に住んでいる。緑も豊かで、霞ケ浦にも面していて、風光明媚な場所だと聞いている。

「ていうか離婚しかないわよ、こうなったら。嫁を置いて女とイチャイチャするなんて、忍者をコケにするんじゃないっつうの。絶対離婚ね、はい決まり」

もともと勝ち気な性格の姉だ。話しているうちにヒートアップしたのか、画面の向こうで楓は大声で言っている。その声が誰かに聞かれたらと不安になるが、姉の周囲に人影は見えなかった。のどかな風景が広がっている。

「待って、お姉ちゃん。そう簡単に離婚なんて……」

「できるわよ。離婚届に判を押すだけでいいんだから。ねえ、蛍。一般人と一緒に暮らすこと自体無理があるのよ。また一緒に暮らしましょうよ。家賃なんて東京の半分くらいなんだからね。あんた薬剤師の資格があるんだから、こっち来ても仕事には困らないわよ」

日本全国津々浦々、調剤薬局はどこにでもある。事実、各地を転々としている薬剤師もいる。

「無理しなくていいわよ、蛍。あんたばかりに指令をやらせて、私もずっと気になっていたのよ。多分雀もそう思ってるはず」

雀というのは四歳下の妹だ。都内に住み、地下アイドルとして活動している。姉は女性騎手、妹は地下アイドル。何の因果か二人とも世間に顔を晒す職業を選んでしまったため、次女である蛍に指令が回ってくるのだ。

「一緒に暮らせば私にも手伝えることがあるかもしれないしね。雀にも声をかけて、三人でキャンプ行こうよ。釣りもいいかもしれないわね。私、漁港のおじさんと仲良しなんだよね」

気持ちが大きく揺れていた。果たして私は今の生活を一生続けることができるのか。そう自分に問いかけたとき、思い浮かぶ答えはノーだった。

一生は無理だ。今、二十八歳。仮に八十歳まで生きるとして、あと五十二年も今の生活を続けることは到底不可能だ。家に帰ると夫がいる。そんな生活を五十二年も続けられる自信がない。

「いい？　蛍。私たちは忍者なの。常に孤独と向き合い、暗闇の中を疾走する。それが私たちの本性であって、遺伝子にも組み込まれているの。だから一般人の男となんて暮らせないのよ。このままだと蛍、パンクしちゃうわよ」

姉の話を聞いているうちに、徐々に気持ちが固まってくるのを蛍は感じていた。やはりこのままではいけない。離婚を真剣に考えなければいけない時期に来ているのだ。

「わかった、お姉ちゃん。私、ちゃんと考えてみる」

「そうした方がいい。私はいつだってあんたの味方だから。旦那がゴネるようだったらいっそのこと消しちゃった方が早いかもね。そのときは私も協力を惜しまないから」

「いや、お姉ちゃん、殺しちゃうのは、ちょっと……」

さすがの蛍も人を殺めたことはない。ただし劇薬を用意しろとか、そういう際どい指令は何度も受けている。世間一般で忍者というと、黒装束をまとった洗練されたイメージがあるが、実際の忍者はかなりえげつない仕事——暗殺や放火、虚言で民衆を惑わす等、一般人がやりたがらない残忍な仕事を専門に請け負ってきた。

「お姉ちゃん、ありがとう。気持ちの整理がついた気がする」

「お礼なんていいわ。それよりあの人は元気？」

「さあ。でもこれから用事があるから、ちょっと顔を見てくる」

「そう。よろしく伝えておいて。じゃあね、蛍。また連絡頂戴」

通信は切れた。気持ちは完全に固まった。今夜悟郎が帰ってきたら思いの丈をぶちまけるのだ。彼がどう反応するのか、少し興味深い。

しかしその前に仕事が残っている。パソコンの電源を落とし、蛍は立ち上がった。

そのアパートは中野駅北口から徒歩十分のところにあった。中野通りから一本入った路地に面した木造アパートだ。二階の外廊下を歩き、一番奥の部屋に向かう。ドアの近くに段ボール箱がいくつか、積み重ねられているのを発見する。昨日秋葉原の量販店で購入して、置き配でここに配達するように依頼していたのだ。夫に見られたくない指令絡みのグッズは、この部屋に保管するようにしていた。

部屋の鍵を開け、段ボール箱を室内に運び込んだ。思った以上に片づいているので驚いた。普段は足の踏み場もないほどの有り様で、布団が敷かれたままになっていることもある。しかし奥の和室も綺麗に片づけられている。

誰もいないようだった。部屋の主は月乃竜兵。蛍にとって実の父親に当たる男だ。甲賀忍者の末裔であり、月乃家の当主である男の住居にしては粗末なものだが、これが忍者の現実というものだ。

台所のコンロの上に鍋があり、中におでんが入っていた。鍋はまだ温かい。流し台の近くに紙片が置かれていて、そこには「温めて食べてね」と控えめな文字が記されている。蛍は悟った。妹の雀の仕業である、と。

父の不在時に雀が来て、部屋を片づけてから父のための食事を用意したのだろう。

父親思いのいい子だ。今度お礼を言っておこうと思いつつ、運び入れた商品の中身を確認する。以前も似たような商品を使ったことがあるので、特に問題はなさそうだった。

時刻は午後四時を回っている。父が帰ってくる気配はなかった。蛍は部屋をあとにした。

中野ブロードウェイの裏手の路地に、飲食店が軒を連ねる一角があり、そのうちの一軒に足を運んだ。〈野武士〉という店だった。暖簾をくぐると「いらっしゃい」という声に出迎えられた。カウンターだけの縦に長い店だ。まだ夕方という時間だが、早くも五人ほどの男がコップ酒を飲んでいる。焼き鳥を焼いているらしく、香ばしい匂いに食欲が刺激されるが、蛍はそれを我慢して奥に進む。

「……それで、俺はこうやって相手の太刀をかわして、ばさりと切りかかったわけだ。でも敵もやるもんだ。ビュッと木の上まで飛び上がったもんだから、正直驚いた。でも負けちゃいられねえ、俺は手に持っていた……」

赤ら顔の男が焼き鳥の串を振り回すように熱弁を振るっている。父の竜兵だ。隣の男は馴染み（なじ）の常連客なのか、父の話を聞き流している。蛍は父の肩を叩く。

「……敵もあっぱれというわけだ。まさかこの俺が不覚をとるとは思わなんだ。ん？おっ、蛍じゃないか」次女の存在に気づいた竜兵は、蛍の肩に手を回した。それからカウンターの中にいる大将に紹介するように言った。「なあ、大将。こいつが俺の娘の蛍だ。三姉妹の真ん中だ。現役バリバリの忍者なんだぞ。凄いだろ」

蛍は困惑気味に目礼する。この店に来るのは初めてのことではないし、大将とも顔馴染みだ。鉢巻きをした古老の大将は苦笑しながら言った。

「竜さん、娘さんには何度か会ったことあるよ」

「えっ？　そうだっけ？」

「先月も来たじゃないか。忘れちまったのかい？」

「そうだそうだ。思いだしたよ。最近物忘れが多くて困るんだな、これが。まったく甲賀忍者の末裔ともあろう者が。こんなんじゃご先祖様に顔向けできん」

本当にその通りだ、と蛍は内心思った。医師の診察を受けたわけではないが、父はアル中だと蛍は思っている。

幼少の頃から、父は常に酒を飲んでいた。家には一升瓶がいつも転がっていた。そんな父でも一日に数時間はまともに戻ることがあり、そのときには厳しい修行が待っていた。しかし三人の娘が成人してしまうと、稽古をつける相手がいなくなってしまい、まともな状態に戻る時間が激減した。

「大将、聞いてくれ。蛍はな、この若さにして忍者として完全に独り立ちしているんだ。なかなかできることじゃねえ。それに我が月乃家には一子相伝の秘伝があるんだが、それを受け継いでいるのもこの蛍だ。凄いだろ、大将」

　忍者、忍者と連呼する父を見て、蛍は小さく溜め息をついた。自分が忍者であることを飲み屋で吹聴する。忍者としてアウトな行為である。しかし店の大将はじめ、客たちもまともに父の話を聞いていないのが幸いだった。父は若い頃に時代劇の端役として何度もテレビ出演しており、そのときの影響で自分が忍者だと思い込んでいる。店の大将にはそう説明してある。

「蛍、あれやってくれ。手裏剣を投げて相手の手の甲に当てるやつ。お前、巧かっただろ」

「やるわけないじゃない。何言ってんのよ、お父さん」

「じゃああれはどうだ？　飛び上がって天井にぶら下がるやつだ。お前、三人の中でも一番身軽だったもんな」

「お父さん、いい加減にして。本当に皆さん、父がご迷惑をおかけして申し訳ありません」

　常連客たちは温かい目でこちらを見ている。父は悪い人ではないので、こういう場でも人気があるのかもしれない。

「すみません、ちょっといいですか」

　蛍はカウンターの中にいる大将を呼び止め、父から少し離れた位置に誘導した。そしてバッグから財布を出した。

「ツケを清算させてください。おいくらですか？」

「いつも悪いね。じゃあお言葉に甘えて」

半年ほど前に父がツケで飲んでいることを知り、以来こうしてたまに訪れては溜まったツケを支払っている。五十二歳の父は今は無職であり、というかこれまで父が働いている姿を見たことがない。本来であれば五十二歳という年齢は引退するような年齢ではなく、まだまだ現役忍者として活躍してもらわなくては困るのだが、現状は目を覆いたくなる体たらくだ。だから娘の蛍に指令が回ってくるのである。本当に困った父だ。

二万円ほどのツケを払い、常連客たちに挨拶をしてから蛍は店を出た。時刻は午後五時になろうとしている。

夕飯のメニューを考える。二日連続でレトルトカレーにするわけにはいかないが、それをしたときの夫の反応を見てみたい気がした。でもやめておくか。肉でも焼けばいいだろう。基本的に肉を焼いておけば文句を言われることはない。

「ご馳走様」

悟郎はそう言って箸を置いた。満腹だ。今日はステーキだった。さほど高い肉ではなさそうだったが、キャンプでバーベキューなどをしているせいか、蛍は肉を焼くのが意外に上手だ。今日もミディアムレアの焼き加減で、飯が進んだ。キャンプで使う万能調味料のお陰とも言えたが、旨ければそれで大満足だ。

空いた食器をシンクに運び、冷蔵庫からハイボールを出した。これをチビチビ飲みながら、二階の寝室の隣の部屋――物置と化している部屋でスマートフォンで動画を見たりして過ごすのがいつもの流れだ。ただし今日は動画を見るわけにはいかなかった。さきほど任務の内容がメールで届いたのだ。それをじっくりと読み込み、頭に叩き込まなくてはならない。

「ちょっと待って」

二階に行こうとすると、背後から呼び止められた。振り返ると妻の蛍が立っている。エプロンを外しながら「座って」とダイニングテーブルを指さしたので、悟郎は訊いた。

「どうした？　何か用か？」

「話があるの。いいから座って」

「悪いが、ちょっと二階で……」

「いいから座って」

強い口調で言われたので、仕方なく悟郎は椅子に座る。蛍が真向かいに座り、開口一番言ってきた。

「別れましょう、私たち」

耳を疑う。しかし蛍の顔はいつになく真剣だった。冗談を言っているようには見えないし、冗談で口にできる台詞(せりふ)ではない。離婚したい。妻はそう言っているのだ。

「待ってくれ」悟郎は声を絞りだしたが、その声が震えていることに気がついた。「いきなり何を言いだすんだよ。あれか？　昨日俺がレトルトカレーを嫌がったのが原因なのか。別にあれはお前を責めたわけじゃなくて……」

「あれだけが原因じゃない。いろんなことの積み重ねよ」

「いろんなことって何だよ。具体的に言ってくれないとわからないよ」

「そうね、たとえば」蛍は周囲を見回して、キッチンに目を留めて続けた。「あれよ。洗い物っていつも私がやってるわよね。あなたが食べたお皿まで全部私が洗ってる。いつからそういう決まりになったんだっけ？」

キッチンのシンクの中には夕食の皿などが溜まっている。ステーキを焼いたフライパンもそのままコンロの上に載っている。

決まりも何もない。家事は妻がおこなう。悟郎はそういうものだと思っていた。結婚した当時からそうだった。だから洗い物をやろうという発想自体、悟郎の中にはまったくなかった。

「俺に洗い物をやれ。そう言いたいわけなのか？」

「あれは一部の例。洗い物なんて氷山の一角。たとえばキャンプのときだってそう。あなたはなぜかキャンプのときだけ妙に張り切って、普段はやらない料理を作るでしょう」

二人の出会いもキャンプ場だったし、プロポーズをしたのもキャンプ場だ。そのため今でも月に一度は必ずキャンプに行くことにしている。ただしテントは別々だ。それぞれ独身時代の一人用のテントを使っている。いつか子供ができたら大きなテントを買おう。そう言いながら二年が経ってしまった。

「こないだも買ったばかりのバウルーで自慢げにホットサンドを焼いてくれたじゃない。たしかにホットサンドは美味しかったけど、バウルーを洗ったのは私だし、余った食材を片づけたのも私。いつもそうよ。片づけるのは私の仕事。まるで最初から決まっていたみたいにね」

すべて事実だから何も言えない。ぐうの音も出ないとはこのことだ。炊事だけではなく、掃除も洗濯もすべて妻に任せきりだった。どうして私ばかり家事をやらなければならないのか。蛍はそういう不満をずっと胸に抱え込んできたのだ。その不満が一気に噴出したのだ。

しかし離婚はマズい。伊賀忍者として失格の烙印を押されるだけではなく、実家の両親にも合わせる顔がない。離婚だけは何としても避けなければならない。

「わかった。家事は分担制にしよう」

「そういう問題じゃないんだけど」

「だったらどういう問題なんだよ」

蛍は答えなかった。テーブルの一点を見据え、何やら思案している。普段家で本を読んでいるときと顔つきは変わらないが、どこか得も言われぬ迫力があった。

「やっぱり他人なんだよ」やがて蛍がつぶやくように言った。「他人なの、私たち。一緒に暮らしていけるわけがないのよ。他人なんだから」

「当然だろ。赤の他人同士が一緒に暮らしていく。それが結婚っていうもんじゃないのかよ」

思わずそう反論していたが、蛍の発言には悟郎も納得できる部分があった。他人というだけではなく、忍者と一般人という深い断絶もそこには存在する。なかなか埋められるものではない。しかし――。

悟郎は立ち上がり、シンクの前に立つ。振り返らずに前を向いたまま言った。

「わかったよ。今日から俺が洗い物をする。それでいいだろ」

スポンジをとった。それから食器用洗剤の容器をとったが、生憎中身は空だった。それでも一回分くらいはあるだろうと容器を押してみるのだが、泡が少し出てくるだけで、洗い物をする分量はない。

「おい、洗剤がないぞ」

悟郎がそう言って振り返ると、蛍が笑みを浮かべて言った。何かを諦めたような笑みだ。

「洗剤がないなら補充すればいい。それだけのことでしょう」

その言葉に悟郎はシンクの下の棚を開けてみたが、そこには食用油などが並んでいるだけで、食器用洗剤は見えなかった。ほかの棚を探してみるが、やはり見つからない。背後から妻の声が聞こえてくる。

「そういうところよ。あなた、何もわかってない。洗剤の詰め替えボトルがどこに置いてあるか。それさえも知らない。当然だわ。これまで何一つとして家事をやってこなかったんだからね。私のことを飯炊き女くらいに思っていたんでしょう？」

「待ってくれ。俺はそんな……」

蛍は立ち上がり、リビングに向かって歩いていく。そしてテレビの前のソファに座り、文庫本を開いた。もう話すことはない。そういう態度だった。

ふざけるな。俺は絶対に離婚なんてしないぞ。どんなに冷え切った家庭だろうが、夫婦円満を装ってやる。伊賀忍者としての意地とプライドに懸けて。

キッチン周りの全部の棚、引き出しを片っ端から開けていく。ようやく食器用洗剤の詰め替えボトルを発見し、面倒臭いのでそのままスポンジに出そうとすると、あまりに大量の洗剤が出てきてしまい、シンクに洗剤がこぼれ落ちた。

クソッ、絶対に離婚などするものか。

悟郎は腕まくりをして、洗い物を開始した。

蛍は車を運転していた。乗っている車は草刈家の自家用車である国産ＳＵＶだ。もとから悟郎が所有していた車だが、最近では月に一度のキャンプ以外、あまり出番がない。
午後六時を過ぎているが、まだ周囲は明るかった。世田谷区内の高級住宅地に来ていた。今回の指令の対象である、与党の赤巻という議員の自宅近くを走っている。
あの家がよさそうだ。
蛍は車を減速させる。どこから見ても空き家といった趣の家を発見した。その家の前に車を停め、しばらく家の様子を観察した。やはり人が住んでいる気配はない。

車から降りた。トランクから段ボール箱を出し、それを両手で抱えたまま空き家の敷地内に侵入した。家の裏手に庭があったので、そこに段ボール箱を置いた。それからスマートフォンで地図を出し、現在地を確認する。対象者の自宅はここから五十メートル南西に向かったところだ。距離的にも問題なさそうだ。

周辺環境を確認する。夕方という時間帯のせいか、在宅している家が多そうだ。ただし多少見られたところで問題ない。一応帽子を被っているし、マスクもつけている。

蛍は段ボール箱を開け、中からミニチュアのヘリコプターのような物体を出した。一昨日秋葉原で購入した小型のドローンだ。カメラもついている本格的なタイプだ。スマートフォンで操作可能で、以前にも似たようなものを指令で使ったことがある。

メカやハイテク機器に強いこと。それが現代の忍者に必要な資質であると、蛍は父から教えられた。たとえば武器一つとっても、忍者というと手裏剣や刀といったイメージだが、それは戦国時代の話であり、現代の忍者は時代に即した武器を使うというのが父の方針だった。だから蛍の脇の下のホルスターにはオートマチック式の拳銃が収まっている。刀や手裏剣なんかよりよほど効率的な武器だ。

しかし、古典的な忍術をおろそかにしているわけではない。足音を消す忍者独特の歩法や遁走術など、オーソドックスな忍術は一通りマスターしているし、石礫を投げて野生のクマを撃退したこともある。要はケースバイケースで忍術を使い分けることが肝要だ。

今回の指令は、赤巻という議員が違法薬物に手を出している可能性があり、その現場を押さえろという内容だった。議員というからにはスキャンダルの発覚を恐れているはずだし、一般人のようにクラブなどの人の集まる場所で薬物に手を出すような愚かな真似はしないだろう。となると考えられるのは自宅だった。妻と別居中の赤巻議員は現在は一人で住んでいると、指令に添付された資料には書かれていた。部屋の間取りもわかっていたが、潜入の前に下調べをしておこうと思ったのだ。念には念を入れよ。それも父からの教えだ。

ドローンのスイッチを入れようとしたときだ。スマートフォンに着信があった。『悟郎さん』と表示されている。一瞬だけ迷ったが、電話に出ることにした。ドローンの操作中にかかってきたら厄介だ。

「もしもし？　俺だよ」

言わなくてもわかる。そう思ったが口には出さなかった。結局昨夜の話し合いはあのまま終わっていた。彼には離婚する意思がない。それが意外だった。普段の態度や物言いからして、彼が結婚生活に満足していないのは明らかだった。すんなりと離婚を承諾するのではないかという蛍の目論見（もくろみ）はあっさりと消え去ったが、蛍の意思に変化はない。長い話し合いが——できれば手短に済ませたいが——続くものだと思っている。

「実は上司の自宅に招かれちゃってな、帰りが遅くなりそうなんだよ」

「そうなんだ」

「先に飯食っててくれて構わないから」

普段はこの手の連絡はＬＩＮＥで送ってくるのだが、電話をかけてくるのは珍しい。彼も彼なりに何か思うことがあるのかもしれない。

「あのさ、蛍」

「何？」

「あ、やっぱりいいや。じゃあな」

通話は切れた。終わりの始まり。そんな言葉が頭に浮かんだ。私たちは終わりに向けてスタートを切ったのだ。

マスクの下が汗ばんでいたので、いったんマスクを外してタオルで鼻と口の周りを拭き、再びマスクをつけた。気をとり直し、蛍はドローンのスイッチを入れる。それからスマートフォンのアプリを起動させ、操縦モードをスタートさせた。

ドローンがふわりと舞い上がる。操縦に慣れるために、しばらく上空を飛ばした。常にカメラで撮影していて、その動画も自動的に別のパソコンに転送されるように改良してある。ドローンは音もなく飛んでいる。あんな風に空を自由に飛べたらいいのに、と柄にもないことを思ってしまい、蛍は一人苦笑する。

姉の楓の言葉が耳によみがえる。常に孤独と向き合い、暗闇の中を疾走する。それが忍者というものだ。結婚という制度自体が、忍者には無縁なものだったのだ。離婚をして本来の自分に戻る。ただそれだけだ。

上空を飛ぶドローンを見つめる。目標に向かってドローンを飛ばすことに意識を集中させ、蛍はスマートフォンを慎重に操った。


「おい、草刈。何やってんだよ」

「すまん。ちょっとな」

悟郎が居間に戻ると、音無に声をかけられた。世田谷区内の一軒家の中だ。いわゆる高級住宅街と言われる場所だ。調度品も高そうなものばかりで、大きな水槽の中にはカラフルな熱帯魚が泳いでいる。居間にはスーツを着た男たちが八人ほど集まっている。ほとんどが直立している中、一人だけソファにふんぞり返って座っている男がいた。彼こそが赤巻章介（しょうすけ）。与党である民自党の衆議院議員だ。

今回の任務は彼の周辺を警備することだった。その理由は明らかにされていないが、彼の周囲で何か動きがあるようで、自宅の警備を徹底せよというものだった。ここに集まっているのは全員が伊賀忍者だ。住んでいる地区ごとに班が編制されており、その班単位で任務を遂行することになる。集められた八名の忍者は同じ班であり、いつも任務で一緒になる面々だ。三十代から四十代が多く、悟郎と音無は最年少なのでいつも雑事ばかりやらされている。

「よし、集まったな」班長を務めている忍者が言った。「では敷地内を見回ってくれ。防犯カメラの位置や、潜入されそうな場所。気がついたことがあったら何でも意見してくれると助かる」

今日から交代制でこの家を見張ることも決まっていた。悟郎は音無と組んで明日の夜が最初の当番だった。

「ちょっといいか」ずっと黙っていた赤巻が口を開く。「地下室だけは入らないでくれ。仕事の資料があるんだ。素人には見せられない資料も保管してある」

「了解です、先生」

偉そうな態度だ。いや、実際に政治家だから偉いのかもしれない。それにそもそも赤巻も忍者一族の出身であり、しかも上忍だ。ただしその体型から推し量るに、本人はとうの昔に訓練をやめているに違いなかった。

「よし、見て回るぞ」

ほかの班員たちとともに室内を見て回る。一人暮らしをしているせいか、それほど生活感がなかった。

庭に出た。芝生の上にはゴルフボールが転がっている。犬小屋があり、その前には一匹のドーベルマンが横たわっている。番犬として飼われており、いつもは放し飼いになっているそうだ。さきほどまでずっと悟郎たちに向かって吠えていたが、今は落ち着いている。

「ザ・金持ちって感じの家だな」

隣に音無が立っていた。しがない郵便局員の給料では都内の一等地にこんな自宅を所有するのは夢のまた夢だ。音無家も上忍だが、ここまで裕福ではない。

「そうだな。あのドーベルマンがいる限り、庭から潜入されることもなさそうだ」

「見張りは外らしい。用意された車の中から様子を窺うことになるそうだ。刑事の張り込みみたいだな」

「楽しそうじゃないか」

半分は皮肉だった。金持ちの国会議員、しかも威張りくさった上忍のために二十四時間態勢で警備に当たる。できればご免被りたい仕事だが、これも立派な任務だった。断ることなど許されない。

「ん？　あれは何だ？」

音無が上空に目を向けた。ちょうど赤巻家の上空三十メートルくらいのところに飛行している物体が見えた。ドローンだ。

「おい、ドローンじゃないか」

「まさかここを観察しているってことか」

異変に気づいた仲間の忍者たちが縁側に出てきて、空に浮かぶドローンに目をやっている。赤巻も庭に飛びだし、血相を変えて言った。

「お前たち、何してるんだ。とっとと追い払え」

「ですが議員、あのドローンがここを狙っているとは限らないわけで……」

班長はそう言ったが、赤巻は耳を貸そうとはしなかった。たしかにドローンの浮遊する位置からして、この家を真上から撮影しているように見えなくもない。

「お前、何とかしろ」

赤巻の一番近くにいた悟郎の背中が叩かれる。ほかの忍者たちも何とかしようと庭に出てきた。異変に気づいたドーベルマンが空に向かって吠え始めている。

悟郎は縁側に飛び乗り、家の中に入った。「お前、何を」という赤巻の声を無視して、悟郎は二階へと駆け上がった。ドローンが飛んでいるのは地上から三十メートルほど上空だ。できるだけ近づいた方がいい。

二階の一室に入る。寝室のようだ。カーテンと窓を開け、ベランダに出る。懐から棒手裏剣を出した。やはり二階に来て正解だったようだ。地上から見上げるよりもドローンの位置が距離的にも角度的にも見易かった。

狙いをつける。するとそのとき、下の方から誰かが手裏剣を放った。しかし、それはドローンに当たることなく落下した。浮遊しているといっても微妙に動きがあるため、なかなか命中させるのは難しそうだ。

息を整え、ドローンを見据える。先日、居酒屋で男が騒いでいたときは音無に譲ったが、実は悟郎は手裏剣の腕には自信がある。忍者学校でも誰にも負けたことがない。しかし実戦で投げるのは初めてだ。

斜め上空に向かって、手裏剣を投げる。空気を切り裂くように放たれた手裏剣は、見事ドローンのプロペラのあたりを掠めた。一瞬ヒヤリとしたが、掠めただけでも十分だった。バランスを崩したドローンはそのまま地上へと落下していく。

ベランダの手摺りを摑み、そのまま飛び越えた。二階から飛び降りることくらい、忍者にとっては造作もないことだ。ドローンは庭の真ん中あたりに落ちたようで、ほかの忍者たちが確認しようと近づいていくのが見えた。カメラを搭載しているのであれば、そのデータを確認しておく必要がある。それ以外に所有者を割りだすためにも調査が必要だ。しかし――。

「ちょっと待ってください。あまり近づかない方が……」

迂闊に近づくのは危険だと思い、悟郎はみんなの背中に向かって声をかけたが、少し遅かった。ポンという破裂音が聞こえ、ドローンが爆発したのだ。ただしそれほど大きな爆発ではなかった。ドローンも完全に壊れたわけではないようで、骨格は残ったまま白い煙が立ち昇っている。忍者たちはそれを遠巻きに見ているだけだった――。


重苦しい空気が流れている。赤巻の自宅の一階だ。さきほどまで警察官による捜査がおこなわれていた。自宅にドローンが落下し、爆発したとあっては被害届を出さないわけにはいかなかった。悟郎たち忍者はたまたまその場に居合わせた支援者たちという体裁をとった。

ドローンは回収され、警察が持ち去った。その前にメカに詳しい忍者が呼ばれ、ドローンの残骸を調べたのだが、さほど収穫はなかった。やはりカメラが搭載されていたのは確実で、しかもそのデータはどこかに転送されていた形跡があるようだった。

時刻は午後十時を回っている。さきほどまで赤巻もここにいたのだが、風呂に入ると言って奥に消えてしまった。今、悟郎たちが集まっているのは一階の玄関の近くにある事務室のような部屋だ。普段は秘書たちが使用しているのか、パソコンなども置かれている。

「いったいあのおっさん、何をやらかしたんだろうな」

一人の忍者がそう言った。おっさんというのはもちろん赤巻のことだ。赤巻はあまり評判がよろしくない。理由は明白で、あの威張り散らした態度と、忍者としては不適切な体型にある。伊賀忍者にとって日夜のトレーニングは欠かせないものであり、ここにいる誰もがスーツを脱げば筋肉の鎧で覆われている。もちろん悟郎も週に三日は必ずジムでウェイトトレーニングをおこなっている。忍者同士が集まるとプロテインの品質の話やサラダチキンのレシピの話でよく盛り上がる。

「やっぱり女かな。一応議員だし、金は持ってるんだろ」

「無理ですって、あの容姿じゃ。女も寄ってきませんよ」

「わからんぞ。ああ見えてモテるのかもしれないしな」

警備を言い渡されただけで、その理由については悟郎たちメンバーは聞かされていない。班長も知らないようだった。カメラ付きドローンを飛ばすとなると、マスコミだろうかと推測できるが、連中がそこまでするだろうかという疑問も残る。

警備するのはいい。任務であるなら文句はない。しかし自分が何のために警備につくのか、それがわからないのは不安だ。ほかの班員も同じように感じているようで、冗談っぽく話しているが、内心は不満を抱えているはずだ。

「それはそうと、草刈の手裏剣の技術は一級品だな。あの距離でドローンに当てるなんて信じられないよ」

「本当だな。俺なんてもう何年も手裏剣使ってもいないよ。押し入れの中で眠ったまま だ」

以前はキャンプに行ったときに山の奥で棒手裏剣の練習をしていたが、蛍と一緒にキャンプに行くようになり、それもできなくなった。今は多摩川沿いの高架下などでたまに練習している程度だ。

「こいつは昔から上手でしたから」音無がそう口を挟んでくる。「手裏剣の腕は保証します。どうしてオリンピックの正式種目に手裏剣がないのか、本気で悔しがっていましたからね、中学生のときに」

音無のジョークにほかの班員たちが笑う。地上から手裏剣を投げて外したのは音無のようだった。先日の居酒屋の一件とは距離も違うので、難易度も格段に上がる。外したのは仕方のないことだ。

「待たせてすまん」

そう言いながら班長が部屋に入ってきた。手に持っていた紙を配りながら言った。

「本部と話をした。もう一班、今回の任務に投入されることになった。今後は合同で警備に当たることが決定した」

麹町に通称伊賀ビルと呼ばれる建物があり、そこはすべてのフロアが伊賀系の企業や個人事業主のオフィスなどになっている。その上層階に本部という、いわゆる伊賀忍者を総轄する機関があり、指揮系統の頂点に位置していた。本部は評議員という選ばれし忍者によって運営されていて、悟郎のような下忍にとっては雲の上のような存在だ。

「警備に当たる人数も増員する。二人一組で、正面玄関近くに一組、裏の庭の外に一組、合計四名で警備に当たる。スケジュールは配った紙に書かれている通りだ」

視線を落とす。悟郎は明日の夜の当番になっていた。午後七時から翌朝までの十二時間だ。音無も一緒だ。

「仕事の都合もあるだろうが各自調整するように」

「はい」

声を揃えて返事をする。こっそりと家を出るのは難しいので、蛍に対して嘘をつくしかなさそうだ。問題はどんな嘘をつくかだ。今は正直言って夫婦仲がうまくいっていない。最大のピンチといっても差し支えがない。そんなときに一晩家を空ける。どんな言い訳がいいだろうか。

「そろそろ本部からの応援も駆けつけることだろう。今日の夜の当番以外、帰っていいぞ。遅くまでご苦労さん」

「お疲れ様でした」

解散となった。とは言っても明日も徹夜で警備だ。どのように蛍に言い訳しようか。そんな悩みが悟郎の頭の中の大半を占めている。

玄関の方で物音が聞こえたのは、午後十一時になろうという時間だった。無警戒な足音とともにリビングに悟郎が入ってくる。一瞬、彼は驚いたような顔をした。それもそのはず、普段は寝室で眠っているはずの妻がリビングでテレビを観ているのだから。

「お、起きてたのか？」

見ればわかるでしょうに。その言葉を飲み込み、蛍は返事をした。

「まあね」

「そうか。何か大変な事件でも起きたのか？」

テレビではニュース番組が流れていた。女性のニュースキャスターが原稿を読み上げている。

「いえ、別にそうじゃないけど」

　実は多少気にしていた。赤巻という議員宅にドローンが侵入したというニュースが流れるかもしれない。そう思いつつ番組を観ていたが、今のところニュースでは流れていない。ネットも確認しているが、表面上では記事になっていないようだ。被害届を出さなかったのか、もしくはマスコミに提供されていないのか、そのどちらかだろう。単なるいたずらで事件性なしと判断されたという場合もある。

「本当に参ったよ」悟郎が冷蔵庫を開け、中から缶のハイボールを出しながら言った。「何か知らないけど、急に上司に呼ばれちゃってさ」

　わざとらしい態度に若干の違和感を覚えるが、少なくとも女性と一緒にいたのではないことは匂いでわかる。蛍の嗅覚は常人よりもはるかに優れている。

「説教みたいな話を延々と繰り返されたんだ。ある意味パワハラだと俺は思うけどね。いやあ、参った参った」

　悟郎がリビングにやってきた。テーブルの上に置かれた紙に目をやり、首を傾げた。

「ん？　何だ、それ」

「離婚届。区役所でもらってきたのよ」

　午前中の休憩時間、近くにある区役所の出先機関に足を運び、離婚届をもらってきたのだ。これに必要事項を記入し、判を押して区役所に受理されれば、晴れて離婚が成立する。婚姻というのは紙切れ一枚の関係なんだなと蛍は痛感した。そんな紙切れ一枚の関係に一喜一憂するのは馬鹿らしい。

「これ、書いて。書いてくれたら私も書くから」

「ちょっと待てよ」悟郎がハイボールの缶をテーブルの上に置いた。かなり動揺しているらしく、目が泳いでいる。「い、いきなり何を言いだすんだよ。家事は分担するってことで話は落ち着いたんじゃなかったか？」

「落ち着いてないわよ。そもそも家事の負担だけが問題じゃないんだから」

「とにかく待ってくれ。冷静になれよ、蛍」

「私はいたって冷静だから」

どんな苦境に立たされようが、冷静に対処法を考え、実行に移す。それが忍者としての行動規範だ。

「わからないことがある」そう前置きして蛍は悟郎に訊いた。「どうして離婚したくないの？ 私たち、もう昔みたいな関係じゃないでしょう。あなたはいつも部屋に閉じ籠もってて、休みの日はジムに行っちゃう。かろうじて寝室は一緒だけど、ベッドは別々。これって夫婦って言えるの？」

夫婦というより、同居人といった方がしっくりくる関係だ。以前は感じていた愛情はすっかり消え失せている。

「ねえ、教えて。どうして離婚したくないの？　私正直驚いた。絶対にあなたは賛成してくれるものだと思っていたから」

慰謝料などの関係で、先に離婚を言いだした方が損をするという話を雑誌か何かで読んだことがある。私が離婚を切りだすのを彼は待っているのではないか。そんな風に漠然と思っていたのも事実だった。

「それは、まあ、あれだよ」

「あれって何？」

「だからあれだよ」苦しそうな表情で悟郎は言った。「結婚とか離婚っていうのは本人同士だけの問題じゃないんだよ。蛍、お前は家族がいないし、わからないかもしれないけどな。結婚するっていうのは家同士が一緒になるって意味だ。だからいろいろ難しいんだよ」

「つまり悟郎さんの実家の許可を得ないといけない。そういう意味？」

「まあな。あ、違う。実家だけの問題じゃない。俺はやり直せると信じてるからな」

これでは堂々巡りだ。離婚したい妻と、離婚したくない夫。悟郎の実家は静岡市内にあり、結婚前に一度挨拶に行ったことがあるだけで、それきり足を運んでいない。盆や正月などに帰省するタイミングは何度かあったが、ウイルス性の病が流行っていたこともあり、ずっと自粛していたのだ。

「蛍、とにかくいったん冷静になろう」

「だから私は冷静だって言ってるじゃない」

「そうだった。蛍は冷静だったな。まずは家事の分担の見直しから始めたい。たとえば食事の用意を交代制にするってのはどうだ？」

駄目だ、これは。蛍は天を仰ぐ。問題の本質はそこではない。家事の分担だけが原因ではないのだ。夫婦というのは所詮は赤の他人であり、しかも忍者と一般人は相容れない存在である。そこが問題なのだ。

蛍は立ち上がった。そのままリビングを出て、階段を上る。寝室のクローゼットを開け、ショルダーバッグを出してそこにいろいろと私物を詰め込んだ。そして一階に下りて玄関で靴を履いた。

「どこ行くんだよ」

背後で悟郎がそう言ったが、蛍は答えなかった。

「待てよ、蛍」

その声を無視して、蛍は玄関のドアを開けて外に出た。


「このあたりで結構です」

深夜零時を回っていたが、街はまだ明るかった。蛍は料金を払ってタクシーから降

り る。酔った男女が通りを行き交っている。遠くからギターの音色とそれに合わせた歌声が聞こえてくる。路上ミュージシャンの演奏だろう。ここは高円寺。いつ来ても賑やかな街だ。

コンビニに入る。籠を持って手あたり次第に放り込んでいく。滅多に飲まないアルコール飲料や、普段は食べないスナック菓子も中に入れた。私は冷静だ、と悟郎には言っておきながら、あまり冷静ではなかったのかもしれない。離婚に向けた話し合いというのは神経を消耗するようだ。

袋を手にコンビニから出て、通りを駅とは逆方向に向かって歩いた。住宅街の中にある三階建ての低層マンションに入った。預かっているキーでオートロックを解除し、三階に向かう。目当ての部屋の鍵を開け、中に入った。人の気配はある。

「雀、いるんでしょう？」

蛍は室内に上がり、廊下を奥に進んだ。ドアを開けると最初に目につくのは大きなゲーミングチェアだ。そこに座った妹の雀がパソコンでゲームに興じている。

「雀、もっと警戒した方がいいって。私じゃなかったらどうするのよ」

「合い鍵持ってるのお姉ちゃんだけ」

マウスを操りながら雀は答える。ゲームの画面から目を離そうとしない。肩をすくめてから蛍は手に持っていた袋をフローリングの上に直接置いた。

「これ、お土産ね」

「助かる」

素っ気ない答えが返ってくるが、慣れているので何も感じない。四歳下の妹は幼少の頃から大人しい子で、感情を表に出さない子供だった。しかも極度のあがり症で、同時に人見知り。学校でも目立たず、お転婆な姉二人の陰にいつも隠れていた。

そんな彼女に転機が訪れたのは、小学五年生のときだ。年に一度の学芸会において、雀の学年は――長野の山奥の学校なので一学年一クラスしかない――劇を発表することが決定し、男子児童の嫌がらせで雀は主役のシンデレラをやらされることになった。雀にそんな大役が務まるわけがない。蛍たちの不安は見事に覆されることになった。舞台上の雀は活き活きとシンデレラを演じ切ったのだ。

ステージの上では自分を解放できる。その発見に雀自身も驚いたようだったが、学芸会が終わったあとは以前と同じ元の雀に戻ってしまった。暗い少女時代を送った雀は、姉二人を追うようにして上京、そして地下アイドルとして活動するようになる。ステージ上では自分を解放できる。学芸会の思い出が彼女を突き動かしたことは想像に難くない。

雀はもともと可愛い顔をしており、メジャーなアイドルを目指せるのではないかと蛍も思っているのだが、やはりそこは難しいらしい。メジャーなアイドルは握手会やらステージ上でのＭＣといったコミュニケーションスキルが必須であり、それが欠如している雀は面接の段階で落とされるのだそうだ。今は『ポンコツ・アンドロイド』というユニットに所属し、都内の劇場でライブをして生計を立てている。

「雀、今日もライブだったの？」

「今日は休みだった」

蛍は買ってきたサワー系アルコール飲料を飲んだ。アルコールを口にするのは久し振りだ。やはり忍者として常に冷静でいたいという気持ちがあるため、集中を削ぐアルコールは日頃から口にするのが憚られた。だから家でダラダラとハイボールを飲んでいる悟郎を見るたびに、一般人の警戒心のなさを見せつけられるような気がした。そういう積み重ねも不満要因の一つだった。

「お姉ちゃん、最近指令やってる？」

「やってるわよ。今も一個受けてる最中だもん」

「どんなやつ？」

興味を惹いたようで、雀がマウスから手を放してこちらを見た。蛍はスマートフォンを出し、届いた指令の内容を見せる。雀がうなずきながら言った。

「超面白そう。私も行きたい」

「ゲームとは違うんだからね。毎回大変なんだってば」

「いつやるの？」

「明日の晩。新月だからね」

月の出ない新月は侵入にはもってこいの日だ。しかも明日の天気予報は晴れ。雨を気にせずに済む。今日ドローンで赤巻という議員の自宅は偵察してみた。故障したのか、途中で落下してしまったのが残念だったが、自動爆破装置が作動したはずだ。手がかりを残すようなヘマはしていないし、収穫も少なからずあった。

「明日は駄目だ。ライブの予定が入ってる」

「私一人で大丈夫だから」

蛍はスナック菓子の袋を開け、つまんで食べた。味は濃いが、クセになる味だった。いつもキャンプに行くと悟郎がずっと一人で食べていた。キャンプのときだけ菓子を解禁するらしい。一応彼は見た目はマッチョな体型であり、菓子や甘いものは日頃食べないよう気遣っていた。

「お姉ちゃん、今度手伝わせて」

「雀は駄目よ。顔バレしちゃったら大変だよ」

「大丈夫だよ、ちゃんと化けるから」

三姉妹の中でも雀の変装能力は抜群に高い。忍者というのは商人に化けて他国に侵入するなど、変装能力も必要とされていた。小五でシンデレラを演じて以来、その味を覚えた雀は、父から多くの変装技術を伝授されていた。

「ズルくない？　お姉ちゃんばっかり指令受けて」

「雀、あんたね。あんたやお姉ちゃんが無理だから私に指令が来るんじゃないのよ」

すでに一本目のサワーを飲み干してしまった。やはり家族が一緒だとリラックスできる。今夜は久し振りにぐっすり眠れそうだ。蛍は二本目のサワーに手を伸ばした。


「うわ、マジかよ。本当に奥さん、出ていってしまったのか？」

「声がでかいよ、音無。あまり他人に聞かれたくないんだよ、こっちも」

悟郎は食堂にいた。真向かいには音無が座っている。悟郎は天ぷらそば、音無は今日も二段重ねの愛妻弁当だ。悟郎たちが勤務する世田谷中央郵便局は結構な規模の郵便局であるため、食堂もそれなりの大きさだ。今も多くの郵便局員が昼食をとっている。

「で、奥さん、どこ行ったんだよ」

「知らないよ」

「知らないってお前、もし男のところに転がり込んでいたらどうするんだよ。たとえば急に元カレを思いだしたりとか」

　根拠はないが、蛍に限ってそういうのはないような気がした。今朝、心配になってメッセージを送ってみたが、いまだに返信はない。それでも既読になったので安心していた。一方通行ではあるが、こちらから何かを伝えることは可能なのだ。

「でも家出しちゃうとなると、本格的にヤバいな。このままだと危険水域に入っちまうぞ」

　すでに危険水域に入っているという自覚はある。昨夜、離婚届を見せられたときには息が止まりそうになるほど驚いた。蛍が本気で別れたがっているのだと実感した。さすがに離婚届を渡されたことは音無には言っていない。

　難しいところだった。悟郎にしても蛍と一生添い遂げることは無理だと感覚的にわかっている。しかし離婚してしまうと伊賀忍者としての面子が潰れる。番付が下がるようなことになれば、草刈家のご先祖様にも顔向けできない。何より実家の両親に合わせる顔がなかった。

「やっぱり一般人はやめておくべきだったんだよ。何度も言うけどな。そういえば、本部の研修で一緒になった知り合いがいるんだけど、今そいつ、一般人と付き合ってるんだよ」

　麴町にある伊賀ビルでは各種研修などがおこなわれる。上忍である音無はそれらの研修によく強制的に参加させられている。上忍ともなると付き合いも大事なのだ。

「そろそろ結婚を考えているらしい。どう思う？　やめるように忠告してあげた方がいいかな」

「うーん」と悟郎は腕を組んだ。「当事者同士の気持ちも大事だが、経験者である俺の意見を言わせてもらえば、やめておいた方が無難だな」

「言葉に重みがあるな。そう伝えておくよ。話は変わるが」音無がやや声を小さくして続けた。「例のドローンからは手がかりが出なかったらしい。指紋もなし。ドローンは量販店で購入できる代物のようだ」

　昨日の夕方、赤巻議員の自宅上空を飛んでいたカメラ付きドローンだ。音無の話を聞く限りは、まったく手がかりゼロという状態らしい。無理もない。自爆してしまったのだから。

「やっぱりマスコミの仕業かもしれないな。あのおっさん、いったい何をやらかしたんだよ」

　マスコミが飛ばしたドローンである。班員の中でもそう考える者が多いようだが、悟郎はそうは思わなかった。昨日のドローンは地上に落下したのちに爆発した。大きな爆発ではなかったが、あれは証拠隠滅を狙った自爆だと推測できた。マスコミがあそこまで手の込んだことをするとは思えないのだ。

昨夜から二十四時間態勢で赤巻邸の警備をおこなっており、悟郎も今夜担当することになっていた。蛍にどんな言い訳をしようか。そればかりずっと考えている。徹夜の仕事など郵便局にはないので、プライベートな理由を強引に作るしか方法はない。ただし蛍が今日も外泊するようなことになったら、それはそれで好都合だ。言い訳はせずに済むからだ。

「今日は徹夜になるから、いったん仮眠をとった方がよさそうだな。集合は午後七時だ。家に帰って一時間くらいは眠れるだろ」

音無がそう言ったときだった。いきなり悟郎の隣に男が座った。カツカレーの載った盆を手にしている。

「徹夜って何?」

男は先輩の郵便局員だ。慌てた様子で音無が答える。

「あれですよ、あれ。ええと、最近海外ドラマにハマってて、今日も徹夜で観てしまうかもしれないなって話してたんです」

「さすがに徹夜はマズいでしょ。明日も仕事なんだから」

「そ、そうですよね」

男は当然、一般人だ。誰とでも打ち解ける人懐こい性格で知られている。男は音無の肩のあたりを触りながら言った。

「音無君、鍛えてるねえ。本当に尊敬するよ。あ、草刈君もだよ。二人はやっぱりジムとかに行ったりしているのかい？」

「ええ、まあ」と音無が答えた。「毎日行ってるわけではないですけどね」

若い頃は二人とも毎日のようにジムに通い、躍起になって鍛えていた。筋肉イコール強さだと思っていた時期もあった。結婚してから毎日通うのは難しくなったが、悟郎も音無も同じスポーツジムの会員だ。渋谷にあるそのスポーツジムは経営者が伊賀忍者の一族であることから、多くの忍者が通っている。

「俺も鍛えようかな。最近腹が出てきちゃって、ウエストがきついんだよね」

男はそう言いながらカツカレーを食べている。まずは食事制限から始めてはどうですか。そう言いたい気持ちを抑え、天ぷらそばを食べようとしたときだった。音無がストレートに言った。

「だったらカツカレーはやめた方がいいっすよ。カロリー高いので」

蛍はファミレスにいた。月に一度のランチミーティングのため、四人の薬剤師とともに訪れているのだ。ただしランチミーティングとは名ばかりで、最近ではただのお

食事会と化してしまっている。

「……それで旦那を問い詰めたのよ。最初のうちは認めなかったんだけど、LINEの件を話したら白状したわ」

今日も最古参の薬剤師、智代主任の独壇場だった。前々から旦那の行動が怪しいと言っていたのだが、遂にその決定的証拠を摑んだというのだった。まるで鬼の首をとったようにその話を興奮気味に話している。お喋りな人だ。

きっかけはLINEだったという。寝ている旦那の指を利用し、指紋認証を解除してスマートフォンを見たというのだ。そこで愛人らしき女性とのやりとりを発見し、翌日問い詰めたというわけだ。まったく一般人というのはある意味忍者よりも怖い。寝ている人間に直接触るなど、忍者の世界では考えられない。もし似たような任務を与えられたら、絶対に起きないように睡眠薬を飲ませるなど、より確実な方法を選ぶだろう。

「それで主任、どうするんですか？　旦那さんと離婚するんですか？」

一人の薬剤師に訊かれ、智代主任は答えた。

「しないわよ。するわけないじゃない」

「じゃあ許してあげるってことですか？」

「まあね。でもただじゃないわよ。バッグか旅行かお洋服か。何かを買ってもらう代わりに許してあげようと思ってるの。本当にみんなも気をつけた方がいいわよ。男っていうのは浮気をする生き物だからね。草刈さんのところは大丈夫？　ご主人、怪しい動きはしてない？」

突然話を振られた。智代主任は四十代、あとは三十代が二人、蛍ともう一人の子が二十代という年齢構成だ。智代主任のほかに結婚しているのは蛍だけなので、その質問の意図は明白だ。

「うちは多分大丈夫だと思いますけど」

「よかったわ。草刈さんのところはまだ二年だしね。でも気をつけた方がいいわよ。麻雀は危険よ。これは経験者が語るんだから間違いない。うちの旦那、麻雀だからという理由で家に帰らない日があったの。今になって思えば麻雀というのは口実だったのよ。草刈さんも気をつけて」

「はい、気をつけます」

自分は離婚を考えています、とは言えない。それにしてもどうして一般人というのは自分の話をしたがるのだろうか。あれこれ喋ってしまえば、それはすなわちみずからの家の内部情報を明かしているようなものだ。悟郎もそうなのだろうか。職場で「俺の妻が」とかあれこれ言い触らしているのか。そう考えると本当に気持ちが悪い。

「あと同窓会は危険だからね。憶えておいて損はない。まあこれは女側にも言えるんだけどね」

智代主任の分析によると、彼女の夫は同窓会に参加したときに同級生の元カノに会い、関係が復活したという。だから同窓会には気をつけろと警鐘を鳴らしているのだった。

「私、ドリンクのお代わりとってきます」

そう言って蛍の隣に座っていた一番若手のエリが立ち上がった。時刻は午後一時三十分を回っている。薬局の営業は午後二時半から再開されるので、まだ時間はたっぷりある。自分のコップも空いていることに気づき、蛍も立ち上がった。「あ、私も行ってきます」

ドリンクバーに向かう。エリが紅茶を作っているのを見て、蛍も紅茶に決めた。包装から出したティーバッグをカップに入れ、そこに湯を注いだ。

「実は私、付き合っている彼がいるんですけど」隣のエリが話しかけてくる。「付き合って長いし、そろそろ結婚してもいいかなと思い始めてて。まだプロポーズされたわけじゃないんですけど、何か主任の話聞いてると冷めてくるっていうか、結婚ってたいしたことないように思えてきちゃって」

同調できる部分もある。結婚を夢見ている女性にとって、智代主任の話は結婚の幻想を崩してしまうものなのかもしれない。

「それで蛍さん、実際のところどうなんですか？」

「どうなんですかって、何が？」

「結婚ですよ。結婚ってぶっちゃけどうなんですか？」

返答に窮する。あくまでも一般論ということで差し障りのない答えを述べてみる。

「いいと思うよ。まあ価値観の違いは出てくるものだけどね。総じていいものだと思うわ」

「だって蛍さんのご主人、かっこいいですもんね」

そう言われて思いだした。三ヵ月ほど前、エリとスーパーで遭遇したのだ。悟郎も一緒だったのだが、彼はやや離れた場所にいたので紹介しなかった。エリは気づいていたというわけだ。

「細マッチョっていうんですか。あのくらいの体型がベストですよね。それに休みの日に奥さんに付き合って買い物に来てくれるなんて最高じゃないですか」

普段、二人で買い物に行くことなど決してない。あれは特別だ。月に一度のキャンプの前、スーパーに立ち寄って買いだしをする。エリと遭遇したのはちょうどそのときだったのだ。

「本当にぶっちゃけどうなんですか？　蛍さん、結婚したこと後悔していませんか？」

激しく後悔している。しかしそれは忍者である自分が一般人の夫に対して不満を抱いているからであり、エリにアドバイスできることなど一つもない。

「あ、そろそろ紅茶いいみたいね」

はぐらかすように蛍はそう言い、カップの中からティーバッグをとりだした。


午後十一時。周囲は静まり返っている。世田谷区内にある閑静な住宅街の中だった。昨日、ドローンを飛ばしたときに訪れたので、周辺地域の地図も頭の中に入っていた。蛍は今、街路樹の陰に隠れるように通りの向こうを観察している。

全身黒で固めてある。黒のレギンスの上に黒のハーフパンツ。トップスは黒の長袖シャツだ。さらには黒い帽子にサングラス、黒いマスクをつけている。少し怪しげな格好であるが、深夜にジョギングをしている女性に見えなくもない。実際、蛍はここまで走ってきた。

気になる点があった。まるで赤巻邸を警備するかのように、二台の車が停まっているのだ。一台は正門前、もう一台は裏の庭に面した通りに停まっていた。中には二人の男の影が見えた。警戒した赤巻が民間の警備会社に依頼をしたのかもしれない。

庭側から潜入するつもりだった。となるとあそこに停まっている見張りの車が邪魔だ。どうにかして排除しなければならない。蛍は闇に溶け込み、そのタイミングを窺っていた。

息を殺して、そのときを待つ。すると駅の方から男が一人、歩いてくるのが見えた。帰宅してくるサラリーマン風の男で、真っ直ぐ見張りの車の方に向かって歩いてくる。蛍は脇の下のホルスターから一丁の拳銃をとりだす。見た目はオートマチック式の拳銃だ。

業者から仕入れた麻酔銃だ。発射された針が当たると相手は昏倒するという優れものだ。誘拐屋という、誘拐を専門におこなう犯罪者が使用している特注品らしく、蛍は無理を言って自分用に作ってもらった。音も小さいので重宝している。

蛍は麻酔銃を構えながら、通りを渡る。サラリーマン風の男は見張りの車の五メートル前にまで近づいていた。ごめんなさい。心の中で詫びてから、蛍は引き金を引く。プシュッという空気を切り裂くような音が聞こえ、サラリーマン風の男はアスファルトの上に倒れた。通りを渡りきった蛍はガードレールに身を寄せる。

見張りの車のドアが開く音が聞こえた。運転席と助手席から男が降りてくる。彼らには突然目の前で通行人が倒れたように見えたはずであり、よほどのことがない限りは降りて容態を確かめようとするに違いない。蛍の読み通り、二人の男は警戒する様子もなく、倒れた男に近づいていく。

「大丈夫ですか？」

「救急車呼んだ方がいいかな？」

「そうだな。呼んだ方がいいかもしれんな」

二人の意識は倒れたサラリーマン風の男に向かっているため、背後から近づいてくる蛍の存在には気づかなかった。蛍は二人の首筋に向かって麻酔銃を連射した。二人の男は前のめりに倒れた。

ここから先がひと苦労だった。気を失った三人の男を放置しておくわけにはいかない。誰かに見られて通報されたら厄介だ。蛍は男たちを車まで運び、車内に押し込んだ。見張りの男二人は筋肉質タイプで、やけに重かった。さすがの蛍も息が上がっていた。

それにしてもこの二人は何者か。警備会社から派遣された者かと思っていたが、車内にはそれを示す痕跡はない。赤巻が個人的に雇った者たちか。

車のフロントミラーのあたりにドライブレコーダーがあった。一部始終が記録されていたら厄介なので、ボタンを押して画像を全消去し、ついでに電源をオフにした。この者たちが気を失っている時間は約三十分。その間に仕事を済ませなくてはならない。スマートフォンのストップウォッチ機能を作動させた。息を整え、周囲に人の目がないことを確認してから、蛍は高さ二メートルの板塀に飛び乗った。

犬はどこ？

昨日ドローンを飛ばしたとき、庭にドーベルマンがいるのが見えた。それが偵察における一番の収穫だった。人に向かって吠える犬は忍者の天敵とされていて、古来毒饅頭（まんじゅう）を食べさせるなどして、その脅威に対抗していたという。

現在においても手法はさして変わらない。蛍はリュックサックの中からコンビニで買ってきたチキンを出し、それを二つにちぎって片方を庭の中に投げ入れた。するとどこからともなく現れたドーベルマンがチキンにかぶりつく。ほどなくしてドーベルマンはその場に腹這いになる。チキンに混入した睡眠薬が効いたのだ。

さらにもう半分のチキンを庭に投げ入れたが、反応はなかった。ドーベルマンは一頭だけらしい。蛍は庭に降り立った。芝生の上を歩き、邸宅に向かう。裏口のドアの前に立った。ドアの形状を見て、これなら開けられそうだと判断し、リュックサックの中からピッキングの道具を出した。他人の家に侵入するのは忍者の主な仕事の一つである。そのため蛍はプロ顔負けのピッキング技術を身につけている。

ものの数分でドアは開き、蛍は室内に侵入した。警報は鳴らなかった。鳴った場合でも警備システムの対処法は心得ている。政治家だけあり、広い邸宅だった。耳を澄ましても音は聞こえてこない。まだ十一時という時間だが、もう眠りに就いたということか。赤巻が妻と別居中で一人暮らしであるのは事前の資料からわかっている。

すでに蛍は室内の間取りも頭に入っている。今回の指令は「赤巻が違法薬物に手を出している可能性があり、その現場を押さえろ」という内容だった。蛍が背負っているリュックサックの中には超小型のカメラが三つ、入っている。それを邸宅内に仕掛けるというのが蛍が立てた作戦だ。どこに仕掛けるか、それをこれから吟味するのだ。

蛍が目をつけている部屋があった。地下室だ。この家には地下室があると資料から判明していた。前の所有者が楽器を弾くために作った部屋のようだ。

廊下の突き当たりに下に続く階段があった。足音を立てぬように階段を下りる。ドアが見えたので、蛍は慎重にドアに耳を押し当てた。中から音は聞こえない。誰もいないようだ。すでに一、二階に誰もいないことは確認済みだ。ここにもいないということは、家の主は不在なのかもしれない。

ドアの鍵を確認する。ノブの中央に鍵穴がある、いわゆるシリンダー錠というものだ。蛍はリュックサックから道具を出した。この手の鍵なら朝飯前だ。

鍵を解除した。ドアを薄く開け、中の様子を観察する。最初に感じたのはお香を焚いたような匂いだった。麻薬を使用する際、その匂いを誤魔化すためにお香を焚くという話を聞いたことがある。

部屋の中央に応接セットが見える。手前に観葉植物が置かれているためはっきりとは見えないが、どうやら奥のソファに男が座っているようだ。眠っているらしく、男に動きはない。いや、眠っているなら寝息くらいは聞こえてきそうなものなのだが――。

蛍は慎重な足どりで室内に侵入する。ソファにはガウンを羽織った男が座っている。ただし息はしていなかった。舌を垂らし、胸元は涎（よだれ）で濡れていた。死んでいるのは明らかだ。

外傷は特には見られない。テーブルの上には白い粉が置かれていて、それを吸引するためのスプーンやライターなども見えた。薬物摂取中に息を引きとったのか。いずれにしても長居は無用だ。当の本人が死んでしまったのだから、スキャンダルを暴くどころの話ではない。

遺体やテーブルの上を撮影することにする。スマートフォンを出して遺体やその周辺の撮影をしていると、蛍はそれに気がついた。膝をつき、遺体に顔を近づけた。

「悪い、遅くなって。女房から電話がかかってきたんだよ」

そう言いながら音無が助手席に乗り込んでくる。コンビニのビニール袋を手にしていた。眠気覚ましにコーヒーでも飲もうという話になり、音無が近くのコンビニまで足を運んだのだ。悟郎は音無から受けとった紙コップをドリンクホルダーに置く。

「食うか？」

音無がチョコレート菓子を出してきた。深夜に食べるには禁断の食べ物だと思うが、今夜は朝までここで見張ることになる。このくらいは許してもいいだろう。

「もらうよ。ありがとな」

チョコレート菓子を食べ、コーヒーを一口飲んだ。赤巻議員の自宅前だ。悟郎たちが乗るセダンタイプの車は正面玄関の前に停まっている。周囲は静かだった。時折会社帰りとおぼしきサラリーマンの姿が見えるが、さほど人通りはない。たまにタクシーが通ることもある。

「ところで奥さん、まだ帰ってきていないのか？」

「まあな」と悟郎は答えた。「ここに来る前に自宅に立ち寄ったんだが、いなかった。帰ってきたような形跡もなかったよ」

「でも今日に限ってはその方がよかったかもな。だって平日の夜に一晩中留守にするなんて、言い訳を考えるのが大変だろ。まあうちの場合は女房もわかってるから、その点は心配ないんだけどな」

実は悟郎もホッとしていた。しかし心配ではあった。いったい蛍はどこにいるのか。夕方にLINEのメッセージを送ったのだが、既読になっただけでやはり返信はない。

「きっと友達の家で旦那の悪口を言ってるんだろうな。これがいい憂さ晴らしになるんじゃないか。何食わぬ顔して帰ってくるよ、そのうち」

そうなればいい。しかし蛍は悟郎が思っている以上に頑固な部分がある。それに彼女はこれまで耐えてきた。悟郎が家事を一切やらず、立って小便をしてトイレの床を汚し、キャンプのときだけ張り切って料理を作るのを、ずっと我慢してきたのだ。そういう積もりに積もったものが爆発したとなれば、そう簡単に彼女の怒りが鎮まるとは思えなかった。

「今回ほどやる気の出ない任務もないな」

音無が正直な感想を口にする。それには悟郎も異論はなかった。威張り腐った赤巻議員は決して人望があるとは言えず、むしろ忍者たちからも嫌われていた。

「ああいう性格だからな」音無が続けて言った。「次々とスタッフが辞めていってしまうそうだ。つい先日も運転手が突然辞めてしまったらしいぜ」

その話は悟郎も知っている。実は昨日、ドローンを棒手裏剣で撃墜したことを赤巻から褒められた。そのついでという感じで「君、私の運転手をやらないか」と言われたので、悟郎は丁重に断った。

「あっちに異常がないか、確認してみるか」

そう言って音無が紙コップをドリンクホルダーに置き、スマートフォンをポケットから出した。あっちというのは庭側を見張っている二人のことだ。違う班から派遣された者たちで、同じ忍者なので多少の面識はある。二人とも三十代後半くらいの男だ。

「変だな。繋がらないぞ」

音無が首を傾げた。もう一度かけたが結果は同じのようだった。急に緊張感が高まる。こんな大事なときに着信を無視するような真似はするまい。悟郎は運転席のドアに指をかけた。

「ちょっと見てくるよ」

車から降りる。音無も同じく助手席から降り、やや固い口調で言った。

「俺は中を見てくる。草刈、気をつけろよ」

「お前もな」

通りに人影はない。悟郎はアスファルトの上を走り、邸宅の裏手に回った。念のために角を曲がる手前で立ち止まり、通りの様子を観察した。

車が停まっている。見張りの忍者が乗っている車だ。ちょうど車のフロントガラスが見え、運転席と助手席にそれぞれ男が乗っているのが見える。しかし妙なことに二人とも首を垂らして下を向いている。いったいどういうことか。

様子を窺おうと歩きだしたときだった。異変を察知し、悟郎は足を止めた。庭に面して高さ二メートルほどの板塀が続いているのだが、その上にふわりと飛び乗る影が見えたのだ。その影が庭の方から上がってきたのは間違いなかった。賊だ。

影は地上に降り立った。待てっ、と声をかけるのは映画やドラマの中の話だ。一発で仕留めなければならない。懐から棒手裏剣を出し、それを持ち替える。殺してはならない。気を失わせ、捕らえること。それが目的だ。

まだこちらに気づいた様子はない。影は悟郎に背中を向け、走り始めていた。その距離三十メートル程度。悟郎は狙いをつけ、棒手裏剣を放った。

命中させる自信はあった。事実、悟郎が放った棒手裏剣は真っ直ぐ賊の背中のあたりに向かっていった。やった、と思ったそのときだ。賊は不意に真横に飛ぶような動きを見せ、棒手裏剣をかわしたのだ。

賊は走る速度を上げ、そのまま闇の中に消え去った。しばらく悟郎は呆然と立ち尽くしていた。絶対に仕留めたと思ったのだが……。あれほどの運動神経を持っている者など見たことがない。超人のようだ。

ようやく我に返り、悟郎は車に近づいた。ロックされていなかったので、運転席側のドアを開ける。二人とも首を前に垂らしているが、息はあるようだ。なぜか後部座席にはスーツ姿の見知らぬ男の姿もあり、こちらも同じく気を失っている様子だった。いったい何が起こったのか。皆目見当がつかなかったが、一つだけ確かなことがある。すべてあの賊の仕業ということだ。

スーツの内ポケットでスマートフォンが震えていた。出して画面を見ると音無から着信が入っていた。耳に当てると彼の声が聞こえてきた。

「草刈、来てくれ。地下室だ。車からバールを持ってきてくれると助かる」

すぐに通話は切られた。いったい何事か。悟郎は玄関側に向かって走った。胸騒ぎがしてならなかった。車のトランクからバールを出し、それを片手に敷地内に入る。短い庭を横切ってから玄関から邸宅の中に入る。暗かったが、昨日も来たので内部の様子はわかっている。リビングを突っ切って廊下を奥に進むと、地下に続く階段がある。

仕事の資料があるから。そういう理由で昨日は立ち入りを許されなかった場所だ。階段を下りたところに音無が立っていた。悟郎は階段を駆け下りながら言う。

「音無、賊が侵入したぞ。庭側の二人は眠らされている」

それを受けて音無も言う。

「家中探しても議員の姿がない。きっとこの中だ。鍵がかけられている。いくら呼んでも返事がない」

だからバールか。見たところそれほど頑丈なドアではなさそうだ。音無がバールの先端をドアの隙間に挟み、梃子の原理で力任せに押し込んだ。少しだけ隙間ができる。何度か繰り返すうち、ドアそのものが歪んでくるのがわかった。

「草刈、行くぞ」

「わかった」

二人同時にドアにタックルをすると、ドアが向こう側に倒れるようにして開いた。本棚や観葉植物などが置かれた書斎のような部屋だった。中央にある応接セットのソファにガウン姿の赤巻が座っている。眠っているのか。ドアが壊されるほどの音を聞いても目を覚まさないとは……。

音無が赤巻のもとに近づき、彼の鼻のあたりに手を近づけた。そして首を横に振りながら言った。

「死んでるようだな」

「マジか？」

「大マジだ。これをやってるときに心臓発作でも起こしたのかもしれないな」

音無がそう言ってテーブルの上を見る。白い粉が入った小さなビニール袋が置いてある。砂糖のようにも見えるが、きっと砂糖ではない。その近くにはライターとスプーンが転がっている。

立ち入りを許さなかったのはこれが原因か。人目につかないように地下室で違法薬物を吸引する。絶対に許されない行為だ。

「殺されたとは考えられないか?」

悟郎がそう言うと、音無は壊したばかりのドアを見て言った。

「俺も最初はそう考えた。でも鍵がかかっていたんだぞ。いわゆる密室ってやつだ」

窓はない。床以外はコンクリ造りになっている。天井に換気ダクトがあった。下から覗いてみると、それなりに広いダクトが奥に続いているようだが、さすがに大人では通れそうにない。

「いずれにしても事が事だけに本部の指示を仰ぐしかない。お前が目撃した賊の目的も気になるところだ。俺は本部に報告してくる」

「わかった。俺は待機してる」

音無が部屋から出ていった。ソファには赤巻の遺体がある。遺体と二人きりになるのは初めての経験だが、どこか現実感がなかった。

蛍は冷蔵庫からパックの牛乳を出し、それをコップに注いで飲んだ。朝の五時過ぎだ。いつものようにこれからジョギングに行く予定だった。昨夜はハプニングがあ

り、指令を正確にこなしたとは言い難いが、日課のジョギングはおこなうつもりだ。指令については追って連絡があるはずだ。一応昨夜撮った遺体の写真は緊急連絡用のアドレスに送信済みだ。

驚いたことに昨夜悟郎は帰ってこなかった。LINEを送ることはなかったが、どうして帰ってこないのかは気になった。今日は平日であり、通常通り仕事もあるはず。何かの事件・事故に巻き込まれた可能性もあるが、それなら蛍のスマートフォンに連絡が入るだろう。夫は多分無事。それが蛍の導きだした結論だ。

コップを洗い、そろそろジョギングに出掛けようと思ったときだ。突然、玄関の方から音が聞こえた。悟郎が帰ってきたのだ。

しばらく待っていると足音とともに夫がリビングに入ってくる。蛍を見て、悟郎は驚いたような顔をした。

「ほ、蛍……帰ってきてたのか？」

「まあね」

素っ気なく答える。悟郎はスーツ姿だった。出勤のときに持っていくバッグを手にしている。

「ていうかお前、いつ帰ってきたんだ？」

「昨日遅く」

「ふーん、そうか」

悟郎はそう言いながらネクタイを外した。それから冷蔵庫に向かい、ペットボトルの緑茶を出し、それをコップに注いで飲んだ。

「あなたはこんな時間まで何してたの？」

結婚して二年になるが、朝帰りというのは初めてだ。私を一晩中探していたというわけではないだろう。もしそうなら少しは見直すが、違うという確信があった。私を探したくても、彼は私の交友関係などほとんど知らないからだ。

「まあ、ちょっとな」

歯切れが悪い。蛍はさらに追及する。

「ちょっとって、何？」

「あれだよ、あれ。麻雀やってたんだよ」

麻雀。昨日のランチミーティングで智代主任が話していた内容が耳元でよみがえった。

麻雀は危険よ。これは経験者が語るんだから間違いない。

蛍は悟郎に目を向ける。まさかこの人、妻が不在の間に愛人と一緒にいたのか。いや、それ以前の問題として、彼にはそういう相手がいるのだろうか。

「どうした？　俺の顔に何かついてるか？」

あなた、まさか不倫してるの？　そう問い質したい気持ちを必死で抑え込む。今はまだその段階ではないと思った。それでも少しくらいは情報収集してもいいだろうと考えた。蛍は自然な感じを装って会話を続けた。

「へえ、麻雀するんだ。知らなかった」

「言ってなかったっけ？　学生時代はよくやったもんだよ。音無がいきなりやろうとか言いだしてさ。音無は知ってるよな？」

「うん、まあね」

最近は夫婦間の会話はめっきり減ったが、付き合ったばかりの頃には頻繁に会話に出てきた男だ。悟郎とは同級生に当たり、今も同じ職場で働く郵便局員らしい。

「俺は乗り気じゃなかったんだけど、ほら、蛍が帰ってくる気配もなかったし、気晴らししたかったっていうか……。深夜零時で解散するはずが、結局こんな時間になってしまったんだよ」

嘘をついているようには見えなかった。妻が家出をしてしまい、それでもむしゃくしゃして麻雀に付き合ったということだ。私のせいにするな。そう言いたい気持ちがないわけでもないが、勝手に家を出てしまったのは事実なわけだし、ここはあまり深掘りしない方がよさそうだ。少なくとも女の匂いはしない。入念にシャワーを浴びてきたとも考えられるが、彼から漂ってくるのは男の汗の臭いだ。不倫の線はひとまず棚上げしてよさそうだ。

「眠いや、マジで」悟郎が大きな欠伸をする。本当に眠そうだ。「もう五時過ぎか。俺は二時間だけ眠って仕事に行くよ。朝飯とか要らないから、用意しなくていい」

「わかった。じゃあ私、走ってくるから」

蛍はリビングから出て、玄関で靴を履いた。なぜか悟郎があとからついてくる。立ち上がって玄関ドアに手をかけると、背後で悟郎が言った。

「車に気をつけろよ」

結婚して以来、悟郎に見送られてジョギングに行くのは初めてだったので、少し調子が狂った。「うん」と小さくうなずき、蛍は外に出た。

その日の昼、蛍は近くのコンビニに向かった。基本的に昼食はコンビニでパンを買うか、薬局で弁当を注文する。その日の気分だ。もっとも蛍は忍者として長時間の活動をできるように鍛錬を積んでいるため、三日くらいなら食事を摂らなくても平気だ。手製の兵糧丸があれば一週間はいける。

「五円、足りないな。お兄ちゃん、まけてくれないか」

レジ待ちをしているときだった。蛍の前に並んでいた男が店員にそう言った。財布の中に小銭がないため、値引きするように迫っているのだ。符号だった。それを察した蛍は財布から五円玉を出し、レジのトレイの中に置いた。

「よかったらどうぞ」

「ありがとな、姉ちゃん」

符号のやりとりが成立する。この男は甲賀の使いであり、いわゆる山田だ。

レジで支払いを済ませ、蛍は外に出た。山田が蛍を待っていたかのように歩きだした。蛍はその背中を追う。

今日の山田の年齢は四十代くらい。そこらへんにいそうなチンピラ風の男だった。山田はしばらく歩いてから、小さな公園の中に入っていった。公園内には誰もいなかった。奥に二台のベンチが並んでいて、山田がそのうちの一台に座ったので、蛍ももう一台の方に座った。空は曇っており、雨が降りだしそうな空模様だ。空気の匂いと雲の動きからして、三十分後には降り始めるだろう。

山田はコンビニのビニール袋から弁当を出し、それを食べ始めた。ロース焼肉弁当だった。弁当を食べながら山田が言った。

「例の議員、発見されたぞ。秘書によって見つかったというのが公式な発表だ」

蛍はスマートフォンを出し、ニュースサイトを見た。すぐに記事を見つけた。第一報という感じの記事で、民自党幹部や事務所関係者などのコメントは載っていない。

「多分午後には記者会見がある。今、水面下であぁでもないこうでもないと動いてる。薬物中毒死。きっとそういう発表になるだろうがな」

自宅で遺体となって発見された。記事にはそう書かれているだけで、具体的な死因にはまだ触れられていない。

「奴は消された。それが上の推測だ。あんたが送ってくれた画像が役立った。赤巻は何者かに殺されたんだよ」

昨夜遺体を発見したときだ。スマートフォンで遺体を撮影していると、彼の首筋に小さな注射痕を見つけた。その部分の画像も送信済みだ。

「赤巻は麻薬の常習者だった。遅かれ早かれ、奴のスキャンダルは暴かれるはずだったが、先を越されちまったんだ。いったい誰が赤巻をやったのか。もしかすると政敵の仕業かもしれないし、仲間割れでもあったのかもしれない。だが問題の本質はそこじゃない」

山田はそこで言葉を切った。すでに弁当は半分にまで減っている。かなり腹が減っていたようだ。ロース焼肉を食べ、さらにライスを口に詰め込んだ。それを咀嚼しながら山田が言った。

「赤巻は忍者だった。伊賀系のな」

それは知っている。指令の詳細にも記されていたからだ。

「今頃奴らは上を下への大騒ぎだろうぜ。なんたって自分たちの議員を殺害されちまったわけだからな」

　昨夜のことを思いだす。逃走の際、追っ手らしき者から何かを投げつけられた。あのときはかわすのに精一杯で追っ手の正体を確かめようとは思わなかったが、今になって考えてみるとあのときの追っ手は忍者だったのだ。

「そういえば」と蛍は低い声で言った。「手裏剣のようなものを投げてきた。伊賀の奴らはいまだに手裏剣なんか使ってるのかな」

「らしいな。伊賀の連中は伝統を重んじると言われてるからな。下手すりゃ火遁（かとん）や水遁の術も使えるかもな。おめでたい連中だぜ」

　その点、甲賀は違う。便利であれば最新のテクノロジーを利用するのが甲賀流だ。一昨日ドローンを飛ばしたのもそうだし、麻酔銃を使うのもそうだ。だからといって古（いにしえ）の技術を受け継いでいないのかといったら、それは違う。幼い頃から父に多くの技術を叩き込まれているため、手裏剣だって投げられるし、刀だって使える。ただ使わないだけだ。

「ここから先が本題だが」山田は弁当を食べ終えたようで、空いた容器を袋の中に入れながら言った。「奴らは徹底的に調べるはずだ。そして赤巻が殺害されたということになればだ。もしかすると、いや、もしかしなくても、昨夜屋敷に潜入したあんたは議員殺害の容疑者にされちまうかもしれない」

まあそうなるだろうなと思っていたので驚きはない。山田が袋を手に立ち上がった。

「奴らも必死であんたの正体を調べるだろう。その結果、あんたの正体を奴らに突き止められたとする。そうなったとき、あんたは俺たちとは無関係だ。そのつもりでいてくれ」

つまり蛍の正体が伊賀にバレそうになったら、甲賀は蛍を見捨てる。山田はそう言っているのだった。ただしそれはしょうがないことだった。忍者というのはあくまでも消耗品であり、歯車の一つに過ぎないのだから。

「俺から伝えることは以上だ。健闘を祈るぜ、お姉ちゃん」

細心の注意を払って潜入したし、自分に繋がる証拠を残すような真似はしていない。果たして伊賀の連中は私に辿り着くだろうか。

伊賀ビルに入るのは今年に入って初めてだった。前回入ったのは去年の年末、急逝した大物忍者のお別れ会だ。あのときは静岡から上京した父も一緒だった。悟郎は会場の隅の方で立っていただけだった。

今、悟郎はエレベーターに乗っている。音無も一緒だった。最上階で下りると、そこはどこかの会社のようでもある。受付には若い女が一人、座っていた。最上階は伊賀忍者組合の事務局となっている。

　音無は受付の女に一礼して、そのまま廊下を奥に歩いていく。音無は上忍のため、伊賀ビルにも出入りすることがあるし、事務局の人間とも面識がある。しかし悟郎のような下忍にとって、事務局のある最上階は歩くだけで緊張を強いられる場所だ。

　ドアの前で音無が立ち止まり、こちらを振り向いた。覚悟はいいか、と問われてるようだ。悟郎がネクタイを上に絞り上げてうなずくと、音無がドアを開けた。

「失礼します」

　二人で中に入る。広い会議室だった。正面にテーブルが並んでいるが、今はまだ誰もいない。中央にはぽっかりとスペースが空いていて、パイプ椅子が並んでいた。そこには先客として四人の男が座っていた。

「お疲れ様です」

　そう声をかけながら、悟郎たちは空いている椅子に座った。集められたのは昨夜赤巻邸を警備していた面々と、その班長だ。昨夜も、厳密に言えば日付が変わって明け方近くまで、ずっと本部の人間に事情を訊かれていた。

　赤巻が違法薬物を使用していたのは疑いようがなく、酩酊中に襲われたと考えて間違いなさそうだった。医師資格を持つ忍者が駆けつけ、警察に先んじて遺体を見たところ、首筋に小さな皮下出血が見られ、注射などで毒物を注入された可能性が浮上した。つまり立派な殺人ということになる。

赤巻は議員という公職に就いていることから、その死を隠し通すことはできなかった。本部が導きだしたシナリオは、翌日の朝に邸宅を訪れた赤巻の秘書が遺体を発見するというものだった。その秘書も忍者なので、いろいろと口裏を合わせられるので好都合だった。

警察の手に遺体が渡ってしまうと、もうおしまいだ。だから昨夜は朝まで徹底して屋敷中を調べたのだ。もちろん、悟郎もそれに加わった。

「夕方のニュースで報道されるらしいぞ。警察が注射痕に気づくかどうか、微妙なところだ」

そう説明してくれたのは悟郎たちの班長だ。彼は現場にいなかったとはいえ、自分たちの班の任務で生じた事態にかなり責任を感じているのは見ただけでわかる。

「現時点では不審死扱いだ。赤巻議員の遺体から毒物が検出されれば、その時点で殺人事件となる。おっと、いらっしゃったぞ」

前方のドアが開き、そこから数人の男が室内に入ってきた。作務衣を着ている者もいれば、スーツを着ている者もいた。男たちは正面にあるテーブル席に横一列に並んで座る。最後に若い男が何人か入ってきて、壁際にあるパイプ椅子に座った。

「それでは始めようか」

テーブル席の中央に座っている男がそう言うと、壁際に控えている男が一人、前に出て言った。

「それでは臨時の評議会を始めます。皆様方、よろしくお願いいたします」

悟郎は座ったまま一礼し、また前を見る。前方のテーブル席には七名の男が座っている。彼らは評議員と呼ばれている、伊賀忍者の幹部だった。

伊賀忍者のすべての決定権を握っているのが評議会だ。その評議会は七名の評議員によって構成されている。もちろん全員が由緒正しい上忍の家柄であり、いわば伊賀忍者の最高幹部だ。

「現在までに判明している点をご説明いたします」壁際の男が説明を始めた。彼は評議会の事務局、悟郎たちが本部と呼んでいる組織の人間だ。「お亡くなりになったのは赤巻章介衆議院議員、五十二歳。七年前に初当選した伊賀系の議員です」

前方にあるモニターに赤巻議員の写真やプロフィールが映っている。七名の評議員は手元のタブレット端末でそれを見ているようだった。

「赤巻議員は覚せい剤の常習者だったと推察されます。秘書の一人を問い質したところ、昨年からそういう兆候があったようです。その秘書には厳重注意のうえ、半年間の謹慎処分を言い渡しました。遺体は警察の手にあるのでたしかなことはわかりませんが、おそらく赤巻議員は何者かにより殺害されたものと思われます」

モニターには遺体の写真が映っていた。それを見るだけで肩身が狭い思いがする。四人で見張っておきながら、みすみす赤巻を殺されてしまったのだ。完全に悟郎たちの失態だ。

「屋敷の内部、庭等を隈なく捜索しましたが、犯人は一切の痕跡を残していません。屋敷内にある監視カメラも避けて動いているようですし、昏睡させられた二名が乗っていた車のドライブレコーダーも画像が消されていました」

庭側を見張っていた二人の証言によると、こちらに向かって歩いてきた通行人が突然倒れたという。急病かと思って車から降りたところ、首筋にかすかな痛みを感じ、そのまま気を失ってしまったらしい。

「ただし現場から逃げ去っていく不審な人影があったとされています。それを目撃したのは草刈悟郎君です。草刈君、説明をお願いします」

「はっ」と悟郎は立ち上がる。直立したまま説明を始める。「午後十一時過ぎのことでした。庭側を見張っている二名と連絡がとれず、不審に思ったので確認することにいたしました。向かった先で私は怪しい影を見ました。赤巻家の庭に面した板塀の上から飛び降りる人影を発見したのです。すぐさま捕獲のため、私は棒手裏剣を投げつけました。距離は三十メートルほど。当てる自信はあったのですが、敵は素早い身のこなしで棒手裏剣をかわし、そのまま逃走しました」

「その者の風貌は？」

「よくわかりません。暗い夜だったので、ほとんどわかりませんでした。全体的に華奢な感じだったと思います」

月もない夜だった。近くにあった街灯は壊されていたそうだ。あらかじめこういう事態を想定していたのなら、用意周到な計画だと言えよう。

「評議員の皆様方、いかがでしょうか？」

司会役の男に話を振られ、七名の評議員が顔を上げた。全体的に高齢であり、若くても六十代といった年齢層だ。隣の者と小声で話している評議員もいた。すると中央にいた長髪の老人が口を開いた。

「諸君、もうわかっているのではないかな」

男の名前は風富城水（かぜとみじょうすい）。十年以上前から評議員長を務めている上忍で、伊賀忍者の最高権力者だ。年齢は七十五歳になるが、肌の色艶もよく、若々しい。伊賀一族きっての名家だ。

世間一般で言うともっとも有名な伊賀忍者は服部半蔵に代表される服部一族であろう。ただし服部家は戦国武将的な色合いが強く、その子孫は諸藩の家老職などに就いたとも言われている。表の世界の住人だ。

その点、風富家は違う。終始、裏の世界で徳川家を支え続けてきた忍者一族だった。その家系は現代まで続いていて、歴代の評議員長を輩出する家柄だ。

「草刈、お前はわかっているのだろう?」

風富城水直々に声をかけられ、悟郎は背筋を伸ばした。発言を許されているのだろうか。隣を見ると音無も困惑気味に首を振るだけだった。その向こうにいる班長はうなずいていた。話してみろ。そう言われていると解釈し、悟郎は口を開いた。

「私はこう見えて手裏剣の腕に覚えがあります。背後から飛んできた手裏剣をかわす、その身のこなし。二名の手練れをいとも簡単に眠らせる、その技量。おそらく犯人は忍びの者ではないでしょうか」

ずっと考えていたことだ。手裏剣をかわしたことだけではない。屋敷に侵入し、赤巻議員を殺害、そのまま逃走する。しかも証拠の一つも残していない。まさしく忍者そのものだ。

誰もが発言を躊躇している。重たい空気が流れる中、風富城水が口を開いた。

「左様だ。おそらく赤巻は忍びの者によって殺害されたと考えてよかろう。まったくもってけしからん話だ」

伊賀忍者が別の忍者の手にかかって殺害された。もしそれが本当であれば、これ以上の屈辱はない。風富城水が声を張って言った。

「これは大変由々しき問題だ。警察に先を越されるようなことがあっては絶対にならん。伊賀忍者の意地と誇りにかけ、犯人を絶対に探しだせ。そしてその者の息の根を止めるのだ。よろしいな」

「はっ」

会議室にいる忍者全員が、一斉に立ち上がって声を揃えた。悟郎ももちろん、それに加わった。自分が大変な場に居合わせている。それを実感すると同時に、不思議な高揚感を覚えていた。

第二章　忍律背反

「ふーん、麻雀ねえ。まあ怪しいといえば怪しいけど。その智代主任だっけ？　その人の言いたいことも理解できるわね」

蛍は帰宅途中だった。スーパーの前にいる。これから買い物をして帰ろうと思っていた矢先、姉の楓から電話があったのだ。彼女も彼女なりに妹の夫婦問題を心配しており、気になって電話をかけてきたようだ。

「でも女の匂いはしなかったんでしょ？　だったらセーフなんじゃないの」

「まあ、そうなんだけどね」

「で、彼は何て言ってるわけ？　離婚についてはどんな反応なの？」

「それがね……」

結婚というのは本人同士だけの問題ではないため、そう簡単に受け入れることができない。それが悟郎の大まかな主張だった。ただし彼は事態を甘く見ているというか、家事を分担すればどうにかなると考えている節がある。

「だったらいっそのこと、全部分業制にしてやったら？　自分の分は自分でやれって感じ」

楓の提案は実は蛍も考えたことがあるが、下手に家事をやらせてしまうと余計な面倒が増えるのは目に見えていた。結局片づけは私がやる羽目になるのだ。

先日は姉に焚きつけられる形で離婚を切りだしてしまったが、離婚する明確な理由がないように思われた。たとえば夫が浮気をしたとか、そういう確たる理由があれば離婚に向けて一直線に進めるのだが、それがないため事態が進展しないのだ。

「あんたの旦那、私が誘惑してやってもいいわよ。それで決定的な瞬間を押さえて、離婚届を突きつけてやるの。一発で判を押すんじゃないかしら」

「でもお姉ちゃん、夜は早いじゃん」姉は競走馬の調教のため早起きだ。朝の四時くらいに起きることもあるらしい。「それに私とお姉ちゃん、姉妹だから多少似てるからね。下手したら気づかれちゃうよ」

「そっか。だったら雀に頼む？」

「雀はもっと無理。あの子にハニートラップなんて百年早いわよ」

悟郎がその手の罠に引っかかるとは思えなかった。たまに女の匂いをさせて帰ってくることはあるが、それはきっとキャバクラとかそういう店に行っているだけだと思われた。上司や同僚とその手の店に行くことはあるだろう。

「しばらく様子を見ようと思ってる。離婚の意思は告げたわけだし、あとは向こうがどう出るか。それを見極めたいと思う」

「蛍、そんな呑気なこと言ってるといつまで経っても離婚なんてできないわよ」

「わかってるけど、今は一応結婚してるわけだしね。はいさよならってわけにはいかないんだよ」

「面倒臭いわね、結婚って。その点サラブレッドなんてドライなもんよ。春に種付けすればいいんだから」

「お姉ちゃん、馬と人間を一緒にしないで」

つい先日もテレビのスポーツコーナーで姉の楓がとり上げられていた。現在彼女は最多勝利騎手であるというのだ。年間を通じて達成すれば女性としては史上初の快挙らしい。追い切りの様子が映っていたが、馬に乗る姉の姿は妹から見ても格好いいものだった。

「ところで蛍」姉が話題を変えた。「赤巻って議員が死んだみたいだけど、あんたも絡んでるんだって?」

今日の午後、赤巻議員の死がニュースとして報じられていた。蛍もネットで見たが、彼が薬物を使用していたことも明かされていて、薬物の過剰摂取による突然死という見方が強いという話だった。ただし甲賀の上の人たちは赤巻は消された、つまり他殺だと考えているようだ。

「よく知ってるね」

「まあね。私だってこう見えても忍者の端くれだからね」

姉は競馬の騎手として堅気の生活を送っているが、それでもかつての仲間と連絡をとっているらしく、その筋から情報を得たのだろう。妹が伊賀系議員の殺人犯にされてしまうかもしれない。それを案じてくれているのだ。

「お姉ちゃん、大丈夫よ。私はたまたまあいつが死んだ日に侵入しただけだから。証拠は残してきていないし、奴らに気づかれることはないと思う」

最悪の場合、切り捨てられることになる。今日の昼に接触してきた山田にそう言われたと、姉に話すことはできなかった。あまり余計な心配はかけたくない。

「あんたが優秀な忍者であるのは私だって知ってる。でもね、蛍。伊賀の奴らを甘く見ない方がいいわよ。ぬるま湯に浸かってるような奴らだけど、数だけは多いからね。気をつけるに越したことはない」

「わかってる、お姉ちゃん」

伊賀の忍者は今でも古典的な忍術しか使わず、しかも政府に近い仕事に多く就いている軟弱者というのが、甲賀側から見た伊賀忍者の評価だ。ただし勢力としては圧倒的に向こうが上だ。忍者と言えば伊賀、伊賀と言えば忍者。それが世間の認識だと蛍も理解している。

「ごめん、蛍。私そろそろトレーニングに戻らないと。また連絡するね」

通話は切れた。蛍はスマートフォンをバッグにしまい、そのままスーパーの中に入って籠を持った。現在までに自分の周囲で怪しい点はない。きっと逃げ切れるはず。蛍の中では確固たる自信があった。それは甲賀忍者としてのプライドのようなものだ。

私は絶対に捕まらない。そう自分に言い聞かせて、蛍はネギを籠の中に入れた。


「急げ、ちんたらやってんじゃないぞ」

「そのパソコン、こっちに持ってこい。早くしろ」

悟郎は伊賀ビル最上階の会議室にいた。さきほど評議会がおこなわれていた会議室とは別の部屋だ。そこには三十人以上の男たちが集められ、準備に追われている。たまに刑事ドラマなどで警察の捜査本部の様子が映されるが、似たような光景だった。今日からここが赤巻議員を殺害した忍者を捜索する拠点となるのだ。

「草刈、これをコンセントに繋いでくれないか」

音無がそう言って電源タップを投げてきた。悟郎はそれを受けとり、コンセントに繋ぐ。悟郎も当然、捜索本部に動員されている。日中は郵便局の仕事があるので難しいが、空いた時間を使って捜索活動に従事するように言われている。中にはここで専従として捜索に当たる者もいるらしい。自分たちの議員が殺された。伊賀忍者にとってそれがどれだけ大変なことか、この会議室の様子を見るだけで伝わってくる。

「お疲れ様です」

その声に顔を向けると、ちょうど五人の男が会議室に入ってくるのが見えた。彼らは本部と呼ばれる、評議会の事務局に属している忍者たちだ。さきほどの臨時評議会で司会をしていた男の姿も見える。五人の男は会議室の前列のテーブル席についた。

「一同、手を休め。着席」

その号令を聞き、会議室にいた男たちは作業を一時中断し、それぞれ近くの椅子に着席した。悟郎も音無と並んで椅子に座る。目の前にはコードなどが散乱している。

「役割分担表を作成した。各自目を通すように」

男の一人がそう言ってプリントを配り始めた。回ってきた紙に目を通す。悟郎に与えられたのは「捜索及び情報収集」というものだった。音無も同じで、これは単純に言うと下っ端として捜索活動に当たるという意味だ。

「指示は各自のスマートフォンに届くので、それに従って動くように。ここの呼称は特別捜索本部とし、今後は赤巻議員殺害の犯人を追う拠点となる」

音無に肩を叩かれた。顔を向けると彼はプリントのある部分に指を当てている。そこには見憶えのある名前が書かれていた。どうして彼女の名前がここに——。

そのときだった。会議室のドアが開き、一人の女性が入ってきた。黒いパンツスーツに身を包んでいて、やや茶色がかった髪には緩やかなウェーブがかかっていた。小柄ではあるが、どことなく気品溢れる女性だ。彼女は恐縮するように腰を屈めて会議室の横を歩き、中央のテーブル席の一番端に座った。

「……すでに事件についてはニュースでも報道された。マスコミの取材もあると思われるので、一同注意して行動するように。なお今回の件については……」

女性に目が吸い寄せられた。会うのは三年振りだろうか。彼女の名前は風富小夜。評議員長の風富城水の孫であり、悟郎とも旧知の仲だ。彼女は今、銀色のボールペン片手にプリントに目を落としている。

「……警察に潜入している同志から新たな情報が入った。赤巻議員の体内から覚せい剤以外の薬物は検出されなかったらしい。しかし現場に駆けつけたうちの専属医師の話だと、赤巻議員の首筋から注射痕のような傷が発見された。これがどういうことかわかるか？」

悟郎は小夜から目を離し、男の声に意識を集中させた。

「体内から検出されない薬物を利用して、賊は赤巻議員を殺害したということだ。そんなことができる人間は限られている」

赤巻議員の遺体は警察で解剖されたはず。警察の監察医でも見抜けないような薬物となると、犯人の的は一気に絞られるということだ。つまり、赤巻議員を殺害した犯人とは――。

「甲賀の仕業と考えて間違いない。評議員の方々もそう考えておられる」

どよめきが起きる。甲賀というのは伊賀にとって因縁深い相手だ。

伊賀と甲賀は何かと比べられる忍者一族だが、世間の認知度や勢力レベルでは比較対象にならないほど、伊賀の方が上だった。自分たちの方が圧倒的に上だとわかっていても、どこか不気味な存在。それが甲賀一族というものだ。

「二十年ほど前、同じように伊賀系の議員が亡くなった。同じような注射痕があったが、体内から薬物は検出されず、警察も自然死と認定した。当時の幹部は他殺の線を捨てずに犯人探しをしたが、そのときも特定には至らなかった。ただし甲賀者が関っていたことだけは突き止めたらしい」

甲賀というと昔から薬物に通じた忍者一族として知られている。あらゆる種類の毒草の扱いに長けており、それらを複雑に調合するなどして、体内から検出されない毒物を編みだしたのではないか。それが上層部の推測らしい。

「二十年前の借りを返すという意味でも、今回の犯行を許すわけにはいかん。絶対に犯人を捕まえるぞ。一同、そのつもりで捜索に励むように」

「はっ」

口を揃えて返事をする。幾分士気が上がったのは事実だった。明らかにこちらが上とはいえ、甲賀者が天敵であることに変わりはない。

「懐かしいな。三人で顔を揃えるのは三年振りくらいじゃないか」

音無が上機嫌で言った。その気持ちは悟郎にもわかった。場所は四ツ谷駅近くにある創作和食の店で、奥の個室だった。悟郎の目の前には風富小夜の姿がある。

「二人もそんなに変わってないね」小夜がレモンサワーのグラス片手に言った。「私なんてすっかり年とっちゃった。体重増やすのは簡単だけど、落とすのは難しいのよ、最近」

「小夜だってまったく変わらないよ。出会ったときと同じだよ」

「音ちゃん、それは言い過ぎ。出会ったのって小学生じゃん」

忍者学校というものがある。伊賀の一族に生まれた子弟が入る学校のことだ。学校と言っても年に二度、夏休みと冬休みに集中的に開かれる講座のようなもので、全国から集まった忍者の卵たちが訓練に明け暮れるのだ。

小学一年時の最初の忍者学校において、悟郎は風富小夜と出会った。たまたま同じ班になったのだ。女子の忍者というのは珍しく、ともすれば奇異の目で見られることもあった。男子のいない忍者一家の場合、男子の養子をとるのが一般的であり、女子を忍者にするのは珍しいことだった。どうして小夜は女子なのに忍者学校に入れられたのか。悟郎がその理由を知るのは後年になる。

風富家は言わずと知れた名家中の名家であり、そこに生を受けた子は将来的に評議員になることは確実だった。家訓によって他家から養子をとることなど断じて許されず、一人娘である小夜が忍者になる宿命を背負ったのだ。旅行気分で忍者学校に来ていた悟郎たちとは住んでいる世界が違っていた。

しかし悟郎たちは小学生、何度か同じ班で訓練を受けていくうちに仲良くなっていった。三人一組でおこなわれる山でのサバイバル実習において、悟郎、音無、小夜のチームがトップの成績を残したことがあり、忍者学校の期間はいつも三人で行動するようになった。その関係は中学、高校と進学していっても変わらなかった。

「でもまさか小夜が事務局に来るとは思わなかったよ。もう二、三年は大阪にいるもんだと思ってたから」

音無がそう言うと、小夜が笑って答えた。

「突然言われて私も驚いた。バタバタ引っ越して東京に戻ってきたのが今日の昼。二人にも連絡してる暇がなかったわ」

小夜は風富家の跡取りとして英才教育を施され、三年前から関西方面の伊賀者を統轄する大阪本部に出向していた。表の仕事は大手保険会社の外交員で、そちらの方でも悪くない成績を上げているらしい。

「小夜も大変だな。この若さで事務局に配属されるなんて異例中の異例じゃないか」

評議会を支える事務局は家柄だけではなく、優秀な人材でなければ配属されない特殊な部署だ。エリートコースとも言えるが、かなりの仕事量であるとも耳にする。

「いつかは配属されるとは思っていたけどね。ほら、うちの場合、お父さんが基本的に表立って活動できないでしょ。だから娘である私にその仕事が回ってくるのよ」

小夜はこともなげに言う。小夜の父、風富城一郎（じょういちろう）は衆議院議員であり、現在は環境副大臣の職に就いている。震災復興特別委員会などのメンバーにも入っている優秀な政治家だ。赤巻議員が亡くなった今、現役の伊賀系議員は城一郎だけになってしまった。国会議員である城一郎が忍者として活動するわけにもいかず、その仕事が娘の小夜に回ってくるのだ。

「名家に生まれるってのも楽じゃないな」音無が率直に言う。こういう風に胸の内をさらけだせるのも仲のいい証拠だ。「俺なんて絶対無理だぜ。しがない郵便局員で本当によかったよ」

「あら？　そうも言っていられない状況になるかもしれないわよ」

「どういう意味だ？」

「人材が足りないのよ。特捜本部で働く人材がね。今、事務局でも何人かピックアップしてるみたい。もしかしたら二人にも突然の異動命令が下されるかもね」

「俺は勘弁してくれ。悟郎、お前はどうだ？　お前は犯人と遭遇した数少ない目撃者だ。特捜本部も欲しいんじゃないか」

「やめてくれ。俺は……」

　どうせ下忍だから。悟郎はその言葉を飲み込んだ。上忍とか下忍とかそういうのは気にしない方がいいよ。悟郎に最初にそう声をかけてくれたのはほかでもない小夜だ。中学生の頃だった。当時は多感な時期で、自分の家が下忍であり、上忍である音無や小夜と付き合うのに違和感を覚えていた。単なる劣等感以外の何物でもなく、それに気づいた小夜が声をかけてくれたのだ。

「悟郎君だって候補に入ってると思うわよ。まあこればかりはどうなるかわからないけどね」

　小夜がそう言って箸で刺身をとって食べた。小学生の頃はガリガリに痩せて男の子のようだった風貌も、今はすっかり女性らしくなっている。三年前に送別会で会ったときよりもさらに女性らしさが増していた。

悟郎の初恋の相手。それはほかでもない小夜だった。夏と冬の忍者学校に行くのが楽しみで仕方がなかった。当時は悟郎と音無は静岡に、小夜は東京に住んでいたため、忍者学校だけが彼女と会える唯一の場所だった。これ以上ないほどの名家の出身であるのに、それを感じさせない気さくな性格。そして年々磨きがかかっていく美貌。それに何より馬が合った。話していて飽きなかったし、それは向こうも同じだろうと思った。忍者学校の数々の試練をともに乗り越えたという経験も大きかったのかもしれない。

「小夜、聞いてくれよ」音無が突然話題を変えた。「実は草刈んところ、ちょっとヤバいんだよ。まったく可哀想なことに」

「ヤバいってどういうこと？」

「夫婦仲だよ。奥さんとうまくいってないらしい」

「おい、音無。余計なことを言うんじゃない」

悟郎は慌てて制したが無駄だった。興味を惹いたらしく、小夜が身を乗りだしてきた。

「そうなの？　奥さんって、ええと、蛍さんだっけ？　薬剤師やってるんだよね、たしか」

「そうそう、蛍ちゃん。トイレも座ってしろって言ってくるらしいぜ。たまらないよな、まったく。だから一般人はやめておけとあれほど言ったのに」

草刈家の内部事情について、音無が面白おかしく小夜に話している。小夜も顔を輝かせて耳を傾けている。忍者と一般人の結婚の難しさ。話題として秀逸なのは悟郎にもわかる。

「……で、奥さん出ていったらしいんだよ。完全に終わってると思わないか。俺だったらそれだけで即離婚だけどな」

「音ちゃん、それは言い過ぎ。悟郎君には悟郎君の事情ってものがあるんだし」

「ネットカフェに泊まったとか言ってたらしいけど、俺に言わせればそれも本当かどうか怪しいところだな。元カレの家に転がり込んでた可能性だってあるわけだし」

「そこは信じようよ。私の大学の友達もね、結構仲が悪くて離婚も時間の問題って言ってたんだけど、最近関係が修復できたんだって。その方法、知りたくない？」

是非知りたい。金を払ってでも聞きたいくらいだ。しかし本心を押し殺し、悟郎は何食わぬ顔をして言った。

「別にいいよ。うちはうちで何とかやるから」

「悟郎君、そんなこと言わないでよ。これはアンケートっていうか、ちょっとしたゲームみたいなものなんだけどね。まずは紙を用意して……」

ふむふむ。思わず前のめりになっている自分に気づき、悟郎は姿勢を正して小夜の話に耳を傾けた。

「ただいま」

夫の悟郎が帰宅したのは午後十時過ぎのことだった。少し遅くなる。ＬＩＮＥのメッセージが届いていたので、夕飯は作らなかった。悟郎は冷蔵庫を開けて中から缶のハイボールを出した。すでに酒を飲んでいるようで、頬が赤く染まっている。

蛍はリビングのソファに座って本を読んでいる。ハイボール片手に悟郎がリビングに入ってきて、テレビの前に座った。許可した覚えもないのに勝手にリモコンでチャンネルを替え、ニュース番組に合わせてしまう。

かすかな匂いだった。常人であるなら気づかないが、蛍の鼻を誤魔化すことはできない。女性の匂いで間違いない。ただし先日の香水きつめのいかにも水商売ですよ的な匂いではなく、もっとナチュラルな女性の匂いだった。

試しに蛍はジャブを放つ。

「誰と飲んできたの？」

ジャブにジャブを合わせる感じで悟郎が答えた。

「音無だよ。仕事帰りに一杯だけ。あ、三杯くらいかな」

またあの男か。仲がいいを通り越して気持ち悪さも感じてしまう。男というのは意外に群れたがる生き物だ。

「どこのお店？」

もう一発ジャブ。すると悟郎はわずかにたじろいだ。

「ええと、いつも行ってる駅前の居酒屋だよ」

ジャブが効いたらしい。違う店だ。そこで女と一緒だったのだ。帰りがこの時間であるということは、単純に飲んで帰ってきただけだと推測できる。ただし女と言ってもその種類は様々だ。悟郎が働く郵便局にも女性の局員がいることだろう。たまに親睦会的な飲み会が開かれることもあるらしい。

悟郎が嘘をついているのは確実だ。これを利用できないかと蛍は思案した。彼に離婚を切りだしたまではよかったが、そこから先は話が進んでいない状況だ。たとえば悟郎が浮気をしているとか、そういう決め手があれば離婚に向けて話は進んでいくはずだ。

『……それでは次のニュースです。今朝世田谷区内の自宅で遺体となって発見された赤巻章介衆議院議員について、続報が入ってまいりました。赤巻議員は違法薬物を所持・使用していた形跡があり、警察は入手ルートの特定を急いでいるようです。なお、この件に関して民自党の幹事長が……』

例の事件のニュースだ。いったい誰が赤巻を殺したのか。それは蛍もずっと気になっている。いずれにしても薬物の取り扱いに長けた者の犯行だ。違法薬物の過剰摂取による心臓発作。それが警察の見立てだ。つまり警察の監察医も見抜けぬような毒物を使っているのだ。

悟郎も興味があるのか、テレビの画面に見入っている。

『……なお、議員が麻薬絡みでトラブルを抱えていた可能性も視野に入れ、警視庁は捜査を開始した模様です。それでは次のニュースです。今日都内では気温が三十度近くまで上がり……』

九月だというのに連日真夏のような暑さが続いており、それに関する気象のニュースだった。悟郎がつぶやくように言った。

「まったく困った議員だよな。現場、意外に近いんだぜ」

赤巻の事件について話しているのだとわかった。赤巻の自宅はここから車なら十五分程度で行ける距離だ。

「でも国会議員のくせして麻薬に手を出すなんて、まったく酷い野郎だよな。こんな政治家にも給料が払われていると思うと嫌になるよな。しかも国民の税金だぜ」

いつになく悟郎は饒舌(じょうぜつ)だった。死んだ赤巻議員のことをあまり好きではなさそうだ。自分でも喋り過ぎたことに気づいたらしく、言い訳するように悟郎は言った。

「あ、俺の知り合いが現場近くを担当してるから、こいつのマナーの悪さを聞かされていたんだよ。庭にドーベルマン飼ってて、あまり評判のいい男ではなかったみたいだ」

殺される方にも殺される理由がある。政治的な理由なのかもしれないし、個人的な理由なのかもしれない。ただしそれを詮索している余裕など蛍にはない。今は伊賀者に見つからないことを祈るだけだ。

「思いだした。ちょっと待っててくれ」

別に待つ気などないのだが、悟郎が立ち上がってリビングから出ていった。階段を上る音が聞こえてくる。しばらくして戻ってきた悟郎の手にはコピー用紙と筆記用具が握られている。それをテーブルの上に置きながら悟郎は言った。

「ちょっと心理ゲームをやろう。さっき飲んでたときに教えてもらったんだよ」

一緒に飲んでいた女から？　と訊きそうになっていたが、蛍は何とか言葉を飲み込んだ。悟郎が紙とペンをこちらに寄越しながら説明した。

「ここに蛍の好きな食べ物を書いてくれ。一位から順番に、そうだな、二十位くらいまで書いてくれるか。注意事項として食材ではなく、必ず料理名を書くように。それじゃやってみよう」

まるで教師のように悟郎は手をパンパンと叩いた。いったい何をやりたいのか定かではないが、仕方ないので蛍はペンを握った。

まずね、お互いに好きな料理を一位から順番に書いていくの。そうね、二十位くらいまでかな。個人的な嗜好（しこう）もあるから一概には言えないけど、やっぱり夫婦であっても食の好みはだいぶ違うはず。

悟郎はダイニングテーブルにいた。さきほど小夜から聞いたゲームを実践しているところだ。蛍はリビングのテーブルの前に座り、ペンを走らせていた。

それでね、その答えを照らし合わせるの。そうすると少しくらいは共通点が見つかるはず。私の友達の場合、お蕎麦が比較的高い順位で一致したみたい。それから二人でお蕎麦屋さん巡りを始めて、さらに自宅で蕎麦を打つようになったんだって。そしたらそれがいいきっかけになって離婚の危機を乗り越えたらしいわ。

要するに好きな食べ物という共通項を見つけだし、それをとっかかりにして夫婦仲を回復させようという作戦だった。月に一度のキャンプでは悟郎が作った料理を蛍は文句も言わずに食べている。その点では食の好みも割と近いものがあるのではないか。悟郎はそう楽観していた。
ようやく書き終わった。蛍もすでに書き終えているようだった。悟郎はリビングに向かい、テーブルの上に置かれていた蛍の回答用紙をとった。自分の回答用紙も隣に置き、三色ボールペンを手にそれを見比べる。まるでテストの採点をする国語教師になったような気分だった。

悟郎
第一位　焼き肉
第二位　寿司
第三位　ラーメン
第四位　トンカツ
第五位　カレーライス
第六位　鶏の唐揚げ
第七位　ハンバーグ
第八位　餃子
第九位　チャーハン
第十位　すき焼き

蛍
第一位　焼き魚全般
第二位　味噌汁
第三位　おにぎり
第四位　うどん
第五位　素麺
第六位　パスタ（ガーリック系は除く）
第七位　卵かけご飯
第八位　鰻重
第九位　サンドウィッチ
第十位　野菜の天ぷら

第十一位　焼きそば　　　　第十一位　稲荷寿司
第十二位　蕎麦　　　　　　第十二位　マグロのユッケ
第十三位　お好み焼き　　　第十三位　ロールキャベツ
第十四位　コロッケ　　　　第十四位　湯豆腐
第十五位　エビフライ　　　第十五位　鮭のホイル焼き
第十六位　焼き鳥　　　　　第十六位　ホットケーキ
第十七位　豚の生姜焼き　　第十七位　雑炊
第十八位　天丼　　　　　　第十八位　生ハム
第十九位　ピザ　　　　　　第十九位　ホットドッグ
第二十位　カキフライ　　　第二十位　クリームシチュー

その結果に悟郎は驚いた。恐怖すら感じるほどだった。ここまで一致しないとは思ってもいなかった。一つか二つくらいは一致して、今度の週末にでも食べにいけたらいい。そのくらい楽観していた。しかしこの結果はどうだ。強いて挙げれば寿司と稲荷寿司、天丼と野菜の天ぷらには淡い共通点を見出せそうな気がするが、悟郎にとって寿司と言えば握り寿司であり、稲荷寿司はさほど重要ではない。天ぷらだってメインはエビや穴子やキスで、野菜だけの天丼など決して注文しない。

「いったいこれは何？」

蛍に訊かれ、悟郎は答えに詰まった。

「ええと、これはだな……」

結果は散々だ。二人の食に対する嗜好が違うことがより明確になってしまったのだ。蛍が第八位に鰻重を挙げているが、悟郎も鰻は好きだ。だからと言って鰻屋巡りをするのは経済的に厳しいし、ましてや自宅で作るわけにもいかない。

「もしかして」蛍が手を伸ばし、テーブルの上の二枚の回答用紙を手にとった。それを交互に見ながら言う。「一致した数が多ければ相性がいい、みたいなやつ？」

少し違うが、似たような意味合いもある。悟郎は否定もせず、蛍が手にしていた回答用紙を一枚奪いとった。蛍の回答用紙だった。それを見て悟郎は溜め息をつく。マグロのユッケなど食卓に並んだことはない。ロールキャベツもそうだ。

「悟郎さん、味の好みが小学生と一緒ね」

蛍に皮肉を言われ、悟郎も思わず言い返していた。

「悪いかよ。童心を失っていないんだよ、俺は」

「それにお肉ばかりずらりと並んでる。コレステロールが心配ね」

「放っておいてくれ。俺は肉食なんだよ」

肉か魚かどちらか選べと言われたら、迷うことなく肉を選ぶ。一週間肉が続いても問題ないが、一週間魚だけの生活は絶対に無理だ。忍者というのは肉を食らい、体を鍛えるもの。それが伊賀忍者の矜持だった。

「それにしても」悟郎は回答用紙を見ながら言った。「一位が焼き魚全般というのは意外だな。家では焼き魚なんて出たことないじゃないか。俺も焼き魚は嫌いじゃないし、たまには食べてもいいけどな」

最大限の譲歩をしたつもりだったが、それが地雷を踏んでしまう結果となる。蛍が口元に笑みを浮かべて言った。

「何度か出したことあるわよ」

「そ、そうか」

「結婚したばかりの頃ね。そのたびに悟郎さん、『魚かよ』みたいに露骨に嫌な顔をしたの。だから出すのをやめたのよ」

思い返せば焼き魚が出たこともあった。記憶の片隅にかすかに残っていた。ただし残さずにしっかりと食べたはずだ。基本的に好き嫌いはない。

「嫌な顔なんてしてないだろ。気のせいだろ、お前の」

「気のせいじゃないわよ。してみせようか、魚かよ、の顔」

蛍が下唇を突きだし、不機嫌そうな顔をする。そんな顔はした覚えはないが、気づかぬうちにこういう顔をしている可能性は否定できない。たとえば真夏の配達で疲れ果てて帰ってきた日の晩、さあ夕飯だと食卓についたらサバの塩焼きだったとしたら、こういう顔を知らず知らずのうちに妻に見せていたかもしれない。いや、きっとそんなことが新婚当時にあったのだ。

痛恨のミスだ。相手に感情を読まれてはいけない。ポーカーフェイスは忍者の基本中の基本であるのだが、一般人である妻にそれを指摘されてしまうとは情けない。悟郎は自分の不甲斐なさを感じ、思わず蛍の手からもう一枚の回答用紙を奪いとっていた。二枚重ねて乱雑に折り、それをポケットに押し込んだ。

立ち上がったところでポケットの中でスマートフォンが小さく震えた。出して画面を見るとＬＩＮＥのメッセージを受信していた。送信者は風富小夜だった。リビングを出たところでアプリを開く。内容は久し振りの再会を喜ぶもので、当たり障りのないものだった。

「これ、忘れてるわよ」

背後で声が聞こえ、悟郎は振り返った。蛍が三色ボールペンを手に立っている。画面を隠すようにスマートフォンを腹に押しつけ、蛍からボールペンを受けとった。

「わ、悪いな」

なぜか心苦しかった。悟郎はそのまま階段を駆け上がった。

その翌日のことだった。朝、職場である世田谷中央郵便局に行くと、突然の人事異動で音無が麹町郵便局に異動することが決まっていた。しかも本日付けだ。小夜が語っていたことを悟郎は思いだした。特捜本部で人材が不足しており、そこに配置する人材を探していると。つまり音無に白羽の矢が立ったのだ。一言くらい音無に声をかけてやりたいと思ったが、本人は突然の異動でバタバタしているようなので、やめておいた。

突然の人事異動に局内もざわついていたが、通常通りの業務は進めなければならない。悟郎が自分のデスクで書類の整理などをしていると、上司から呼ばれた。

「草刈君、ちょっといいかな」

「何でしょう?」

「君に新人の世話係をお願いしたいんだ。今日から新しい子が入ったんだよ」

音無の代わりとして補充された局員というわけだ。世話係は面倒だが、上司の頼みを断るわけにはいかない。

「あの子かな? あ、きっとそうだ。おーい、宇良君。こっちこっち」

一人の男がこちらに向かって歩いてくる。すでに配達員のユニフォームに着替えているが、あまり似合っていない。茶色の髪が軽薄そうな印象を与えている。片方の手をズボンのポケットに突っ込み、耳にはイヤホンが挿さっている。こいつ、大丈夫か。そう心配してしまうほどに浮いている。

「ちわっす、自分宇良っす」

まだ若い。大学生くらいではないだろうか。すると上司が一枚の履歴書を悟郎に渡しながら言った。

「宇良君は大学四年生。来年の春から郵便局への就職が決まってる。半年間、不定期でうちで働いてもらおうと思ってる。宇良君、こちらが君の世話係の草刈君ね」

「ちわっす、よろしくっす」

履歴書を見る。宇良豹馬（ひょうま）という名前らしい。都内の私立大学の経済学部に通っているようだ。趣味は「ギター」とある。

「宇良君には草刈君の隣の席に座ってもらおうと思ってる。山ちゃんが内勤になったから、ちょうど席が空くだろ」

山ちゃんというのは普段悟郎の隣のデスクにいる局員だが、音無の異動で玉突き人事が発生し、今日から急遽（きゅうきょ）内勤になっていた。今もデスクにその姿はない。

「担当エリアは山ちゃんのところをお願いしたい。頼んだよ、草刈君」

上司に肩を叩かれる。「わかりました」と答えて、悟郎は宇良に向かって言った。

「そういうわけだから、よろしく。俺が草刈だ」

「よろしくっす」

と思うけどね」

「す、はいらない。それに俺は君より年上だ。よろしくお願いします、と言うべきだ

　相手は大学生とはいえ、来年の春から郵便局員として働く人間なのだ。必要最低限の礼儀やマナーを教えておく必要がある。そのための世話係だ。

「よろしくお願いします、草刈先輩」

「君の席はこっちだ」

　席に案内する。前任者の山ちゃんの私物がそのまま残されていた。そこから住宅地図を出し、デスクの上に広げた。

「この赤い枠で囲まれた場所が君の担当エリアになる。このエリア内の郵便物は君が責任を持って届けなくてはならない」

「了解っす」

　軽い感じで宇良は返事をした。気持ちがこもっていないのは明らかだった。ただのバイトとしか思っていないのかもしれない。だとしたらその認識を改めてもらう必要がある。

「宇良君、君も貴重な戦力なんだよ。バイト感覚でやられたらこっちが迷惑だ。この担当エリアは俺に任せろ。そのくらいの気概を持ってほしい」

　返事は返ってこない。宇良は住宅地図に見入っている。やがて宇良が顔を上げて言

った。

「ちょっと無理っぽくないすか。きついっすよ、これ」

「無理じゃない。やるんだよ」

最近の若者は皆こうなのだろうか。少なくとも悟郎が知っている限り、郵便局に就職してくる若者は比較的真面目な性格の人間が多い。今では民間企業になっているが、公務員時代の名残りか、ともすればお役所的な職場であり、集まってくる人間も公務員に近いメンタリティの持ち主が多かった。

「ちなみに何軒くらいあるんですか？」

「五百軒くらいかな」

「うわ、それは無理。マジで無理」

「無理じゃない。やるんだよ、君が」

宇良は頭を抱えている。耳にはピアスがついている。大学生のうちはいい。来年春に本採用になる前に、身だしなみも整える必要がありそうだ。

「しばらくの間は俺も手伝うから心配要らない。とにかく一日でも早く仕事を覚えてくれ。ちなみにバイクは乗れるよね？」

「乗れますけど。電動なんすよね」

「そうだ。集配所の中を案内するよ。それからバイクの駐輪場もね。こっちだ」

悟郎は廊下に出た。すでに始業時刻を迎えているため、局内は慌ただしい。自分のエリアの郵便物を集配所で受けとり、細かいエリアごとに仕分け、それをバイクで配達する。それだけだ。今も多くの配達員たちが集配所にいた。これから彼らはそれぞれのエリアに出発していく。

「何か忙しそうっすね」

他人事のように宇良が言ったので、悟郎はその発言を訂正する。

「忙しそうじゃない。実際に忙しいんだよ」

この男に務まるだろうか。そんな不安が頭をもたげてくるが、やってもらわなければ困るのだ。悟郎が手伝える量にも限界がある。

「そういえば言ってなかったっすけど」そう前置きして宇良がやや声を小さくして言った。「実は俺、こう見えても忍者なんすよ。草刈先輩もそうっすよね。そこんとこよろしくお願いします」

こんな礼儀知らずの忍者がいるんだろうか。悟郎は軽い眩暈がした。ジェネレーションギャップとはこのことか。

　夕方、帰り道での出来事だった。サラリーマン風の男が車道と歩道の境目の段差に、自分の靴の裏側を執拗にこすりつけているのが見えた。犬の糞を踏んでしまった小学生のような動きであり、それは符号だった。蛍は男に近づき、声をかける。

「どうされました？」

「いやね、コーヒー味のガムを踏んでしまったようなんですよ」

「それは大変。でもミント味じゃなくてよかったですね」

　合い言葉が成立する。男は山田だ。今回の山田はごく普通のサラリーマン風の男だった。男とともに少し歩き、ベンチのあるバス停に向かった。幸いバス停に人はいなかった。少し離れてベンチに座る。山田が懐から一枚の紙を出し、それをベンチの上に置いた。

　蛍はそれを手にとった。チャリティイベントの案内だ。素人が頑張って作ったような、手作り感が満載の告知チラシだった。今度の土曜日、世田谷区内の公園でイベントが開かれるようで、そこでは出店やバザー、骨董市などが開かれるらしい。主催しているのは地元町内会だった。

「これが何か？」

　蛍が訊くと、山田が額の汗を拭きながら答えた。

「ええとですね、そのイベントに未来党の党首が参加するんです。軽めの演説もおこなうみたいです」

　チラシのどこを読んでもそれについては告知されていなかった。未来党というのは野党の一つで、ここ最近急激に勢力を拡大している政党だった。次回の総選挙では台風の目になると言われており、中でも党首である豊松豊前という男は、その変わった名前と爽やかなルックスで主婦層を中心に人気を集めていた。

「これは未確認の情報ですが、そのイベントで豊松豊前の命を狙う不届き者がいるそうです」

　向こうは知らないだろうが、実は蛍は何度か豊松党首をこっそりと警護したことがある。蛍にすれば指令に従っただけの行動であり、未来党を支持しているわけでもない。ただし甲賀が未来党に肩入れしているのは間違いなかった。政治家と忍者は互いに利用し合う、切っても切れない関係だ。

「わかったわ。それを阻止すればいいのね」

「そういうことです。ただし厄介なことに爆弾が使われるかもしれないそうです。そういう情報をほかの者が摑みました」

　蛍以外にも活動している忍者はいるらしいが、面識はまったくない。それほど多くはいないだろうと蛍は推測している。こうも頻繁に私に指令が回ってくるのがその証拠だ。

「爆弾テロに見せかけるようですね。もしかすると会場に伊賀忍者が紛れ込んでいる可能性もあります」

「それはつまり、罠ってこと？」

「そうです。あなたをおびき寄せる罠の可能性は否定できません。赤巻議員の殺害は甲賀の仕業だ。伊賀者はそう決めつけているようです。だから甲賀が支援する未来党の党首を狙う。あいつらの考えそうなことですよ」

山田はそう言って眉をひそめた。心底伊賀を嫌っている。それが伝わってくるような表情だった。伊賀と甲賀。それぞれの発祥の地は山を隔てて隣接する地域にあったが、長らくライバル関係にあった。しかし伊賀が徳川方につき、いわば勝ち馬に乗った形となって以来、ライバルというよりも勝者と敗者という関係性に変化した。負け犬根性ではないが、甲賀が伊賀を見る視線の中には、憎悪や嫉妬という感情が複雑に入り混じっている。

「詳しい資料はこちらをご覧ください」

山田がもう一枚の紙をベンチの上に置いた。その紙には例によってQRコードが印刷されている。

「それでは健闘を祈ります」

山田が立ち上がり、バス停から出ていった。入れ替わりに一人の老人がバス停にやってきて、時刻表に顔を近づけた。蛍は山田とは逆方向に向かって歩き始める。

爆弾テロを阻止する。今度の指令は少し大変そうだ。それでも指令は遂行しなければならない。どんなことがあっても必ず。

「マジかよ、そいつは最悪だな。俺だったらぶん殴ってるかも。いや、確実に殴ってしまう自信があるな」

そう言って音無はジョッキの生ビールを口にした。麴町の伊賀ビル近くにある居酒屋だ。伊賀忍者御用達の店らしく、今も店内には数組の忍者客がいるのがわかる。それは忍者同士だからわかることで、一般人から見れば何の違和感もなく溶け込んでいるはずだ。

「向こうも今はバイトだしな。本採用になったら厳しくしつけてもいいと思うが」

「甘いよ、草刈。本採用になる前にガンガン教育しないといけないんだよ。そういう奴は特にな」

宇良という大学生の話だ。今日が初日だったが、終始あの調子だった。ああ言えばこう言うという、要するに口の減らないタイプのガキだ。一応伊賀の忍者社会は厳密な縦社会であり、目上の者には絶対服従という暗黙の了解がある。その点において、あの宇良という男は完全に逸脱しており、ある意味でニュータイプと言えるかもしれない。

音無は今日付けで麴町郵便局に異動になっているが、実際には麴町郵便局に籍を置きつつ、伊賀ビルの上層階にある本部詰めになっていた。出世祝いという意味合いもあり、業務終了後にこうして落ち合ったのだ。もっとも悟郎にしてみれば宇良という規格外の新人の愚痴を音無に聞いてほしいというのが本音だった。

「弱ったもんだな」音無がしみじみとした口調で言った。「上司からのパワハラならまだしも、部下からのハラスメントを受ける時代になっちまったんだな」

「まったくだ。しかもある意味ではパワハラだ。野郎、自分が上忍であることをちらつかせやがる」

「宇良家はかつて評議員を出した家系じゃないか。ただしお前の話を聞いてる限りじゃ宇良家もおしまいだな。話にならないよ、そんな跡とり」

頭が痛くなってくる。職場に行けばモンスター新人がいて、家に帰れば離婚を迫ってくる妻がいるのだ。前門の虎、後門の狼とはこのことだ。

「お、来たな」

音無がそう言って悟郎の背後に目を向けた。通路を歩いてくる風富小夜の姿が見えた。小夜は「ごめん、遅れた」と言いながら悟郎の隣に座った。音無が差しだしたドリンクメニューを見て、通りかかった店員に生ビールを注文した。

「音ちゃん、新しい職場はどう？　もう慣れた？」

「慣れるわけないだろ。まだ初日なんだから。でもまあ、何とかやっていけそうだよ」

音無は特捜本部に配属されている。仮に事件が解決したあとも、そのまま残って伊賀忍者の互助会である組合の手伝いをすることになるようだ。立場としては評議員事務局の小夜の方が段違いに上だが、それでも伊賀ビルで働くというのは伊賀忍者としての出世を意味している。下忍である悟郎には決して訪れない未来だ。

「草刈のところに入った新人君の話をしてたんだ。名前は宇良。かなりヤバい奴らしいぜ」

店員が生ビールを運んできた。小夜はそれを受けとり、店員が立ち去るのを待ってから答えた。

「知ってる。その子、かなり優秀みたいよ」

悟郎も彼の履歴書を見たが、一流私大に通う大学四年生だった。ああ見えて勉強はよくできるという意味だろう。

「それより悟郎君、例のアンケート結果、どうなった？　詳しい話を聞かせてよ」

小夜とはLINEのやりとりで結果は散々だったとは伝えてある。悟郎は上着のポケットから二枚の回答用紙を出し、それをテーブルの上に置いた。音無と小夜は身を乗りだすようにしてそれを見た。最初に反応したのは音無だった。

「おいおい、草刈。ほぼ全滅じゃないか。食の好みがここまで一致しないのも珍しいんじゃないか」

「音ちゃん、それは言い過ぎだよ」

「言い過ぎじゃないね。にしても草刈の答えは酷いよ。小学生並みじゃないか。草刈の奥さんの食の好みもだいぶ偏っているけどな。一位が焼き魚全般って意味わかんねえよ。水産業者かよ」

「でもポジティブに考えないと。これがわかっただけでもいいんじゃないかしら。たとえば休みの日に奥さんの好きな料理を食べに行くとか、いろいろやりようはあると思うけど」

果たして俺が誘っても蛍はついてくるだろうか。今は九月だが、今年に入って外食などほとんどしていない。月一のキャンプの帰り、たまにファミレスに寄るだけだ。

アンケート結果について散々ああでもないこうでもないと話したあと、突然小夜が話題を変えた。バッグからチラシを出し、それをテーブルの上に置いた。

「今週末のイベントで罠を張ることになったみたいよ」

「あ、それ、俺も聞いた」

悟郎は初耳だった。チラシを見ると出店が出たり、バザーなどがおこなわれるらしい。地元の町内会が主催しているチャリティイベントで、場所は悟郎が勤務する郵便局からもほど近い公園だった。

「イベントの当日、未来党の豊松党首がここで演説をするの。その豊松に爆弾テロが仕掛けられる。そういう噂を流したのよ」

未来党は野党であり、与党の民自党とは敵対関係にある。豊松党首はマスコミ受けもよく、野党党首の中でも抜群の人気を誇っていた。小夜がさらに詳しい説明をしてくれる。

「未来党は甲賀者と縁が深いらしいの。だから未来党の党首にテロの脅威が迫ったとしたら、きっと甲賀者が助けに来るはず。うちの評議員の一人が——まあお祖父ちゃんなんだけど、そう言いだしたの。で、助けに来る甲賀者を捕らえ、赤巻議員を殺した犯人を自供させる。それが今回の作戦ね」

小夜がチラシを引っ繰り返した。そこには手書きのメモがある。伊賀忍者の名前などが書かれている。

「イベント当日はみんなにも動員がかかると思う。音ちゃんと悟郎君にはホットドッグの屋台を出してもらうことになるから。ちなみに家族同伴でお願い。甲賀者が侵入してくるかもしれないわけだから、カモフラージュは徹底するというのがこの作戦の肝ね」

だから家族を連れてこいというわけか。家族でさえも利用できるものは利用する。それが忍者のやり方だ。しかし、と悟郎は考える。あの蛍がチャリティイベントに夫と同行してくれるだろうか。

「奥さん、来てくれるといいね。私も一言挨拶したいと思ってたからちょうどよかった」

「俺もだよ。あ、心配するなよ、草刈。お前が日頃口にしてる愚痴は絶対に言わないから」

二人は好き勝手なことを言っているが、その言葉は悟郎の耳を通り過ぎていく。無理だ、絶対に無理だ。蛍が首を縦に振るわけがないじゃないか。

帰宅したのは午後九時過ぎのことだった。小夜に言われて早めに切り上げることになったのだ。まだ蛍は下で起きているらしく、リビングの方からテレビの音声が聞こえてくる。

「ただいま」

リビングに行く前にトイレに立ち寄ることにした。ドアを開け、スリッパを履いて中に入る。ベルトを外してチャックを開ける。そのとき正面の壁に一枚の紙が貼ってあるのが見えた。そこにはこう書かれている。

『座った方がよろしいかと存じます』

蛍の仕業だ。ここ数日、また立ってするようになっていた。習慣というのは体から抜けないもので、気がつくと立って小用を足していたのだ。周囲に飛び散った記憶はないが、細かい飛沫が飛んでいた可能性は否定できない。きっと妻はそれに気づいたのだろう。目敏い女だ。

座れ、という命令調ではなく、丁寧な文面が癪に障る。しかしここまでされてしまうと立ったままするわけにはいかない。悟郎は便座を下ろし、その上に座った。この場面を仲間の忍者に見られたくない。

水を流してトイレから出た。リビングに入ると蛍はソファに座ってテレビでＮＨＫのニュースを観ている。基本的に蛍が観るテレビ番組はニュースか紀行番組だけだ。

「おかえり」

「ただいま。すまん、急に音無と飲むことになってしまってな」

一応謝る。飲みに行ったときは大抵そうだ。悪いことをしている自覚はないのだが、それでも謝らないわけにはいかなかった。妻は夕方には買い物を済ませ、夕飯の献立を考えているのだから、そこに対して謝罪しておく必要があった。

ネクタイを外し、冷蔵庫から缶のハイボールを出した。早めに切り上げたのでまだ飲み足りない。ダイニングテーブルに座り、口にする。本来なら帰宅して落ち着く時間なのだが、どこか気を張っている。

『……次のニュースです』女性アナウンサーの声が聞こえてくる。『今日、厚生労働省は昨年度の出生数を発表しました。それによると昨年度の出生数は過去最低の数字になり、全国的にも……』

赤ん坊か。考えないこともない。子供がいたら夫婦の仲も多少は変わっていたのではないだろうか。子供の存在は緩衝材（かんしょうざい）になってくれるとも聞く。もし子供がいれば、蛍だってああも簡単に離婚を切り出したりしなかったはずだ。

この半年、蛍との間に夜の営みはない。ベッドが両サイドに分けられてしまったのを機に、どこか近づき難い雰囲気になっていた。現実問題として蛍は離婚の意思を表明し、離婚届まで入手してしまっている。今さら子供を作るとか、夜の営みを再開するというのは、人類が月に住むよりも難しそうだ。

仕方ない。動画でも観るか。そう思って上着のポケットからスマートフォンを出そうとして、一枚の紙が入っていることに気がついた。帰り際、小夜から受けとったチラシのコピーだ。まったく本部も余計な作戦を考えてくれたものだ。

こういうものは早めに済ませておくに限る。悟郎はハイボールを片手に立ち上がり、リビングに向かった。そして蛍の斜め横という微妙な場所で胡坐をかいた。テレビに目を向け、ハイボールを飲む。ニュースを観ている感じを装っているが、意識は蛍の方に集中していた。

『それでは天気予報です。今日も全国的に残暑が厳しく、真夏日を記録した地点もあったようです。暑さ寒さも彼岸まで、とは言いますが、いったいこの残暑はいつまで続くのでしょうか。では明日の天気です』

悟郎は例のチラシを出し、それをテーブルの上に置いた。そのまま蛍の方に押しやった。それからハイボールを一口飲んでから言った。

「いやあ参っちゃうよな。今日職場でいきなり言われたんだよ。今度の土曜日にチャリティイベント？　そういうかったるい集まりがあるみたいで、ホットドッグの屋台を手伝ってくれって言われたんだ。うちの郵便局の有志で出す屋台みたいでさ、できれば家族も参加してほしいって言われちゃって。みんなで盛り上げるっていうのかな？　そういうのが必要みたいで」

突然言われて俺だって弱っているんだよ。そういう体を心がけた。

「急な話だけど、一応上司の命令だから仕方ないしな。俺は参加する予定だ。無理にとは言わないけど、お前にも声だけはかけておこうと思ってな。あ、全然無理しなくてもいいからな」

「……考えとく」

「そうだよな。無理だよな。急な話だもんな。……ん？　考えとく？」

思わず声が上擦ってしまった。動揺を押し鎮めようとハイボールを飲む。蛍が涼しい顔で言った。

「考えておくわ。たぶん行けると思う」

「お、おい、無理しなくてもいいんだぞ。お前の予定を優先していいんだからな」

まさか前向きに検討してくれるとは思っていなかった。妻が来る。そして音無たちと会う。想像もしていなかった展開だ。

「だって家族も参加するんでしょう。だったら行くわよ。一応まだ籍は入ってるわけだしね。それに私、実は……」

そこまで言いかけ、蛍は立ち上がった。「先に寝るから」とリビングを出ていってしまう。悟郎は缶を口に持っていったが、中身は空だった。キッチンに向かい、二本目のハイボールを出したところで唐突に思いだした。

バッグを開け、中から回答用紙を出す。昨日、二人で書いた好きな食べ物ランキングだ。蛍の回答用紙を見ると、第十九位に『ホットドッグ』と書かれている。

パソコンの画面には三つのウィンドウが並んでいる。月乃三姉妹によるオンライン会議だ。姉の楓はジャージ姿、妹の雀は白いワンピースを着ていた。どちらも自宅にいるらしい。蛍は今日は午後から休みのため、自宅のリビングにいる。

「ごめんね、お姉ちゃん。急に呼びだしちゃって」

「いいのよ、蛍。今日は木曜日だからね」

競馬騎手をしている楓はレース前日の夕方から調整ルームという宿泊施設に入ることが義務づけられている。公正なレース運営のために騎手は外部との連絡を禁じられ、レース当日までそこで過ごすのだ。通常は土日に中央競馬が開催されるため、姉には金曜日の二十一時以降は連絡をとることができない。

「で、話って何？」

オンライン会議の開催を呼びかけたのは蛍だ。今度の指令が気になっていた。その内容を二人に説明する。土曜日に開催されるチャリティイベント。そこで演説する野党党首を狙う爆弾テロ。話を聞き終えた楓が言う。

「蛍、それはやめた方がいいんじゃない？　飛んで火に入る夏の虫ってやつよ。伊賀者の罠に決まってるわ」

「でもお姉ちゃん、指令を断ることなんてできないのよ」

断る、という概念すらない。それが忍者としての宿命だ。美学などではなく、忍者というのはあくまでも消耗品に過ぎないのだ。

「弱ったわね」画面の向こうで姉が腕を組む。「どうしようかしら？　私も騎乗予定があるから手伝ってあげるわけにはいかないし。ねえ、雀。あんた、土曜日何やってんの？　もしあれなら蛍の指令を手伝ってあげなさいよ」

「私も無理」雀が素っ気ない口調で答える。「その日、私ライブだから。午後の部と夜の部、二回もあるの」

それは蛍も知っている。妹のことが心配なので、たまに蛍は雀が所属するアイドルユニット、ポンコツ・アンドロイドを検索し、その動向をチェックしているからだ。お陰様で、と言うべきか、妹はそれなりに忙しく活動しているらしい。

「それにしても伊賀者だらけのイベントで爆弾テロを防ぐなんて、蛍も忍者として一流になった証ね」

姉の言葉に蛍は反論する。

「お姉ちゃん、まだ防いでないから」

「大丈夫よ、蛍ならできる。私が保証する。どうせ伊賀の奴らなんていまだに手裏剣使ってるような時代遅れの忍者ばかりよ」

その点については蛍も異論はない。先日赤巻議員の自宅から逃走するとき、追っ手が投げてきたのは手裏剣だった。馬鹿じゃないの、と思った。サイレンサー付きの拳銃で撃たれていたら、今頃蛍の命はなかったかもしれない。そう考えると伊賀の連中はぬるい。ぬる過ぎる。

幸運なことに悟郎の勤務する郵便局がそのイベントでホットドッグの屋台を出すというのだ。この偶然を活かさない手はない。悟郎の家族として現場に潜入することができるのだ。これは大きなアドバンテージになるはずだ。

「でもお姉ちゃんばかりズルいよ。私も指令やりたいよ」

「雀、あんたね」と姉の楓が注意する。「蛍は私やあんたの代わりに指令を受けてくれてるんだからね。地下アイドルだか何だか知らないけど、指令を受けたいならそんなのやめちゃえばいいのよ」

「何よ、お姉ちゃん。そんな言い方しなくたっていいじゃない。お姉ちゃんだって馬乗ってる暇あったら指令受ければ？　その方が蛍姉ちゃんだって助かるよ」

「私はこう見えてトップジョッキーなの。今年だけで重賞いくつ勝ったと思ってるのよ。どこかの地下アイドルと一緒にしないで」

「またすぐそうやって地下アイドルを馬鹿にする」

「悔しかったら地上に出てみなさいよ」

「二人ともいい加減にやめて」と蛍は仲裁に入った。昔からそうだ。姉は末っ子の雀をいまだに子供だと思っている節があり、雀は雀で上の姉に対して反抗的な態度をとることが多い。「喧嘩はやめて。喧嘩してる暇があったら対策を考えてよ。そのために呼んだんだから」

二人は押し黙る。どのようにして爆弾テロを防ぐのか。それが今日のテーマだった。やがて楓が口を開いた。

「先手必勝。それしかないわね」

「どういうこと？」

「どこかに爆弾が仕掛けられるってことでしょう。だったらその場所を事前に把握しておくのが大切よ。どんな種類の爆弾か。どうやったら解除できるのか。それを事前に調べておくの」

それができれば苦労はしない。姉が続けて言った。

「こういうときはあの人を頼るしかなさそうね」

だろうな、と蛍は思った。

二時間後、蛍は中野にいた。いつもと同じく野武士という居酒屋の前だ。午後三時半という平日の真っ昼間という時間ながら、店に暖簾が出ているのが驚きだった。覗いてみると客は一人だけ。父の竜兵がカウンターで飲んでいる。

まったくもう……。溜め息をつき、蛍は暖簾をくぐってドアを開けた。

「いらっしゃい。ああ、蛍ちゃんか」

すっかり顔馴染みになってしまった大将が言う。蛍に気づいた父が破顔した。

「おお、蛍じゃないか。大将、こいつは俺の二番目の娘の月乃蛍だ。こう見えても腕利きの忍者なんだぞ。俺がガキの頃から手塩にかけて育て上げた最高傑作だ」

「だからお父さん、私は何度も来てるじゃないの」

すでに父は酔っている。カウンターの上には二本の徳利が転がっていた。蛍の言葉を無視して話しだす。

「大将、聞いてくれ。この子はな、浅間山に置き去りにしても三日で家まで帰ってきたんだ。たしか五歳のときじゃなかったか。上の子も下の子もそれができたのは小学校に上がってからだった」

それは本当のことだ。蛍もあまり記憶に残っていないが、幼い頃からそういう無謀な修行ばかりさせられていた。長野の山々に置き去りにされたり、信濃川に突き落とされたり、そういうことが日常的にあった。下手すれば児童虐待に当たるだろう。

「とにかくお父さん、今日はちょっと用事があってきたの」蛍はバッグから財布を出し、大将に向かって言った。「お会計をお願いします。これまでの分も払いますので」

「いつも悪いね」

つい先日も払ったので、ツケはたいした金額ではなかった。父を連れて店を出る。何やらわけのわからない昔話を口にしながら、文句も言わずに父はついてきた。

「……やっぱり蛍は凄いよ。いや、楓も雀も悪くはないんだけどな、忍者としての資質というか、三姉妹の中ではお前が群を抜いて優れてると俺は思うんだよ。おい、お前。こっちを見てるんじゃない。さては曲者だな」

いきなり犬の散歩をしている人に絡みだす。蛍は父の腕を引っ張った。

「お父さん、やめてよ。恥ずかしいじゃない」

「舐めるんじゃないぞ。俺を誰だと思ってるんだ」

そうこうしているうちに父の自宅アパートに到着した。二階の一番奥が父の部屋だ。外階段を歩いているだけで魚が焼ける香ばしい匂いが漂ってくる。換気扇から白い煙が吐きだされている。父も気づいたのか、しきりに鼻をひくつかせていた。

「ただいま」

蛍がそう言ってドアを開けると、台所に立つ妹の雀が「おかえり」と応じた。雀はエプロンをして料理の真っ最中だった。コンロの魚焼きグリルからこんがり焼けた秋刀魚（さんま）を出し、それを細長い皿の上に置いた。美味しそうな秋刀魚だ。

「ほら、お父さん。中に入って」

やや困惑した様子で立ち尽くしていた父の背中を押すようにして奥の畳の部屋に向

かう。卓袱台の上には料理が並んでいる。刺身の盛り合わせと松茸の土瓶蒸し。鶏の唐揚げと焼き上がったばかりの秋刀魚の塩焼き。どれも父の好物であり、刺身以外は雀が作った料理だ。そして中央にはこれまた父の大好物である日本酒の一升瓶、純米大吟醸『十四代』が置かれている。すでに父の視線は十四代に釘づけだ。

「お父さん、ここに座って」

蛍に言われるがまま、父は卓袱台の前に敷いた座布団に座った。隣に座って蛍は言う。

「お父さん、ちょっと聞きたいことがあるの」

爆弾テロの情報を調べるに当たり、姉の楓は父の力を頼ってはどうかと提案した。蛇の道は蛇という言葉があるが、やはりこの手の情報を仕入れるにはそれ相応の立場にある人間でないと難しい。その点、父は適任者だ。アルコールに浸った生活を送っているとはいえ、紛れもなく現在の月乃家当主であり、甲賀者の正統な血筋を引く男子忍者だ。悲しいかな、男子であるというのは忍者の世界では結構大事だった。女というだけで相手にされない場合もある。

「今度の土曜日にね、未来党の党首が狙われるの。どうやら敵は爆弾で豊松党首を消そうとしてるみたい。それを阻止するように私が指令を受けた。ねえ、お父さん。爆弾テロがおこなわれるとして、それに協力しそうな人物に心当たりはない？」

父は無反応だ。すべての興味が十四代に向かってしまっている。これはミスった。最初に話を聞いておくべきだった。

「お父さん、こっち向いて」強い口調で呼ぶと、ようやく父はこちらを見た。「お父さん、よく聞いて。この国で爆弾テロに加担しそうな人物に心当たりはある？　爆弾を作ったり設置できたりしそうな人よ」

父が小刻みにうなずいた。それを見て蛍は安堵する。

「知ってるの？　知ってるんだね？」

竜兵は再び十四代に目を向けている。振り向くとエプロンを外した雀も肩をすくめている。仕方なく蛍は父の手にガラス製のぐい呑みを持たせた。

「一杯だけよ。一杯だけ飲んだら話してもらうから」

父が嬉しそうに表情を緩める。あれほど厳しい修行を押しつけてきた厳格な父の顔ではない。あのときの父はどこに行ってしまったのか。少し寂しい気持ちもしたが、父のぐい呑みに十四代をなみなみと注いであげた。

土曜日は朝から晴天に恵まれた。悟郎は屋台の準備に追われていた。すでに骨組みは組み終え、あとは調理器具の準備が残っている。プロパンガスのボンベを運び、それを鉄板のバーナーに繋いだ。

「草刈、そっちはどうだ？」

音無に訊かれ、悟郎は答えた。

「順調だ。食材の搬入は終わったのか？」

「ああ。あとは実際に調理してみないと何とも言えないな。そろそろ着く頃だと思うんだが」

時刻は午前十時になろうとしている。男性陣だけは早めに会場入りして屋台やテントの設営に従事していた。割と広めの公園で、中央に大きな噴水があった。本来なら水が出ているであろう噴水は、今日は故障中で水は流れておらず、立ち入り禁止のロープで囲われている。

故障中の噴水から少し離れたところに屋台が並び、その裏手に広がる芝生がバザーや骨董市の会場になるようだった。イベントは午前十一時からで、未来党の豊松党首の演説は午後一時から予定されていた。

「こんにちは」

その声に顔を上げると、ちょうど蛍が到着したところだった。スポーティーなジーンズに、髪は後ろで縛っている。キャンプに行くときの格好に近い。

「やっと来たか。音無、ちょっといいか？」

音無が手を休め、こちらにやってきた。

「主人がいつもお世話になっております」

蛍が頭を下げる。音無もやや恐縮した様子で頭を下げた。

「お久し振りです。披露宴以来ですね。ほんとすみません。いつも草刈を飲みに誘ってしまって」

「いえいえ。これからもよろしくお願いします」

「お、うちの奴も来たみたいだ」音無の視線の先には一人の女性がいる。「おい、こっちだ。草刈は会ったことあるよな。女房の恵美だ。恵美、草刈とその奥さんだ。今日はよろしく頼むぞ」

女性陣が挨拶を交わしている。音無と視線が合った。何か言いたげな顔つきだ。蛍があたりを見回しながら言った。

「それで、私は何をすればいいんでしょうか」

「そうですね」と音無が応じる。「その段ボール箱の中に食材や調味料が入ってます。機材の設置はほとんど終わったので、ホットドッグを作ってもらえますか。うちの女房は和食専門でホットドッグを作ったことがないので、全部奥さんにお任せしますよ。俺たちはちょっと本部に行ってきます」

音無とともにその場をあとにした。音無が言ってくる。

「ちょっと地味だけどやっぱり可愛いな。考え直した方がいいぞ、草刈。あんないい子、滅多にいないぞ」

「ふざけるな。一般人はやめておけと散々言ってたのはどこのどいつだ」

ほかの屋台も準備の真っ最中で、そこかしこで料理の試作がおこなわれていた。地元の商店街も参加しているらしく、饅頭などの和菓子も売られているようだ。芝生の方でもバザーの準備が着々と進められている。

「でもまあ、夫婦間のことは夫婦にしかわからないからな。草刈、もしかすると今回のイベントでいい方に向かうかもな」

「そうかな?」

「だって考えてみろよ。本気で離婚したいと考えてるなら、夫の職場のイベントに参加なんてしないだろ」

それもそうだ。もしかすると蛍も冷静になりつつあるのかもしれない。あれから離婚の話が出ることもないし、悟郎もトイレでは必ず便座に座るように心がけている。

公園の入り口付近に大きなテントが張られていて、そこがイベントの運営本部だ。屋台の準備を終えたことを報告し、釣り銭やスタッフ用の帽子などを受けとった。

「あの新人、かなりヤバいな」

「だろ。俺の身にもなってくれ。あんなのどうやって教育すればいいんだよ」

例の宇良という新人だ。彼も今日のイベントに動員されており、悟郎たちの屋台の手伝いを任されているが、さきほどからずっと本部テントの中にいる。缶コーヒー片手にしきりに小夜に話しかけている。小夜は何やら別の仕事をしているらしく、少し迷惑そうだった。

公園内を見て回ることにした。すでに地図は渡されている。甲賀者が侵入した場合、それを捕らえるのが今回のイベントの最優先事項だ。自分だったらどう逃げるか。そんなことを想像しながら公園内を歩く。すでに子供連れなども訪れていて、のどかな時間が流れている。ここに甲賀者が現れる。そんなことが本当に起こり得るのか。疑問に感じてしまうほどだ。

公園内を一周してから屋台に戻った。すると音無の妻、恵美が声をかけてきた。

「焼けました。味見してもらえる？」

ホットドッグが二つ、置いてあった。ケチャップとマスタードは自分でかけるようになっていた。両方かけてからかぶりつく。シンプルで旨い。

「旨いな」と音無が唸る。「これで二百円ならお買い得だろ。何だろうか、味が深いというか、コクがある気がするんだが」

「蛍さんよ。キャベツを炒めるときに調味料を加えてあるの」

「なるほどな。奥さん、ナイスアイデアです。これなら十分商品として成立してますよ」

「ありがとうございます」

月一でキャンプに行くだけあり、蛍もアウトドア料理に長けている。その実力が発揮されたというわけだろう。自分の妻が作った料理が他人から賞賛を受ける。初めての経験に悟郎はやや照れくさい思いがした。

「蛍さん、お子さんを作る予定はないの？」

「うちはまだですね。考えたこともありません」

「そうなんだ。私ね、実は妊娠してるの。三ヵ月よ」

「それはおめでとうございます。あ、いらっしゃいませ」

親子連れの客が訪れたので、蛍は応対した。作り置きしてあるホットドッグを紙に包んで渡し、お代を受けとるだけだ。イベントが始まり、三十分が経過していた。それほど混雑しているわけではなく、ほどよい感じでホットドッグは売れていく。あまり売れ過ぎてしまうと焼くのが大変だ。

「ご主人、いい人そうですね」

恵美に向かって蛍は言った。音無の夫は今、屋台の前に立って「ホットドッグいかがですか」と行き交う人々に声をかけている。悟郎とは子供の頃からの付き合いで、上京後もその関係は続いているらしい。披露宴にも出席していたので顔だけは知っている。

「私にはもったいない旦那よ」

「どこで出会ったんですか？」

「お見合い。親同士が昔から知り合いなの。蛍さんのところは？」

「うちはキャンプです。キャンプ場で知り合いました」

「へえ、それはロマンチックね。羨ましいわ」

ちなみにご主人、トイレは立ってしますか、と訊こうと思ったがやめにした。この奥さんなら多少トイレが汚れようが、文句の一つも言わずに掃除をしそうだ。それに貼り紙の効果か、最近トイレの床に飛沫が飛んでいることはない。

「今でもキャンプに行くの？」

「はい。月に一度は必ず」

「羨ましい。うちはたまに二人で健康ランドに行くくらいよ」

ちょうど蛍の前を一人の男が歩いていくのが見えた。肩幅のがっちりとした男で、耳にイヤホンを挿している。どことなく怪しい雰囲気の男だ。イベントを楽しんでいるというより、何かを警戒しているようだ。

似たような感じの男をさきほどから複数回見かけていた。もしかして彼らは伊賀の忍者かもしれない。甲賀者の侵入に備え、警戒しているのだ。明るく楽しい雰囲気の中にも、そこはかとなく緊張感が漂っているのを蛍は見逃さなかった。自分は敵中にいる。それを蛍ははっきりと肌で感じた。

こういうときは下手に緊張してはいけない。ごく普通の一般人を装うことが肝心だ。緊張というのは空気を通じて伝播する。一流の忍者はそれを察知し、警戒する。だから何も考えず、普通に振る舞っているのが得策だ。

「奥さん」そう言いながら音無が近づいてきた。「俺と交代しましょう。立ちっぱなしも大変だから、少し休んでください」

「ありがとうございます。ではお言葉に甘えて」

音無と交代して屋台を出た。パイプ椅子の上に置いてあったペットボトルの緑茶を一口飲む。トイレに行くことにして、蛍は歩きだした。

風船を持った親子連れとすれ違う。その次に前から歩いてきた男も怪しかった。蛍は素知らぬ顔をして男とすれ違う。いったい何人の伊賀者がこのイベント会場に忍び込んでいるのか。

決して綺麗とは言えない公衆トイレで用を足し、手を洗って外に出たときだった。屋台が立ち並ぶメイン通りを歩いている男女の姿が目に留まる。一人は悟郎、女性の方は見たことのない顔だ。

するとその女性が蛍の視線に気づいた。彼女が悟郎に向かって何か声をかけると、彼も蛍の方に目を向けた。その顔には「参ったな」としっかり書かれている。彼女がペコリと頭を下げてきたので、蛍も会釈をした。

二人がこちらに向かって歩いてくる。蛍もそちらに足を進めた。やがてはっきりと女性の姿を認識できる距離にまで接近した。

グレーのパンツスーツに身を包んだ、二十代後半くらいの小柄な女性だ。やや茶色がかった髪には緩やかなウェーブがかかっている。綺麗な人だな、と蛍は思った。目鼻立ちもしっかりとしていて、街を歩けば男たちが振り返るだろう。本人もそれを意識しているのか、自信に溢れた表情だ。しかしその自信は容姿によるものではなく、もっと別の何か——たとえば家柄や現在の地位といったものに起因するように思われた。

「屋台の方はいいのか？」

悟郎に訊かれ、蛍は答えた。

「大丈夫。音無さん夫婦がやってくれてるから」

「そうか。紹介するよ。こちらは風富小夜さんだ。彼女は高校の同級生なんだよ。保険の外交員をやってるんだ」

「初めまして」と小夜という女性が名刺を出してきた。「風富と申します。お噂はかねがね伺っておりました」

名刺を受けとる。大手の外資系生命保険会社の社名が書かれている。別に嫉妬したわけではないが、軽く突っ込んでみる。

「私の噂というのは？」

「いい奥さんをもらった。そういう噂です。悟郎君はどんな女性と結婚するんだろう。仲間内でもずっとそんな話になっていたんです。悟郎君が選んだ女性はどういう方なのか。ずっとお会いしたいと思っておりました」

言葉の端々から育ちの良さが感じられた。長野の山奥で育った私とは大違いだ。一朝一夕では身につけることのできない気品があった。しかしどこか油断ならない空気も併せ持っている。不思議なタイプの女性だった。

「実は彼女の知人も今回のイベントに参加しているようでね」悟郎が口を挟んでくる。「その関係で立ち寄ったらしい。あとでうちの屋台のホットドッグも食べてくれるそうだ」

「へえ、そうなんだ」

悟郎の口調には余裕というものが感じられない。小夜という女性がアカデミー賞主演女優賞ノミネートクラスの女優であるなら、悟郎は通行人役のエキストラだ。まったく演技というものがなっていない。現在進行形か、それとも過去形かわからないが、二人の間にはきっと何かある。蛍はそれを嗅ぎとった。

「じゃあ悟郎君、私は得意先を回ってくるから、またあとで」

「あ、ああ。またあとでな」

小夜が立ち去っていく。どうせ離婚を考えているのだし、悔しいという気持ちはない。どうせだったら現在進行形で付き合ってくれていた方が、離婚に向けた決定打にもなるはずだ。しかし小馬鹿にされているようで少し腹が立つ。

「あのな、蛍」弁解するように悟郎が言った。「ほんとにたまたまなんだよ。たまたま彼女の知人というか、得意先が今回のイベントに参加してるらしいんだ。俺もそれを聞いたときはマジで驚いたよ」

この大根役者め。蛍は胸の中でそう毒づき、夫を無視して歩きだした。

十二時四十五分。悟郎は公園の奥にある森の中にいた。イベント会場から離れた場

所にあるせいか、人通りは少なかった。たまに犬を連れた散歩者が歩いている程度だ。

「よし、集まったな」

班長が言った。その周りには班員たちの姿もある。その格好は様々だ。悟郎や音無は私服を着ているのに対し、スーツ姿の者もいれば作業着を着ている者もいた。それぞれがこのイベントに何らかの形で潜入しているのだ。

「あとしばらくしたら豊松議員が到着するはずだ。予定通りA地点で豊松議員は演説を始めるらしい。十三時からおよそ十分間の予定だ」

A地点というのは公園の中央、ちょうど故障中の噴水の近くだった。そこに車を停め、豊松は演説するようだった。果たして本当に甲賀者が豊松救出に現れるのか。現れるとしたら、どこからどのような形で現れるか。今もまったくわかっていない。

「十三時五分、テロが決行される。各々所定の位置で待機せよ」

テロが決行される。その意味がわからなかった。一番年長の班員が全員の気持ちを代弁するように質問した。

「班長、テロが決行されるとは、どういうことでしょうか？」

「そのままの意味だ」班長が苦虫を嚙み潰したような顔で言った。「豊松議員の乗る車が爆発する。正体不明のテロリストの犯行だ」

言葉が出なかった。誰もが驚いたような顔つきだ。隣にいた音無と視線が合った
が、彼も何も知らなかったようで首を捻っている。
「豊松議員は白いワンボックスタイプの車で来場する。車のルーフの部分に乗って演
説するらしい。よく選挙応援などで見たことがあるだろ。あの手の車だ。演説が始ま
って五分後、その車ごと爆発する予定になっている」
つまり本当のテロ行為ということだ。甲賀者をおびきだす罠ではなく、単純に豊松
議員を抹殺したいがためのイベントなのか。
「直前まで告げなかったのは情報漏洩を恐れての配慮だ。みんな、そんな顔をするん
じゃない。俺たちは忍者だ。綺麗事など言っていられる立場ではない」
それは百も承知している。元来、忍者というのは素行不良の荒くれ者の集まりだっ
たという研究もあり、暗殺や放火などの普通の武士が敬遠するような汚れ仕事を引き
受けていたのが、そもそもの始まりとも言われている。しかし目の前で野党の党首が
爆弾テロで殺されるのを、黙って見ていろというのも酷な話だった。
「ちょっといいですか」どうしても黙っていることができず、悟郎は手を挙げた。
「一般人が犠牲になることはないんですよね」
班長が険しい顔でうなずいた。
「多分、としか俺の口からは言えない。おそらく豊松議員にも秘書やＳＰなどの取り

巻きがいるはず。何人かは犠牲者が出てもおかしくはない。自業自得というものかもしれんな。豊松議員は最近活躍されている。それが与党の重鎮たちの怒りを買ったんだ」

近年、豊松は頻繁に午後のワイドショーなどにゲスト出演し、歯に衣を着せぬ物言いで人気を博している。与党の大物政治家たちを老人呼ばわりし、ゲストコメンテーターにも牙を剝く。その闘争心溢れる姿勢は新しいリーダーに相応しく、次の総選挙で未来党は野党第一党に躍りでるのではないかと巷では言われている。

「すでに甲賀者が会場内に侵入している可能性がある。いや、侵入していると考えていいだろう。各自目を光らせろ。怪しい輩がいたら注視せよ。何かあった場合は本部に連絡。俺からは以上だ。最後に時間を合わせるぞ」

全員が腕を出し、腕時計の秒針をセットした。そのまま解散となる。音無と肩を並べて歩き始めたが、その足どりは重かった。

「こう考えてはどうだろうか」と音無が口を開く。「たとえば高速道路あたりで、強引に渡ろうとしている老人を見かけた。放っておけば老人は車に轢かれてしまうかもしれない。だが戻って助けるのはもっと危険だ。黙って見過ごすしかないってことだ」

言わんとしていることはわかる。起こるであろう事故を見逃したところで、責任はないという意味だ。しかし本当にそれでいいのか。

「豊松って男はやり過ぎた。出る杭は打たれるってのが世の摂理だ。だが甲賀者が阻止してくる可能性だってないわけじゃない。せいぜい注意深く見守るとしようぜ、草刈」

「ああ、そうだな」

いずれにしてもしがない下忍である自分には何の権限もない。言われた通り動くしかないのだ。胸の中のわだかまりを押し鎮めるように悟郎は何度か深呼吸をした。

屋台の前に到着した。中では蛍と音無の妻が並んでいる。昼のピークは終えており、ホットドッグの売れ行きも徐々に下降線を辿っている。屋台の裏に向かう。イベントは午後二時に終了の予定だった。片づけを始めつつ、悟郎は周囲の様子を窺った。客層は家族連れかカップルが多い。ここは単独の客をマークすべきではないだろうか。音無も同じように目を光らせている。

「誰を探してるの？」

後ろから声をかけられ、振り向くと蛍が立っている。調味料を補充するつもりのようだ。

「いや、別に誰も探してないよ」

「本当に？」

「ああ、本当だって。もうたくさん入れなくてもいいからな。客もそんなに来ないだろうし」

蛍はケチャップとマスタードを容器に入れ、そのまま屋台に戻っていく。それからしばらく経った頃、公園の入り口の方で動きがあった。本来なら車の乗り入れは禁止されている公園内に一台のワンボックスカーが徐行運転で入ってきた。ワンボックスカーは噴水の隣で停車した。中から数名の男が降りてくる。最後に車から降り立ったスーツ姿の男に視線が吸い寄せられる。未来党の党首、豊松豊前だった。

精悍な顔つきだ。政治家というより引退したプロスポーツ選手のような印象を受ける。実際、今もマリンスポーツをやっているとどこかで聞いたことがある。与党の閣僚に比べても年齢も若く、人気が出るのもうなずける。しかし今日、この男は——。そう考えると複雑な感情が胸をよぎる。

慌ただしく演説の準備が始まる。秘書らしき男たちが動き回っていた。幟（のぼり）を手にした若い男が四名、車の前に立っている。豊松の周りにはイベント主催者らしき男たちが集まり、名刺交換などをしている様子だった。やがて準備が整ったのか、豊松が梯子を使って白いワンボックスカーの屋根に上る。屋根の上には足場がとりつけられている。

「皆さん、こんにちは。未来党党首の豊松豊前と申します」

それが豊松の第一声だった。徐々にワンボックスカーの周辺に人が集まり始めていた。ロープを持った警備員が数名、聴衆をあまり近づけないように等間隔に立っている。あれはきっと伊賀の者に違いない。犠牲者を増やさないための配慮だ。

「いやあ、本当にいい天気ですね。これはきっと皆さんの日頃のおこないがいいからでしょう。僕は趣味でマリンジェットをよく操縦するんですが、こんなに天気がいい日は演説なんてやめて海に行きたい気分ですね」

笑いが洩れる。やはり政治家だけあって発声もよく、特に緊張している様子も見受けられない。党首会談では総理大臣とも互角にやり合うほどの論客だと聞いている。

「……それにしても先日の予算委員会、総理の説明はまったく意味不明ですよ。あんな答弁、許されるわけがない。皆さんもそう思いませんか」

自然と内容は与党の批判になっていく。恐れずに批判することでここまで成り上がったと言っても過言ではない。時には過激に、時にはユーモアを交え、豊松は聴衆に持論をぶちまける。

「私には三人の子供がいます。一番上は中学一年生、下は小学二年生になるんですが、やはり子供というのは大きな希望です。先日、四人目を作ろうと妻に相談したところ、それは却下されてしまいましたよ、ははは」

蛍の姿が見えない。さきほどまで屋台で接客していたはずだが、姿が消えていた。

悟郎は音無の妻に向かって訊いた。

「すみません。蛍はどこに？」

「彼女なら演説を聞きに行きましたよ。もっと近くで見たいんですって。政治に関心がおありなんですね」

「そうですか……」

悩ましいところだ。彼女だって大人なのだし、放っておいてもいいかもしれない。警備員が張ったロープを乗り越えるような真似はしないだろう。しかし不測の事態が起こらないとも限らない。できるだけ遠くにいるに越したことはない。

「すまん、音無。妻を探してくる」

悟郎がそう言うと、音無も真剣な顔でうなずいた。

「わかった。気をつけろよ。あと二分もない」

時刻は午後一時三分を回ったところだ。あと二分で爆発が起こるのだ。この会場内もあっという間にパニックになること間違いなしだ。

屋台から離れ、聴衆たちが集まる演説会場に向かう。それほど多く集まっているわけではないが、ここから妻を探しだすのは難しそうだ。

「……やはり少子化問題は抜本的な改革が必要でしょう。厚労大臣が来年度の目玉施策を発表しましたが、あんなもんは私に言わせれば話になりません。私だったら無条件で一人出産したご家庭に一律三百万円支給することをお約束します」

蛍の姿はまだ見つからない。あと一分を切っている。蛍を探しつつ、同時に警戒した。少なくとも目に見える範囲で怪しい素振りをする者はいない。このまま爆弾テロは、いや、テロに見せかけた暗殺は決行されてしまうのか。あと三十秒――。

「……二人目以降は百万円を支給。しかも所得の制限を求めません。これを未来党の公約といたします。先日、昼にワイドショーに出演したとき、この話をしたら……」

あと十秒。蛍らしき女性の後ろ姿を発見し、そちらに向かって悟郎は進んだ。そのまま悟郎は彼女の肩に手をかけた。

「蛍、こんなところで……」

そのときだった。耳をつんざくような爆音が聞こえた。悟郎は蛍を抱いたまま、思わず地上にひれ伏していた。

周囲はパニックだった。逃げ惑う人々の悲鳴で溢れていた。誰もが慌てた様子で爆発のあった公園の中心部から離れていく。
爆発の直前、いきなり夫の悟郎に肩を叩かれた。気づくと悟郎に抱かれる形で地上

に身を投げだしていた。咄嗟に悟郎が庇ってくれたのだ。

「蛍、大丈夫か？」

「うん、私は平気」

そう言いながら蛍は立ち上がる。目の前に逃げ遅れた子供がいたので、その子のもとに駆け寄って抱き起こす。「ママ、ママ」と子供は泣いている。どうしようかと考えあぐねていると、我が子の名を呼びながらこちらに近づいてくる女性がいた。子供は「ママ」と母親に向かって走っていった。

「皆さん、大丈夫ですか。お怪我はありませんか。今、警察と救急に連絡をいれたところです。私どものスタッフが回っております。怪我をされた方、具合が悪くなってしまった方がいらっしゃったら、遠慮なくお声がけください」

豊松は無事だ。ワンボックスカーのルーフの上で、豊松はマイクを握っている。爆発したのは彼の乗る車ではなく、その隣にある故障中の噴水だった。正確に言えば噴水内に置かれた建築資材の中に仕込んだプラスチック爆弾だ。

話は一昨日の夜まで遡る。雀が作った料理と日本酒に陥落した父から、この手のテロに手を貸しそうな爆弾製作者を教えてもらった。基本的に日本はテロが横行するような国ではないため、その手の業者も限られてくるのだ。父が手を尽くして調べた結果、一人の男の名前が浮かび上がった。日系三世のブラジル人で、過去二回、爆発物取締罰則違反の容疑で逮捕されており、現在も執行猶予中だった。

名前はカルロス。住所は品川区内のマンションだった。早速蛍はそのマンションに向かい、屋上からロープを伝ってカルロスの住居に潜入し、眠っていた男を叩き起こした。拳銃で脅すだけでペラペラとよく喋った。素性のわからない男から爆弾の製作・設置を依頼されたという。報酬は百万円。

今は執行猶予中なので警察の世話になりたくない。頼むから見逃してくれ。そう懇願されたので、蛍は交換条件を出した。車に仕掛ける爆弾は爆発しないように細工すること。そして蛍が指定した場所に同じ爆弾を仕掛け、同時刻に爆発させること。カルロスは嬉々として条件を飲んだ。すでに報酬は半分の五十万円を前払いで受けとっているので、このままトンズラするつもりのようだ。

カルロスを連れ、その足で下見に向かった。ちょうど故障中の噴水があったので、それを利用することにした。噴水内は水は張られておらず、建築資材が置かれていた。そこに爆弾を仕掛けるよう、蛍はカルロスに指示を出した。なぜかカルロスは蛍に感謝した。あんたのお陰で人殺しの片棒を担がずに済んだぜ、ありがとよ。

カルロスが爆弾を仕掛けるのを見守ってから、蛍は帰宅して夫のための晩御飯を作った。そして今日という日を迎えたわけだ。敢えて別の場所を爆発させたのは、伊賀者を驚かしてやろうという悪戯心からだ。戦いというのは戦う前から勝敗が決している場合がある。その最たる例と言えよう。

「皆さん、落ち着いて行動してください。慌てず、落ち着いて。それが一番大事です。屋台などで火を使っている方は、いったん火を消してください。皆さん、大丈夫です。未来党の党首、豊松にお任せください」

ワンボックスカーの上では豊松がここぞとばかりに声を張り上げている。この爆発は彼にとっていい方向に作用したようだ。彼の秘書らしき男がスマートフォンを構えている。ハプニングに直面しても冷静に対処する豊松党首。この映像は今夜のニュースで何度も使われるに違いない。

周囲を見回す。作業着姿の男が忌々しげな目つきで豊松を見上げていた。こいつ、伊賀者か。しかし今日の目的は伊賀者を焙りだすことではなく、豊松を救うことだ。指令は完了したので、あとはこのまま誰にも気づかれずに逃げることが先決だ。

「屋台、大丈夫かな？」

蛍がそう言うと、悟郎もやや不安そうな顔つきで言った。

「そうだな。戻ろう。どうせこんな状態だとイベントの続行は不可能だ」

まだ周囲は混乱に包まれている。遠くから消防車のサイレンが聞こえてきた。噴水から薄く煙が立ち昇っている。

会議室は緊張に包まれていた。悟郎は会議室の後方にあるテーブル席についていた。周辺には班員たちの姿も見える。時刻は午後六時ちょうど。急遽伊賀ビル最上階にある会議室に召集がかかったのだ。

評議員の姿はなかったが、前方には事務局の幹部たちが並んでいる。一番端には小夜の姿もあった。事務局の最年少メンバーとして認知されつつある。

「定刻になったのでミーティングを始める」

中央に座る男が言った。集められているのは今日のチャリティイベントに動員をかけられていた忍者、およそ三十名だ。爆弾テロに見せかけて豊松議員を暗殺し、さらにイベントに侵入した甲賀者を捕縛する。今回の作戦はものの見事に失敗した。豊松は助かり、甲賀者の痕跡さえも摑めなかったのだ。

「豊松の車に仕掛けられていた爆弾は偽物だったようだ。本物は近くにある噴水の内部に置かれていたようだな」

幹部席中央の男が説明する。名前は桐生（きりゅう）といい、事務局長を務めている。評議員を除けばトップに位置する忍者だ。年齢は四十代後半。順調に行けば将来的には評議員になると言われている。

「うちが爆発物の製作・設置を依頼した者だが、連絡がとれない状態にあるという」

要するに爆弾製作者が裏切った可能性があるというのだ。ちなみに報酬は百万円で半分を前払い、成功後に残りを支払う約束になっていたようだ。

「おそらく甲賀者があらかじめ爆弾製作者に接触していたものと考えられる。完全に裏をかかれたと考えていい。しかし今日、甲賀者がイベント会場内に潜入していたのは間違いなかろう。自分の作戦の顚末を見届けるためにも、必ず会場にいたはず。それを発見できなかったのは、今回の任務に従事した君たちのミスだ」

反論の余地はある。甲賀者を探しだせ。そう言われていただけで、対象者の特徴などは一切わかっていなかった。怪しい者がいたら注視せよ。そういう命令が出ていただけだ。しかしあの場に甲賀者が潜んでいて、伊賀側の作戦が頓挫したことを嘲笑っていたとしたら。それを考えると腹が立って仕方がない。

「今から名前を言う者は起立するように。ハギムラ、トミタ、アヤベ、シンウチ」

四名の忍者が立ち上がる。いずれも今日の任務に参加していた班の班長だ。幹部席中央の桐生が続けて言った。

「君たち四名は本日付けで班長職を解く。同時に謹慎一ヵ月を言い渡す。すぐにこの会議室から出ていくように」

水を打ったように会議室は静まり返った。そんな中、四名の班長たちが無念そうな顔つきで会議室から出ていった。当然、悟郎の班の班長もいる。一ヵ月の謹慎というのはかなりの重罰だ。ある意味見せしめのような処罰ではあるが、どれほど今回の失態が大きかったか、それを如実に表していた。

今日は土曜日だ。きっと来週一杯、ワイドショーは今日の爆弾騒ぎをとり上げるに違いない。そしてそれに付随して豊松の評価は上がり、未来党の支持率も上昇する。与党にとっては最悪のシナリオだ。任務を成功できなかった伊賀の評価も下がったと考えてよさそうだ。

「班長が不在となったため、副班長を自動的に班長に昇格させる。新班長はこのミーティング終了後、事務局に来るように。必要書類に記入してもらうことになる」

「はっ」

四人の新班長が声を揃えて返事をした。前代未聞の懲罰人事に会議室には緊張感が漂っている。明日は我が身。そんな言葉が脳裏をよぎる。

「残りの者は厳重注意とする。今後は心して任務に取り組むように。なお、今日の我々の作戦を阻止した者、並びに先日の赤巻議員を殺害した犯人については、今後も特捜本部で素性の特定作業を続けていく考えだ。ここで一つ、新たな情報がある。風富君、いいかな」

「はい」と小夜が返事をして、手元の書類を見ながら話しだす。「赤巻議員宅にドローンが出現した件です。当該ドローンは我が同志の放った棒手裏剣が直撃して落下、その後は爆発しましたが、そのドローンを操縦していたと思われる人物が浮上しました」

その棒手裏剣を投げたのはほかでもない悟郎だった。何とかしろ。赤巻にそう言われて咄嗟の判断でそうしたのだ。

「場所は赤巻議員宅から北東に五十メートルほど離れたところにある空き家です。聞き込みの結果、ドローンが出現した同時刻、その空き家の庭に不審な人物が立っていたのを付近の住人が目撃したようです。女性だった。住人はそう証言しているようですね」

会議室にいる忍者がどよめいた。今、この会議室内には女性忍者は小夜だけだ。伊賀ではそのくらい女の忍者というのは珍しい存在だ。ただしそれが甲賀になると事情は不明だ。

「事件の陰に女あり、という言葉もある」再び事務局長の桐生が口を開いた。「この女が甲賀者に協力している可能性もあるし、ことによると主犯格かもしれん」

会議室の空気がわずかに緩む。女忍者が主犯のわけがない。誰もが甲賀者は男だと決めつけているため、失笑を洩らした者がいるのだった。

「考えてもみろ。今日のイベントだってそうだ。甲賀者は男。そういう先入観に囚われていなかったか」

その指摘は胸に突き刺さる。甲賀者は男であると無意識のうちに思い込み、会場内でも男性客を中心に観察していたような気がする。悟郎でさえそうなのだから、ほかの忍者も同様だろう。しかし来場した客の半分は女性だった。犯人が女であるなら、それだけで伊賀が張った監視の目からすり抜けてしまうのだ。

「とにかく今後はあらゆる可能性を考慮し、犯人の早期確保に当たる。各自、それぞれの任務に当たれ」

「はっ」

臨時のミーティングは終了となる。忍者たちが次々と会議室から出ていくが、その顔は一様に晴れなかった。今日一日の疲労、そして甲賀者に裏をかかれた屈辱がどの忍者の顔にも浮かんでいる。自分も似たような顔をしているのだろう、と悟郎は思った。

「まったく物騒な世の中になったわね。公園に散歩に行くのも危険じゃないの。ここ、日本じゃないのかしら」

智代主任が煎餅を食べながら言う。蛍の職場である、あおぞら薬局世田谷店の休憩室だ。

『……慌てず、落ち着いて。それが一番大事です。屋台などで火を使っている方は……』

午後のワイドショーでは一昨日の爆発騒ぎが報じられている。ちょうど未来党の豊松党首がアップで映しだされていた。パニックを抑えようと、マイクで冷静に訴えている。

「それにしてもいい男ね」智代主任がうっとりとした顔つきで言った。「豊松さん、本当にかっこいいわ。うちの旦那と同じ人間とは思えないくらい。しかも頭もいいんでしょう。東大出てるっていうじゃない」

豊松は一昨日の一件でさらに株を上げた。豊松だけではなく、未来党の支持率も伸びたという。そういう意味では蛍の功績は大きいが、それを蛍がおおっぴらに話すことは絶対にない。忍者というのは自分の仕事を誰かに話したりしないものだ。

「蛍さん、このイベントに参加してたんですよね」

若手薬剤師のエリがそう言った。実は先週の金曜日に帰りが一緒になったとき、世間話の流れで彼女には話していた。智代主任が驚いたように言う。

「本当？　蛍さん」

「ええ」と蛍は答える。「旦那の職場でホットドッグの屋台を出すことになって、そのヘルプで呼ばれたんです」

「じゃあ爆発の瞬間も近くにいたの？」

「ええ、まあ」

世間はこのニュースで持ち切りだ。あのカルロスという爆弾製作者が火薬の量を調整してくれたお陰で、怪我人が出ることはなかった。

「怖かったでしょう。でも生で豊松さんを見られたんなら、それは少し羨ましいかも」

イベント会場には少なくとも二十人以上の忍者が潜んでいたように感じた。ただし蛍は一般人になりきっていた自信があるので、伊賀者には気づかれていないはずだ。伊賀者の存在以上に、蛍には気になっている人がいた。イベント会場内で悟郎から紹介された、風富小夜という女性だ。彼女は保険の外交員をやっており、たまたま会場を訪れたという。高校の同級生と紹介されたが、それも怪しいところだった。あくまでも蛍の勘だが、あの小夜という女には都会の洗練された雰囲気が感じられ、悟郎とともに静岡で高校生活を送ったとは思えないのだ。

「ちょっと失礼します」

蛍はそう言って立ち上がり、休憩室から出た。そのまま薬局の外に出て、通りを渡ったところにある総合病院のロビーに入る。まだ午後の診療時間が始まる前だからか、院内にそれほど人はいない。ロビーの片隅にある公衆電話に向かう。一昨日、小夜からもらった名刺を出し、その番号に電話をかけてみる。

「お待たせいたしました。アクエリアス生命大手町支店、タナベが承ります」

「すみません、ええと」通りかかった看護師の名札を見て、蛍は続ける。「私、イイヅカというんですけど、風富小夜さんはいらっしゃいますか」

「少々お待ちください」

保留のメロディが流れる。本人が出たら切ってしまうつもりだった。しばらくしてメロディが止まり、交換手の声が聞こえてくる。

「お待たせしました。風富は席を外しているようです。本日は帰社の予定はないので、お電話番号をお教えいただければ折り返しお電話するようにいたしますが」

「いえ、結構です。失礼します」

蛍は受話器を置く。あの女が外資系の保険会社で働いていることは本当らしい。蛍は名刺を見た。会社の場所もわかっているので、別の日に見張ってみるのも一つの手だ。そして彼女の存在を確認したら、すぐさま尾行するのだ。そこらへんの探偵より円滑に仕事を進める自信はある。もし悟郎との密会現場を押さえることができたら、即離婚だ。

しかしそう簡単に密会してくれるとも限らないので、長期戦を覚悟しなければならない。指令だったらいくらでも長期戦になってもいいが、プライベートで時間を使うのは嫌だ。ここは一気に斬り込んでしまうのがよさそうだ。

名刺を白衣のポケットに入れ、蛍は薬局へ戻った。


午後八時。悟郎は帰宅した。郵便局の業務は午後五時十五分をもって終業となるのだが、その後は麹町の特捜本部に顔を出し、情報の整理などを手伝った。ドローンを操っていたとされる女の素性は今も明らかになっていなかった。専属の忍者——音無や小夜もそこには含まれる——が毎日聞き込み捜査をおこなっているが、結果は芳しいものではないようだ。

「ただいま」

「おかえり」

蛍はいつもと変わらず、リビングで本を読んでいる。「おかえり」と言ってくれるだけ、まだマシなのかもしれない。蛍が真剣に離婚を望んでいるのは間違いなさそうだが、一昨日のイベントにも参加してくれたし、音無夫妻とも普通に会話をしていた。彼女も彼女なりに着地点を見つけようとしているのかもしれなかった。
ダイニングテーブルの上に夕飯が並んでいる。夕飯の時間は午後七時と決まってお
り、要らない場合は夕方までにメールを送り、時間が過ぎた場合は悟郎が自分で温め
て食べる、というのが草刈家のルールだった。今日の夕飯はハンバーグだった。
冷蔵庫の中から缶の発泡酒を出す。まっすぐ帰った日はまずは発泡酒を一本飲んで
から風呂に入るのがいつもの流れだ。以前はビールだったのだが、蛍から説得される
形で一年前に発泡酒に切り替わった。家計にも優しいし、外で飲むビールが旨く感じ
るという利点もある。
「ちょっと話があるんだけど」
そう言いながら蛍が真向かいの椅子に座るのを見て、悟郎は嫌な予感がした。その
話というのが決して愉快なものではないというのは蛍の表情だけで窺えた。悟郎はう
んざりとした気持ちで言った。
「何だよ、話って」
「一昨日のことなんだけど」
その話か。実はさきほども音無と顔を合わせ、礼を言われたところだ。蛍が来てく
れて助かったと音無家でも話題になったという。
「一昨日はありがとな。助かったよ。音無からも礼を言われたぜ。感謝してるって

さ」

「それはどうも。会場で会った風富さんだっけ？　あの人、高校の同級生なんだよね」

緊張が走る。時速百五十キロを超えるツーシームを胸元に投げ込まれたような感覚だった。心の中でバットのグリップを握り直し、悟郎は答えた。

「そうだ。彼女は俺の同級生だよ」

厳密には違う。学年は同じだが、彼女は都内にある中高一貫の私立の女子校に通っていた。大学も悟郎の偏差値では入れないような難関私大を卒業している。一昨日、彼女のことを蛍に紹介するに当たり、どう紹介するのがベストだろうかと数秒迷った末、高校の同級生だと嘘をついた。それが正しかったのか、早くも試される時を迎えてしまったのだ。

「同じクラスだったの？」

「いや、同じクラスになったことはない」

「部活は何部だった？」

「彼女はバスケ部だったかな」

「悟郎さんと付き合ってた？」

今度も直球だ。しかし覚悟していたので悟郎はひるむことなくそのボールを打ち返した。

「おいおい、馬鹿なこと言うなよ。どうしてそう思うんだ？　そんなに俺と彼女、お似合いだったのか？」

悟郎は自分の切り返しに大変満足していた。質問に質問で返すと同時に、少し冗談も交えてみた。大人らしい余裕の回答だ。

「わかるのよ、そういうのって。何となくね。多分この二人、付き合ってるなとか。そういう勘、私結構当たるんだよね。それにあのとき、悟郎さん動揺してたよね。しまった、っていう顔してたから」

たしかにそれは言える。自分はかなり動揺していた。小夜も任務でイベントに動員されていたため、下手に顔を合わせるよりも先に紹介した方がいいと思っていた。そのための口裏合わせをしながら歩いていたところ、突然蛍と遭遇してしまったのだ。

「そりゃ動揺するだろ」悟郎は開き直ることにした。「いきなりあんな風に遭遇したら誰だって驚くよ。でもそれだけだよ。お前が疑うようなことは何一つないよ」悟郎は発泡酒を飲み干した。その勢いで立ち上がり、冷蔵庫から缶のハイボールを出した。「あれだよ、あれ。今度同窓会をやるみたいなんだけど、俺と風富が幹事になっちまったんだよ。その関係でたまにSNSを通じてやりとりしているだけだ」

悟郎は椅子に座ってハイボールを一口飲んだ。蛍はやや上目遣いでこちらを見ている。

「何だよ、その目つきは。何か言いたいみたいだな」

「同窓会ねえ。同僚の薬剤師が言ってたんだけど、同窓会をきっかけに浮気や不倫に走る人が多いみたいよ。これはあくまでもその人の経験談だけど」

「仕方ないだろ、本当のことなんだから」

実は嘘だが、ここまで言い切ってしまったら突っ走るしか道はない。しかしかなり分が悪いのを悟郎自身も実感していた。ツーストライクまで追い込まれている。ここで三振してしまえば試合終了だ。

蛍がちらりと脇を見た。そこには悟郎のスマートフォンが置かれている。あれを見られたらヤバいが、結婚したときにお互いのスマートフォンだけには立ち入らないようにしようという盟約を結んでいた。小夜との関係以前の問題として、忍者であることがバレたら一巻の終わりなのだ。

再び蛍は正面を向く。スマートフォンを見せろとは言わないらしい。それはこちらに有利な判断だが、不利な形勢が続いているのは疑いようもなかった。

「その同窓会だけど、私も行っていい？」

「何を言いだすんだよ。お前、卒業生じゃないだろ」

「ちなみにいつやるの？」

「ええと」できるだけ先延ばしにするべきだ。「実はまだ決まってないんだよ。多分来年の春くらいじゃないか。でも蛍がそこまで俺を疑うなら、同窓会の幹事は辞退してもいいと思ってる。いや、辞退するよ、必ず」

厳しい展開だ。悟郎にしても一般人である蛍とうまくやっていける自信はないし、正直限界が近づいているという自覚もある。だが離婚だけは無理だ。離婚した伊賀忍者に待ち受ける末路は悲惨なものだし、実家の両親に合わせる顔もない。一昨日のチャリティイベントでは蛍もそれなりに楽しそうにしていて、これはいい方向に向かっていくのではと淡い期待を抱いていたのだが、そううまくはいかないらしい。

「同窓会にも行かないし、幹事も下りる。それでいいんだろ」

そもそも同窓会がおこなわれることはないので、行きたくても行けないのだが、悟郎は恩着せがましくそう言った。蛍は何も言わずに考え込んでいる。どの球種で仕留めようか。そう考えている最多勝投手のようでもある。

空腹時にハイボールまで飲んでしまったせいか、少し酔っていたのかもしれない。スマートフォンを充電しておこうと手を伸ばしたとき、肘が発泡酒の空き缶に引っかかった。空き缶はテーブルから落ちてしまったのだが、そのとき悟郎は目を疑うような光景を目の当たりにした。

蛍が不意に左足を伸ばしたのだ。すると落ちてきた空き缶は蛍の足の甲の部分にピタリと収まった。ちょうど足の甲と足首の凹みを利用し、空き缶をキャッチしたような形だった。やろうと思ってできることではない。きっと偶然だと思うが、それにしても鮮やかだった。

「ナイスキャッチ」

「……ありがと」

なぜか蛍は恥ずかしがっている。悟郎はスマートフォンに充電器のプラグを差し込んでから、風呂はやめて夕飯のハンバーグを温めることにした。そのまま会話は尻切れトンボとなり、妻はリビングから出ていった。

「やればできるじゃないか」

悟郎がそう褒めると、宇良は満更でもなさそうな笑みを浮かべて言った。

「まあ、このくらいは簡単っすよ」

今日から宇良は自分の担当エリアの配達を始めていた。昨日までは悟郎も手伝っていたのだが、今日からは彼一人に任せることにしたのだ。すると宇良は問題なく配達を終え、郵便局に戻ってきたのである。午前中の分はすべて配り終えたようだ。

「これ、飲めよ」

「あざっす」

冷たい缶コーヒーを渡す。バイク置き場の近くにあるベンチだ。以前は喫煙所になっていたが、今は灰皿は撤去されている。

「できれば俺、微糖より無糖の方がいいんすけど」

悟郎は苦笑する。最初のうちは戸惑ったが、ようやく宇良の無礼な言動に慣れつつあった。簡単に言ってしまうとまだ子供なのだ。

「でも先輩の奥さん、俺結構好きっすよ」

訊いてもいないのにいきなり宇良が話しだす。宇良も先日のイベントには動員されており、警戒に当たっていた忍者の一人だ。

「先輩の奥さん、言っちゃあれですけど、ちょっと暗いっていうか、ぶっちゃけ地味じゃないすか。俺の経験だとああいう地味な子の方が意外に好き者っていうか、そういうのありません？」

こいつ、アホだ。やはりこの男の無礼な言動には慣れそうにない。離婚の危機にあるとはいえ、妻の悪口を——宇良にとっては褒め言葉かもしれないが——言われて喜ぶ奴などいやしない。

悟郎は無視した。それでも宇良は自分の非礼に気づくことはなく、悟郎があげた缶コーヒーを飲んでいる。やがて宇良が顔を上げ、話題を変えた。

「本部からメール来てましたね。見ました？」

まだ見ていない。宇良が自分のスマートフォンを出し、驚くべき速さでフリック入力した。本部からのメールは数段階のパスワード認証が施されているため、悟郎はメールに辿り着くまでに三十分近く要することもある。しかし宇良はものの一分ほどで認証を解除したらしく、スマートフォンの画面をこちらに見せてくる。

「車が特定できたみたいっすよ」

メールを読む。聞き込みの結果、ドローンを操っていたと思われる女が乗っていた車の車種を特定できたというのだった。トヨタのランドクルーザー、色は白で世田谷ナンバー。それが現時点で判明した内容らしい。

「ランドクルーザーってどんな車っすか？　俺、国産車ってよくわかんないっすよ」

白のランドクルーザー。悟郎の自家用車と同じだった。三年前に五年ローンで買った車だが、ローンは前倒しでつい先日払い終えたばかりだ。少々大きめのボディは決して小回りが利くとは言えないが、月に一度のキャンプではそれなりの活躍をしてくれるので気に入っていた。

「先輩、大丈夫すか？」

宇良の声で我に返る。悟郎は口を開いた。

「ランクルってのは四輪駆動のＳＵＶだよ」

実は俺も乗っているんだ、とは言えなかった。白のランクルなど特段珍しい車ではないが、やはり気になった。白いランドクルーザー。そしてドローンを操っていたのは女。この二つの事実がある可能性を示唆していた。

「先輩、今日は食堂行かないっすか？」

「そうだな。今日は食堂っていう気分じゃないな」

「そうすか。じゃあ俺、食堂行ってきます」

宇良が立ち去っていく。どこか落ち着かない気分だった。自分の考え過ぎであることはわかっている。しかし考え過ぎであるという証拠が欲しかった。

周囲に人がいないことを確認してから悟郎はスマートフォンを出した。操作してから耳に当てると、電話はすぐに繫がった。

「よう、草刈」音無の声が聞こえてくる。「そっちはどうだ？　世田谷が懐かしいよ。こっちはどうも息が詰まる」

「だったら早く戻ってこいよ。それよりメールを見たんだが、ドローンを操縦してた女が乗ってた車、白のランクルで間違いないんだな？」

「そうだ。確実とは言えないけどな。あ、そうか。問題の空き家の前に停まっているのを近所の住人が目撃しているらしい。お前の車もたしかランクルだったな」音無も気づいたようだった。「でもさすがにそれは有り得んだろ、いくら何でも」

蛍がドローンを操縦していたかもしれない。自分の着想が突飛なものであるとは気づいていたが、どうにも気持ちが逸ってしまう。絶対に蛍ではない。それを立証しない限り、この焦燥感は消えそうになかった。

「当たり前だろ」虚勢を張りつつ、悟郎は言った。「一応ドローンを撃ち落としたのは俺だしな。ちょっと気になったんだよ。そのドローンを操ってた女、顔を見た奴がいるのか？」

「顔までは見てないんじゃないかな」

その女を目撃したのは空き家の隣家の住人らしい。スマートフォンを持ってドローンを飛ばしていた女がいた。そう証言したそうだ。

「そういえば草刈、うちの女房がお前の奥さんにお礼をしたいんだとさ」

「お礼？　何の？」

「こないだのイベントの件だよ。お前の奥さんが作ったホットドッグ、うちの女房がいたく気に入ってな。実は今日の朝食もホットドッグだったんだ。近々菓子でも持ってお礼に行くとか言ってた。そのときは頼むよ」

「わかった。蛍にも伝えておく」

通話を切った。午後の配達の分量次第だが、赤巻議員の屋敷のある住宅街に足を運べるかもしれない。

落ち着け、と悟郎は自分に言い聞かせる。考え過ぎだ。そんなことは絶対に有り得ない。

午後四時過ぎ、悟郎は住宅街を歩いていた。すでに午後の分の配達を終え、郵便局に戻ってバイクを返還し、早退する届出も提出済みだ。

高級住宅街だけあり、どの家も造りが豪華で、停まっている車も外国製の高級車ばかりだった。『水内(みずうち)』という表札を見つけた。日本風の木造住宅だった。インターホンを押すと「どちら様ですか」という女性の声がスピーカーから聞こえたので、悟郎は用意していた台詞を口にする。

「世田谷署の者です。先日のドローン騒ぎの件でお聞きしたいことがございまして」

おそらく別の忍者が警察を名乗り、すでに訪れているはずだ。しばらく待っていると玄関のドアが開いた。

「お待たせしました」

上品な老婦人が姿を現した。黒い手帳を懐から出し、もっともらしく見せながら悟郎は再度自己紹介する。

「世田谷署のサトウと申します。赤巻議員邸のドローン騒ぎの件で伺った次第です。少しお時間よろしいでしょうか」

老婦人は疑う素振りを見せず、その場で頭を下げてきた。

「それはご苦労様でございます」

「我々も鋭意捜査に取り組んでいるところでございます。今日お伺いしたのは隣家の庭で目撃された女性についてです」

「その件ならもう警察の人に話しましたけど」

「もう一度詳しく確認させていただきたいのです。ちなみに目撃されたのは？」

「私ではありません。息子です」

少しだけ老婦人の態度が冷たくなったような気がした。それでも悟郎は強引に話を進めた。

「なるほど。では息子さんとお話しさせていただきたいのですが、何時でしたらご在宅でしょうか。またその時間に出直します」

「それはちょっと、困るんです」

老婦人の視線がかすかに動いたのを悟郎は見逃さなかった。そういうことか。きっと息子は今もこの家にいるのだろう。ちらりと下を見ると、玄関の土間に男性用のスニーカーがいくつか並んでいた。

「お願いします。捜査にご協力ください」

悟郎は両膝に手を置き、大きく頭を下げた。前回ここを訪れた忍者はこうまで熱心に頼まなかったはずだ。やがて老婦人の声が聞こえた。

「頭を上げてください。ご案内します」

老婦人がスリッパを出してくれたので、礼を言ってそれを履いた。老婦人が説明した。

ドローンを操る謎の女性を目撃したのは、老婦人の息子らしい。その話を息子から聞いた老婦人が、聞き込みに訪れた刑事――おそらく忍者――に事情を話したというのだった。息子は数年前に会社を退職して以来、ほとんど家から出ずに暮らしているという。高級住宅街に暮らしているといっても、それぞれに事情を抱えているというわけだ。

「タカシ、ちょっといいかい？　刑事さんがいらしてるんだよ。こないだの件で話を聞きたいみたい」

二階の奥の部屋だった。老婦人がそう呼びかけても返事は返ってこなかった。彼女が小さく溜め息をつき、ドアに手をかけた。

「入るよ、タカシ」

老婦人の背中越しに室内を見る。割と広めの部屋で、奥のデスクに一人の男性が座っていた。息子と言っても四十歳は過ぎていそうな年代で、パソコンの画面に目を向けていた。ゲームでもやっているようだ。悟郎は前に出た。

「世田谷署のサトウと申します。先日隣家の庭で、ドローンを操縦していた女性を目撃されたとか。間違いありませんね」

まるで本物の刑事になったような心境だ。警察手帳を見せてくれ。そう詰め寄られたら厄介だし、どうもそういうことを言いそうなタイプの男だ。しかし男はマウスを操る手を止めて話しだした。

「その窓から見えたんだよ。女が一人、隣の庭に入ってきたんだ。何をし始めるのかと思っていたら、いきなり箱の中からドローンを出した」

女は機体のチェックを終えたあと、スマートフォンを使ってドローンを飛ばしたという。年齢は二十代から三十代ほどで、帽子を被ってマスクをつけていたそうだ。

「失礼します」

そう断ってから悟郎は室内に足を踏み入れた。男の背中側にある窓のカーテンを開け、外を覗いてみる。たしかに隣家の庭が見えた。空き家のためか庭の樹木が伸び放題になっている。

「十分くらい立っていたのかな。それから急に立ち去ってしまったんだ。ドローンが戻ってくることはなかった。故障でどこかに落ちてしまって、それを回収しに行ったんだと思ったよ。俺が目にしたのはそれだけだ」

故障ではない。棒手裏剣により撃ち落とされたのだ。その言葉を飲み込み、悟郎は訊いた。無駄だとわかっていても確認しないわけにはいかなかった。

「その女性の顔は見ていないんですね？」

「見たよ」

タカシという男がこともなげに言うので、悟郎は思わず身を乗りだしていた。

「見たんですか？」

「ドローンを飛ばす直前かな。一瞬だけマスクを外して口の周りをタオルで拭いたんだよ。そのときに一瞬だけね」

鼓動の高鳴りを抑えられない。悟郎は自分のスマートフォンを出し、保存してある画像を呼び起こした。先週の土曜日に撮った画像だ。ホットドッグの屋台を背にして、悟郎たちと音無夫妻が四人で並んで写っている。

悟郎は画面を調節し、蛍だけが見えるように拡大した。

「もしかしてこの女性ではないですか？」

悟郎はそう言いながらスマートフォンを差しだした。

今日の夕食は鶏の唐揚げだ。下味をつけた鶏肉は冷蔵庫に入っているので、あとは揚げるだけでいい。たしか鶏の唐揚げは悟郎の好きな食べ物ランキングで上位に入っ

ていたはず。別に彼を気遣ったわけではないが、好きなものを作っておけば喜ぶのだから問題はなかろう。

午後六時三十分を過ぎていた。まだ悟郎は帰宅していない。あと十五分ほどしたら調理を始めようか。そう思いつつ、蛍はリビングのソファで読みかけの文庫本を開いた。今は司馬遼太郎の『梟の城』を読んでいる。伊賀忍者を描いた作品で、映画化されて話題になった。

昨夜、風富小夜という女性の件をストレートに彼にぶつけてみたのだが、結果は芳しいものではなかった。土俵際で粘られたような形であり、あと一押しが足りなかった。同窓会の幹事も下りるとまで言いだしたが、同窓会そのものがあるかどうか怪しいと蛍は思っているので、そこはまったく評価していない。ただし夫の反応からして、蛍が想像しているよりもあの二人はライトな関係なのかもしれない。そんな感想を抱いた。

ただし風富小夜は油断のならない女だと思っていた。あの自信ありげな態度と、見るからに育ちのよさそうな物腰の柔らかさ。少なくとも蛍の周りにはいないタイプの女性であり、ああいう女は二面性がありそうだと女の勘が告げていた。得てして男というのはああいうタイプの女に弱いものだ。

なかなか本に集中できない。文庫本に栞を挟み、テーブルの上に置いた。テレビをつけようとリモコンを探したときだった。ダイニングの方でスマートフォンに着信があったので、蛍は立ち上がってそちらに向かう。画面には未登録の番号が表示されている。充電プラグを抜いてから通話状態にしてスマートフォンを耳に当てる。

聞こえてきたのは音楽だった。なぜかクラシック音楽が鳴っているのである。その音色を聞き、蛍は総毛立った。

ベートーヴェン交響曲第五番ハ短調『運命』だ。誰もが聞いたことのある馴染みのあるメロディーだが、蛍にとっては特別な意味を持つ。これは紛れもなく符号だ。

この符号に直面するのは初めてだったので、しばし蛍は立ち尽くしていた。しかしすぐに気をとり直す。一刻の猶予もない。この符号の意味するところは「今すぐ逃げろ」だ。

すぐ近くまで最大の危険が迫っているので、とにかく退避せよという命令だ。蛍はすぐさま二階に上がり、寝室のクローゼットの中からリュックサックを出し、着替えやら何やらを詰め込んだ。基本的にこういう場合は軽装を心がける必要があるのだが、『運命』が鳴ったということは、かなり切迫した状態にあることを意味している。ことによると二度とこの家に帰ってこられない可能性すらある。そういう状況なのだ。

そのまま一階に下り、キッチンに向かった。買い置きしてある五キロの米袋を開け、その中から茶色い紙袋をとり出した。隠してある武器だ。麻酔銃とスタンガン、それからナイフ。武器の入った袋をリュックサックに押し込み、それから財布などの私物も次々と中に入れていく。

最初はどこに逃げようか。雀の部屋か。それとも父のアパートか。しかし私に『運命』が鳴ったということは、ほかの家族にも符号が出ている可能性もあった。まずは家族と連絡をとるのが先かもしれない。

最後に読みかけの文庫本を手にとったときだ。玄関の方で物音が聞こえた。蛍はリュックサックを背負ったまま耳を澄ませる。ドアが開く音が聞こえた。夫が帰宅したのかもしれない。

この状況をどう説明しようかと迷ったが、その時間さえ惜しい気がした。何も説明せずに家を出る。それしかない。

足を踏みだした。リビングから出ると、ちょうど玄関から悟郎が入ってくるところだった。

「その格好、何だ？」彼が訊いてくる。

蛍は答えなかった。いや、答えられなかったというのが正解だ。いつもの夫ではなかった。外見はいつもと同じなのだが、醸（かも）しだす空気がまったく違った。トイレで尿の飛沫を飛ばしまくるような軟弱な夫ではなく、抜き身の刀を突きつけられたような緊張感が彼の全身に漲(みなぎ)っている。目の前の男は本当に、あの悟郎なのか。

もしかして、と蛍はその可能性に気づく。私は夫を見誤っていたのか。この顔が本物の草刈悟郎なのか。

夫は口を真一文字に結び、鋭い視線をこちらに向けている。こうまで真剣な夫の顔を見るのは初めてだったが、向こうも同じように思っているかもしれない。蛍も悟郎を睨みつけている。

時が止まったような静寂に包まれている。この状況をどう回避しようか、蛍はそればかり考えていた。引き返してリビングの窓から外に飛びだすか。それともこのまま正面突破を試みようか。ただし今の悟郎が易々とそれを許してくれるとは到底思えない。

すると悟郎が口を開いた。腹の底から絞りだすような声だった。

「もしかして、蛍、お前は忍者なのか？」

第三章　以忍伝忍

宇良豹馬はスマートフォンに視線を落としていた。対戦形式のオンラインゲームに興じている。今月三万円も課金したのになかなか勝てない。今も宇良の操るキャラは苦戦している。クソッ、どうして勝てねえんだよ。金返せ、馬鹿野郎。

ここは麹町にある伊賀ビル内の特別捜索本部だ。今も室内では数名の忍者が電話をかけたり、パソコンを見たりして、赤巻議員殺害及び豊松議員暗殺阻止をした甲賀者の存在を追っている。宇良も動員されているのだが、仕事は多くはない。いや、ほぼないと言ってもいい。だからこうしてゲームをして時間を潰している。

宇良は東京都目黒区で生まれた。宇良家の祖先は江戸城の警護に当たっていた上忍だった。自分が忍者の家系に生まれた男子であり、将来は忍者にならなければならない。それを知ったのは幼稚園に通っているときだったが、最初は嬉しかった。何だかアニメのヒーローになったような気がした。

小学校に入学し、毎年二回、夏と冬に忍者学校に通うようになり、そこで忍術を学ぶようになって、さらに楽しくなった。通常の小学校の授業が馬鹿らしく感じるほど、忍者学校は楽しく、また刺激的だった。立派な忍者になりたい。小学生の頃は本気でそう思っていた。

心境に変化が出てきたのは中学二年生のときだった。班に分かれて将来の夢を語り合うという授業があり、そこで宇良は将来郵便局に勤めたいと話した。忍者の家系に生まれた者の多くが郵便局で働くことは自明の理であり、自分もそうなるものだと信じて疑わなかった。ところがである。クラスメイトの反応はいまいちだった。地味だよね、みたいなことを当時想いを寄せていた女子に言われ、宇良は落ち込んだ。それ以来、自分の将来に疑問を覚えるようになった。俺はこのまま忍者になり、郵便局に勤めてしまっていいのだろうか、と。

不運なことに宇良は一人っ子であり、忍者になることが決定づけられていた。それでも郵便局以外の職業に就くことは可能だった。伊賀社会では優秀な人材を各省庁に送り込み、官僚として育て上げることに力を入れていた。しかし国家公務員総合職の試験に受かるのはそう簡単なことではなかった。まずは東京大学に入学することが先決と考え、宇良は高校時代は勉強に励んだが、結果は不合格。第三志望の私立大学——それでも世間的には一流大学と呼ばれている——に進学し、その時点で官僚になる夢は諦めた。

大学時代は遊びまくった。どうせ卒業したら郵便局に入ることは決まっているのだし、ほかにやることもなかったので、大学生活を謳歌した。チャラいテニスサークルに入り、コンパばかりしていた。こう見えて忍者なので、テニスも上手で実際に女にもよくモテた。

楽しい時間は瞬く間に過ぎ去る。気がつくと四年生になっており、九月から郵便局でバイトをするよう、父親にいきなり言われたのだ。それが先月のことだった。

「宇良君、ゲームはやめて」

「あ、小夜先輩。お疲れ様っす」

宇良は顔を上げた。風富小夜の姿がある。その立ち姿にはやはり気品が漂っている。基本的に宇良は自分の周りの忍者たちのことが好きではないが、この先輩忍者だけは別格だった。

「先輩、これはゲームっていうか、反射神経を鍛えていただけっすよ」

「ふーん、そう。それより君も作業に加わって。報告書をまとめなさい」

「了解っす」

小夜は伊賀一族の中でも名門中の名門、風富家の一人娘だ。祖父は評議員長、父は現役の国会議員というサラブレッドで、ここ最近事務局に登用された若手忍者だ。今も会議室には二十人ほどの忍者が集まっているが、事務局の人間は小夜一人なので、彼女が実質的に場を仕切っている。

「風富さん、ちょっといいですか」そう言って近づいてきたのは三十代くらいの男だった。男はタブレット端末の画面を小夜に見せながら言った。「実は赤巻議員の自宅の近くに、草刈がいたようです。うちの見張りの車のドライブレコーダーに映ってました」

「変ね。彼は今日仕事のはずだけど。大きな画面で見せていただけますか？」

中央のモニターに映像が出る。草刈悟郎の姿が映っている。

「何か摑んだのかもしれないわね」

小夜はつぶやくように言い、それからスマートフォンを操作して自分の耳に持っていく。小夜と草刈は忍者学校の同期らしく、もう一人の音無という忍者を加えて、三人で談笑しているのをよく目にする。宇良は少し羨ましかった。宇良の同期には女忍者はいなかった。マッチョな男ばかりだった。

通話は繫がらないようだった。すると別の忍者が声を上げた。

「こっちの防犯カメラにも映っています。草刈が入っていった家がわかりました。水内という家です」

うっすらと記憶にあった。ドローンを操縦していた女を目撃した住人の家ではなかったか。

「ちなみに彼のGPS反応は？」

任務に動員されている全忍者のスマートフォンの位置情報は、ここ本部で一括管理している。小夜の声に別の忍者が答えた。

「世田谷区の自宅にいるようですね」

「そうですか。水内でしたっけ？　草刈君が向かった先の家に行き、事情を訊いてください」

「はっ」

近くにいた忍者が応じた。聞き込みに向かうメンバーが選別され、宇良の名前も呼ばれた。

「宇良、お前も行くぞ。早く準備をしろ」

残念ながら先輩の命令には絶対服従だ。「はっ」と返事をしつつ、宇良は心の中でつぶやいた。まったく面倒臭い。ここでゲームをやっていた方がはるかにマシだ。


「もしかして、蛍、お前は忍者なのか？」

妻は答えない。ただ黙ってこちらを見ているだけだった。悟郎はもう一度訊いた。

「蛍、お前は忍者なのか？」

馬鹿げた質問だと自分でも思う。何も知らない一般人が聞いたら、何を言っているのだと笑われてしまうような質問だ。

「忍者って、何のこと？」

ようやく蛍が声を発した。とぼけたような物言いだが、何かを探るような気配が漂っている。互いの出方を見極めようとしているような、そんな気配だ。歩を少しずつ動かしつつ、相手の隙を突こうとする棋士のようでもある。

「亡くなった赤巻議員だが」悟郎は情報を開示する。「亡くなる前日、自宅近くでドローンを操縦していた女がいたようだ。目的は偵察だ。そのドローンを操縦していた女を隣家の男が目撃していた」

先週の土曜日のイベントで撮影した画像を見せた。蛍の顔を見て、タカシという引き籠もり男は答えた。この人だよ。この人で間違いないね。

自分の妻が忍者かもしれない。まさかの展開に悟郎は気を失いそうになるほど驚いた。事実、ここに帰ってくるまでの間、悟郎の記憶は曖昧だ。どうか嘘であってほしい。夢であるなら早く覚めてほしい。本気でそう祈った。

しかしである。帰宅して対面した妻はなぜかリュックサックを背負っており、まさにこれから逃亡しそうなタイミングだった。しかもいつもとはまったく違った空気を醸しだしていた。隙のない武道家に通じる緊張感だ。

「その男にお前の写真を見せた。間違いない。男はそう証言したよ。近くの路上では白のランクルが目撃されている。ドローンを操縦していたのはお前なんだろ？　蛍」

現段階ではそれだけだ。彼女にかかった嫌疑はドローンを操縦して赤巻議員の自宅を偵察していただけで、彼女が忍者と決まったわけではない。しかしその空気からして、彼女が一般人ではないことは想像がついた。忍者学校でも一通りの格闘技を学んでいるし、今もジムでたまに音無らと軽いスパーリングをおこなうこともある。その経験が告げていた。この女はただ者ではない、と。

「答えろ。何とか言ったらどうなんだよ」

悟郎がそう言うと、蛍が再びとぼけた。

「忍者？　いったい何を言ってるの？」

「じゃあその格好は何だよ。どこに行くつもりなんだ？」

「キャンプよ。急にキャンプに行きたくなったの。あなたにもＬＩＮＥしようと思ってたところ。よかったら一緒に行く？」

「行くわけないだろ。明日も平日なんだ」

会話が日常的なものに戻りつつあるのを感じた。このままでいいわけがない。彼女がドローンを操っていたのは間違いないのだ。蛍はリュックサックを背負ったままこちらを見ている。どいてくれないと私が出られないじゃない。そう言わんばかりだった。

どうする？　言葉で追及するのは難しそうだ。そもそも口では勝てないことは二年間の結婚生活で立証されている。だとしたら力に頼るしかないのか。

悟郎はゆっくりと、ゆっくりと右手をスーツの上着の内ポケットに持っていく。当然、蛍も悟郎の動きを目で追っている。緊張で指が震えているのが自分でもわかった。指先が棒手裏剣に触れたので、それを握る。

赤巻議員が殺された夜のことを思いだす。悟郎が全力で投げた棒手裏剣を、あの賊はいとも簡単にかわしてみせた。あの賊が蛍であるという確証はない。しかしこの目に見えぬプレッシャーからして、自分の妻がただ者ではないことは容易にわかる。

悟郎は棒手裏剣を抜き放った。必ず蛍はよける。そう思ったが、悟郎の予想は外れた。予想のはるか上をいった。蛍は手にしていた文庫本で棒手裏剣を受けたのだ。文庫本に棒手裏剣が突き刺さる。

体が咄嗟に動いていた。先にやらないとやられてしまう。悟郎は革靴を履いたまま、廊下に上がった。そのまま正拳突きの形で右手を前に突きだしたが、それは虚しくもかわされる。同時に蛍が下から手刀を出してくる。悟郎の喉元（のどもと）を正確に狙った手刀だったが、悟郎は何とかそれをかわし、そのまま彼女の体に体当たりをする。廊下は狭い。蛍は背中にリュックサックを背負っているせいか、それほど大きな動きをとれないようだった。壁に押しつけるようにして、悟郎は蛍の首に右肘を入れ込んだ。

「無駄な抵抗をするな。このまま……」

脇腹に感触があった。下を見ると、いつの間にか蛍が棒手裏剣を手にしていた。文庫本に刺さったものを抜きとったのだ。棒手裏剣の先端は悟郎の脇腹に突きつけられている。

蛍を見る。涼しい顔をしている。彼女が言った。

「司馬先生に謝って」

穴の空いた文庫本がフローリングの上に落ちている。司馬遼太郎のことだろうか。彼女が歴史小説をよく読んでいるのは知っている。もしかするとあれは娯楽として読んでいたのではなく、何かを学んでいたということか。

悟郎は自由になっていた左手で彼女の手首を摑んだ。そのまま引き離そうとしたのだが、思っていた以上に彼女の力は強かった。棒手裏剣の切っ先は少しずつ悟郎の脇腹にめり込んでくる。勝負に出るしかなさそうだ。頭突きでもして形勢逆転を狙うしかない。悟郎がそう思ったときだった。

インターホンが鳴った。

きっと頭突きでもしてくるんだろうな。蛍がそう身構えたときだった。突然家のインターホンが鳴り響いた。それでも油断したらやられてしまうと思ったので、蛍は棒手裏剣を彼の脇腹に押し込んでいく。

もう一度インターホンが鳴った。来客はなかなか去ってはくれないらしい。こんな時間に誰だろうか。

悟郎と視線が合う。悟郎は何か言いたげな目をしている。彼は首を横に振り、玄関の方に目を向けた。応対しろ、ということか。ドアの鍵は開いたままになっているので、来客がいきなりドアを開けないとも限らない。訪ねてきたのが誰にしろ、あまり見られたくない姿ではある。

蛍はうなずいた。すると悟郎は声には出さずに口を動かす。一、二、三のタイミングでお互いに力を緩める。蛍は背負っていたリュックサックを床に下ろしてから、サンダルを履いて玄関ドアに向かった。

「はい。どちら様でしょうか？」

蛍がそう呼びかけると、ドアの向こうで声が聞こえた。

「音無です。突然申し訳ありません」

ドアを開けると、そこには音無の妻、恵美が立っている。夫の姿はない。一人で来たようだ。

「急に押しかけてしまってすみません。どうしてもお礼が言いたかったので」

恵美がドア越しに中を見て、口に手を当てて驚いたような顔をする。振り返ると廊下に立っている悟郎の姿がある。蛍も違和感に気がついた。悟郎は靴を履いたままなのだ。

「ええと、これはですね」慌てて靴を脱ぎながら悟郎が言い訳する。「ええと、あ、そうだ。ゴキブリです。ゴキブリが出たんですよ。俺が帰宅した直後に。もう退治したのでご心配なく」悟郎は靴を土間に置いた。「奥さん、いらっしゃい。音無から話を聞いています。是非お上がりください」

「すみませんね。お夕飯の時間に押しかけちゃって」

そう言いつつも恵美は悟郎が出したスリッパを履いた。玄関を上がったところに置いたリュックサックには彼女はさほど関心を示さなかった。悟郎を先頭にリビングに入る。蛍はすぐにキッチンに向かい、お茶を淹れる準備を始めた。

「あのな」と悟郎が声をかけてくる。「音無から聞いたんだが、奥さん、お前の作ったホットドッグを気に入ってくれたらしいんだよ。音無家では朝の定番メニューになったんだと。だからお前にお礼を言いたいそうだ」

さきほどまで私の喉に肘を押し当てていた人間とは思えない。彼が放った棒手裏剣は司馬遼太郎の文庫本で何とか受け凌いだが、一歩間違えれば大怪我を負っているところだった。

「これ、つまらないものですが」

恵美が手にしていた紙袋をリビングのテーブルに置く。和菓子のようだった。「ありがとうございます」と悟郎は応じ、ソファに座って談笑を始める。

湯が沸騰するのを待つ。蛍のジーンズのポケットには彼が放った棒手裏剣が入っている。彼は忍者だ。しかも伊賀者だ。さきほどは彼と対峙していて冷静に考える暇がなかったが、今になってようやく事態の深刻さに思い至った。

郵便局には伊賀者が多数紛れ込んでいる。その噂は知っていたし、付き合ってからも慎重に彼の動向に注意を払ってきたつもりだった。しかし彼には忍者特有の鋭さなどは一切感じられなかったし、結婚してからも家では見事なまでに凡人だった。

ただし今日の彼の反応を見ていても、向こうも蛍が忍者であることに気づいていなかったとみえる。つまり彼は彼で自分が忍者であることを気づかせないよう、家では敢えて一般人として振る舞っていたということだ。蛍自身も忍者であることを夫に隠して生きてきたので、いわばお互いが自分の正体を偽ったまま、結婚生活を送ってきたということなのだ。

「お二人はキャンプ場で出会ったんですよね。今度うちでバーベキューでもやりませんか？　主人も喜ぶと思います」

恵美の提案に応えたのは悟郎だった。

「いいですね。是非やりましょう。実は俺、ダッチオーブンで料理をするのが得意なんですよ。中でもローストチキンは絶品です」

「それは楽しみだわ」

残念ながら、と蛍は心の中で思う。彼女がローストチキンを口にすることは絶対にない。そんなバーベキューなどおこなわれないからだ。そこまで考えたところで蛍はある可能性を思いつく。もしかしてあの音無という男も忍者ではないのか。いや、きっとそうだ。二人は体格も似通っているし、子供の頃からの付き合いらしい。互いが忍者であることを知っているからこそ、長年にわたり交流を続けているのではないか。

お茶を淹れ、それをリビングに運んだ。キッチンに戻って片づけをしていると、恵美が声をかけてくる。

「蛍さん、こっちにいらしたら？」

彼女は忍者の妻、ということになる。彼女は一般人と考えていいのか。しかし伊賀者というのは一族同士の結婚が多いと聞いたことがある。彼女が伊賀者である可能性も捨て切れず、今も伊賀者にしか通じない符号を使って会話をしているかもしれない。

「私、夕飯の支度をしないといけないので」

「本当ごめんなさいね。こんな時間に来てしまって」

「奥さん、お気になさらずに」と悟郎が笑みを浮かべて言う。「あ、そうだ。奥さんもよかったら一緒に夕飯をどうですか？　音無はどうせ残業でしょう？」

「でも悪いわ、それは……」

「いいんですよ。遠慮なさらずに。蛍、奥さんの分もあるよな？」

「まあ、ないことはないけど」

蛍は冷蔵庫を開け、下味をつけておいた鶏肉を出す。万が一、不意に二人から急襲を受けた場合に備え、棚から出した包丁をすぐにとれる場所に置いた。それから調理にとりかかった。

「ご馳走様でした。美味しかったわ」

午後八時過ぎ、音無恵美が帰宅することになり、悟郎は玄関先で彼女を見送った。

何とも緊張感のある夕食だった。鶏の唐揚げとサラダ、それとご飯と味噌汁という献立だった。

蛍が薬物を混入するのではないか。そう気づいたのは、恵美に夕食を勧めたあとだった。しまった、と思ったが、あとの祭りだった。蛍は薬剤師なので一般人に比べて毒物に近い立場にある。彼女が今日の夕飯に毒物を入れないとも限らない。

ハラハラしながら夕食をとったが、今のところは無事だ。恵美を誘って正解だったかもしれない。他人を巻き込むつもりはないようだ。

「お邪魔しました。今度バーベキューやりましょうね」

「それは是非。お気をつけて」

ドアから出ていく恵美を見送った。振り返ると、そこには蛍が包丁を構えて立っている。悟郎もさきほど補充しておいた棒手裏剣を両手に構えている。

蛍までの距離は三メートルほど。お互い息を押し殺し、徐々に間合いを詰めていく。蛍はあの包丁をどうするのか。投げるのか。それとも切りつけてくるのか。投げてしまえば武器を一つ失うことになる。投げない方に賭けてもいい。

すると思わぬことが起きた。蛍が手にしていた包丁を落としたのだ。一瞬、気が逸れた。その隙を突き、蛍が猛然とタックルを仕掛けてきた。バランスを崩され、悟郎は倒される。投げるのでもなく、切るのでもなく、気を逸らすために武器を落とす。

想像のはるか上をいく戦術だ。

「待て、待ってくれ、蛍」

すでに不利な体勢——総合格闘技で言うところのマウントポジション——をとられてしまっている。顔面をガードしつつ、蛍を見上げて悟郎は言った。

「戦うのはいつでもできる。その前に話をしようじゃないか。いくつか訊きたいことがある。お前だってそうじゃないのか」

蛍は冷たい視線で悟郎を見下ろしていたが、やがて腰を上げた。そのまま包丁を拾い上げ、廊下を歩み去った。悟郎も立ち上がり、乱れた衣服を整えながらリビングに入る。蛍がダイニングテーブルの椅子に座っていたので、悟郎も向かい側に座った。

蛍が言った。

「質問は互いに三つだけ。あまり長々と話してる暇もないから」

「わかった。じゃあまずは俺から。蛍、お前は甲賀の忍者なんだな？」

蛍がこくりとうなずいた。想像していたとはいえ、肯定されてしまうとショックだった。二年間、甲賀者と結婚生活を送っていた。前代未聞の出来事であり、こんな珍事は聞いたことがない。

「次は私。あなたは伊賀忍者ね？」

「そうだ」と悟郎はうなずいた。「まさかお前が忍者だとは思わなかったよ。想像したこともなかった。あ、次の質問だな。蛍、赤巻議員を殺害したのはお前か？」

蛍は首を横に振った。

「私じゃない。私が侵入したときはもう息はなかった」

意外だった。蛍が忍者だと知ったときから、半ばそれを予期していた。きっと彼女が赤巻議員を始末したのだろうと。蛍ではないなら、いったい誰が赤巻を殺害したのか。本部では犯人は甲賀者であると決めつけているが、根本的に考え直す必要がありそうだ。

「私から二問目。伊賀の連中は私の存在に気づいてる？」

「いいや」と悟郎は答えた。「甲賀者の仕業だとは疑っているが、蛍の存在には気づいていない。ドローンを操縦していた女の姿が目撃されていて、俺はそこからお前の正体に辿り着いた」

現場周辺の防犯カメラは本部詰めの忍者によって監視されているはず。悟郎の動きを本部が察知していても不思議はなかった。本部がどう動くか。それは未知数だ。

「俺から最後の質問だ。土曜日、豊松議員を救ったのはお前だな」

「そうよ」と蛍は笑みを浮かべて答えた。「簡単だった。爆弾製作者を割りだして、その人に依頼したの。伊賀が仕掛けた罠であることは承知してたわ。だから敢えて別の場所を爆発させて、伊賀者を笑ってやろうと思ったのよ」

まんまとしてやられたわけだ。まさか伊賀忍者の家族の中に甲賀者が潜んでいるなど、誰も想像できないだろう。

「俺からの質問は終わりだ。蛍、最後の質問は？」

蛍はしばらく腕を組んで思案していた。やがて彼女は口を開く。

「なぜ離婚に応じてくれなかったの？　お互いに愛想は尽きていたと思うんだけど」

「話せば長くなるんだけどな」そう前置きしてから悟郎はかいつまんで説明する。

「簡単に言うと伊賀の忍者社会においては離婚というのは厳禁なんだ。今後の身の振り方というか、そういうところにも影響してくるんだよ」

「ふーん。意外に窮屈なのね、伊賀って」

伊賀と甲賀。長年敵対関係にある間柄だ。伊賀者と甲賀者が、こうして顔を揃えている以上、決着をつけるしかないのかもしれない。

三つの質問は終わった。もうこれ以上話すことはない。蛍の手元には包丁が置いてある。悟郎の武器は両手に握った棒手裏剣が二つ。ここは先に仕掛けた方が得策だ。

何気ない仕草で悟郎は両手をテーブルの上に置き、渾身の力を込めてテーブルを押した。背後の壁と挟んで蛍の動きを封じようと思ったのだ。しかしそれを察知したのか、蛍は素早い身のこなしでテーブルの下に姿を消した。悟郎は椅子を蹴り飛ばして、リビン足を切りつけられたらたまったものではない。

グの方に移動する。すでに蛍の姿はテーブルの下にない。キッチンの方に移ったようだ。

「蛍、ちょっといいか？」

いつでも投げられるよう、棒手裏剣を構えたまま悟郎は見えぬ敵に向かって声を張り上げた。

「ここで決着をつけるのもいいが、さすがに近所迷惑だ。場所を変えないか？」

家具を壊したくないし、窓やドアが破損したら修繕が面倒だ。それに何よりも近所の住人に警察に通報されでもしたら厄介だ。

リビングの壁に吊るされたカレンダーが目に入った。今週の土曜日の日付がピンク色の蛍光ペンで丸く囲われている。結婚当初、二人でよく予定を書き込んだものだが、今ではすっかりその習慣もなくなっている。今月の予定は一つだけだ。

「蛍、提案があるんだが」

カレンダーから目を離し、悟郎はそう切りだした。

「こちらA班、ただいま草刈の自宅に到着しました。……了解です。このまま中に入

ります」

運転席に座っていた忍者がスマートフォンの通話を終えた。宇良は後部座席でそれを聞いていた。助手席にも一人、別の忍者が座っている。二人とも三十代くらいの忍者であり、宇良からすればオッサンとも言える年代だ。こんなオッサンになってもこき使われるなんて、忍者というのは大変だ。

宇良たちは草刈悟郎の自宅近くのコインパーキングにいた。さきほどまで同じ世田谷区内の水内という家を訪れていた。ようやく聞きだしたところによると、悟郎はドローンを操縦していた女の顔写真を男に見せてきたというのだった。つまり悟郎はドローン女の正体に気づいたのだ。

重大な情報だった。しかもそんな重大な情報を本部に報告しない悟郎の行動の方が、もっと大きな問題だと本部では判断したらしい。ホウレンソウ（報告・連絡・相談）は忍者の基本だと忍者学校でも教えられていた。

「GPS反応は十分ほど前に消えたそうだ」運転席のリーダー忍者が言った。「電源を切ったのかもしれんな。とにかく気をつけて行動しよう。行くぞ」

「はっ」

助手席の副リーダー忍者が返事をした。少し遅れて宇良も言う。「はっ」

車から降りた。草刈邸は二階建ての一軒家だった。まさか持ち家ではないだろう。

世田谷に家を建てるなんて下忍には到底無理なはずだから。

リーダー忍者がインターホンを押したが反応はない。ドアには鍵がかかっていた。家の周囲をぐるりと回って観察する。電気も消えていて、中に人のいるような気配はない。副リーダー忍者が棒手裏剣を持ち、柄の部分でガラスを叩き割った。穴から手を入れてロックを解除する。土足のまま室内に侵入する。

時刻は八時三十分になろうとしている。三人で手分けをしてすべての部屋を確認したが、住人の姿は見えなかった。子供はいないので夫婦二人で住んでいると推測できた。リーダー忍者がスマートフォンで本部に報告を始める。

「見つかりません。草刈を発見できません。……妻の方も同様です」

宇良はリビングにいた。あまり物が置かれていないシンプルな内装だった。テーブルの下にそれは落ちていた。カバーのついてない文庫本だ。しかし不思議なことに中央に穴が空いている。何かが突き刺さったような穴だ。

「宇良、それは何だ？」

副リーダー忍者がやってきたので、宇良は肩をすくめて答えた。

「さあ、何すかね」

穴の空いた文庫本を見て、副リーダー忍者は何かに気づいたようだった。彼は懐から棒手裏剣を出し、それを文庫本の穴に差し込む。ピタリと収まった。つまりこれは棒手裏剣で空けられた穴なのか。しかし何をどう間違ったら、文庫本に棒手裏剣が突き刺さるのだ。まったくもって意味不明だ。

副リーダー忍者をその場に残し、宇良は二階に上がってみた。手前側が寝室、奥が収納部屋になっているようだ。寝室を開けると、そこには二台のベッドが離れて置かれている。ベッドは別々で眠っていたのか。もしかしてあの二人、意外に仲が悪かったのかもしれない。

あっちだろうな。布団カバーの色から推測して、東側に置かれたベッドに向かう。試しに匂いを嗅いでみると、やはり間違いなかった。女の匂いがした。

草刈蛍。草刈悟郎の妻の名前だ。先週のイベント会場で目にしたが、草刈の妻にしてはいい女だった。たとえば風富小夜が丹念に育てられたランのような美しさだとすれば、草刈蛍は野に咲く花のようなタイプの美人だった。それがたまらないのだ。ああいう女を妻にできるのであれば、定年まで郵便局で働くのも悪くないかもしれない。きっと家事もしっかりやってくれるはずだ。宇良はベッドの上に座り、ありもしない結婚生活を夢想した。帰宅すると待っている蛍。優しい笑みを浮かべ、彼女は宇良を出迎えてくれるのだ。おかえりなさい、あなた。疲れたでしょう。先にお風呂に入ったら？　私もあとから行くからね。

「おい、宇良。何やってんだ」

副リーダー忍者の声で我に返る。ベッドから立ち上がって寝室から出た。何やら動きがあったらしい。リビングに向かうとリーダー忍者が言った。

「本部から連絡が入った。草刈の自家用車は白のランクルだそうだ」

白のランドクルーザー。ドローンを操縦していた女が乗っていたと思われる車だ。世田谷ナンバーだと報告が上がっている。つまりドローン女の正体は草刈蛍ということか。彼女がドローンで赤巻議員の自宅を偵察する意味があるのだろうか。夫の悟郎はそれを知っていたのか。いや、悟郎が妻に命じてやらせたのか。

「草刈の居所を捜すのが先決だ。今、応援がこちらに向かっているところだ」

家の前の駐車場には車は停まっていなかった。二人は——もし二人が一緒に行動していればの話だが、白のランクルに乗って逃走した可能性は高い。

「まずは周辺の捜索からだ。行くぞ」

やれやれ、大変なことになった。いったいいつになったら家に帰れるのだろうか。それでも宇良は「はっ」と返事をして、先輩忍者たちの背中を追って草刈家を後にした。

駐車場に停まっている車は少なかった。伊豆市にあるキャンプ場。悟郎は助手席に座っていた。ここまで運転してきたのは妻の蛍だ。

キャンプ場に行かないか。悟郎の提案を蛍は受け入れてくれた。私に運転させてほしい。蛍がそう言ったので、悟郎は助手席に座った。蛍は飛ばした。不安になってくるような速度だった。悟郎はずっとアシストグリップを握っていた。蛍は涼しい顔でアクセルを踏み続け、通常なら二時間はかかる距離を一時間二十分ほどで走破した。

伊豆スカイラインから少し外れた場所にあるキャンプ場だ。入山料だけ払えば、どこにテントを張っても構わないという決まりになっている。車から降りて荷物を出す。一応キャンプの準備をしているので、いつもと同じく重装備な悟郎に対し、蛍は軽装だった。リュックサックを一つ、背負っているだけだ。テントも持っていない。泊まるつもりがないのだろうか。

まあ、そうだよな。悟郎は内心笑う。今日はキャンプをするために訪れたわけではない。決着をつける場として、ここを選んだのだ。思えば蛍と出会ったのもこのキャンプ場だった。最後の場所としても相応しい。

受付で料金を払って中に入る。場内は静かだった。炊事をやるための水場もあるが、そこも無人だった。平日の夜ということもあり、客はほとんどいないのかもしれない。

一応山道はあり、頂上まで行けるようにはなっている。キャンプに適したスポットも点在していて、施設側が配るパンフレットにも載っている。悟郎たちは三つほどのお気に入りのスポットをローテーションで使っていた。

「蛍、どうする？」

悟郎がそう訊くと、蛍が答えた。

「そうね。せっかくここまで来たんだから、山の中でやりましょう。ただし武器の持ち込みは禁止。荷物はここに置いていくってことで」

蛍はリュックサックを背中から下ろし、木の根元に置いた。悟郎も持っていた荷物をすべてそこに置く。試合前のボクサーのように、お互いにボディチェックをおこなう。蛍は何も武器を所持していなかったが、悟郎はポケットに隠し持っていた棒手裏剣が没収されてしまう。

「じゃあ行きましょうか」

蛍が歩きだす。その背中を悟郎は追った。不思議な気分だ。彼女は甲賀忍者なのだ。そして彼女と決着をつけるため、自分はこうして夜のキャンプ場を歩いているのだから。

運命の悪戯としか思えなかった。伊賀者と甲賀者がたまたまキャンプ場で出会い、会話を交わすようになり、やがて交際に発展して最終的には結婚してしまう。まさに映画のような話だ。

　しかし驚いている場合ではない。伊賀と甲賀とは絶対に相容れない敵同士。お互いの素性がわかってしまった以上、決着をつけるしかないのである。

「そろそろね」

　五分ほど歩いたところで蛍が立ち止まる。この落ち着きようはいったい何だ。まるで家で掃除をしたり本を読んだりしているときと、さして表情や雰囲気にも変化がない。何があろうが動じない。それほどまでに我が妻は修羅場をくぐってきたというのだろうか。

「ジャンケンしましょう」蛍が提案する。「勝った方が先に進む。負けた方が三分後にあとを追う。勝敗は降参するか、もしくはどちらかが戦闘不能に陥るまで。それでいい？」

　異論はない。力だけなら負ける気がしない。蛍の素早い動きにどう対処できるか。勝敗の行方はそこにかかっている。

「わかった。ジャンケンだな」

　悟郎は右手を前に出す。勝ったのは蛍だった。蛍は何も言わずに山道を上がっていく。すぐに蛍の姿は闇に紛れてしまう。悟郎は腕時計に目を落とした。伊賀忍者の間で人気のあるタグ・ホイヤーだ。

周囲は静まり返っている。風もなく、穏やかな夜だ。虫の鳴き声に混じり、フクロウの地鳴きする声が聞こえてくる。

忍者学校時代、こんな感じの夜の山でサバイバル演習をおこなったものだった。三人一組で山に入り、そこで様々なミッションに挑むのだ。夜には敵チームに見つからないようにテントに接近する練習などもした。音無や小夜も一緒だった。その頃から小夜はリーダーとして男二人を引っ張っていた。懐かしい思い出だ。

やけに長い三分間が経過したので、悟郎は山道を歩きだした。

おそらく蛍はどこかに隠れ、強襲してくるに違いない。問題はどこに隠れているか、だ。逆にこちらも隠れてしまい、向こうが痺れを切らすのを待つという手もある。その場合は長期戦を強いられるだろう。

気を遣いながら歩く。ただしどうしても小枝などを踏んでしまうため、無音で歩行するのは至難の業だった。結局のところ、接近戦になると悟郎は踏んでいた。たとえば石を投げられたりすると厄介だが、この闇の中では飛び道具は役に立たないはず。幼とするとやはり相手に近づくしか方法はないのだ。体術なら負けない自信がある。幼い頃から柔道をやっており、高校の県大会では準優勝したこともある。

細心の注意を払いながら前に進む。蛍はどこだ？　いったいどこから俺を襲ってくるつもりなんだ？

そのときだった。いきなり背後に衝撃を感じた。どうして後ろから？　蛍は前にいるはずではなかったのか。

呼吸が苦しい。蛍は背後から悟郎の背中に飛び乗り、そのまま細い腕を悟郎の首に絡ませているのだ。何とか蛍の腕を解こうとするが、なかなかどうしてうまくいかない。意識が朦朧としてくる。頭に酸素が行き渡らないせいだ。

この短時間のうちに森林を駆け抜け、俺の背後をとったというわけだ。まったく何て女だ。

まずい、このままだと落ちてしまう。その前に何とかしなければ――。

渾身の力を込め、悟郎は歩きだす。そして蛍をおんぶした形のまま、山道から斜面に向かって体を投げだした。

二人でもつれるようにして斜面を転がり落ちた。途中までは悟郎の首に腕を回していた蛍だったが、途中で手を離してしまった。自分の身を守る方が先決だった。

斜面が終わった。蛍はすぐさま体勢を立て直した。悟郎も荒い息をしながら片膝をついてこちらを見ていた。

奇襲は失敗だった。先手必勝を狙い、森の中を音を立てずに駆け抜け、悟郎の背後を突いたのだ。失神させてしまえば終わり。その目論見は外れた。まさか斜面に身を投げだすとは想像もしていなかった。

「いやあ、危なかったぜ」

そう言いながら悟郎が立ち上がる。戦いの最中に言葉を発するなど不注意にもほどがあるが、夜の森の中で夫のシルエットは一際大きく見えた。

悟郎とはこのキャンプ場で出会った。蛍がいつもテントを張っている場所に先客がいて、それが悟郎だった。こんにちは。それが彼の第一声だった。それから彼はこう続けた。もしかして、ここを狙ってました？　悪い人ではなさそうだ。それが第一印象だった。

どうせ今日限りの赤の他人という気軽さもあったのか、蛍は自分の職場のことなどを初対面の男に話していた。まさかその男と結婚することになろうとは、人生とはわからないものだ。しかもその男が伊賀の忍者だったのだ。伊賀者と甲賀者がキャンプ場で出会う。ある意味、運命的な出会いだったのかもしれない。

余計なことを考えるな。

蛍は小さく首を左右に振り、目の前の敵に意識を集中させる。距離は三メートルほど。悟郎は軽い前傾姿勢の形で、両手を前に出している。柔道を長くやっていたのは知っている。組まれたら危ないかもしれないが、こちらも体術は一通りマスターしている。

徐々に間合いを詰めていく。たまに小枝を踏みしめる音が聞こえるだけだ。蛍は隠し持っていた小石を投げつけた。彼の注意が逸れたのを見てとるや、一気に間合いを詰めてタックルをする。

アマチュアレスリングの技術だ。月乃三姉妹は小学生の頃から父の勧めでアマレスを習っていた。三人とも上々の成績で、楓と蛍は全国大会にも出場したことがあった。楓は三位、蛍はベスト8だった。楓が小学六年生、蛍が四年生のときだ。準々決勝で負けたことが悔しく、二年間みっちり練習を積み、六年生のときに蛍は全国大会で優勝した。将来はオリンピックで金メダル。本気でそう思っていた。

そのくらいの実力になってしまうと、男子相手に練習するしかなかった。ただし小学六年ともなると体も自然と女の子っぽくなっていく年頃でもあり、蛍はよくても男子の方が女子と一緒に練習をするのに抵抗を持つようになり、やがて長野の田舎のアマレスクールでは練習相手がいなくなった。結果、蛍はアマレスを辞めることになった。小学校時代の悲しき思い出だ。

だから接近戦には自信がある。蛍はタックルで悟郎を倒し、そのまま体をコントロールして有利なポジションへと移行する。あっという間に馬乗りになっている。あとはどうにでもできる体勢だ。殴ってもいいし、腕をとるなどの関節技にもいける。

これは勝てる。そういう慢心があったのかもしれない。突然悟郎が目潰しのために土や小石を蛍の顔面に向かって投げつけてきた。幸い目は守ることはできたが、その一瞬の時間で形勢が逆転する。今度は悟郎が馬乗りになっている。

絶体絶命のピンチだ。しかし、そんな状況を楽しんでいる自分がいるのも事実だった。日々指令をこなす日々だが、これほどまでに緊迫した戦いはここ数年記憶にない。何かを盗んだり、または何かを守ったりという指令ばかりだった。忍者と、しかも夫でもある伊賀者と正々堂々戦う。滅多にできない経験だ。

蛍はうつ伏せになり、頭を覆うようにして防御の姿勢をとる。悟郎が覆い被さってきた。後ろから首を絞めようとしているが、蛍が首を引いているので、悟郎の腕は中に入ってこられない。右手で摑んだ石を悟郎の側頭部に叩きつける。その隙に体勢を入れ替えて、今度は悟郎の腕の関節を極めようとしたが、それは失敗に終わる。

動き回った。攻めては守り、守っては攻める。その繰り返しだ。これがあの悟郎なのか。緊迫した戦いの中で、蛍はそんなことを漠然と考えていた。トイレで小便の飛沫を飛ばしていた、あのだらしない夫なのか。肉が食べたいとか朝食は和食がいいとか、発泡酒よりもビールがいいとか、くだらない我がままを言っていた夫と同一人物なのか。

これで勝てる。そう思った瞬間が何度かあったが、そのたびにとどめを刺し損ねた。体が思うように反応しないのだ。

この私が躊躇しているのか。その事実に蛍は愕然とした。

どうしてだ？　私が思っている以上に、私は彼のことを――。

その瞬間は不意に訪れた。くんずほぐれつ地面の上で這いつくばるように戦っているときだ。不意に悟郎の顔が目の前にあった。お互いの息がかかるほどの距離だ。向こうも驚いたようで、一瞬だけ動きが止まった。視線が合って、見つめ合う。

理由はわからない。体が勝手に動いていた。蛍は自分の唇を悟郎のそれに押しつけていた。

悟郎も応じた。両腕で抱き締められるのがわかった。貪るように舌を絡め合う。久し振りのキスは土の味がした――。

悟郎は目を覚ました。眠るつもりはなかったのだが、いつの間にか眠りに落ちてしまったようだ。まだ気怠い疲れが残っているが、それは決して嫌なものではなかった。そこはかとない充足感が体中から溢れていた。

テントの中だ。ついさきほどの出来事だが、まるで夢の中での一コマのようだ。蛍と戦っている最中、気づくと口づけを交わしていた。長い抱擁だった。やがてどちらからともなく立ち上がり、手を繋いで荷物を置いた場所に引き返した。ずっと無言だった。そしてお気に入りのスポットに向かい、テントを張った。二人で中に入った。その先に起きたことは言うまでもない。

テント内に蛍の姿はなかった。そもそも悟郎のテントは二人用とは謳われているが、実質的には二人では少々狭く感じる。ただしシートには蛍がいた温もりが残っている。

外に人の気配を感じ、テントを抜けだした。蛍が焚き火をしていた。悟郎がそちらに近づいていくと、蛍は無表情のまま、飲みかけのペットボトルを寄越してきた。

「ありがとう」

礼を言ってからペットボトルを受けとった。中身の水はぬるかったが、心地良く喉を滑り落ちていった。

パチパチと火が爆ぜている。その音を聞いているだけで心が落ち着いた。時刻は午前二時になろうとしている。周囲は闇に包まれていて、頭上には星が輝いていた。空気が澄んでいるため、星も綺麗に、そしてくっきりと見える。それもまたアウトドアの醍醐味だ。

悟郎が訊くと、蛍は焚き火に木をくべながら答えた。

「うん。まだ眠くないかな」

彼女は甲賀の忍者だ。いったい甲賀者がどのように暮らしてきたのか、興味がないわけではなかった。それどころか少しでもいいから甲賀者について知りたいという欲求が強かった。甲賀者というより、蛍という忍者についてもっともっと知りたかった。

俺が話せば彼女も話してくれるのではないか。そんな淡い期待を胸に、悟郎は話し始める。

「伊賀には忍者学校ってのがあるんだよ。小学校に入ったときから、年に二回、夏と冬に全国の伊賀一族の子供たちが集まって、忍者としてのスキルを叩き込まれるんだよ。結構厳しい訓練でね、泣いてしまう子もいたくらいだ。でもそのときに芽生えた友情っていうのかな、そういうのがずっと続くんだ。音無っているだろ。あいつも忍者学校の同期なんだよ」

「あの小夜さんって女、いえ、あの子もそうなの？」

やはり察していたか。しかし彼女とは何もない。下手に嘘をついて腹を探られたくはないので正直に言う。

「眠くないのか？」

「そうだ。伊賀では女忍者は珍しいんだが、家に跡継ぎがいないという理由で、彼女は忍者の修行を受けた。伊賀ではかなりの名家で通ってる。俺なんかより立場的には全然上なんだよ」

「もしかして風富城一郎の娘？」

「よくわかったな」

「珍しい名字だから。それに風富城一郎が伊賀系の国会議員であることは私も知ってるし」

「その通りだよ。風富家は伊賀一族でも有数の名家だ。伊賀には上忍、中忍、下忍という制度があってな……」

まさか妻に伊賀一族の話をする日が来ようとは、夢にも思っていなかった。甲賀は敵であり、今自分が話していることは情報漏洩に当たるとは頭ではわかっていたが、もはや悟郎は腹を括っていた。蛍と一蓮托生。そういう気持ちだった。どんなことがあっても蛍は守る。さきほどテント内で蛍と愛し合いながら、そう胸に誓ったのだ。

「何か面倒だね、伊賀忍者って」

悟郎の話を聞き、蛍がそう言った。

「たしかに面倒かもしれないな。しがらみっていうのかな、そういうのが煩わしくなって、ソロキャンプを始めたんだよ。まさかそれが縁でお前と出会うとは思っていなかったけどな。蛍はどうなんだ？　甲賀にはそういう組織とかないのか？」

純粋に蛍の身の上に興味があった。蛍がどのように忍者として生きてきたのか、それを知りたかった。

「甲賀にはそういう繋がりはない。正直言って自分以外の忍者と会ったこともないわ。たまに使者と顔を合わせる程度ね。家族以外の忍者と会ったこともないの」

「えっ？　家族がいるのか？」

天涯孤独の身の上だと聞いていた。披露宴でも新婦側の出席者は少なく、バランスをとるのに苦労したのを憶えている。

「秘密にしていたけど、姉と妹が一人ずつ。あとは父ね。でも三人とも忍者としては活動してないの。指令を受けるのは私だけ」

指令。伊賀でいう任務のようなものだろうか。赤巻議員宅に潜入したり、豊松議員を守ったのも指令の一環なのだろう。

「でも一つ思ったんだけど」蛍がそう前置きしてから言った。「悟郎さん、ずっと手裏剣使ってたでしょ。伊賀って今でも手裏剣とか使ってるんだね」

少し上から目線なのが気に入らない。まるで伊賀忍者を馬鹿にされているようでもある。

「まあな。悟郎は棒手裏剣を出しながら言った。これを懐に忍ばせておくだけで強力な武器となる。投げるだけじゃないぜ。格闘戦でも使えるし、壁を上るときの足場としても重宝する。あ、テントのペグがなくなったときも使えるしな」

最後のは冗談のつもりだったが、蛍はにこりとも笑わない。こういうところはいつもの蛍と一緒だ。悟郎は苦笑しながら言った。

「ちなみに甲賀ではどんな武器を使うんだ？」

「最近はもっぱらこれね」

「お前、それって……」

悟郎は驚く。蛍が上着のポケットから出したのは黒光りするオートマチックの拳銃だったからだ。甲賀というのは常に拳銃を所持しているのか。銃刀法違反ではないか。悟郎の心配をよそに蛍が笑う。

「特別に作ってもらった麻酔銃よ。結構使い勝手がいいから気に入ってるの」

まるでお気に入りの調理器具を紹介するような口振りだった。蛍が森の方に銃口を向けた。シュッという空気を切り裂くような音が聞こえた。

そういえば、と悟郎は思いだす。赤巻議員が殺された夜、庭側を見張っていた仲間の忍者は車内で気を失っていた。あれは蛍が麻酔銃で眠らせたというわけか。

「撃ってもいいわよ」

そう言いながら蛍が麻酔銃をこちらに寄越した。麻酔銃を受けとりながら、悟郎は思案する。今ならまだ間に合う。蛍をこれで撃ち、本部に連絡するのだ。妻が甲賀者だった。それを告げて本部の方針に従うだけだ。しかし——。

ハッと気づく。これは蛍からのテストではないだろうか。俺の思惑を試すための踏み絵なのだ。果たして夫は自分の味方なのか。それを見極めようとしているのだ。

悟郎は森の方に銃口を向け、麻酔銃を撃った。反動も少なく、たしかに武器としては優れている。麻酔銃を返しながら悟郎は言った。

「いいね。俺も欲しいくらいだ」

蛍と視線が合う。悟郎はうなずいた。俺はお前を選んだ。そう伝えたつもりだった。続けて悟郎は言った。

「その指令だっけ？　具体的には何をするんだ？」

純粋に興味があった。これまで蛍は夫の目を盗み、忍者としてどのような活動をしていたのか。一人の忍者として興味深い。

「政治家の家に侵入してパソコンからデータを抜いたり、あとは盗撮みたいな仕事も多いわね。こないだみたいに政治家の護衛を任されることもあるわ」

「ふーん、凄いな」

尊敬を通り越して、畏怖の念を覚えるほどだ。政治家宅に侵入してパソコンからデータを抜く。犯罪行為だが、あまりに忍者らしい仕事であり、少し憧れる。

伊賀者は犬だ。ふと悟郎はそんな風に思った。伊賀忍者という存在は訓練された猟犬、たとえばドーベルマンを連想させる。飼い主の命令を忠実にこなすのがその特徴で、基本的に群れで行動する。それに比べると蛍は自由だ。指令という上からの依頼があるとはいえ、自分自身の力量だけで勝負する。その姿は大空を飛ぶワシのようでもあるし、草原を疾走するピューマのようでもある。強く、そして美しい。

妻の生き方に憧れに似た思いを抱いた。そんな風に思ったのは初めてだった。ただし悟郎はすぐに現実に引き戻される。妻が甲賀者であることを隠したまま、今まで通りの生活を送るのは無理があろう。そもそも今日も本部に無断で行動しているし、その行動を本部が不審に感じていても何らおかしくはない。すでに調査の手が伸びている可能性もある。自分が厳しい状況に置かれているのは百も承知だったが、今さら蛍を裏切るわけにはいかなかった。

「大丈夫だから」

悟郎の胸中を察したように蛍が言った。風向きが変わったせいか、焚き火の煙の流れが変わる。焚き火を見たまま蛍が続ける。

「大丈夫だから。悟郎さんは私が守る。私の命に替えても」

やけに真剣な口調だった。焚き火の炎に照らされ、蛍の頬はオレンジ色に光っている。悟郎は敢えておどけた口調で言う。

「おいおい、蛍。それは俺の台詞だろうが。夫のお株を奪わないでくれるかな」

「ごめん」

「それより蛍、赤巻議員が殺された夜、お前に向かって手裏剣投げたの俺なんだよ。知ってたか？」

「そうだったんだ。知らなかったわ」

「あれってどうやって気づいたんだ？　絶対に仕留めたと思ったんだぜ。いとも簡単にかわされたから驚いたよ」

「最初に感じたのは気配。それと足音。何かを投げてくるような気がしたから、少し走り方に変化をつけた。それだけよ」

いきなり真横に飛ぶような動きだった。常人の動きではなかった。あれが自分の妻であるとは想像もしていなかったし、本気で賊を仕留めるつもりだった。

「どんな訓練を受けたんだ？　厳しい訓練を受けたんだろ」

「私、長野の山奥で育ったの。お父さんが厳しくてね。山に置き去りにされたり、川に突き落とされたりもした」

「それはヤバいな」

「でしょう？　しかも五歳とかそのくらいなんだよ。妹なんて一度死にそうになったことがあるの。そういえば伊賀っていまだに黒装束着てるって本当？　噂で聞いたんだけど」

「まあな。でも持ってるだけで着ることはほとんどない」

「ほとんどないってことは、たまには着るってことよね。ダサくない？」

「ダサいとか言うなよ。あれ、結構高いんだぜ」

妻とこれほど会話が盛り上がることは初めてかもしれない。俺、妻と忍者の話をしてるんだぜ。音無にそう教えてやりたい気もするが、それはやめておくべきだろう。


悟郎は目を覚ました。寝袋の中だ。テント越しに淡い光を感じられることから、すでに太陽が出ていることがわかる。腕時計で確認すると午前七時少し前だった。三時間も眠っていない。ついさきほどまで蛍とともに焚き火を囲んで話していた。話題が尽きることはなかった。

一緒に眠っていたはずの蛍の姿はない。寝袋から抜けだし、ペットボトルの水を飲んでからテントを出た。朝の新鮮な空気が気持ちいい。

テントから少し離れたところに蛍がいた。何やら料理を作っているようだ。昨日のような焚き火ではなく、石を積み上げてかまどが作られていた。その上にはダッチオーブンが載っている。驚いたことにかまどの前には串に刺さった魚が焼かれている。

「蛍、おはよう」

「おはよう」

蛍が煙から顔を背けて返事をした。首にかけたタオルで額の汗を拭きながら蛍が言った。

「もうすぐできる。ちょっと待ってて」

「凄いな、これ」と悟郎はかまどの前で膝をついた。串に刺さった魚は塩が振られ、いい感じで焼き上がっている。「マスか。もしかして蛍が釣ったのか?」

「ヤマメよ。私が釣ったの」

「だってお前、釣り竿なんて持ってないだろ」

「竿なんてなくても釣れるわよ」

当然のような顔つきで蛍は言う。長野の山奥で育ったと聞いたが、悟郎が思っている以上にサバイバル能力が高そうだ。普段の月一のキャンプでは料理をするのは悟郎で、蛍はいつも文句も言わずに食べていた。作るのはカレーかお得意のローストチキンばかりだった。彼女は夫の料理を内心どう思っていたのか。何だか申し訳ない気持ちになってくる。

「魚は焼けたわね。食べていいわよ」

蛍にそう言われ、串を手にとった。ヤマメの背中のあたりにかぶりつく。焼き加減も塩加減も絶妙だ。一口食べ、自分が空腹であることに気づいた。昨夜は最大限にまで体力を消耗した。体が栄養を欲していたせいか、悟郎は瞬く間に焼き魚を食べ終えた。蛍の好きな食べ物第一位は焼き魚全般だった。たしかに旨い。

「こっちも出来たかな」

そう言いながら蛍がダッチオーブンの蓋を開けた。白い湯気とともに優しい味噌の香りが漂った。悟郎が愛用しているシェラカップによそってくれる。スプーンで掬い、フーフーと息を吹きかけてから一口食べた。

「何だよ、これ」

そうとしか言えなかった。一見して味噌汁のようだが、味はもっと野性的だ。豚汁に近い味つけだ。しかし豚汁よりも滋味溢れるというか、複雑な感じの味だ。米も入っているので、雑炊のようでもある。この肉は何だろうか。肉を持ってきた覚えはないのだが。

「お米と調味料は悟郎さんのを借りた。野ウサギと山菜の雑炊ね」

「野ウサギって、どうやって……」

途中で悟郎は言葉を止めた。野暮な質問だと思ったからだ。川でヤマメを釣り、山で野ウサギと山菜を調達し、それを料理して食べる。まさにアウトドアの見本だ。

気づくと雑炊はなくなっていた。蛍が「おかわりあるよ」と言うので、悟郎は「悪いな」と言いながらシェラカップを蛍に渡す。二杯目の雑炊も死ぬほどに旨い。全身の細胞に栄養が行き渡っていくのがはっきりとわかるようだった。

「これ、得意料理なんだよね。悟郎さんと結婚する前はよく食べてた」

蛍が雑炊をかき回しながら言った。だったら作ってくれればよかったのに。そう思ったが悟郎は口には出さなかった。妻がいきなり野ウサギを捕まえてきたらさすがに怪しむというものだ。

悟郎は改めて思った。甲賀者は凄い、と。蛍が特別なのかもしれないが、彼女の忍者としての能力は伊賀者と比べても抜きん出ているように思われた。これまでに出会った忍者の中でも最高レベルにあるのは間違いない。二年間もそれに気づかずに同居していたと思うと、何だか自分が情けなくなってくる。

「今日はどうする？」

蛍が訊いてくる。難しい質問だ。今日一日をどう過ごすか、という質問ではなく、今後の人生をどう生きるか、というテーマにも関わってくると思ったのだ。伊賀者と甲賀者が結婚生活を続ける。それがどれほど難しいことか、悟郎にも容易に想像できた。

「そうだな」と悟郎は答えた。「今日は水曜日だろ。仕事は休もうと思う。本部が何を摑んだか、探りを入れてみてもいいかもしれないな」

音無か小夜なら、相談に乗ってくれる可能性があった。実は妻が甲賀者だった。驚くに違いないが、二人とも長い付き合いだ。きっと知恵くらいは貸してくれる。そう願いたい。

「お前はどうするんだ？　薬局の仕事」

「そうねえ。私も今日は休もうかな。もし私の正体が伊賀にバレたら、あそこで働くわけにもいかないしね。それに私が休んでもほかの薬剤師だけで……」

不意に蛍が言葉を止めた。そして耳に手を当て、遠くの音を聞くような素振りを見せた。やけに真剣な顔つきだった。悟郎は空のシェラカップを地面に置いてから訊いた。

「どうした？　蛍」

蛍は答えず、膝をついて地面に直接自分の耳を押し当てた。しばらくその姿勢のまま動かなかったが、十秒ほどして彼女は地面から耳を離した。切迫した声で言う。

「こっちに向かってくる足音が聞こえる。かなりの数。多分伊賀者じゃないかな。ここにいることがバレたのかもしれない」

「何だと？」

ポケットからスマートフォンを出す。電源はオフになっている。昨夜自宅を出たときのことだ。蛍から電源を切るように言われた。助けを呼ばれたくないから。それが蛍の言い分であり、そのときは了承して電源を切った。以来、そのままになっている。

伊賀忍者のスマートフォンは本部によって管理されており、GPSの位置情報で居場所を特定されてしまう。しかし電源を切った状態で位置情報を把握するのは可能なのか。それともほかの方法でこの場所がバレてしまったのか。

「一刻の猶予もない。逃げるわよ。必要最低限のものだけ持って」

「わ、わかった」

車の鍵、それから財布。あとは着替えなどの入ったリュックサックも持っていった方がいいだろうか。それを背負おうとしたところ、背後で蛍の声が聞こえた。

「そんなものはいい。重たくなるだけ」

蛍はすでに準備が整ったようだ。ほぼ何も持っていない。髪を後ろでゴムで留め、それから悟郎が持ってきたリュックサックなどの私物をテントの中に入れた。何をするのかと思っていると、いきなりかまどの中から燃えている薪をとり、テントに火を放った。

「おい、何するんだよ」

「証拠を隠滅するの。あまり向こうに私たちのものを渡したくないから」

徹底している。そこまで考えているのか、俺の妻は。それでも悟郎は提案しないわけにはいかなかった。

「蛍、敵の、いや、俺にとっては味方なんだが、あちらの思惑を聞いてみるっていうのはどうだ？　交渉の余地は残っているかもしれないだろ」

「こんな場所まで追ってきているのよ。交渉の余地はないわ。それに」と蛍は山道の方——おそらく追っ手が迫っている方向——に目を向けて言った。「私は甲賀の女よ。甲賀者が伊賀者に捕まったらどうなるか。容易に想像できるわ」

それはそうだ。伊賀にとって甲賀は宿命のライバルであり、憎き敵だ。平和的な解決など期待できない。今はとにかく逃走し、小夜あたりに連絡をとって着地点を見極めるのがベストな道だろう。

「じゃあ行くわよ」

蛍が奥の森に向かって走りだす。テントの火勢は大きくなり、今では燃え盛るような勢いだ。悟郎は覚悟を決めて、蛍の背中を追った。

森の木々をかき分け、前に進む。緩やかな斜面を蛍は下っていた。背後には悟郎の姿もある。そろそろ下に着く頃だ。

追っ手の気配はない。しかし敵は伊賀者。おそらく痕跡を伝って追ってきていると思われた。いったん蛍は足を止めた。振り返って悟郎に合図を送る。静かに、と伝えたつもりだ。周囲の様子に神経を集中させる。不審な点はない。

再び前進する。方向的には車を停めた駐車場とは真逆の方に下山してしまった形になる。このまぐるりと迂回して駐車場に向かうか、それとも別の方法で逃亡するか。その二択を迫られていた。私が追跡者であるなら、駐車場にも人を配置して待ち伏せするはず。車は諦めるしかなさそうだ。

走っている最中だった。何やら不穏な気配を察知し、蛍は悟郎に腕を絡めるようにして横に飛んだ。何かが飛んできて、近くの木に突き刺さった。棒手裏剣だ。すぐに蛍は別の木の根元に身を隠し、背後にいる悟郎に小声で言った。

「囮（おとり）になって。私が片づけてくる」

「片づけるって、お前……」

「いいからお願い」

覚悟を決めたように悟郎はうなずいた。そのまま木の根元から飛びだし、走っていく。追跡者の動向を見極める。いた、あそこだ。追っ手は二名か。テントのところで聞いた足音はもっとあったので、あちらも分かれて捜索しているに違いない。

蛍は足音を忍ばせて歩きだす。追跡者の意識は完全に悟郎一人に向けられており、蛍の存在に気づいていない様子だった。あと十メートルほどの位置まで近づき、蛍は懐から麻酔銃を出した。引き金を引く。

　空気を切り裂くような音が、続けて二発。二人の追跡者が倒れる音が聞こえる。すぐさま蛍は引き返し、悟郎のもとに急いだ。追跡者の装備品などを奪っている余裕はない。すでに応援が呼ばれていると考えるべきだ。

「……悟郎さん」

　悟郎の姿を発見した。彼は膝をついて顔をしかめていた。腕のあたりを気にしている。見ると上着の腕の部分が破けていた。

「心配ない。かすり傷だ」

　棒手裏剣が当たったのだ。蛍は屈み込み、傷の様子を確認する。たしかにそれほど酷い傷ではない。縫合すら必要なさそうだ。しかし――。

「伊賀は毒を使うの？」

　手裏剣に毒を塗る。古来から使われている手法である。悟郎が答えた。

「使う場合もあれば、使わない場合もある。俺は面倒だから使わないが、中には塗っている奴もいるらしい」

　毒抜きしておくべきかどうか迷ったが、それはやめておいた。口で吸うなどの方法があるが、敵が使っている毒薬の種類がわからない以上、毒を口に含むのは危険だ。蛍は悟郎の肩に手を置いた。

「行きましょう」

二人で足を進めた。あと一キロほどで林道に出るはずだった。このあたりの地形は独身時代から通っているので熟知している。アスファルトの舗装がされた林道で、地元の住民などが使うのでそれなりに交通量もある。

五百メートルほど前に進んだところで、背後で感じていた悟郎の気配が消えた。振り返ると悟郎が木の幹に手をついている。肩で息をしており、顔色もだいぶ悪い。

「大丈夫？」

「あ、ああ……」

とても大丈夫のようには見えない。すでに目も虚ろだ。やはりさきほどの手裏剣には毒物が塗られていたのだ。卑怯な奴らだ、と思ったが、それが忍者というものだし、甲賀だって同じ手を使う。

「置いていけ。蛍、お前だけ逃げろ」

それは選択肢の一つとして頭にあった。ここに悟郎を置き去りにして、蛍だけ逃げれば万事解決だ。もう金輪際、悟郎と会うことはない。蛍はどこか別の土地に移り、ほとぼりが冷めた頃にまた山田が接触してくるだろう。

ただし悟郎のことが気がかりだった。甲賀者と結婚していた男。今後、彼にはそんなレッテルが貼られるのだ。ことによると厳しい追及を受けるかもしれないし、伊賀の規定で何らかの罰則が与えられる可能性もゼロではない。それに――。

　蛍は悟郎の脇の下に自分の首を入れた。そして彼の腕を自分の首に巻きつけ、そのまま歩きだした。

「蛍、俺のことは……」

「喋らないで。悟郎さんは私が守る。そう言ったでしょ」

　いくら鍛えているとは言っても、男の体重を支えて歩くのは体力的にも並大抵のことではない。林道に到着する頃には息も絶え絶えになっていた。とにかく調剤薬局か病院まで行きたい。一刻も早く応急処置を施す必要がある。

　悟郎は地面に座り込んでいる。蛍は林道に出た。しばらく待っていると軽トラックが向こうから走ってくるのが見えたので、蛍は林道の中央に立ち、行く手を塞ぐように両手を広げた。

　宇良は車の助手席に乗っている。伊豆市にあるキャンプ場の駐車場だ。目の前には白いランドクルーザーが停まっている。ここで見張り役を任されたのだ。隣には先輩忍者の姿もある。

時刻は午前八時になろうとしている。宇良は欠伸を嚙み殺し、ドリンクホルダーの紙コップに手を伸ばした。すっかり冷めてしまったコーヒーを一口飲む。

夜を徹して草刈夫妻の捜索に追われていた。二人が自家用車である白のランクルで逃走したことは明らかになったが、その行方はまったくわからなかった。悟郎は自分のスマートフォンの電源を切っているようで、いつまで待ってもGPSが反応することはなかった。本部の忍者たちは手分けをして草刈夫妻が立ち寄りそうな場所を回ったが、手がかりらしきものは一切なかった。

動きがあったのは三時間ほど前のことだ。警視庁に潜んでいる同志から情報が寄せられたのだ。草刈夫妻の車のナンバーを照会したところ、Nシステムというナンバー読み取り装置に引っかかったというのだ。

その情報をもとに協議がおこなわれ、草刈夫妻の行き先として急遽浮上したのが伊豆市内にあるキャンプ場だ。悟郎の元同僚でもある音無という忍者の意見が採用された。草刈夫妻は月に一度はそのキャンプ場に足を運んでいるという話だった。

すぐに班が組まれ、こうしてキャンプ場までやってきた。宇良たち以外に八名の忍者が入山し、二人の行方を追っていた。さきほど連絡が入り、テントが燃やされた痕跡を発見したようだった。つまりこちらの追跡をキャッチし、逃走したのだ。

「いったいどういう状況なんだろうな」

運転席の先輩忍者がつぶやくように言ったので、宇良は首を振った。

「さあ、どうなってるんでしょうね」

草刈夫妻の意図がまったくわからない。自分の妻は甲賀者である。悟郎はその真相に辿り着いたと思われるが、だとしたらキャンプ場に行くという行動は不可解だった。普通であれば本部に連絡、指示を仰ぐのが常識だ。妻を差しだすのが惜しくなり、最後にキャンプでも楽しもうという思い出作りではないか。そんな意見も本部の忍者から聞かれたが、それも解せなかった。

「でもさ」と先輩忍者が紙コップ片手に言う。「相手が甲賀者だとは気づかずに結婚しちまうなんて、まったくおかしな話だよな。だって一緒に生活してるんだぜ。普通は気づくだろ、普通は」

「まあ、そうっすよね」

適当に返事をしてみたが、意外に気づかないのではないかと宇良自身は思っていた。たとえば宇良には一般人の友人も多数いるが、「こいつ、忍者ではないか」と疑ったりしたことは一度もない。忍者は自分たち伊賀者だけで、あとは一般人。そんな風に割り切って生活している。それにあんな地味な女が忍者だなんて、どれほど警戒心が強くても想像すらしないだろう。

着信音が鳴った。先輩忍者がスマートフォンを耳に当てる。

「お疲れ様です。こちらは異状はありません。……本当ですか？」

声のトーンが上がる。先輩忍者はただならぬ顔つきで通話をしている。やがて電話を切って彼が言った。

「どうなっているかわからんが、うちの忍者が二人、やられたらしい。女忍者の奇襲を受けたそうだ」

「マジっすか」

「ああ。麻酔のようなもので眠らされたって話だ。二人はここから反対側の林道に出て、一般人の乗っている軽トラックを奪って北東に向かって逃走したようだ」

カーナビの画面を見る。林道との位置関係から、二人がここに戻ってくることはないように思われた。さきほどランクルの車内を調べてみたが、たいした荷物は積まれていなかった。

「軽トラの運転手も眠らされていたそうだ。甲賀者は麻酔銃でも持っているのかもしれないな。これから軽トラが奪われた場所に向かう。そこでリーダーたちと合流したのち、本部の指示を仰ぐことになった」

先輩忍者が車を発進させた。平日ということもあり、砂利の敷かれた駐車場に停まっている車は全部で五台ほどだ。

「俺たちは甲賀者の実力を見誤っていたのかもしれんな」

先輩忍者の言葉を聞き、宇良は内心「馬鹿め」と毒を吐いた。八名の忍者に追跡されても逃げ切る。そして赤巻を殺害し、例のテロ騒ぎから豊松議員を救った。それが全部、あの女の仕業かもしれないのだ。もしそうであるなら、あの草刈蛍という女、俺たちが束になってかかっても敵う相手ではない。

俺が認めただけのことはある。何だか宇良は愉快な気分だった。

川の中を流されているような、そんな感覚だった。浮遊感とでも言えばいいのだろうか。決して心地のいいものではなく、どちらかと言うと不快な気分だった。このまま川の底に沈んでいってしまうのではないか。そんな不安を感じてしまうほどに。

体が突然持ち上がるように、悟郎は目を覚ました。そして初めて、自分は眠っていたのだと気がついた。

「大丈夫？」

そう声をかけられる。ベッドの脇の椅子に蛍が座っていた。体を起こそうとするが、思うようには体を動かせない。体が鉛のように重く感じる。

「まだ無理はしない方がいい」

蛍にそう言われ、悟郎は再び横になった。最後の記憶は伊豆市のキャンプ場の森の中だ。追跡者の放った棒手裏剣が左腕を掠めた。その傷自体はたいしたことがなかったが、その後しばらくして急激に気分が悪くなった。そこから先の記憶がまったくない。

「ここは？」

悟郎が発した問いに蛍が答える。

「三島駅近くのビジネスホテルよ」

「追っ手は？　振り切ったのか？」

「ええ、何とか」

蛍が手短に説明してくれる。通りかかった軽トラを拝借し、そのまま伊豆市内にある調剤薬局に侵入、そこで応急処置を施したのち、今度はレンタカーを借りて北上、三島市内に入ったとの話だった。今のところは追跡者の気配はないらしい。

「これ、よかったら」

蛍が手渡してきたのはペットボトルのスポーツドリンクだった。それを見て猛烈に喉が渇いていることに気づき、悟郎は一息に半分ほどスポーツドリンクを飲んだ。室内は電気が点いていて、カーテンの外は暗かった。ベッドサイドのデジタル時計は二十時を表示している。襲撃を受けたのが午前八時前のことだったので、かれこれ十二時間程度は眠っていたことになる。

傷を負った左腕の上腕部には白い包帯が巻かれている。蛍がやってくれたのだと思われる、丁寧な巻き方だった。痛みはそれほどないが、全身に気怠さが残っていた。かなり消耗しているのが自分でもわかった。

「これ、食べて」

蛍がラップに包まれた丸い物体を出してくる。大きめの飴玉（あめだま）のようでもあるが、色は黒くて決して見栄えはいいとは言えない。小学校のときに放課後作った泥団子に色も形状もよく似ていた。

「蛍、これって……」

「兵糧丸よ。月乃家秘伝の製法で作られてるの」

聞いたことはある。戦国時代の忍者の携帯食だが、伊賀ではすでにその製法の伝承は途絶えている。見るのも初めてだった。いまだに兵糧丸を常備しているとは甲賀忍者恐るべしだ。

「食べられるのか？」

「失礼ね。食べられるに決まってるじゃない。うちのお姉ちゃんなんて兵糧丸のお陰でレースに勝ててるようなもんだから」

「レース？　いったい何の話だ？」

「言ってなかったっけ。うちのお姉ちゃん、競馬のジョッキーなの。月乃楓」

「マジかよ」

有名な美人ジョッキーだ。美人というだけではなく、彼女の場合は実力も伴っており、男性騎手を向こうに回して互角に張り合う実力派騎手だ。郵便局にも競馬好きの局員がいるのだが、たまにその名前は耳にする。

「本当よ。ちなみに妹は無名だけど地下アイドルやってるの。二人とも顔を晒す仕事だから、次女の私に指令が回ってくるってわけ。いいから食べて。意外に美味しいから」

ラップをとり、兵糧丸を口に放り込む。全体的に甘いが、少し苦味もあるという、複雑な味わいだ。たしかに不味くはない。滋養強壮の効果は期待できそうな味だった。不思議と元気が湧いてくるような気がした。

「蛍、お前も食べた方がいいんじゃないか」

彼女も顔色が悪い。疲れが溜まっているのかもしれなかった。無理もない。一人で夫を治療して、ここまで運んできたのだから。

「私もさっき食べたから大丈夫よ」

「それより蛍、これからどうするつもりだ？　いや、俺たちはどうするべきだと思う？」

蛍とともに生きる。そう腹を括ったつもりだったが、実際にこうして伊賀に追われる身となってしまうと、そこはかとない不安が込み上げてくる。彼らは容赦なく棒手裏剣を、しかも毒まで塗って投げてきたのだ。本気である証拠だった。

「今ならまだ間に合う」

蛍がそう言ったので、悟郎は訊き返した。

「どういうことだ？」

「私はここから出ていくの。悟郎さんは仲間に連絡をとればいい。私に脅されて行動をともにしていただけ。そう言うの。何らかのペナルティは与えられるかもしれないけど、殺されたりはしないでしょう」

「お前は？　蛍はどうするんだよ」

「私は私でどうにかやっていくから気にしないで。それが忍者というものだから」

達観したような物言いだ。ここで別れてしまったら、おそらく未来永劫会うことはないだろう。名前を変え、場合によっては容姿も変え、別の人生を始める。忍者ならではの芸当だし、蛍ならいとも簡単にそれができてしまいそうだ。しかし――。

悟郎の腹は決まっていた。昨日一晩、蛍と語り合い、心に決めていた。何があっても蛍とともに生きていく、と。自分の選択が正しいものかどうか、それは定かではないが、心に嘘はつけなかった。

「蛍、俺の心は決まってる。俺はお前と一緒に行くよ。それに別れたくても俺たち離婚届も出してないんだぜ」

蛍も覚悟を決めている。悟郎はそう思っていた。そうでなければ傷ついた夫を助けたりしないはず。あのキャンプ場の森に置き去りにすることもできたのだから。

「本当にそれでいいの？　私と一緒にいると伊賀者に追われるのよ」

「構わない。そう決めたから。で、どうする？　このまま逃げ続けるわけにもいかないだろ」

「一つだけ、心当たりというか、試してみたいことがある。伊賀者は私が赤巻を殺したと思っているんでしょう？」

「まあな。状況証拠は揃ってるからな」

蛍は偵察のドローンを飛ばし、そして事件当日にも赤巻邸に侵入した。本部でも蛍が犯人だと決めつけていても不思議はない。今日の動き——キャンプ場で二名の伊賀忍者を麻酔銃で眠らせた——を見ても、蛍が常人ではないことは一目瞭然だ。草刈蛍は甲賀者である。本部もそう断定したに違いない。

「私はやってない。私が入ったときはすでに赤巻は死んでたのよ」

「真犯人は別にいる。そう言いたいわけだな」

蛍はうなずいた。疲労のせいか、少しやつれているようだが、目だけは鋭い。

「そうよ。だから真犯人を探しだすの、私たちの手で。そしてそれを手土産に交渉するのよ」

悪くない手だ。今はそれ以外の方法がないような気がする。悟郎は大きくうなずき、右手を差しだした。蛍がその手を握ってくる。この手のどこにあんな力が込められているのかと思うほど、妻の手は華奢だった。

その翌日。悟郎たちは渋谷にいた。センター街のど真ん中にある雑居ビルの最上階にその店はあった。若者に人気のダーツバーらしいが、悟郎はその手の店に入ったことはない。店のホームページによると午後五時からの営業開始だった。

赤巻殺害の真犯人を探すに当たり、まずは被害者の交友関係を洗ってみるべき。そういう結論に達した。思い浮かんだのが最近辞めてしまったという運転手だった。赤巻は運転手を探していたらしく、悟郎がドローンを撃墜したときも声をかけられたので、印象に残っていたのだ。運転手であるなら赤巻の交友関係も知っているはず。そう思ったのだ。

午前中は辞めた運転手について調べた。警察を騙って赤巻議員の事務所に電話をかけたが、電話では話せないと断られた。だったら直接乗り込んでやろうじゃないか。悟郎たちは刑事と偽り、赤巻の事務所に向かった。応対した元秘書から辞めた運転手について聞きだした。内心ハラハラしていたが、蛍は正々堂々と女刑事を演じており、非常に心強かった。

戸坂拓也。それが辞めてしまった運転手の名前だった。年齢は二十四歳。支持者からの紹介で運転手になった若者で、父親は地方の議員をしているボンボンらしい。秘書になるつもりで赤巻のもとに来たが、まずはその人となりを見極める意味でも運転手をやらせてみたところ、半年も経たずに辞めてしまったという。今は渋谷にあるダーツバーで働いており、彼の携帯番号も教えてもらった。試しに電話をかけてみたが繋がらなかった。見知らぬ番号には出ない主義なのかもしれない。

「あの男じゃないかしら」

蛍がそう言って指さした先に、一人の男が歩いていた。今風の若者らしいダボダボした服装だった。秘書から聞いた戸坂拓也の風貌に似ていた。男が目の前の雑居ビルに入っていくのを見て、きっと当たりだと確信する。悟郎たちもビルの中に入った。

男を追ってエレベーターに乗る。ほかに乗客はいなかった。エレベーターが動きだしてから悟郎は私物の手帳を出し、男に向かって言った。

「警視庁のサトウと申します。戸坂さんで間違いないですね」

「そうだけど、警察が何の用だよ」

エレベーターが止まる。五階だった。蛍が適当に押したのだ。

「降りてください。赤巻議員が亡くなった件で、少しお話を聞かせてください」

「悪いけどバイトが始まるんだ。またにしてくれ」

「そうお時間はとらせませんので」

戸坂の背中を押し、エレベーターから降ろす。五階はオフィスなどが入っているようで、通路に人の気配はなかった。通路を真っ直ぐ進み、非常階段に出る。踊り場で話を聞くことにした。

「赤巻議員の交友関係について我々は調べています。議員を恨んでいた人物に心当たりはないですか？」

「知らないって。俺、単なる運転手なんですよ。言われるがまま運転していただけだから」

赤巻が乗っていたのは国産の高級セダンだ。警備のときに車庫に停まっていたから憶えている。温厚な性格とは言い難く、威圧的な態度をとる男だった。あの手の男はあちらこちらで恨みを買っている可能性がある。悟郎は質問の矛先を変えた。

「ではこういうのはどうでしょうか？　普段は会わないような人物に会ったとか、あまり行かない場所に足を運んだとか、そういった不可解な行動をとったことはありませんでしたか？」

「だから知らないって。それにあのおっさん、薬物中毒で死んだんじゃないのか？

もしかして殺されたのか？　そんなの初耳……」

　ピシャリ、と音が鳴る。まさか、と悟郎は自分の目を疑った。いきなり蛍が戸坂の頬を平手で叩いたのだ。戸坂が目を丸くして言った。

「おい、どうなってんだよ。いきなりビンタはねえだろ。おい、何とか言ったらどうなんだよ」

「あなたこそわきまえなさい」蛍は冷静に応じる。「私たちの方が年上よ」

「それがどうした。刑事が一般人を殴っていいのかよ。訴えてやるぞ」

　悟郎は何も言わずに黙っていた。すると蛍がさらに行動を起こす。手を伸ばして戸坂の胸倉を摑み、そのまま非常階段の手摺りに押しつけた。

「捜査に協力しないなら、ここから突き落とすわよ」

　これは目に余る。悟郎は後ろから蛍に言った。

「やり過ぎだ。そのくらいにしておけ」

　蛍は手を離した。かなりの効き目があったようで、戸坂はぐったりとした様子で踊り場に尻餅をついた。悟郎は周囲の様子を窺った。場所が場所なだけに目撃者はいなかった。刑事を騙って一般人を暴力で脅す。本来であれば許されることではない。

「でも本当に知らないんだよ。俺は単なる運転手だった。会合に同席するような身分じゃない」

一理ある。もし会合や打ち合わせにスタッフを同行させるなら秘書を連れていくはずだ。

「車の中ではどう？　赤巻がスマホで誰かと話していたとか、そういうのはない？」

蛍が質問を浴びせる。すっかり怖じ気づいてしまったのか、目を逸らして戸坂は言った。

「ないよ。運転席と後部座席はアクリル板で遮断（しゃだん）されてるんだ。一日のスケジュールを渡され、その通りに走るだけだ。あ、待てよ」

戸坂は何かを思いだしたような顔をした。しばらく待っていると彼がこちらを見て言った。

「スケジュールにない場所に行ったことが三回ほどある。そこに行ったことは誰にも言うな。そう口止めされて、帰りには一万円をくれた。場所は山梨だ。ええと、たしか……」

十色村（としきむら）。それが赤巻がお忍びで訪れた村の名前だった。だだっ広い荒涼（こうりょう）とした土地に倉庫のような建物が点在していて、周辺はフェンスで囲まれていた。そこで赤巻は車を降りたという。何時間後に迎えに来い、といつも言われ、戸坂は国道沿いのファミレスで時間を潰し、指定された時間に迎えにいったそうだ。

「一度車が停まってたことがあった。多分誰かと待ち合わせをしてたんだと思う」

「詳しい場所を教えて。教えてくれないと殴るわよ」

「ちょ、ちょっと待ってくれ」

戸坂がポケットからスマートフォンを出し、それを操作して画面を見せてきた。地図アプリが表示されていて、ピン留めされた位置情報が載っている。蛍が自分のスマートフォンでその地図を撮影していた。ほかのスタッフにも内緒で赤巻が定期的に訪れていた場所。いったい何があるのだろうか。

ほかに聞きだせることもなさそうだったので、その場で戸坂を解放した。最後まで彼は悟郎たちのことを刑事だと信じて疑わなかった。エレベーターで地上に降りる。ビルから出た。時刻は午後五時になろうとしていた。今日もどこかのビジネスホテルに泊まることになるのだろうか。すると蛍が突然言った。

「悟郎さん、先に行ってて」

「どういうことだよ」

「いいから。今から言う住所に向かって。中野区……」

蛍が手を握ってくる。鍵のようなものを渡された。

「そこは隠れ家だから。でも尾行には絶えず気をつけて。それだけは注意して」

蛍が何かを気にしている様子だったが、それを説明する余裕はないらしい。とにかく今は妻を信じるしか道はない。悟郎は駅に向かって歩きだした。

★

夫の背中を見送ってから、蛍は逆方向に向かって歩き始める。一台のタクシーが路肩に停まっており、初老の運転手が歩道でアキレス腱を伸ばすような体操をしていた。それは符号だった。蛍は運転手に声をかけた。

「すみません。東京タワーまでお願いします」

「申し訳ありません。私は高所恐怖症なんですよ」

合い言葉が成立した。伊賀者と一緒に逃亡中の自分に山田が接触してくる。その思惑は不明だが、情報を得るという意味でも話を聞いておいて損はない。襲ってくる可能性がないわけではないが、だとしたら符号など送らずにいきなりドスンとやってくるはずだ。

蛍はタクシーの後部座席に乗った。山田が運転席に乗り、タクシーが発進する。どこに向かうのでもなく、適当に走らせている感じだった。山田が言った。

「お客さん、大変ですね」あくまでも運転手と客という姿勢は崩さず、山田が言う。

「まさか旦那さんが伊賀者だったなんて、私たちの間でも噂になってますよ。いやあ、本当に驚いた」

それはそうだろう。当事者である私でさえも驚いているのだから、部外者なら尚更だ。

「上からの指令ですが、今やってることを続けろ、だそうです。意味、わかりますか」

蛍は「ええ」とうなずいた。それはつまり、このまま悟郎とともに赤巻殺害の真相を洗えという意味だ。上の意図は不明だが、夫が伊賀者だったことについては不問に付すと考えてもよさそうだ。しかしそこは忍者の世界、今日白だったものが明日には黒になるのも日常茶飯事だ。油断はできない。

「何か足りないものはありませんか。あったら言ってください。用意しますので」

山田がそう言ってくる。現時点では不自由はしていない。

「特にありません。お気遣いありがとうございます」

「どういたしまして。それが仕事ですから」

山田というのは元忍者ではないか。それが蛍の推測だ。若い頃は忍者として活躍した者が、年をとって現役を引退して、今度は現役忍者を支援する側に回る。確認したわけではないが、そういう制度になっていると蛍は考えていた。

「ところで伊賀者というのは いまだに棒手裏剣を使っているというのは本当ですか？」

「はい。使ってますね」

「伝統というやつなんでしょうね。銃の方が手っとり早いと思うのですが」

悟郎の話を聞いていると、伊賀というのは少し窮屈な印象を受けた。上下関係のようなものもあり、そこに束縛されているのだ。それに比べると甲賀は自由だ。山田が続ける。

「ただし集団というのは厄介ですからね。気をつけないといけませんよ。組織の力を侮ることはできません」

「ご忠告ありがとうございます」

今日の山田はお喋りな人だった。タクシーは当てもなく走っている。赤信号で停車したタイミングで山田が言った。

「おっといけない。これを忘れるところでした」

山田が懐から何かを出し、それを料金トレイに置いた。数枚の写真だった。蛍はそれを手にとった。

ホテルの廊下のようだ。連続して撮られた写真のようで、赤巻議員が部屋に入っていく姿が写っている。最後の一枚で蛍は手を止めた。赤巻議員が部屋の中に姿を消したあと、ドアから一人の男が顔を覗かせている。まるで廊下の様子を窺うかのような顔つきだった。

豊松だった。豊松豊前だ。だが豊松と赤巻というのは奇妙な組み合わせだ。赤巻は与党である民自党所属の議員であり、対する豊松は野党である未来党だ。そんな二人が密会している現場を捉えた写真だった。

「怪しいですよね」青信号に変わり、車を発進させながら山田が言う。「未来党の党首、カリスマでもある豊松党首が、伊賀系議員と密会する。いったいどんなことが語られたのか、非常に興味がありますね」

しかも豊松議員サイドには甲賀の影がちらついている。先日の爆弾テロ未遂事件を見てもわかる通り、甲賀は未来党を支援しているものと思われた。

蛍の胸中を察したのか、山田が言った。

「甲賀は豊松を、未来党を全面的に支持しているわけではありません。お金だけの関係です」

つまり甲賀は金で雇われているだけなのだ。豊松は身の危険を感じ、甲賀に警護を依頼した。そして甲賀側はその仕事を請け負った。伊賀の仕掛けた爆弾テロを事前に察知し、その妨害に当たったのが蛍なのだ。

主義や思想で結びついているわけではないので、豊松に関しては煮るなり焼くなり好きにしろ。そういう意味だと蛍は解釈し、持っていた写真を懐にしまった。

タクシーが停車する。渋谷のスクランブル交差点だった。目の前を多くの通行人が横切っている。後部座席のドアが開き、山田が言った。

「ご乗車ありがとうございました」

「こちらこそありがとう」

蛍はタクシーから降り、通行人の中に紛れ込んだ。


伊賀忍者の情報網は速く、そして正確だ。そもそも全国で五百程度の家しかないため、想像以上のスピードで情報は広まっていく。下忍の三番隊甲組の草刈家の長男が、実は甲賀者を嫁にもらっていた。この噂はすでに伊賀忍者全体に広まっていると考えていい。

蛍が教えてくれた隠れ家は中野駅からほど近い場所にある木造アパートだった。その外観はお世辞にも綺麗とは言えず、悟郎が学生時代に住んでいたアパートよりも古びていた。外階段は歩くだけで軋(きし)んで音が鳴るほどだ。

蛍から渡された鍵で中に入る。隠れ家というからには、蛍が用意した空き家だと思っていたが、明らかに生活感があり、誰かが住んでいそうな部屋だった。試しに「ごめんください」と声をかけてみる。返答はない。手前に台所があり、その奥に畳の和室があるだけなので、室内はほぼ丸見えだ。部屋の主は留守にしているのか。

「お邪魔します」

玄関先に転がっている靴は男性のもので、男が住んでいるのは想像がついた。甲賀者の仲間だろうか。

奥の和室の台の上にそれが置いてあるのが見えた。プッシュホン式の固定電話だ。それを見て不意に誘惑に駆られた。どうしても連絡をとりたい相手がいた。実家の両親だ。きっと二人のもとにも噂は届いているはず。息子の嫁が実は甲賀者であり、しかも逃亡している。その知らせを耳にして、両親はきっと心配していることだろう。ずっと連絡をとりたいと思っていたが、自分のスマートフォンを使った時点でGPSの位置情報が本部に伝わってしまう危険性があるため、それもできずにいた。

悟郎は台の前に正座をして、受話器をとった。非通知設定で電話をかけた。やがて交換手の声が聞こえてくる。

「お待たせいたしました。こちら静岡東郵便局でございます」

「すみません。私は静岡県立中央病院の者ですが、草刈局長をお願いできますか。現在当病院に通院されている奥様の件でお伝えしたいことがございまして」

「少々お待ちください」

保留音が流れる。実家に電話をして母と話すという選択肢もあったが、実家の固定電話を逆探知されている可能性もあった。父の勤め先であればそこまで警戒されていないと考えたのだ。

「お待たせしました、草刈です」

父、草刈吾一の声が聞こえてくる。父は今年で五十四歳になり、地元の郵便局で働いている。去年から局長になっていた。

父の声を聞き、胸に迫るものがあった。何も言えずにいると電話の向こうで父がもう一度言う。

「お待たせしました、草刈ですが」

「お、俺だよ」と悟郎は声を絞りだした。「悟郎だ。父さん、いろいろと心配かけてすまない」

「悟郎、お前……大丈夫なのか。蛍さんと一緒なのか。蛍さんが甲賀者というのは本当なのか？　今、どこにいるんだ？」

矢継ぎ早に質問が繰りだされる。当然父も蛍と会ったことはあるが、数える程度だった。ここ数年はウイルス性の病が流行していたせいもあり、帰省を控えていたからだ。

「今はいないけど、蛍と一緒に行動している。彼女が甲賀者というのも本当だ」

電話の向こうで父が絶句したのが伝わってくる。無理もない、嫁が甲賀者だった。草刈家にとって一大事だ。

「父さん、聞いてくれ。たしかに彼女は甲賀者だけど、悪い人間じゃない。彼女だって何も知らずに俺と一緒になったんだ。ある意味で被害者とも言える」

「だからといってな、悟郎……」

「一生逃げ続けるつもりはない。俺にも考えがあるんだ」

赤巻議員を殺害した犯人を見つけだし、それと引き換えに交渉する。それが現時点での唯一の突破口だ。さきほども戸坂という元運転手から情報を聞きだしたばかりだ。

「本部には逆らうな。悟郎、いいからすぐに蛍さんと一緒に出頭しろ。俺もあれこれ手を尽くすつもりだ。知り合いの上忍に頼んでみようとも思ってる」

和を重んじる。父の吾一はそういうタイプの忍者だった。規律を守り、面倒見がいい。そのお陰で今の局長の地位がある。

「悪いけど父さん、今回ばかりは俺の好きにやらせてほしい。すでにどうにもならない状況になってしまっているんだよ」

「でもな、悟郎……」

「とにかく俺は元気だから。心配をかけてごめん。母さんにもそう伝えてくれ」

「待て、悟郎。今からでも遅くはない。考え直すなら……」

受話器を置いた。そのときになって悟郎は背後の気配を察した。振り返ると一人の男が畳の上に胡坐をかいている。いったいいつの間に――。この部屋の主だろうか。

「お邪魔してます。ええと、自分は……」

「気にするな。いつも蛍が世話になってるみたいだな。一度俺も挨拶したいと思ってたとこだ」

年齢は五十代だろうか。赤ら顔をしていて、酒を飲んでいることは吐く息の匂いでわかった。

「しゃあねえな。ここはもういっぺん繰りだすとするか」

男が膝に手を置き、「よっこらしょ」と立ち上がった。かなり酔っているのか、その体はフラフラと定まらない。思わず悟郎は手を差し伸べていた。

「大丈夫ですか？」

「あたぼうよ。俺を誰だと思ってるんだい？　こう見えて俺だって結構名の知れた男なんだぜ」

ただの酔っ払いにしか見えないが、さきほど気配を感じさせずに悟郎の背後に座っていたのは事実だった。どこか得体の知れない男だ。

「いつも蛍が世話になってるな。俺は蛍の父親、月乃竜兵だ。よろしくな」

そう言って男は酒臭いゲップを吐いた。

午後五時三十分。帰宅ラッシュが始まる時間帯のせいか、山手線の車内は混雑していた。電車が代々木(よよぎ)駅を発車したとき、蛍は不意に視線を感じた。

周囲をそれとなく観察する。そしてその男に気がついた。蛍はドア近くの吊り革に摑まっているのだが、座席の中ほどに座って夕刊を読んでいるサラリーマン風の男がいた。年齢は四十代くらい。眼鏡をかけた、ごく普通のサラリーマンという印象だが、やや異質な雰囲気を身にまとっている。

伊賀忍者というのは一大勢力であり、甲賀に比べてはるかに多くの忍者が一般社会に溶け込んでいる。そのうちの一人と電車の車内で鉢合わせになる。有り得ないことではない。

雰囲気だけでは判断できない。蛍は男を睨みつけた。こっちを向け。こっちを向け。こっちを向け。そう念じながら男を睨んでいると、痺れを切らしたような感じで男が一瞬だけ顔を上げた。

目が合っただけで確信する。この男は忍者だ。向こうも観念したようで、新聞を畳んでスマートフォンの操作を始めた。悟郎と蛍については伊賀忍者の間でも通達のようなものが出ているはず。この顔を見たら一一〇番、ではないが、男もきっと本部なるところに連絡を入れているに違いない。

　電車が新宿駅のホームに到着した。蛍は山手線から降りた。当然、男が追跡してくるのは気配でわかった。中央線に乗り換えるつもりでいたが、予定を変更して駅の構内を歩き、東口から出た。人でごった返している。

　追跡者の気配を感じつつ、蛍は人の流れに乗ってしばらく歩いた。そして目についた商業施設に足を踏み入れる。客のほとんどは若い女だが、追跡者は後ろをついてくる。

　エスカレーターに乗る。できれば応援が来る前に仕留めてしまいたい。蛍は五階でエスカレーターを降り、通路を歩いた。五階は紳士服売り場になっているようで、歩いている客の大半が男だった。

　案内表示を見ながら足を進める。フロアの奥にある女性トイレに足を踏み入れた。一番奥の個室に入り、蛍は身構える。

　一分ほど経過したときだった。ドアが開く音が聞こえた。その足音からして男だとわかる。中を確認するために入ってきたのだ。足音が徐々に近づいてきた。蛍は個室から飛びだし、男に襲いかかった。

相手も忍者だけあり、そう簡単にはいかない。突きを放ち、それがかわされ、今度は向こうが反撃し、それをかわす。その繰り返しだ。

ドアが開く音が聞こえた。若い女がギョッとした顔でこちらを見た。すぐに女はドアを閉めた。男の気が逸れたので蛍は攻撃のスピードを加速させる。右肘が綺麗に男の頬に入り、男が膝をつく。そのまま手刀を首筋に落とすと、男はうつ伏せに倒れた。

さっきの女が警備員でも呼んだら厄介だ。蛍は男の上着を漁り、黒い革製の財布を発見する。中身を見てもたいしたものは入っていない。免許証を確認すると板橋区在住だった。保険証には『JP』のロゴが入っており、この男も郵便局員であることが確定する。本当に伊賀者は郵便局員ばかりなんだな、と蛍は素直に感心する。

スマートフォンの中身も確認したいが、その時間はなさそうだ。蛍は立ち上がってトイレから出た。ちょうどさきほどの女が警備員を連れてこちらに向かって歩いてくるのが見えた。蛍は顔を伏せ、通路の反対側に歩き去った。

エスカレーターで一階まで降りる。息一つ乱れていないが、できれば鏡で身だしなみだけは整えておきたかった。ちょうど一階のエントランスに化粧品メーカーのテナントがあったので、そこに入って口紅を選ぶ振りをしながら鏡で乱れた髪を整える。その鏡越しに三人の男が通路を早歩きで進んでいくのが見えた。応援に来た伊賀者かもしれない。

「お客様、これなどいかがでしょうか」

店員がお薦めの品を持ってきたので、蛍は「また来ます」と素っ気なく言い、店をあとにした。エントランスから外に出る。ちょうど目の前にタクシーが停まり、二人の男が降りてきた。こいつらも忍者か。降って湧いてくるのか、伊賀者は。

蛍は雑踏に紛れ込み、足早にその場から立ち去った。


「大将、聞いてくれ。この男が蛍の旦那の草刈悟郎君だ。驚くなよ。何とな、この悟郎君は忍者なんだぞ。普段は郵便局員として働いてるらしいが、実は正真正銘の伊賀忍者なんだ。どうだ？　大将。驚いただろ」

飲んでいたビールを噴きだしそうになった。悟郎は野武士という居酒屋にいた。カウンター席だけのこぢんまりとした造りの店だった。鉢巻きを巻いた大将が言う。

「驚かないよ。だって竜兵さん、驚くなって言ったじゃないか」

「そこは驚いていいんだよ。おっと悟郎君、どんどん飲めよ。俺の奢（おご）りだからな」

年齢は五十代前半くらいか。まともにしていれば年相応のダンディーな男なのだが、いかんせん酔っている。しかも居酒屋の大将に対して忍者という単語を連発している。もしかして忍者御用達の店なのだろうか。

「いやあ、良かった良かった。一度腹を割って話したいと思ってたところだ。何せあんたは蛍の旦那だからな」

一つだけわからないことがある。今、竜兵は悟郎のことを伊賀忍者だと言ったが、悟郎自身はそう名乗った記憶はない。どこで彼はそれを知り得たのか。悟郎は小声で竜兵に訊いた。

「お父さん、どうして俺が忍者であることをご存じなんでしょうか？」

「当然だ」と竜兵は胸を張って答えた。「こう見えて俺だって忍者なんだ。今、俺たちの業界じゃお前たちの話で持ち切りだ。お互いの素性を隠したまま伊賀者と甲賀者が結婚していた。滅多にある話ではないからな。俺も最初に聞いたときは驚いたが、これもまた何かの縁だと思うことにした。よろしく頼むよ、悟郎君」

竜兵が瓶ビールを差しだしてきたので、悟郎はグラスのビールを飲み干してから杯を受けた。竜兵はコップ酒を飲んでいる。

「俺も若い頃はバリバリの忍者だったからな。伊賀者とやり合ったこともある。伊賀の奴ら、棒手裏剣を使うだろ。しかも毒を塗ってやがるから厄介だ。でもな、俺はその棒手裏剣をこうかわしてだな……」

竜兵は立ち上がり、割り箸を両手で握って当時の動きを再現しようとしていた。しかし酔っているせいで、その動きは緩慢だ。とても忍者のようには見えない。

「……それでな、俺は追いかけたわけだ。待てい、とな。ところが敵も逃げ足が早い。俺は仕方なく持っていた小太刀を投げた」

竜兵が割り箸を投げた。ちょうどそのとき店のドアが開いた。割り箸は真っ直ぐドアの方に向かっていく。店に入ってきた客はいとも簡単に飛んできた割り箸を片手でキャッチする。入ってきた客は蛍だった。

「お父さん、割り箸を投げないで」

「おお、蛍じゃないか。いいところに来た。今な、悟郎君に俺の若い頃の武勇伝を聞かせていたんだ。それにしても蛍、いい旦那をもらったな。伊賀忍者にしておくのはもったいない男だ」

蛍が隣に座りながら、小声で言った。

「ごめん、悟郎さん。うちのお父さんが迷惑をかけて」

「別にいいけど。でも蛍、この店って……」

竜兵は飽きもせずに大将に向かって忍者時代のエピソードを話し始めている。大将は澄ました顔で焼き鳥を焼きながら竜兵の話を聞いている。

「父は時代劇の端役で何度かテレビに出ていた、ってことになってる。本当にごめん。でも父のアパートなら伊賀者に襲われても何とかなると思うの。武器の在庫もたくさんあるし」

「そうか。それより大丈夫か？　何かあったのか？」

渋谷のセンター街で戸坂という若者から話を聞いた。その直後、突然別行動をとることになったのだ。別れ際、蛍が神妙な顔つきだったので気になっていた。

「あとで話す。それよりお腹空いた。それ、もらっていい？」

「いいよ。俺が注文したわけじゃないんだけどな」

焼き鳥の皿を蛍の方に置く。一本手にとって蛍は食べ始める。悟郎も同じように焼き鳥を食べた。ほどよく甘いタレが絡んだモモ肉は旨かった。

「大将、これは画期的なことなんだぞ。革命的と言ってもいい。何しろ伊賀者と甲賀者が結婚してたんだからな。伊賀と甲賀の因縁は根深い。歴史を紐解くと戦国時代まで遡る。もともと伊賀と甲賀は……」

竜兵は歴史の講釈を始めている。いつものことなのか、蛍は無関心な様子で壁に貼られたメニューを見て、大将に向かって「焼きおにぎりと味噌汁ください」と言った。

午後七時過ぎ。悟郎たちは部屋に戻っていた。竜兵は布団の上で鼾（いびき）をかいて眠っていた。その姿は忍者のようには見えないが、豪胆（ごうたん）という意味ではなかなかの男だ。

「この写真を見て」

蛍がそう言って数枚の写真を出す。写っていたのは赤巻議員だ。どこかのホテルの部屋に入っていく姿が連続して写っていたが、最後の一枚を見て悟郎は思わず声を上げていた。

「これ、豊松じゃないか」

与党所属の赤巻が、新進気鋭の野党党首と密会する。この写真の意味しているところは大きかったが、これだけでは二人が何を目的にして密会したのか、それはわからない。

「この写真、どうしたんだ？」

「とある筋から入手した。それしか言えない」

きっと甲賀にも独自の情報網があるんだな。悟郎は漠然とそう思った。蛍は指令と呼ばれる仕事を請け負っているようで、豊松を救ったのもその一環であるという話だった。

「赤巻は伊賀系の議員で、与党に所属している。一方、豊松は未来党の党首で、甲賀が支援している。その二人が密会して、何かを企んでいた。そういう構図と考えていいんだな」

悟郎がそう言うと、蛍が少し訂正した。

「甲賀はあくまでも金で雇われているだけであって、そこまで深く未来党に肩入れしているわけじゃなさそう」

赤巻は与党の中でも重要なポジションについているわけでもなく、中堅議員の一人だった。伊賀の集票力がなければ落選するとも言われており、次期選挙でも出馬は微妙という噂だった。

「豊松としては赤巻と接触するメリットはない。つまり赤巻側から豊松側に何らかの働きかけがあったと考えるべきだと俺は思う」

「同感。でもいくら何でも与党から未来党に鞍替えしようとは思わないはず」

情報だろうか。民自党の情報を未来党に流していた。もしくは流そうとしていた。そのために二人が顔を合わせていたとは考えられないか。

「私が思うに」蛍がそう前置きして続ける。「赤巻が口を塞がれたのであれば、どうして彼は殺されなければならなかったのか、その動機を探ることが事件解決の糸口ね。犯人は一時的に雇われた殺し屋かもしれないわけだから」

つまり犯人は赤巻とは無関係で、単純に仕事として彼を始末した可能性もある。だとするならば犯人を追うより、動機面を探った方が真相究明に近づく。蛍はそう言いたいのだ。

「それにしてもここに何があるんだろうね」

蛍がスマートフォンに視線を落としている。地図が表示されていた。死んだ赤巻がほかのスタッフには内緒で足を運んでいたとされる場所だ。山梨県の十色村という場所で、何か倉庫のようなものがあったという。

「地図には何も表記はないのか？」

「ないみたい。ほかの地図も見たんだけど、特に何も書かれていないの」

「行ってみるのもいいかもしれないな。百聞は一見に如かずっていうだろ」

「そうしましょう」

蛍が立ち上がる。「今から？」と悟郎が言うと、当然のような顔つきで蛍が答えた。

「ここでお父さんの鼾を聞いてるよりはいいと思う」

「移動手段は？」

「車がある」

異論はない。ただし悟郎はさきほどビールを飲んでしまっているので、運転は蛍に任せるしかなさそうだ。蛍とともに部屋を出る。アパートの裏手にある契約駐車場に向かった。車はかなり古い年式のカローラだった。

「最近乗ってないから」

蛍がそう言ってボンネットを開けた。悟郎は手渡された懐中電灯で蛍の手元を照らした。蛍は慣れた様子でマシンの具合を確認している。何だか妙な気分だった。こいつ、かっこいいな。悟郎は素直にそう思った。

蛍は決して口数の多い女ではなく、家に一緒にいてもそれほど多くの会話があったわけではない。たまに小言を言う程度で、あとは黙って本を読むかテレビを観ているだけの女だった。しかしここ数日、蛍ときちんと会話をしているような気がしていた。現実的には大変な窮地に立たされているのは自覚しているが、妻がこれほどまでに頼もしい存在に思えたのは結婚以来初めてだ。

「大丈夫そうね」

蛍がボンネットを閉めた。蛍が運転席に乗り込んだので、悟郎は助手席に乗った。ライトが点いて車が発進する。古い車だけあってエンジン音がややうるさかった。

「宇良、俺たち飯行ってくるから、ちょっと留守番頼むぞ」

「はっ」

宇良は返事をする。会議室から出ていく先輩忍者たちを見送った。伊賀ビルの中にある会議室だ。今日も宇良はここに動員されていて、情報収集をおこなっている。

二時間ほど前、大きな動きがあった。山手線の車内で草刈蛍が発見されたのだ。見つけたのはたまたま同じ車両に乗っていた忍者だった。彼は勤務を終えて帰宅している最中で、電車の車内で彼女を見かけたという。

蛍は新宿駅で電車を降りた。その忍者は本部に一報を入れ、そのままあとを追ったようだが、彼女の方が一枚上手だった。駅近くの商業施設内にあるトイレの中で、その忍者は気絶していた。蛍の姿は発見できなかった。今も数人の忍者が新宿界隈を探し回っているようだ。

どんだけ強いんだよ、あの女。

報告を聞いたとき、宇良は改めて思った。伊豆のキャンプ場でも二人の忍者が麻酔銃で眠らされるという失態を演じた。そして今回の新宿での一件。彼女の実力が本物であるのは認めざるを得ず、本部にも緊張感が漂っていた。

何だか痛快な気分だ。あの女一人に――実際には旦那も一緒にいるようだが――伊賀忍者たちが翻弄されているのだ。いつも威張っている先輩忍者たちも目の色を変えて捜索活動をおこなっている。時刻は午後七時三十分になろうとしていた。今日も帰りは遅くなりそうだ。

宇良はスマートフォンを出し、ゲームを起動させた。今、会議室に残っているのは宇良を含めて五人ほどだが、ほかの四人は電話をしたりパソコンの画面を見たりと、それぞれ仕事に集中している。誰もこちらに注意を払っていない。

ゲームを始めようとしたそのときだった。会議室に風富小夜が入ってくるのが見えた。ほかの四人の忍者が立ち上がり、口を揃えて「お疲れ様です」と言った。その波に遅れてしまい、宇良はその場で座ったまま軽く頭を下げるにとどまった。

「状況は？」

小夜がそう言うと、年配の忍者が彼女のもとに駆け寄って説明を始める。

「新宿近辺を捜索中ですが、まだ標的の足どりは発見できていません。引き続き捜索を続けていく予定です」

「そうですか。襲撃された方の容態は？」

「念のため病院に行ったようですが、ただの打撲らしいです」

「それはよかったですね」

忍者同士が戦うとは、いったいどういうものなのか、宇良には想像できなかった。一応宇良も忍者学校に通っていて、一通りの体術は習得しているのだが、それはあくまでも伝統文化を学ぶようなものだと思っていた。将来的に実戦で忍者と戦うことなど一切想定していなかった。

それが今、目の前で現実として繰り広げられているのである。仲間も数人、負傷した。この広い東京のどこかで、伊賀者と甲賀者という異色の忍者夫婦が息をひそめ、襲撃に備えている。まるでゲームのような話である。

電話の着信音で我に返る。手が空いている忍者がいなかったので、宇良はデスクの上の受話器に手を伸ばした。

「はい、こちら特別捜索本部です」

「あのう、すみません。ちょっといいですか？」

「はい、どうされました？」

不安そうな声だ。声の感じからして若者らしい。十代ではないだろうか。

「手配写真を見たんですけど。あ、僕、名前は……」

一応メモをとる。彼は中野区在住の高校生で、父親が忍者のようだ。塾から帰宅する途中、近所の月極駐車場で二人の男女を目撃しており、その風貌が手配写真の二人とよく似ているという話だった。

「……多分そうだと思います。女の人の方は髪を後ろで縛ってました」

草刈悟郎と、その妻である蛍。二人の顔写真は都内に住む忍者だけではなく、その家族にも配布され、広く情報提供を呼びかけられていた。その網に引っかかったというわけだ。

「そうなんだ。で、その二人はどこに？」

「車に乗って走り去りました。車種は多分カローラです。番号は……」

彼が口にしたナンバーをメモする。受話器を置いて小夜のもとに向かう。今の話を報告すると小夜の顔色が変わった。

「かなり大きな情報ね。すぐに該当ナンバーを警視庁にいる同志に知らせて。動ける者は中野に急行して」

「はっ」

近くにいた忍者がすぐさま行動に移す。自席に戻ろうと踵(きびす)を返したところで背後から小夜に呼ばれる。

「宇良君、あなたもよ。すぐに中野に向かうように」

「はっ」

まったく面倒なことになった。もしかして今日も帰れないのではないか。宇良は溜め息を吐き、スマートフォンを上着のポケットにしまった。


「あと少しだな。そろそろ目的地だぞ」

悟郎はカーナビの画面を見ながらそう言った。周囲は鬱蒼(うっそう)とした森だ。曲がりくねった山道をもう三十分近く走っている。アスファルトで舗装されているが、車がすれ違うのはやや難しい程度の道路幅であり、できれば対向車に来てほしくはない。カーナビを見ても周辺地域には店舗や施設などは皆無のようで、車の通行量もゼロに等しい道だった。

急に視界が開けた。前方に金網のフェンスが見えた。蛍が車を停めたので、悟郎は助手席から降り立つ。中野の居酒屋で飲んだアルコールはほぼ消えている。

金網の向こう側にはだだっ広い土地が続いている。奥の方にプレハブのような建物があるが、それが何かはここからでは判別できなかった。

戸坂という若者の話を思いだす。彼が運転手をしていた半年の間で、赤巻議員は三回ほどスタッフに内緒でここを訪れたことがあったという。誰かと待ち合わせをしていた形跡があったらしい。いったいこの場所で誰と会っていたのか。そしてその目的は何だったのか。

「どうする？　蛍。中に入ってみるか？」

金網の高さは三メートルほどだ。忍者なら簡単に乗り越えられる高さだ。見たところ有刺鉄線もなく、防犯カメラが設置されているようには見えなかった。

「ちょっと待って」

蛍がそう言って膝をつき、耳を地面に押し当てる。しばらくして蛍は顔を上げた。

「人がいる気配はない。機械類が動いている音も聞こえない。放置された土地だと思うんだけど」

「こういうのはどうだろう」と悟郎は思いついた仮説を口にする。「赤巻は違法薬物の常習者だった。薬物の取引でここを訪れていたんじゃないか。ここなら誰かに見られることもない」

「有り得なくもないけど、わざわざこんなところまで来るかな？　都内にもいくらでも取引できそうな場所はあるじゃない」

「それもそうだよな」

以前なら蛍に反論されただけで気分を害していたが、今ではごく普通に受け入れることができる。百八十度、蛍に対する印象が変わっている。

金網のフェンスに沿って歩いてみることにした。空気が澄んでいるせいか、星が綺麗に見えた。南側には富士山のシルエットがくっきりと見えた。

「これ見て」

五分ほど歩いたところで蛍がそれに気づいた。フェンスに看板がぶら下がっている。『許可なく立ち入りを禁ず』という文面で、山梨県・十色村の名前が並んで記されていた。最後に連絡先として『十色村役場土地活用課』という部署名が書かれていた。電話番号も併記されている。

「悟郎さん、ここってコロニーじゃない？」

蛍にそう言われ、ようやく悟郎は気がついた。

今から三十年くらい前だ。〈ヒカリの国〉と名乗る新興宗教の教団があった。カリスマ的な指導者のもとに全国から信仰者が集まって、彼らはアルマゲドンという終末論を信じ、各地にコロニーと呼ばれる信仰施設を作った。最終戦争が起きた場合も生き残れるよう、地下にシェルターを造っていたとも言われていた。

教祖のもと、信者たちは暴走していった。最終的には官公庁に火炎瓶を投げ込むなど、テロ行為はエスカレートしていき、さらに内部抗争で死者を出すなどして、ヒカリの国は解体に追い込まれた。教祖は殺人罪などの複数の罪で無期懲役刑が確定し、ほかの幹部も逮捕された。

「なるほど。そういうことか」

悟郎はリアルタイムで経験したわけではないが、事件の概要は知っている。学校の教科書にも載っているし、今でもテレビや雑誌の昭和・平成の大事件などの特集では必ずとり上げられる事件の一つだ。

「やっぱりここね」

蛍がスマートフォンの画面を見て言った。覗き込むと何枚かの写真があった。各地のコロニー跡地を取材した記事らしく、金網のフェンス越しに広大な土地が写っていた。

　十色村のコロニーは教団が所有していたコロニーの中でも最大のもので、メインコロニーと呼ばれていた。かつては砂利のプラント工場だった跡地を利用し、大きな地下シェルターも造られていたという噂もあった。今もこうして野ざらしになっているということは、事件後には買い手もつかずにそのままになっているということだ。たしかに忌まわしい過去を持つ土地であり、再利用に踏み切れない事情も垣間見えるようだった。

「もしかしてあれじゃない？」

　蛍が真顔で言う。何か重要なことを思いついたような顔つきだ。悟郎は訊いた。

「あれって何だよ」

「徳川埋蔵金」

　思わずこけそうになる。お笑い芸人なら突っ込んでいるところだ。んなわけあるか、と。

「蛍、冗談はやめてくれ。徳川埋蔵金なんてあるわけないだろ」

「だって赤巻は伊賀者でしょ。もしかして埋蔵金の番人だったりして」

「テレビの見過ぎだ。いや、最近じゃテレビでも徳川埋蔵金なんて扱わないだろ」

　ロマンのある話ではあるが、悟郎の知る限りにおいては徳川埋蔵金というのは存在しない。仮にそういったものがあったとしても、それを守る番人にしては赤巻という男は相応しくない。国会議員という立場ではあるが、徳川埋蔵金の番人が違法薬物に手を出したりしないはずだ。

「そろそろ戻った方がよさそうだな。この場所がメインコロニーとわかっただけでも収穫だ」

蛍は歴史小説をよく読んでいるし、何よりも甲賀者だ。甲賀の忍者として徳川埋蔵金には惹かれるものがあるのかもしれない。伊賀を出し抜いて徳川埋蔵金を手に入れる。甲賀にとっては大きな手柄だ。

「徳川埋蔵金、いい線ついてると思うんだけど」

蛍はまだ不服そうな顔をして頬を膨らませている。そんな妻のことを悟郎は少し可愛らしいと思った。

蛍は車線を変更し、アクセルを踏んで車を加速させた。一台追い抜いてから、また元の車線に戻る。バックミラーを見る。やはりあとを尾けられているようだ。
「どうかしたのか？」
異変を察知したのか、助手席に座る悟郎にそう訊かれた。蛍は答えた。

「尾行されてるみたい」

悟郎はバックミラーに手をやり、それを調整して後方の様子を窺っている。ミラーの角度を元の位置に戻しながら悟郎が言う。

「真後ろの車だな」

「そう。さっきからずっとあとをついてきてるのよ」

中央自動車道を走っていた。すでに時刻は深夜零時を回っている。それでも高速道路上にはトラックなどが走っている。そこそこの交通量だ。

「蛍、もう一回前の車を追い抜いてくれるか」

言われた通りにする。悟郎がうなずいた。

「間違いないな。粘着質な嫌がらせという線も考えられるが」

高速道路上の案内表示を見る。すでに車は東京都内に入っていて、次のパーキングエリアは石川PAだ。高速から降りる前に対処しておいた方がいいかもしれない。同じことを感じたらしく、悟郎が言った。

「次のパーキングエリアに寄ろう。そこで様子を見るんだ」

「了解」

五分後、蛍は石川PAに車を入れた。深夜ということもあってか、駐車場にはそれほど多くの車は停まっていない。コンビニや各種自販機の明かりが煌々と灯っている。尾行してきた車も駐車場に入ってきた。もはや尾行を隠そうとしていない。堂々とあとを尾けてきている。

「どうする？」

悟郎に訊かれた。尾行の車との距離は五十メートルほどだ。車体のシルエットからして四人乗りのセダンだ。

「トイレに行く振りをして相手の様子を窺うってのはどう？　もし接触してくるようなことがあったら対処すればいい。きっと向こうは最大で四人。何とかなるわ」

「何とかなるって、お前な」呆れたように悟郎は言い、それからシートベルトを外した。「その自信はいったいどこから湧いてくるんだよ。向こうだって訓練を積んだ忍者なんだぞ」

負ける気がしなかった。悟郎と一緒にいてわかったことだが、伊賀者というのは常識的な行動をとる者たちだと思われた。飼いならされた、という表現を使えば悟郎が怒るかもしれないが、無茶をしない人たちだと感じていた。

「行くわよ」

蛍は車から降りる。当然懐には麻酔銃を忍ばせてある。父の部屋で弾も補充済みなので不安はない。

トイレに向かって人のいない駐車場を歩く。休憩中と思われる大型トラックが数台停まっているのが見える。すると視界の隅で動きがあった。停車していた例のセダンが動きだしたのだ。車はそのまま徐行の速度でこちらに向かって走ってきて、蛍たちの行く手を塞ぐように停まった。

身構える。すでに蛍は懐に手を入れ、麻酔銃のグリップを握っている。車のドアが開き、三人の男たちが降りてきた。ほとんどがスーツを着た三十代くらいの男だ。一人だけ若い男がいるが、彼の顔は見憶えがある。先週のイベント会場で見かけたような気がする。この者たちは伊賀者だ。

「草刈、余計な抵抗はやめろ」

一番年長とおぼしき男が言った。こういうところが呑気なのだ。私だったらいきなり襲う。その方がはるかに効果的だと思うのだが、ここはしばらく様子を窺うことにする。

「これを見ろ」

そう言って男が差しだしてきたのはタブレット端末だった。悟郎と視線が合ったので、蛍はうなずいた。何かあったら対処する。そう伝えたつもりだった。悟郎も小さくうなずき、それからタブレット端末に手を伸ばした。画面を見て悟郎が唸るように言った。

「こ、これは……」

警戒しつつ悟郎の隣に立ち、タブレット端末を見る。画面には一匹の茶色い犬が映っている。舌を出しており、死んでいるのは明らかだった。リアルタイムで映像が送られてきているらしい。

「犬がいたら始末する。常識だろ。毒饅頭を食わせただけだ」

もしかして、と蛍はその可能性に思い至る。悟郎の実家で犬を飼っていると聞いたことがある。つまりこの者たちの仲間は悟郎の実家に行き、飼い犬を殺害したということか。

「静岡も雲一つない快晴らしい」男が鼻で笑いながら言った。「こういう夜はよく燃えるだろうな。民家で火災が発生し、鎮火後の焼け跡から住人二名の遺体が発見される。そんなニュースが明日の朝、流れるかもしれないな」

数えるほどだが、悟郎の両親とは顔を合わせたことがある。実直そうな父と、それを陰ながら支える優しい妻。典型的な夫婦の形であったが、破天荒な家庭に育った蛍にとっては逆に新鮮だった。あの二人が今、伊賀者の拘束下に置かれているということか。いや、実際には悟郎の父も伊賀忍者のはず。つまりこの者たちは味方を取引の材料にしようとしているのだ。

「どうする？　草刈。お前次第だ」

男がそう訊いてくる。悟郎は答えられず、歯を食い縛っている。無茶をしない人たち、という伊賀忍者評は少し改める必要がありそうだ。

男が手を差しだした。悟郎は持っていたタブレット端末を男に返そうと前に出た。気が動転していたのか、悟郎に隙が出た。男がその瞬間を見逃すはずがなく、男は悟郎の手を捻り上げ、さらに膝に蹴りを入れた。倒れた悟郎はあっという間に拘束されてしまう。

「逃げろ、蛍。逃げるんだっ」

アスファルトに顔を押さえつけられつつも悟郎は叫ぶ。逃げるのは容易い。すでに逃走ルートは決まっている。一番近くに停まっている車の背後に飛び込み、あとは車から車に移動し、最終的には森に逃げるのだ。カローラに乗って逃げるのは得策ではない。森に入ってしまえば私の勝ちだ。彼らの能力では森の中で私を捕捉するのは絶対無理だ。仕方ない、ここはいったん逃げるしか――。

蛍が身構えたそのときだった。男が言った。

「奥さん、あんたが逃げても結果は同じだ。静岡市内の民家の焼け跡から二名の遺体が発見されることになる。それでもいいなら好きにすればいい」

ハッタリに違いない。そう思ったが、確証はなかった。悟郎は悔しげな顔つきでこちらを見上げている。

駐車場に二台の車が続けて入ってきた。停まった車から総勢六人の男が降り立った。いずれもスーツ姿だ。彼らも忍者に違いない。

もはやこれまでか。

蛍はずっと懐に入れていた右手を出す。握っていた麻酔銃を男の足元に投げ捨ててから両手を頭の後ろで組んだ。それから蛍はゆっくりと膝をついた。

第四章　一忍千秋

車はおそらく都心に向かって走っているのだろうと思われた。悟郎は目隠しをされ、腕は結束バンドで拘束されている。口にはガムテープが貼られていた。悟郎は後部座席に乗っていた。同じ車内に蛍の気配は感じられない。別の車に乗せられているに違いなかった。

「先輩、大丈夫っすか。小便したくなったら言ってくださいよ。ここでやられちゃったら大変なんで」

隣から声が聞こえる。宇良だった。さきほど駐車場でとり囲まれたとき、彼の姿があった。きっとこの男も捜索活動に動員されていたのだ。

「でも俺、先輩には少し同情しますよ。まさか自分の奥さんが忍者かもしれないなんて、普通は疑ったりしませんもんね。俺の歴代彼女の中でも、下手したら忍者いたかも」

蛍のことが心配だった。甲賀者が捕まえられるなど、近代以降では聞いたことのない出来事だ。きっと本部は彼女から情報を引きだそうと躍起になるはず。それを考えると不安で仕方がない。

「一緒に逃げようと思ったのはなぜですか？　そこがちょっとわからないんですよね。まあ先輩の奥さん、結構いい女だと思うんですけどね。俺が思うに、これってある意味ストックホルム症候群ってやつじゃないかと思うんすよ」

立て籠もり事件など特殊な状況下においては、敵対する者同士の間でも信頼関係が生じ易いという現象だ。宇良の言わんとしていることは理解できなくもない。

「俺が先輩と同じ立場だったら、同じようにしてたかもしれません。いや、どうかな。やっぱりビビって通報してたかも。その点ではマジ見直しました。腹くくった先輩は超かっこいいっすよ。でも捕まっちゃったから元も子もないっすけどね」

宇良は饒舌に話している。運転席と助手席にも忍者が座っているはずだが、彼らは宇良の一人喋りを注意しようとはしない。宇良は上忍であるため、前の二人が中忍以下の身分なら、宇良に口出ししない可能性はある。いや、むしろ彼らにしても興味深いのかもしれない。甲賀者と結婚した伊賀忍者など過去にいないはずだから。

「先輩の奥さん、どうなってしまうんですかね。俺も心配っすよ。でも先輩は意外に助かりそうですよね。小夜さんとも仲いいし、上手いことといくんじゃないかって俺は睨んでいるんですよ」

たしかに小夜の祖父は評議員長、伊賀忍者の実質的なトップではある。しかし今回に関してはい小夜の力をもってしてもどうにもならないと悟郎は思っていた。甲賀者であると知らず、妻を娶っていた。笑って許される問題ではないし、蛍には伊賀系議員殺害の容疑までかかっている。

蛍の無実を証明し、それを手土産として本部と交渉する。その望みも潰えてしまったと言っていい。俺は、そして蛍はどうなってしまうのか。そんな不安に胸が押し潰されそうだ。

「それにしても先輩の奥さん、超強いっすね。ある意味化け物じゃないですか。うちの忍者、三人もやられたらしいじゃないすか。実は俺もキャンプ場にいたんですけど、駐車場で見張りやらされてたんですよ。マジで見たかったたな。でもやられた忍者も間抜けと言えば間抜けなんですけどね、はは」

「そのへんにしておけよ、宇良」

ようやく前の方から声が聞こえた。宇良の話が身内の悪口になったので、それを注意したような感じだった。それでも宇良は反省した様子はなく、軽い感じで言った。

「すいませんね。何か俺、こういうときに無性に話したくなるっていうか、そういうのわかりません？」

前の二人は答えなかった。きっと二人とも困惑しているに違いない。自分たちよりはるか年下で、生意気な上忍。ある意味非常に性質が悪い。

「でも甲賀って何人くらいいるんですかね。もし先輩の奥さんみたいな忍者が百人くらいいたら、それこそ伊賀なんて勝ち目ないっすよ。だって先輩の奥さん、マジで半端ないっすから。ジムで軽く汗流してるだけじゃ勝てませんって、絶対」

宇良はなおも饒舌に話している。前の二人の顔が想像できるようだった。きっと苦虫を嚙み潰したような顔をしているに違いない。

車は走り続けている。

★

蛍は冷たい床の上に横たわっている。正確な時間は定かではないが、ここに運び込まれてから六、七時間は経過しているものと思われた。きっと朝の七時か八時くらいだろう。

空腹は感じない。最後に食べた食事は昨日の夜だ。山梨に向かう途中、談合坂のサービスエリアに立ち寄り、そこの食堂で食べた。蛍は山菜うどんを、悟郎はカツカレーを食べた。カツカレーという食べ物がいかに美味しい食べ物なのか、それをひたすら力説していた悟郎だったが、それを蛍はほとんど聞き流していた。今思うとやけに平和に感じる時間だった。

両手と両足を縛られ、顔はすっぽりと布状のもので覆われている。やや息苦しく感じる程度で、さほど不快ではない。幼い頃に修行の一環で、今と同じような格好のまま、どこかの山中に一昼夜放置されたことがある。あれに比べれば全然快適だ。

遠くから足音が聞こえてきた。やがて足音が止まり、鍵を開ける音が聞こえる。ドアが開いたのがわかる。

「立て」

腕を摑まれ、起こされる。そのまま男に押されるように部屋から出て、廊下を歩く。顔を覆われた袋は黒く、視界はほとんどないに等しいが、明かりらしきものだけは感じることができる。

「座れ」

男に言われ、蛍は椅子のようなものに座らされた。いくつかの人の気配を感じた。どこかの部屋に連れてこられたようだ。空調も効いている。やがて顔を覆っていた布がとられた。一瞬眩しいが、すぐに視界は通常の状態に戻る。会議室のような場所で、正面のテーブル席に男たちが座っている。年代は様々で、上は五十代、下は三十代くらいだ。一番下座には女性の姿もある。あの風富小夜という女だ。

「お前は草刈蛍だな？」

中央に座る男が言った。年齢的にもこの男がリーダー格のようだ。伊賀忍者というのはピラミッド社会であり、評議員と呼ばれる長老たちがその頂点だと聞いている。評議員にしては若過ぎるので、この者たちは評議員の下にいる実働部隊(エリート)なのかもしれない。

蛍が答えずにいると、男が再び訊いてきた。

「質問に答えろ。お前が草刈蛍だな?」

わかっているのにどうして訊くのだろうか。そんな疑問を感じつつも蛍はうなずいた。さらに男が質問を浴びせてくる。

「お前は甲賀者。つまり甲賀に属する忍者だな」

今度は答えない。お前は忍者だな、と質問されて、はい忍者です、と答える奴はそれだけで忍者失格だ。痺れを切らしたのか、男が質問を変えた。

「赤巻議員を殺害したのはお前だな?」

どうしても私が殺害したことにしたいらしい。この濡れ衣は晴らしておいてもいいかなと思い、蛍は口を開いた。

「違う。私じゃない」

「現場から立ち去ったのはお前だろ。しかもお前を追ったのは夫の草刈悟郎だ。夫婦で示し合わせて赤巻議員を殺害したんじゃないのか?」

「私が入ったときにはすでに彼は死んでた。それに夫が忍者であることはあのときは知らなかった」

「それを証明できるのか？」

自分は潔白である。それを現時点で証明するのは難しい。やはり真相を解明するのが一番の近道かもしれないが、もはやそれもできなくなってしまった。

「自分に不利な質問が来ると黙り込む。それが甲賀者の習性のようだな」

嫌味っぽく男が言うが、蛍は何も感じない。ベラベラと喋ってしまう方が忍者としてどうかしていると思うからだ。

「まったく甲賀者というのは礼儀がなってないな。田舎者だから仕方がないか」

男がそう言うと、ほかの者たちが笑った。甲賀を田舎と揶揄するのが面白いのだろうか。伊賀と甲賀は地理的にもたいして離れておらず、どちらもそこそこ田舎だ。蛍は笑っている男たちの顔を見回した。一番右端にいる小夜という女だけは真顔のままこちらを見ていた。

「仕方ない。あれを出せ」

男がそう言って指を鳴らす。部屋が暗くなり、正面のモニターに画像が映しだされた。片方の画面には白で統一された部屋が映っていて、パイプベッドの上に一人の男が座っている。悟郎だ。蛍のように拘束はされていないようだが、その様子からしてこの部屋に監禁されているのは明らかだった。同じ建物内かもしれない。

もう片方の画面にはどこかの民家の内部を盗撮しているような動画が映っている。ちょうど朝食の途中らしく、二人の男女が食事をしていた。悟郎の両親だった。二人は自分たちが撮影されていることに気づいていないように見受けられる。ごく普通の日常の一コマを見ているようだった。

「この三人は人質だ」

暗くなったので正面に座る男たちの顔が見えない。シルエットから声が聞こえてくるようだ。男が続けて言う。

「三人の命を救いたかったら、この人物を暗殺しろ」

さらに別の画像が映しだされた。今度は動画ではなく、写真だった。聴衆に向かって語りかける未来党の党首、豊松豊前の顔がそこには映っている。


一時間後、蛍は車に乗せられていた。どこを走っているのかまったくわからない。目隠しをされているが、手足は拘束されていなかった。やがて車が停車し、ドアが開く音が聞こえた。目隠しを外され、車から下ろされる。

新宿伊勢丹の前だった。車はすぐに走り去ったが、男が一人、蛍の隣に立っている。お目付け役という役回りのようだ。男は若く、先週のイベント会場で見かけたことがある。

「そういうわけですから」男が軽い感じで言った。「勝手に逃げないでくださいね。逃げたらすぐに本部に連絡しますから。そしたら先輩と先輩のご両親、始末されちゃいますよ。あ、自己紹介が遅れましたが、自分、宇良っていいます。先輩と同じ世田谷中央郵便局でバイトしてます」

よく喋る男だった。饒舌な忍者は信用するな。それが蛍のモットーだが、この男の場合、単純に若くて無知なだけのようにも見える。

「よかったですよ。この大役を任されて。俺、実は蛍さんのことが、あ、蛍さんって呼んでオーケーすか？」

蛍は答えなかった。すると宇良は続けて言う。

「タイプなんすよ、マジで。先輩が羨ましくて仕方なかったっす。だから蛍さんに見張りがつけられるって聞いたとき、真っ先に手を挙げたんすよ。よかったです、選ばれて。でもほかの奴ら、ビビったのか、誰も手を挙げないから笑えました。まあほかの奴が手を挙げたとしても、選ばれたのは俺だと思うんすけどね。だって俺、こう見えても上忍だし、忍者としてのスキルも結構高いっすから」

悟郎と、その両親。三人を助けるために蛍に課せられたミッション。それは豊松党首の暗殺だ。期限は明日土曜日の深夜零時までだ。さきほど車から降りるときに見えた車内のデジタル時計は、午前十時を示していた。あと三十八時間しか時間は残されていない。

それにしても伊賀はよほど豊松を嫌っているらしい。いや、伊賀が支持している与党の思惑も絡んでいるのかもしれない。未来党の支持率はうなぎ上りで、先日の爆弾騒ぎにおける冷静な対応も手伝ってか、世論調査では次の首相に相応しい政治家として豊松の名前が第一位に挙げられていた。

「それで蛍さん、どうやって豊松を殺（や）りますか？　やっぱりここは毒っすか？」

その男が視界に入った。スーツを着た初老の男性で、ビニール傘を逆に持ち、ゴルフのスイングの練習をしていた。符号の気配を感じ、蛍は男に近づいた。練習の邪魔にならぬよう、少し離れた位置から声をかける。

「こんにちは。それは八番アイアンですか？」

「違います。七番アイアンです」

「ナイスオン」

合い言葉が成立する。初老の男――山田はスイングの練習を止め、歩道を歩き始めた。蛍はその背中を追う。「あいつ、誰すか」と言いながら宇良もあとからついてくる。

山田が向かった先は地下道の一角だった。新宿の地下道は多くの通行人が早足で行き交っているが、なぜかその一角だけは柱が邪魔になっているのか、周囲に比べて静かだった。山田がいきなり紙を寄越してくる。

「豊松党首のスケジュールです。今日は関西方面に演説に向かっているようですね」

仕事が早い。私に豊松暗殺のミッションが課せられたことを知っているというわけだ。伊賀の内部に情報提供者がいるものと思われるが、そこはあまり考えない方がいい。忍者にはそれぞれ与えられた役割があり、深追いは禁物だ。

「蛍さん、こいつは誰すか？」

胡散臭そうな目つきで宇良は山田を見ている。山田がにこりと笑って言った。

「私は山田といいます。甲賀の者です。そうですね、現役の忍者をバックアップする存在とでも言えばいいのでしょうか？」

「甲賀者かよ、あんた」

宇良が二歩ほど後ろに下がり、懐に手を入れた。若いが一応伊賀忍者であり、甲賀に対する警戒心だけは持ち合わせているらしい。どうせあの役に立たない棒手裏剣でも投げるつもりだと思うが、生憎蛍は武器は所持していなかった。私物はすべて伊賀に没収されてしまっている。

「落ち着いて。君と事を構えるつもりはありませんよ」山田は落ち着いた口調で言った。年の功とでも言うべきか、どこか人に安心感を与える口調だった。「名前はたしか宇良君、だったかな。さすが上忍の出だけあって気品があるね」

「お、俺のことを知ってるのかよ」

「もちろんですよ。宇良家の名声は甲賀にまで鳴り響いていますからね。評議員を務められたのは先々代でしたかな」

　警戒心が和らいだようで、宇良が懐から手を出した。もっとも宇良が何かしようものなら、それより早く急所を突いて彼の動きを封じる自信が蛍にはある。

「俺の祖父さんだ。一昨年亡くなったけどな」

「それは惜しい人物を亡くされましたな」

　二人が話している間、蛍は渡された豊松のスケジュールを確認する。今日は関西方面を遊説(ゆうぜい)し、今夜は京都市内のホテルに一泊するらしい。明朝、新幹線で東京に戻ったのち、午後から有楽町(ゆうらくちょう)でおこなわれる地球温暖化対策のシンポジウムにゲスト参加するようだった。狙うならこのイベントか。

「ちょっといい?」と蛍は二人の会話に割り込み、山田に訊く。「私は夫とその家族を人質にとられているの。解放の条件は豊松の暗殺。豊松を殺しちゃってもいいのかしら?」

「お好きにどうぞ」と山田は答える。「つい最近、豊松と甲賀の関係は切れました。私のような老いぼれに詳しいことはわかりませんが、上の方針だそうです。だから豊松は好きにして構わない、とのことです」

金さえ払ってくれたらどんな仕事も引き受ける。それが甲賀の基本的な方針だ。どうしても豊松と組めなくなった理由があるのかもしれない。そのあたりに赤巻が殺害された理由も関わっているのか。まだ決定的な情報が欠けているような気がする。

「ただし先日の爆弾騒ぎで恐れをなしたのか、国内最大手の警備会社から腕利きのSPを雇ったようです。よろしかったらこれをお使いください」

山田が懐からスマートフォンを出し、それを差しだしてきた。スマートフォンがないと何かと不便なので、調達しようと思っていたところだった。蛍はそれを受けとって礼を言う。

「ありがとう。頑張ります」

山田は去っていく。すぐに地下道の通行人に紛れて姿を消した。「行くわよ」と短く宇良に向かって言い、蛍は山田が去った反対側に向かって歩き始めた。


昼飯はカレーライスだった。その味からしてレトルトだとわかった。あっという間に悟郎はカレーを食べ終え、皿をドア近くの床の上に置く。そして再びベッドの上に座った。

ここ伊賀ビルに連れてこられたのは日付が変わった午前二時のことだった。私物はすべて没収されたが、腕時計だけは免除となっていたので、時間だけはわかった。朝食と昼食のときだけドアが開き、忍者が食事を運んできた。当然のことながらその忍者が状況を教えてくれるわけはなく、食事を置いて去っていくだけだ。

蛍のことが心配だった。甲賀の忍者が生きたまま捕らえられたという話は聞いたことがない。忍者としての勢力は伊賀の方が上であるのは周知の事実であり、たとえば忍者の勢力規模を伊賀が八だとすれば、甲賀はせいぜい一だ。それでも彼らは謎のベールに包まれており、伊賀にとっては脅威だった。そんな甲賀者を捕獲することに成功したのだ。上の連中はさぞかし喜んでいるに違いない。

最悪の場合も考えなければならない。想像したくもないが、悟郎は覚悟を決めていた。蛍は一流の忍者であり、そういう場合も想定しているはず。敵の手に落ちるくらいならみずから命を絶つ。彼女は薬剤師であり、薬物への理解もある。いつでも命を絶てるよう、体のどこかに毒物のカプセルを隠し持っている可能性が高い。いや、きっと持っているはずだ。

昼飯を食べたせいか、眠気を感じた。蛍が最悪の状況に置かれているというのに、眠気を覚えてしまう自分が許せなかった。自然現象だとわかってはいても腹が立つ。

悟郎は睡魔を追い払おうとシャドウボクシングの要領で体を動かした。息が上がってきた頃、ドアが小さくノックされる音が聞こえた。

シャドウボクシングをやめる。ドアが薄く開き、小動物のように室内に入ってくる者がいた。小夜だった。彼女は音を立てないようにドアを閉め、それから悟郎を見て言った。

「ごめん、もう少し早く来ようと思ってたんだけど、見張りがついててね」

外に見張りの忍者が立っていたということか。たいした警戒ぶりだと思いつつ、悟郎は質問した。

「今、見張りは？」

「必要ないと判断されたみたい。今はいないわ。だから入ってこられたのよ」

「だがな、小夜……」

悟郎は天井を見上げた。天井の角に監視カメラがついている。あれでずっと見張られているものと思っていた。

「大丈夫。細工をしてきたから。多分しばらくは気づかれない」

「蛍は？　蛍は無事なのか？」

思わず小夜の肩に手を置き、そう詰め寄っていた。小夜が人差し指を唇に当てて言った。

「声が大きい。見つかったらどうするのよ」

「すまん」

できるだけドアから離れ、ベッドに二人並んで座った。小夜が小声で話しだす。

「結論から先に言う。蛍さん、今は伊賀ビルにいない。悟郎君と一緒に連れ込まれて、別の部屋に監禁されていたんだけどね。今はもういないの」

「いないって、どこに行ったんだよ」

「最初から説明させて。今朝、事務局の幹部の前に蛍さんが引っ張りだされたのよ。魔女裁判のようなものね。彼女が甲賀者であるのを確認するのがその目的だった。彼女の尋問をしたのは桐生さんよ」

桐生というのは事務局長を務める幹部だ。当然上忍であり、将来的には評議員になるとも言われているエリートだ。そういう意味では小夜と近しい存在とも言える。

「私も書記として参加した。蛍さん、赤巻議員殺害の件に関しては否認した。自分が侵入したときにはもう殺害されていた。それが蛍さんの供述よ」

蛍は嘘を言っていない。彼女が忍者として数々の仕事をこなしてきたのは疑いようのない事実だ。それでも殺人だけは犯していない。蛍はそう言っていたし、悟郎は夫としてそれを信じたかった。

「で、蛍はどこに？　別の場所に監禁されてるってことか？」

「話は最後まで聞いて。これは私も知らなかったことだけど、悟郎君のご両親まで監視下に置かれてるの。桐生さん、蛍さんに取引を持ちかけたのよ。悟郎君とそのご両親の命が惜しかったら、明日中に豊松議員を暗殺せよと」

「何だと？」

思わず声が裏返ってしまい、悟郎は自分で自分の口を押さえた。再び声のトーンに注意しながら小夜に訊く。

「それで蛍は？」

「受けたわよ。三時間くらい前かな。ここから出ていった。宇良君が監視役として同行してる」

「宇良って……あいつで大丈夫なのか？」

少々頼りない感じがしないでもない。宇良は監視役であると同時に、豊松暗殺のサポート役という意味合いもあると思われた。あの調子でそんな大役が務まるのだろうか。悟郎の心配が伝わったのか、小夜が裏事情を明かす。

「あの子から立候補したみたいよ。彼は上忍だから、本部としても断ることができなかったのね。ああ見えて忍者学校の成績はオールAだったらしいから」

不安は募る一方だ。果たして蛍は本当に豊松を殺害してしまうのか。いや、彼女ならいとも簡単に成し遂げてしまいそうな気がして怖い。このままでは俺のために、俺の家族を救うために、彼女の手を汚すことになってしまうのだ。

「頼む、小夜。俺をここから出してくれないか？」

駄目を承知で悟郎はそう口走っていた。小夜の両肩を持ち、押し殺した声でさらに懇願する。

「お願いだ。俺をここから出してくれ。俺が……俺が止めるしか方法はない」

蛍を暗殺犯にするわけにはいかない。彼女に殺人の罪を犯させてはならない。夫として、一人の男としてそれだけは何としても阻止したかった。

「わかった。方法がないわけでもない」

「本当か？」

「うん。夜になったら警備が手薄になるから、何とかなるかもしれない。でも一つ、約束してほしいことがある」

小夜が真剣な眼差しを向けてきたので、悟郎は唾をゴクリと飲み込み小夜の次の言葉を待った。

「蛍さん、ヤバいっすよ。見つかったら通報されちゃいますって」

宇良は前を歩く蛍にそう言った。もっとも真っ暗なので宇良には彼女のシルエットしか見えない。有楽町にある〈グランドフォース有楽町〉という名の多目的ホールだった。ここで明日開催されるシンポジウムに豊松党首はゲスト参加する予定になっていた。

今日の昼間にも一度来館していた。特に催し物はおこなわれていなかったが、レストランが併設されているため、一般開放されていた。クラシックのコンサートや落語の独演会などもおこなわれるようで、その手のポスターが館内には貼られていた。昼間は館内を歩き、蛍が目をつけたのは三階の倉庫内にある窓だった。そこの鍵を開けたままにして、さらにその窓が見えにくいように倉庫内のレイアウトを変更し、ホールをあとにした。そして夜九時の閉館時間が訪れるのを待ってから、三階の窓から侵入したのである。迷うことのないその仕事振りは、彼女が普段から似たようなことに手を染めている証だった。甲賀、恐るべしだ。俺なんて郵便局のバイトをやらされているだけなのに。

「蛍さん、暗くて何も見えないっすよ」

倉庫内は暗く、視界が悪かった。前を進む蛍が言う。

「馬鹿なの？　明かり点けたら見つかるでしょうに」

それもそうだ、と宇良は納得する。忍者というのは決して見つかってはいけないのである。基本中の基本だ。

蛍は館内を歩いていく。すでにネットで館内の案内図を見ているようで、どこに何があるか、すべて承知の上で侵入しているらしい。侵入するときは必ず下調べをするように。忍者学校でも散々言われたものだ。

「蛍さん、マジで豊松を殺っちまうんですか？」

前を歩く蛍は答えない。ただしこうして会場の下見をしているということは、本気で暗殺計画を立てていることの証だった。蛍は立ち止まり、床に耳を当てた。たまに彼女はこういう動きを見せるのだが、きっと足音を探っているのだろうと思われた。こんなことをやる忍者は伊賀にはいない。立ち上がった蛍が言った。

「殺るわよ、私は」

「どうしてですか？　人殺しになっちゃうんですよ。そこまでする必要がありますか？」

「夫を助けるのが妻の役目だから」

蛍はそう言って通路を歩いていく。すぐに蛍の姿は闇に溶け込む。見失ってはいけないので宇良は慌てて蛍のあとを追う。

彼女が向かったのは機械室と呼ばれる場所だった。鍵がかかっていたが、蛍はヘアピンのようなものを使ってドアを開け、スタスタと中に入っていく。

室内は割と広かった。空調機器などもここで一括管理されているようで、営業時間外であっても低い振動音が聞こえてくる。蛍は奥に向かい、鉄製の螺旋(らせん)階段を音も立てずに上っていった。その身軽さに感服しつつ、宇良もあとを追った。

一番上は天井が低く、屈まなければ進めない小部屋だった。当然真っ暗だ。蛍が懐中電灯を点けた。埃っぽく、床に照明器具やコードなどが置かれている。奥にすべり出しの窓があった。蛍がその窓を押し込むように開けると、十五センチほどの隙間ができる。

蛍の背後に立ち、窓の外の様子を窺った。客席の斜め後方の場所に位置している。客席は暗いが、非常誘導灯だけは灯っているので、全体的な造りは把握できた。ステージも見渡せる。

蛍はスマートフォンを出し、窓の外を撮っている。ここから狙うのだろうか。ステージまでの距離は五十メートルほどか。

すると宇良は思わぬものを見た。いきなり蛍が埃っぽい床に腹這いになり、何やら狙いをつけるような体勢をとったのだ。その手には何も握られていないが、きっと本番はライフルでも持つのだろうと想像がついた。ライフルで狙撃する。本物の暗殺者みたいではないか。

蛍はあれこれと体勢を変え、ベストなポジションを探しているようだった。宇良はそれを何とも言えない感情で見ていた。蛍はレギンスのようなタイツの上にハーフパンツを穿いているのだが、それらがピッタリと肌に密着し、彼女の美しいヒップラインを強調していた。彼女が体勢を変えるたびに、艶めかしく動くのである。たまらなかった。これは俺を誘っているのか。そんな錯覚を抱いてしまうような光景だった。いや、きっとそうだ。誘っているに違いない。

感情の赴くままに、宇良が蛍の臀部に手を伸ばしたときだった。いきなり蛍がクルリとこちらを向き、伸ばした宇良の手をとった。それからあれよあれよという間に腕と首をロックされ、絞め上げられてしまう。柔道で言うところの三角絞めだ。

これはこれで頬に密着する蛍の太腿の感触も楽しめるのだが、如何せん苦しく、肩関節も痛い。たまらず宇良がタップすると蛍は技を解いた。涼しげな顔で彼女は言う。

「今度触ろうとしたら容赦しないわよ」

そう言って蛍は階段を降りていってしまう。どうやら偵察は終了らしい。呼吸を整え、乱れた髪を直してから、宇良も階段を降りた。

室内は真っ暗だった。深夜零時になろうとしている。すでに二時間前の午後十時から消灯していた。外部からしか操作できない仕様になっているらしく、暗い室内で悟郎は過ごしていた。今はベッドに横になっている。目だけはやけに冴えていた。

コンコン。ドアがノックされる音が聞こえた。悟郎はベッドから起き上がった。ドアが開き、小夜がするりと室内に入ってくる。小柄な彼女は小動物のようでもある。

「覚悟は決まった？」

小夜がそう訊いてくる。悟郎はうなずいた。

「ああ。決めた。俺をここから出してくれ」

ここから出してあげてもいい。今日の昼、小夜にそう言われた。ただ一つ、ここから出るための条件を小夜は出してきた。その条件とは、事態が収束したら蛍と一切の関係を断つ、というものだった。

この数時間、悟郎は悩み続けていた。ここから出て蛍の暗殺を阻止したい。しかしそれをするためには、彼女との未来を諦めなければならないのだ。

夜になっても結論は出なかった。ただ、ここで悩んでいても仕方がないとも思った。どうせ蛍の正体は周囲に知られてしまったわけだし、元通り暮らしていけるはずもない。だったら彼女を殺人犯にしないため、今は自分にできることをやるべき。そういう結論に達したのだ。

「本当にいいのね？」

「武士に、いや、忍者に二言はない」

　蛍の手を汚させてたまるものか。今はその一点のみ考えることにして、悟郎は頭から雑念を追い払った。

「わかったわ。ちなみに豊松は今日は関西方面に遊説中よ。明日東京に戻ってきて、午後からシンポジウムにゲスト参加する予定になっているようね」

　その後の予定は判明していないらしい。豊松を狙うならそこしかなさそうだ。

「まずはこれを食べて」

　小夜は手にしていた袋を差しだしてきた。クリームパンだった。それを受けとり、貪るようにして食べた。今、この部屋の監視カメラは生きている。つまり録画状態にあるのだ。深夜のためリアルタイムで監視している者はいないが、あとでチェックできる状態にある。

　小夜が立てた作戦はこうだ。小夜は同期である悟郎を心配し、監視の目を盗んでパンを差し入れる。しかし悟郎はそれを利用し、小夜を倒して部屋から脱走するというシナリオだ。積極的に悟郎を逃がしたという形にしてしまうと、小夜の立場が危うくなるのだ。悪いのはあくまでも悟郎。そういう形にしたい彼女の思惑は理解できたし、それでも有り難いことに変わりはない。

「エレベーターには乗らないで。下に降りたら捕まると考えていい。まずは屋上に行って、そこから隣のビルに飛び移るの。それができれば活路が見えてくるはずよ」

「悪いな、小夜」

「何言ってんのよ。同期じゃないの、私たち」

思えば長い付き合いだ。初めて会ったのは小学一年生のときだった。あれから時が流れ、自分は甲賀者を妻に娶るという失態を犯し、こうして閉じ込められている。そしてそこから救おうとしてくれているのが、初恋の相手でもある女性なのだ。運命とは皮肉なものだ。

小夜と視線が合う。彼女が小さくうなずいたのが合図となった。最初に手を出したのは悟郎だった。しかし悟郎の拳は空を切る。小夜が咄嗟にかわしたからだ。忍者同士の闘いなので、それなりにリアルに見せる必要がある。事前にそう取り決めを交わしていた。

突きや蹴りの応酬となるが、互いに決定打はない。すると小夜が懐から護身用のスタンガンを出し、それをこちらに向かって突きだした。火花が散る。今だ――。

悟郎は小夜の腕を持ち、「すまない」と心の中で詫びてから、彼女の手を捻った。そして奪いとったスタンガンを小夜の腹のあたりに押しつける。ビクンと跳ねてから、彼女の体は脱力する。それを受け止めてベッドの上に横たわらせた。

上着のポケットに封筒が入っていた。豊松が参加するシンポジウムのチラシだろう。それをポケットに押し込み、ドアに向かう。薄く開けて通路に誰もいないことを確認してから、悟郎は部屋から出た。

薄暗い廊下を奥に進み、階段室に入った。屋上目指し、階段を駆け上がった。

蛍、待っていろ。お前に人殺しをさせるわけにはいかないんだ。

★

蛍は浅い眠りから目を覚ました。ベッドサイドの時計は午前五時を示している。この時間に目が覚めるのはいつもの習性だ。

西新宿にあるビジネスホテルだ。シングルルームで、隣の部屋には宇良も泊まっている。最初は同じ部屋でないと見張りの意味がないと宇良は主張したが、それだけは絶対に嫌だと断った。野宿するか、それとも別々の部屋でホテルに泊まるか。その二択を迫ると、宇良が折れる形になったのだ。

カーテンを開ける。夜明け前だが、快晴のようだった。まずはユニットバス内にある小さな洗面台で顔を洗い、それから歯を磨く。昨夜も遅くまで準備のためにあれこれとネットで調べ物をしていたが、体調は悪くない。

豊松と甲賀の関係は切れている。昨日山田から聞いた情報が大きかった。もし引き続き豊松の警護を甲賀が担っていたのであれば、蛍は甲賀を敵に回さなければならない。最悪の事態は免れることができたが、それでも油断はできなかった。何しろ相手は野党の党首であり、ここ最近注目度が上がっている政治家の一人だ。マスコミの目もあるだろうし、多くの観衆も入っているに違いない。

蛍はバスルームから出た。黒い帽子を被り、カードキーだけ持って外に出る。まだ廊下はしんと静まり返っている。エレベーターに向かって歩きだしたところで、隣の部屋のドアが開いた。宇良が顔を覗かせる。

「お出かけですか？」

「朝のジョギングよ」

「俺も行きますよ」

宇良が外に出てきた。すでに着替えている。蛍が起床したのを察知したというわけか。忍者として最低限の能力はあるらしい。

「ジョギングは毎日？」

「雨さえ降っていなければ」

「先輩も一緒ですか？」

「彼はいつも寝てる」

悟郎のことを思いだす。朝から寝癖全開の頭で、情報番組を観ながらトーストを食べていたものだ。まったく呑気な男だな。ずっとそう思っていたのだが、あれも演技だったのか。いや、演技というより、忍者だって人間であり、気を抜く瞬間というものがある。悟郎の場合、妻の前ではずっと気を抜いていたのかもしれなかった。

エレベーターで一階に降りる。フロントに従業員が立っているのが見えた。外に出て、まずは歩き始める。時折屈伸をしたり、手や足首を回しながら、体を動かしていく。

「ちなみにどのくらい走るんですか？」

宇良に訊かれたので、蛍は肩の関節を回しながら答えた。

「計ったことはないけど、二十キロくらいかな」

「マジすか？　ハーフマラソンじゃないすか」

「別についてこなくていいよ。一人で走るから」

宇良は答えない。歩きながらスマートフォンを操っている。やがて宇良が顔を上げて言った。

「蛍さん、ここから十キロっていうと、隅田川を渡って両国（りょうごく）とか錦糸町（きんしちょう）あたりまで行けるみたいっすけど」

「いいね。じゃあ両国国技館で折り返しってことで」

甲州街道に出たので、新宿駅方面に向かって進む。まだ早朝のためか、通行人はほとんどいない。それでも車は勢いよく走っている。

横断歩道の赤信号で足を止めた。この信号が青に変わったら出発しようと思い、最後に足首を入念に捻ってストレッチをする。ふと思いついたことがあり、蛍は隣にいる宇良に訊いた。

「変なこと訊くけど、トイレって立ってする？　それとも座ってする？」

「小便の話っすか？」

「そう」

「俺は座ってしますよ」当然のように宇良は答えた。「俺、こう見えて結構潔癖症なんすよ。一人暮らししてるんですけど、自分の部屋のトイレが汚れるの、マジ許せないんですよね。だから必ず座ってします」

「へえ、そうなんだ」

「これって何の話っすか？　朝っぱらからする話じゃないでしょ」

「気にしないで」

悟郎は必ず立って小便をした。最近は座ってすることもあったようだが、基本は立ってしていたのを蛍は知っている。夜中にトイレから聞こえている、あのジョボジョボという不快な音。あの音を聞いて過ごす夜は二度と来ない。蛍は半ばそれを予期していた。

「もしかして草刈先輩の話っすか？　先輩、立って小便してたとか？　そしてそれを蛍さんが掃除してたとか？　だとしたら最悪っすね」

当時は最悪だと思っていたが、今はさほど嫌ではない。むしろ懐かしいとさえ思っている。同時に淋しさも感じた。誰かのことを想って淋しい気持ちになるのは初めてだ。

信号が青になったのを見て、蛍はゆっくりと走りだした。

会場は有楽町駅からほど近い場所にあるグランドフォース有楽町という多目的ホールだった。悟郎はエスカレーターを上り、二階にある受付に向かった。割と盛況らしく、スーツ姿の男性の姿が数多く目立った。やはりスーツを着てきて正解だったようだ。シンポジウムのテーマは地球温暖化対策であり、来館者も若干お堅い雰囲気が見てとれた。

昨夜、伊賀ビルの屋上から隣のビルに飛び移り、さらにその隣のビルへと飛び移ってから、非常階段を駆け下りた。闇の中を走り、通りかかったタクシーに飛び乗った。タクシーの車内で小夜から受けとった封筒を開けると、豊松が参加予定のイベントのチラシとともに、五万円の現金が入っていた。金は有り難く使わせてもらうことにした。昨日はカプセルホテルに宿泊し、さきほど量販店でスーツを購入、着替えてからここにやってきたのだ。

時刻は午後零時五十分になろうとしている。会場入りは始まっていて、席を確保したとおぼしき客たちがラウンジで談笑していた。悟郎は受付で当日券を買い、チケット代わりの資料を受けとった。それを手にラウンジを横切る。きっと伊賀の忍者も中に紛れ込んでいるに違いないが、見た限りでは関係者の姿は発見できなかった。

会場となっているホールに入る。中はそれほど広くはなく、五百席あるかないか程度の広さだった。今回のように学術的なシンポジウムや、中規模の演劇やコンサートなどに使用されるホールのようだった。自由席になっているので、悟郎は中央の通路側、ちょうどホールの真ん中あたりに座った。

受付で渡された資料を開け、それに目を通す。主催しているのはどこぞのNPO法人らしく、地球温暖化対策についてのディスカッションがおこなわれるらしい。参加するのは大学教授や環境省OB、タレントという面子だった。豊松はディスカッションの合間に登場して、十分間の講演をするらしい。登場は午後二時を予定されている。

「ちょっと失礼」

　頭上で声が聞こえ、顔を上げて悟郎は驚いた。そこに立っていたのは音無だった。

音無は口元に笑みを浮かべて、悟郎の隣の座席を指でさしている。隣に座りたいという意味だと解釈し、悟郎は一つ奥に移動する。音無が隣に座った。

「音無、お前、どうして……」

「任務だよ、任務」膝の上で資料を広げながら音無が言った。「お前を説得するように本部から言われただけだ。今ならまだ間に合うぜ。本部に戻って頭を下げたら、昨夜の逃亡はなかったことにしてくれるとさ」

　妻の凶行を阻止しようとしている。本部でもそれに気づいており、その交渉役を長年の友人である音無に託したというわけだ。悪くない人選だ。早くも心が揺れているが、それを悟られぬように毅然とした口調で悟郎は言った。

「断る。俺はもう決めたんだ。蛍の手は汚させない。絶対にだ」

「なるほどね。覚悟は決まってるというわけだ。あ、そうそう。小夜のことなら心配しないでくれ。幹部にこってりと絞られたらしいが、それだけで済んだそうだ。まったくいいとこのお嬢さんは得だよな」

　それを聞いて幾分安心した。悟郎の逃亡に手を貸したとして、彼女の責任を追及される可能性が高いと思ったからだ。人質にとられている実家の両親も気になるが、命を奪うまではしないだろうと敢えて楽観的に考えた。

「どのみちお前の奥さんは助からない。暗殺が成功しようが失敗しようが、本部に身柄を拘束されるだろう。草刈、考え直すなら今のうちだぞ」

開演まであと五分を切っている。客の入りは半分程度だった。内容が内容なだけに、デートのついでにふらりと立ち寄るタイプのイベントでもない。

「草刈、もっと気楽に考えたらどうだ？　ある意味、お前は希少価値がある忍者なんだぞ。だって考えてもみろよ。たとえ二年間であっても、甲賀者と結婚していた忍者なんてお前以外にいないし、今後も現れることはない。開き直っちまえば怖いもんなしだ」

音無の言わんとしていることは理解できる。甲賀の女と結婚していた男。意外に重宝されるかもしれないし、もし自分が事務局の幹部であるなら、そういう者は放っておかない。今後の甲賀対策のためには何らかの役割が与えられる可能性もある。

「難しく考える必要はないんだよ、草刈。お前は結婚する相手を間違えた。ただそれだけだ。あの女のことは忘れて、元の生活に戻るだけだ。事務局の幹部に頼んで、また同じ職場にしてもらおうぜ。郵便物を配って、ジムでトレーニングをして、飲みに行く。そういう生活に戻るだけだ。そのうち新しい彼女もできるはずだ。お前は自分が思ってる以上に女にモテるんだぞ」

元の生活に戻る。それは魅力的な提案だったが、一つだけ欠けているものがあった。蛍だ。彼女なくして元の生活というのは有り得ないのだ。飲んで帰宅したとき、ベッドで眠っている蛍。朝、パンとサラダを用意してくれる蛍。彼女なくして元の生活というのは語れない。

「せっかくの申し出だが」悟郎はそう切りだした。「俺は以前のような生活には戻れない。彼女を人殺しにするわけにはいかないんだ。黙って見過ごすなんて俺にはできない。それに一応、法的にはまだ夫婦なんだ。妻が殺人を犯そうとしているなら、それを止めるのが夫としての役目ってやつだろ」

悟郎は自分の左手を見た。薬指には結婚指輪がついたままだ。音無が「フッ」と笑ってから言った。

「お前はそう言うと思ったよ。でもな、草刈。お前が奥さんにやらせたくないなら、ほかの人間がやるしかないんだよ」

音無が小さな包みを寄越してきた。受けとって中身を見ると、そこには銀色の棒手裏剣が五本、入っていた。すべて新品で、切っ先は鋭く磨かれている。

「彼女にやらせたくないんだろ。だったらお前がやれ。これは任務だと考えろ」

これで豊松を殺せ。そういう意味か。まったく現実感が湧かなかった。まさか自分に暗殺命令が下るとは想像もしていなかった。

「取り扱いには気をつけろよ。先端には毒が塗ってある。かすっただけで死に至るほどの猛毒だ」

ブザーが鳴り、司会らしき女性が姿を現した。音無が立ち上がり、悟郎の肩を叩いて言った。

「本部を甘く見るな。ご両親が無事に解放されるとは限らないんだぞ。覚悟を決めろ、草刈」

内心を見透かされたような気がした。音無が通路を立ち去っていく。悟郎は手にしていた棒手裏剣の包みを胸のポケットにしまい、司会の女性に目を向けた。

司会の女性が何やら話し始めていたが、その内容は頭にまったく入ってこない。知らず知らずのうちに額に汗が浮かんでいた。

果たして、俺に暗殺などできるのか――。

「……わかりました。了解っす」

宇良は通話を終了し、スマートフォンをポケットにしまった。場所は有楽町の駅前だ。電車に乗っていたときに本部からかかってきたので、電車を降りてから折り返したのだ。蛍は今、駅の構内にあるコインロッカーの前にいた。コインロッカーを開け、中からキャリーバッグをとり出していた。それを引き摺りながら蛍は歩き始めた。彼女を追いかけて、横に並びながら言った。

「今本部から電話があったんですけど、草刈先輩、昨夜遅くに脱走したみたいです」

蛍は無表情だった。しかし昨日から一緒にいるので、彼女のポーカーフェイスには動じなくなっている。宇良は続けて言った。

「先輩、蛍さんを止めるつもりみたいですね。泣かせる話じゃないですか。妻を人殺しにはしたくない。その一心で逃げたんですから」

夜中、風富小夜が差し入れを持っていったところ、彼女を昏倒させて逃げたというから驚きだ。あの凡庸そうな男のどこにそんな度胸があったというのか。火事場のバカ力というやつかもしれない。

「先輩も会場に入ったみたいです。どうしますか？　計画を変更しますか？」

蛍は答えない。キャリーバッグを引き摺って歩いていく。土曜日の有楽町はそれなりに賑わっている。しばらく歩いたところで蛍は足を止めた。

「ちょっとトイレ」

そう言って蛍は通り沿いにあるパチンコ店に足を踏み入れた。宇良も仕方なくあとに続く。パチンコはほとんどやったことがないのでわからないが、思っていた以上に店内は明るく、清潔な感じだった。入ってすぐの場所にソファなどが置かれていて、何と漫画も置かれている。トイレまでついていくのはあれなので、そこで待っていることにする。蛍はキャリーバッグを引き摺って店内を奥に入っていく。

時刻は午後一時を回っていた。ちょうど例のシンポジウムが始まった時間だ。豊松党首は一時間後の午後二時に登場し、そこで講演をおこなう予定になっていた。そこを狙うため、蛍はこうして有楽町にやってきたのだ。

宇良はソファに座った。テレビではBS放送の競馬中継が流れていた。無音なので詳細は伝わってこないが、落馬事故が起きたらしい。誰も乗っていない馬がターフの上を走っていて、それを係員が追いかけていた。

それにしてもタフな女だ。改めて宇良はそう実感した。あの草刈蛍という女、並大抵ではない。

今朝、彼女は新宿からジョギングを開始した。最初のうちは併走していた宇良だったが、一キロも走らないうちにこれは大変だぞと蛍のペースの速さに舌を巻いた。もともと宇良にしても運動神経は悪くない。忍者というのは代々運動神経が優れた家系が多く、幼い頃から修練をやらされるため、必然的に運動能力が高い者が集まってくるのだ。忍者学校時代にも持久力を試される訓練などがあったが、誰にも負けたことがなかった。本気で走れば箱根駅伝を走ることもできたはずだが、能ある鷹は爪を隠すの諺の通り、忍んで生きるのが忍者の美徳とされていた。

二キロほど走ったところで宇良は断念した。コンビニに停まっていた自転車を失敬し、それで蛍を追いかけた。蛍は両国国技館をぐるりと回ったあと、ペースを落とさずに新宿まで戻ってきた。かかった時間は往復で一時間十五分だった。あとで調べたところによると、ハーフマラソンの女子日本記録が一時間六分台であることがわかった。それだけで蛍がどれほど速いかわかるというものだ。彼女は毎日こうしたジョギングを欠かしていないというのだから恐れ入る。

蛍が戻ってきた。再び彼女はキャリーバッグを引き摺り、パチンコ店をあとにした。そのまま真っ直ぐシンポジウムが開催される多目的ホールに向かうと思いきや、彼女は反対方向に歩きだしてしまう。たまらず宇良は声をかける。

「蛍さん、こっちですって。昨日も来たじゃないすか」

たまには彼女も間違いを犯すらしい。無表情のまま蛍は踵を返し、歩きだした。ものの数分で多目的ホールに到着する。エスカレーターで二階に上ると受付があった。開演時間を過ぎているため、受付の周辺は閑散としていた。当日券を二枚買うと、資料の入った封筒を渡される。そのまま受付の前を通り過ぎて、ホールに向かう。蛍が途中にあったゴミ箱にもらったばかりの資料を捨てたので、宇良も同じように資料を捨てた。

蛍は通路にあるベンチに座った。そしておもむろにキャリーバッグを開ける。中には円筒状の部品などが無造作に入っている。

「蛍さん、ヤバいっすよ。誰かに見られたらどうするんですか」

蛍は答えない。部品のようなものを慣れた手つきで組み合わせていく。ハラハラしながら宇良はその様子を見守っていた。開演しているのでほとんどの人が会場内にいるとはいえ、誰かが通りかからないとも限らない。

あっという間にそれは完成する。銃身の長いスナイパーライフルだ。蛍はキャリーバッグをベンチの下に押し込んでから、ライフルを背中に背負って立ち上がる。

重たい扉を押し、ライフルを背負ったまま蛍は会場内に滑り込んでいった。


「……だから政府にはもっとしっかりしてもらわないと困るんだよ。レジ袋を有料化しただけでは温室効果ガスの排出にさほど変化が見られないことは、コロラド大学の教授である……」

退屈なディスカッションが続いている。参加しているパネラーは四人だった。地球温暖化対策を語ると言いつつ、実際には現政府に対する批判がほとんどだった。時折周囲を観察しながら、悟郎はディスカッションの様子を見守っていた。

俺が蛍だったらどのようにして豊松を狙うか。さきほどから悟郎はそればかり考えている。たとえばこの会場内で狙うにしても、それは無理があるような気がした。満員とはいかないまでも、それなりに客は入っているので、客たちの目というものがある。たとえば前回伊賀がそうしたように、爆発物を利用するというのも考えられるが、たった一日で爆発物を入手し、それをここに仕掛けるのは時間的に無理があるように思えた。やはり使うのは飛び道具か、もしくは彼が口にする飲食物に毒を仕込むのではないか。それが悟郎の推理だった。

すでに豊松が会場入りしているのは確認していた。三十分ほど前、会場から出て、裏手にある控室の方に向かったところ、SPらしき男たちの姿が見えた。そのうちの一人がイヤホンマイクで話している声が聞こえてきて、それによると豊松は控室で昼食をとっているという話だった。

「それでは時間になりましたので」女性司会者が発言した。「いったんディスカッションを終了させていただきます。第二部ではパネラーを入れ替え、経済活動の視点も含め、さらなる議論を続けて参ります。第二部に入る前に、未来党党首、豊松豊前衆議院議員から皆様にご挨拶があります。しばらくお待ちください」

第一部が終了となる。拍手とともにパネラーが退場すると、舞台スタッフが出てきて、椅子などの配置を変えていく。いよいよ豊松の登場だ。悟郎は気を引き締めて、周囲の様子を見回した。後方にはカメラが置かれ、その周囲にはスタッフもいる。ネット中継でもされているのかもしれない。

舞台の準備が終わった。中央に演台が置かれているだけのシンプルな配置だった。女性司会者がマイク片手に言った。

「それでは登場していただきましょう。皆様、拍手でお出迎えください。未来党の豊松豊前党首です」

盛大な拍手の中、豊松が舞台に登場した。両脇を二名の男に固められている。最後に地味なスーツを着た眼鏡の女性も入ってくる。女性司会者は退場した。

豊松が中央に置かれた演台に向かい、マイクの高さを調整してから言った。

「皆さん、こんにちは。未来党の豊松です。本日はお招きいただき誠にありがとうございます。皆さん、お気づきだと思いますが、私の背後に控えているのはセキュリティポリス、いわゆるSPです。先日、ちょっとした事件に巻き込まれてしまいましてね、こうして自分で雇うようになったわけです。いやあ、私も人気者になったものですね」

笑いが起きる。豊松の背後には二人の大男が控えていた。一人は百九十センチはあろうかと思われる黒人で、もう一人は日に焼けた日本人だ。こちらも体格では負けていない。舞台の隅の方では眼鏡の女性が手話で豊松の言葉を伝えている。

「本日は地球温暖化対策について、白熱した議論が展開されているようですが、私自身も地球温暖化には憂慮している次第でございます。未来党の公約においても……」

先日も思ったことだが、この豊松という男は人を惹きつけるものを持っている。すでに多くの客が彼の演説に聞き入っている様子だった。

悟郎は席を立った。腰を屈めた姿勢で通路を歩く。もっと俯瞰した角度で会場全体を見てみたいと思ったからだ。壁際に立ち、客席に目を向ける。怪しい動きをする人物はいない。

しばらく様子を窺っていると、視界の隅で動きがあった。悟郎が立っている場所とは反対側の壁だ。暗くてよくわからないが、上の方に小さな窓があるのが見え、そこで何か動いたような気がするのだ。見ると下の方にドアがある。まさか、蛍の奴、あの窓から――。

すぐさま行動を開始する。客席の後方を通り、問題のドアに向かう。『機械室』と書かれていた。ドアに手をかけると、案の定鍵はかかっていなかった。ノブをゆっくりと回し、ドアを開ける。音を立てぬよう、細心の注意をして中に入る。

ドアを閉めた瞬間だった。気配を感じ、咄嗟に悟郎は体を動かしていた。あとワンテンポ遅れていたら殴られていたはずだ。

「先輩、やっぱり来たんですか」

宇良が立っている。いつもと同じく余裕の笑みを浮かべていた。悟郎は姿勢を低く保ったまま訊いた。

「蛍は上か？」

機械類が低い音を立てて稼働していた。宇良の背後には螺旋階段がある。上の方はどうなっているのか不明だが、おそらく蛍は上にいるはずだ。本当なら大声で蛍を呼び、思いとどまらせたいが、客やスタッフに聞かれたら厄介だ。

「どけ。邪魔をするな。蛍に暗殺はやらせない」

「でもそれが本部の方針なんすよ」

宇良はその場から動こうとしない。きっと彼は蛍を護るように本部から指示が与えられているはずだ。

「誤解するな。豊松は俺が殺る。だから蛍には手を引いてもらう。それを伝えたいだけなんだ」

「それは説得力に欠けるなあ。だったら今すぐ舞台に上がって豊松を殺ったらどうですか？　ガタイのいいSPなんて、草刈先輩にとっては屁でもないでしょ」

やはり排除するしかないらしい。悟郎は拳を握り、宇良に向かって接近する。宇良もほとんど同じ構えだ。同じ伊賀忍者であるため、基本的に習った武術の流派は同じなのだ。

　先に仕掛けたのは悟郎だったが、その動きを読んで宇良が反撃してくる。それをよけて、また悟郎が反撃する。そういうことを何度か繰り返した。あの子、意外にやるのよ。小夜の言葉を思いだす。オールAの実力は伊達ではなく、このまま戦っていても勝ち目はないと悟郎は悟った。しかし負けるわけにはいかない。今この瞬間にも蛍が発砲してしまうかもしれないのだ。

　悟郎は懐から棒手裏剣を出した。それでも余裕の表情が変わることはなく、宇良の口元には笑みが浮かんでいる。悟郎は棒手裏剣を構えて言った。

「さっき音無から渡されたものだ。お前が代わりに豊松を殺せ。そう言われたんだ。この意味、わかるよな？」

　宇良も察したらしい。警戒するような視線を向けてくる。

「どけ。さもないと本当に投げるぞ。かすっただけでも命とりだ」

　実際、悟郎もそうだった。伊豆の山中で誰かが放った棒手裏剣が腕をかすめ、それだけで朦朧とした状態となった。蛍の介護がなかったら今頃どうなっていたかわからない。

「投げるぞ。嘘じゃない」

　本気で投げてもいい。そう思っていた。その覚悟が伝わったのか、宇良が身を引いた。壁際に移動し、最後に言い訳がましく言った。

「やっぱり夫婦の問題なんですよね。俺が立ち入るわけにはいきませんよ」

警戒心をキープしたまま、悟郎は螺旋階段を上り始めた。下から宇良が追ってくる気配はない。螺旋階段を上り切る。そこは天井裏のような造りで、薄暗かった。奥にその姿を発見する。蛍がうつ伏せになり、ライフルのようなものを構えている。ライフルの先端はすべり出し窓の隙間から外に出ていた。蛍はスコープを覗き込んでいる。

「蛍、やめろ」悟郎は思わず声を発していた。「お前が手を汚すことはない。豊松は俺が始末するから心配するな。実家の両親だって俺が何とかする。だからお前は……」

蛍の指がトリガーにかかるのが見えた。ハッと息を飲んだ次の瞬間だった。プシュッという音が聞こえた。続けてもう一発。思わず悟郎は身を投げだすように、蛍の上に覆い被さり、ライフルのバレルを両手で摑んだ。

悲鳴が聞こえた。客席に座る女の客の悲鳴だった。その悲鳴は伝染し、会場中が騒然となっている。演台の近くに豊松が仰向けに倒れているのが見えた。間に合わなかったか――。

「早く逃げるわよ。そのうちここにも誰かがやってくる」

いつの間にか蛍が立ち上がっている。その顔を見上げて悟郎は言った。

「蛍、何てことを……。お前が手を汚すことはなかったんだぞ」

「手を汚す？　いったい何のこと？」

蛍が首を傾げている。その姿を見て、悟郎はどこか違和感を覚えた。気のせいかもしれないが、いつもの蛍と若干印象が異なっているのだ。蛍であって、蛍ではない。そんな気がしてならない。この女は本当に蛍なのだろうか。

蛍が屈んでライフルをとり、それを肩にぶら下げて言った。

「早く逃げよう。あとはお姉ちゃんが何とかしてくれるはずだから」

豊松のもとにSPの次に駆け寄ったのは蛍だった。豊松はステージの上に倒れている。目を閉じていた。
二名のSPが豊松の盾になるように中腰の姿勢で警戒している。まったく使えないSPだ。その鍛え抜かれた自慢の胸板は何のためにあるの？　そう訊いてあげたいくらいだ。
秘書らしき男が数名、舞台袖からステージの方に向かってくる。すでに会場内はパニックになっていて、我先にと会場から出ていく客たちの姿が確認できる。頭上で声が聞こえた。

「先生は……大丈夫なんでしょうか？」

今、SPを除いて豊松の一番近くにいるのは、手話通訳者に扮した蛍だった。蛍は答えた。

「意識はありませんが、脈はあります。救急車はまだですか？」

「もう呼びました。とりあえずここから動かした方が……」

蛍は男の言葉を制するように言った。

「それはやめた方がいいでしょう。今はこの場で救急隊員の到着を待つのが得策です。申し遅れましたが私、一応看護師の資格を持っています」

蛍は豊松の手首に指を置き、脈を計る仕草をした。そして彼の肩を手で軽く叩きながら耳元で言った。

「豊松さん、大丈夫ですよ。今、救急車が向かってますからね。あなたは助かりますよ」

話は一時間ほど前に遡る。有楽町の駅でライフルの入ったキャリーバッグを回収してから、蛍はパチンコ店の女子トイレに入った。そこには妹の雀が待機していた。すでに変装もばっちり決まっており、鏡を見ているような錯覚さえした。蛍に扮した雀が先にトイレから出ていった。二人が入れ替わった瞬間だ。

その後、蛍は雀が用意してくれた変装グッズを使い、地味な女性に化けた。そして会場に向かい、手話通訳者の振りをして控室に入ったのだ。手話通訳者というのは日本手話協会を通じて派遣されてくるスタッフのため、多少容姿が変わったところで誰も気に留めない。以前にも手話通訳者に化けて、某政治家の警護をしたことがあるので、手話もそのときに習得済みだ。もちろん本物の手話通訳者にはキャンセルの旨を伝えてある。

「救急車、到着したみたいです」

舞台袖からそう叫ぶ声が聞こえてくる。「早かったな」と秘書らしき男が感想を洩らした。その声を無視して、蛍は周囲に向かって言った。

「SPの方以外は少し離れてください。救急隊員が到着するので」

そうこうしているうちに二名の救急隊員が到着する。すぐに豊松の口に酸素マスクが装着され、そのままストレッチャーの上に乗せられた。秘書などのスタッフたちが心配そうな顔つきで見守っている。救急隊員の一人が周囲を見回して言った。

「どなたか一人、病院までご同行いただけますか？」

誰も答える様子はない。蛍は小さく手を挙げた。

「私、行きましょうか？」

異論は出ない。止められても行くつもりだったので、この展開は有り難い。二名の救急隊員の手により、ストレッチャーが運ばれていく。蛍たちはそれを追って通路を足早に歩いた。

器材などを搬入する出入口を出たところに一台の救急車が停まっていた。後部ハッチから中にストレッチャーが運び込まれた。遠くからサイレンが聞こえてくる。急がないと本物の救急車が到着してしまう。

「さあ、乗ってください」

救急隊員が手を伸ばしてきたので、その手を掴んで座席に乗った。ストレッチャーの上には豊松が横たわっている。後部ハッチが閉まり、救急車がサイレンを鳴らして発進する。施設の駐車場から出たところで、救急隊員が小さく頭を下げてきた。

「お疲れ様です」

蛍も頭を下げる。

「お疲れ様です。助かりました」

もう一人の救急隊員は運転席でハンドルを握っている。この二名は山田であり、救急隊員にしては年がいっているように見えるのはそのせいだ。今乗っている救急車も当然偽物。すべて蛍の依頼通りに動いてくれたのだ。

「どちらへ向かいましょうか？」

山田に訊かれたので、蛍は答えた。

「そうですね。人通りのないところで停めてください」

「わかりました」

山田がそう言って、運転席に座る山田にそれを伝えた。蛍はストレッチャーの上に横たわる豊松を見下ろす。彼の胸に付着した血糊は乾き始めている。

雀が豊松を撃ったライフルは特殊に改造された麻酔銃だ。蛍が普段使っている拳銃タイプのものより威力もあるため、撃つ場所を間違えると怪我をすることもあるが、雀はしっかりと豊松の肩のあたりに当ててくれた。豊松が倒れるタイミングを見計らって、蛍は用意していた血糊入りの水鉄砲を彼の胸部に発射する。それがさきほどステージ上で起きた一部始終だ。

救急車が停車した。人通りの少ない裏路地に停まっていた。蛍は山田に向かって言った。

「あとは私が何とかします。ありがとうございました」

「それでは私どもは失礼します」

山田が後部ハッチを開け、降りていった。運転席の山田も同様に去っていく。念のために結束バンドで豊松の両手両足を縛りつける。どうして豊松を殺さず、こうして拘束したのか。その理由はたった一つ。真実を知りたかったからだ。

赤巻を殺害した犯人と、その動機。そして彼が内密に訪れていたという、十色村の宗教団体の跡地。生前の赤巻と極秘に顔を合わせていた豊松なら、何かを知っているに違いなかった。埋蔵金と蛍は冗談で口にしたが、そこには重大な事実が隠されているように思えて仕方がなかった。それらの秘密を知ってしまうことが、吉と出るか凶と出るか、それは蛍にもわからない。ただし忍者の世界において、情報というのは非常に重要だ。売り買いの対象にもなるし、時には命を助けてくれるほどの価値もある。今後の将来——もちろん悟郎とのことも含めて、伊賀側との交渉の助けにならないか。その一心だった。

時間の猶予もない。蛍は棚に置かれていたペットボトルの水を持ち、キャップを開けて豊松の顔に浴びせた。むせるような声を上げ、豊松が目を覚ました。あたりを見回し、混乱したような声を上げた。

「お、おい。ここはどこだ？　いったい何がどうなってる？　ん？　これは私の血なのか。おい、君。黙ってないで何とか言ったらどうなんだ？」

蛍は答えず、淡々と準備を進めていく。用意していたバッグから銀色のケースを出し、その中に入っていた注射器を出した。アンプルに針を刺し、薬剤を充塡する。

「どうして縛られているんだ？　解け。おい、解けと言ってるだろうが。君、私が誰だかわかってるのか？」

注射器を二本、用意する。そのうちの一本を手にとってから、蛍は豊松に訊いた。

「議員、アルコールにアレルギーはありますか？」

「ないが、その注射は……」

蛍は豊松のシャツをめくった。アルコール消毒を施したのち、問答無用で彼の上腕部に注射器を刺し、薬剤を投与した。豊松も驚いたようだったが、動くと危険と思ったのか、さほど抵抗は見せなかった。豊松が不安げな表情で訊いてくる。

「私は、もしかしてステージ上で倒れたのか？　何かの病気ってことなのか？」

「いいえ、そうではありません。私がここまでお連れいたしました。甲賀の者。そう言えばご理解いただけますでしょうか」

「甲賀の者が、いったいなぜ……」

「議員、今私が打ったのはハブの毒を薄めたものです。ハブという蛇はご存じですね。奄美諸島や沖縄諸島に生息する蛇で、上顎に二本の長い毒牙を持っています」

「おい、君。冗談はやめたまえ」

すでに豊松の顔色は真っ青になっている。蛍は涼しい顔で続けた。

「本来であれば嚙まれた直後に激しい痛みに襲われ、皮下出血やリンパ節が腫れる等の症状が現れます。ハブの毒には筋組織を融解・壊死させる作用があるからです。最終的には意識が混濁、最悪の場合は死に至ることもあります。私が注射したハブ毒は通常のものを五倍に希釈したものですので、症状が現れるまで三十分ほどでしょうか。あ、ご心配なく。私はこう見えても薬剤師の免許を持っています」

蛍はもう一本の注射器を出し、それを豊松に見せつけるように掲げて言った。

「これはハブ毒の血清です。三十分以内に打たなければ発症することでしょう。議員、あなたが知っていることをすべて話してください」

蛍は注射器を軽く押す。針の先端から液体が少し零れ落ちる。豊松の喉仏が上下し、彼が唾を飲み込んだのがわかった。

悟郎は会場の外にいた。エスカレーターを降りたところの広場だ。そこは多くの人々でひしめき合っている。客席から避難した者たちが集まっているのだ。なかには会場内に私物を置き忘れた客もいて、警察の指示を待っている状態だ。

「いったいどうなっているんですかね」

隣で宇良が言った。現在、彼とも停戦中だ。あまりに不可解な出来事が連続し、状況が摑めなかった。もっとも驚かされたのは、機械室の上から豊松に向かって発砲したのは、蛍ではないということだ。彼女は「お姉ちゃん」という言葉を最後に、姿を消していた。彼女の言う「お姉ちゃん」というのが蛍を指すのであれば、あの子は蛍の妹ということになる。たしか妹は地下アイドルとして活動していると蛍は語っていた。その妹が蛍に変装し、豊松を撃ったということなのか。

驚いた点はまだある。解せない点と言った方がいいかもしれない。豊松は救急車で運び去られたようなのだが、その救急車の行方がわからないというのだ。悟郎たちは客の中では一番最後に会場から出たので、ややパニック気味に電話をしているスタッフを見かけたのだ。それによると、豊松を乗せた救急車が走り去った直後、別の救急車が到着したという。ほどなくして警察も到着。しかし最初に走り去った救急車の行方はわからず、今も捜索が続いているらしい。

「そういえば」と宇良が思いだしたように言った。「ここに来る直前、蛍さん、トイレに寄ったんですよね。入れ替わったとしたらあのとき以外考えられないっす。いやあ、まったく気づかなかったなあ」

消えた救急車に蛍は乗っている。そんな確信があった。豊松を殺さずに、拉致するという選択肢を蛍は選んだ。その目的は悟郎にも想像がつく。豊松は死んだ赤巻と密会していた。豊松から情報を引きだす。それが蛍の目的だ。

「あ、お疲れ様です」

宇良の声に背筋が伸びる。向こうからスーツを着た男たちの集団が歩いてきた。全部で八人ほど。全員が伊賀忍者だ。

あっという間に彼らは近づいてきた。そしてそのうちの二人がピタリと悟郎の両脇に接近した。一応悟郎は逃亡者という身の上だ。不測の事態に備え、悟郎の動きを制したのだ。場所が場所だったらいきなり拘束されてもおかしくない。

「こっちだ」

もっとも年長とおぼしき忍者がそう言った。全員で移動し、混乱の中から脱出する。少し歩いてコインパーキングに入る。一台の車の後部座席から一人の男が降り立った。音無だった。悟郎は音無の前に突きだされた。二人がかりでアスファルトの上に押さえつけられる。

「あまり手荒な真似はしないように」

音無の声が頭上で聞こえた。その声に腕を摑む男の力が緩んだ。ここにいる面々の中で上忍は音無と宇良だけだ。しかも音無は本部詰めのため、この中で指揮権を有している忍者は彼ということになる。

「中に乗せてください」

音無がそう言うと、悟郎は強引に立たされ、停車中のワンボックスカーの後部座席に押し込まれた。あとから音無が乗ってくる。

「草刈、自分がどんな立場に立たされているのか、理解しているのか」

音無がそう切りだした。答えられずにいると、音無が続けて言った。

「豊松を殺すチャンスはあっただろうが。どうして殺らなかった？　臆したのか？」

「臆したわけじゃない。まずは蛍を止めるのが先決。そう判断した結果だ」

「それがこのざまか。これ以上庇い切れないよ、いくら俺でもな」

ほかの忍者が車内に乗ってくる気配はない。音無がそう命じているからだろう。それよりも豊松の行方が気になり、悟郎は音無に訊いた。

「豊松はどうなった？　奴を乗せた救急車が姿を消した。そんな話を耳に挟んだんだが」

「その通りだよ。今も行方が知れない。あと、手話通訳者も一人、姿を消しているらしい。その女が草刈蛍の協力者。もしくは草刈蛍本人だったのではないか。それが本部の推察だ」

思いだした。講演している豊松から少し離れた位置に、手話通訳者が立っていた。眼鏡をかけた地味な感じの女性で、あまり印象に残っていない。あれが蛍だったということか。そう考えると偽の蛍が「お姉ちゃん」という言葉を発したのもうなずける。あれはステージ上にいる姉に向けての台詞だったのだ。

「総動員で救急車の行方を追ってる。警察より先に見つけなければならないからな。さきほど全忍者に抜刀許可が出た。お前の奥さん、下手したら命はないぞ」

抜刀許可。読んで字のごとく、刀を抜いてもいいという意味であり、殺しても構わないというときに使われる言葉だ。抜刀許可が出る任務など、これまでに悟郎は聞いたことがない。

「豊松を拉致したのはお前の奥さんだろう。おい、草刈。どこか心当たりはないか？協力すれば今からでも挽回できるかもしれない」

「無理だ。挽回なんて無理に決まってる。俺はお前と違って下忍なんだ」

不意に音無が黙り込んだ。これまでに見せたことのないような冷酷な笑みを浮かべている。懐からミントのタブレットを出し、数粒を口の中に放り込んだ。それをガリガリ嚙みながら音無が言った。

「だからお前は甘いんだよ。俺は下忍だから。そうやって自分を卑下するのはいい加減にやめたらどうだ？」

「俺は下忍だ。それは変わりようのない事実だろ」

「それが甘いって言ってるんだ。上忍には上忍なりの苦労ってもんがあるんだよ。お前には到底理解できないだろうがな。俺はずっとお前が羨ましかった。のほほんと生活しているお前がな。あの夜だってそうだったろ。こっちの気も知らないで、お前は出ていってしまった奥さんのことばかり心配してただろ」

あの夜。いったいいつの夜のことを言っているのだろうかと考えを巡らせ、しばらくして思い至った。蛍と口論になり、彼女が出ていってしまったことがあった。その翌日の夜、悟郎は赤巻邸の警備を担当した。そう、赤巻が殺害された夜だ。

悟郎は音無と二人で家の前に車を停め、警備をしていた。賊が――蛍が侵入したのは庭側からだったので気づかなかった。たしかあのとき、音無はコーヒーを買いにコンビニに行った。少し長くかかったが、戻ってきた音無は妻から電話があったと言い訳をした。もしかしてあの空白の時間に、音無は――。

「まさかお前が……」

言い終える前に音無がドアを開け、車から降りていってしまう。入れ替わりに屈強な男が中に入ってきて、手首を摑まれて手錠をかけられる。さらに運転席と助手席にも男たちが乗ってくる。これから本部に連行されるに違いなかった。

窓の外を見る。音無は背中を向け、スマートフォンを耳に当てている。その背中に悟郎は問いかけた。音無、お前が赤巻を殺したのか――。

「最初に接触してきたのは赤巻の方だった。議員会館の廊下ですれ違ったとき、今度一緒に飯でも食べましょうと誘われたんだ。単なる社交辞令だと思っていた。私と彼

とは立場が違い過ぎるからな」

ストレッチャーの上で豊松は話している。蛍はそれを見下ろしていた。彼のおでこには脂汗が浮いていた。いつ発症するのだろうか。そんな恐怖に怯えているのかもしれない。

「それからしばらくして秘書を通じて連絡があった。一席設けたいという話だった。政治の世界では飯を食うというのは、何か裏があることを意味している。怖いもの見たさとでも言うのかな、私は彼が指定した料亭に足を運んだ」

赤坂の高級料亭だったが、世間話に終始し、豊松は肩透かしを食らったような気持ちだったらしい。料亭を出る間際、赤巻はある施設の写真を出し、それを豊松に見せてきた。そこに写っていたものは――。

「山梨県の十色村にある、ヒカリの国のメインコロニーの跡地だった。私も存在だけは知っていたが、跡地がどう利用されているかは知らなかった。そして赤巻は別れ際にこう言った。政府はここに爆弾を埋めようとしている、とな」

爆弾とは何か。それを教えてくれようとはせず、その夜はお開きとなったらしい。いったい赤巻は何を伝えたかったのだろうか。以来、豊松は喉に小骨が引っかかったような違和感を覚えていた。それから数週間後のこと、再び会食の場が設けられた。今度は高級ホテル内にある中華料理店の個室だった。そこで上海ガニを食べながら、二人で話した。

「あの男は金に困っているようだった。投資目的で仮想通貨に手を出し、それでえらい目に遭ったと嘆いていた。数千万円の損失を出したらしい。彼が麻薬に手を出していたのは、死後の報道で知ったが、今思うと現実から目を逸らしたかったのかもしれないな。おい、君」急に豊松が蛍を見て言った。「何分経った？　まだ発症しないよな？」

「まだ五分も経っていません。続きを」

蛍が先を促すと、観念したように豊松は話しだした。

「彼の要求は現金で一千万円だった。その金と引き換えに、その爆弾とやらの情報を私に教えてくれると言った。馬鹿を言うな、と私は突き放したが、彼は不敵な笑みを浮かべて言った。『一千万円なんて安いものだ。きっとあんたはあとでそう思うはずだ。現政権に与えるダメージの大きさを考えればな』と」

蛍自身、メインコロニーの跡地には一昨日足を運んだばかりだ。フェンス越しに見えた跡地は荒涼としており、何かに利用されるような雰囲気は微塵もなかった。あの土地に政府は何かを埋めようとしていた。赤巻はそれを知り、野党の党首にその情報を売りつけようとしていたのだ。赤巻自身もあの場所に足を運んでいることから、彼もその計画に何らかの形で関与していた可能性もある。

「悩んだ末、私は取引に応じることに決めた。今、私には追い風が吹いている。一息に与党を叩く絶好の機会だと思った。私の政治塾には五十人ほどの政治家志望者が通っている。次の選挙でそのうちの半分でも当選すれば、未来党の発言力は増す」

やはり政治家だな、と蛍は素直に感心する。自党の勢力拡大のためであれば、危ない橋も躊躇なく渡る。これまでにも蛍は指令で何人かの政治家を見てきたが、全員が似たり寄ったりだった。この男もまた、そういう政治家の一人なのか。

「慎重に事を進めた。私は都内のホテルに部屋を借り、そこに赤巻を招いた。細心の注意を払い、誰にも見られなかった自信がある。秘書にも何も言わなかったからな。きっと赤巻も注意は怠らなかったはずだ」

自分だけは大丈夫。そういう考え方をする政治家は多いが、甲賀の実力を侮ってもらっては困る。事実、彼らの密会を甲賀は知っていたのだから。今もあの写真を蛍は所持しているのだが、可哀想なので見せるのはやめにした。

「アタッシュケースに入れた金を赤巻に渡した。そして彼の口から驚くべき真実を知った。開いた口が塞がらないとはこのことだ。ただし確証があるわけでもなく、赤巻の話を鵜呑みにするわけにはいかなかった。あとは決定的な証拠を掴むだけだった。いくら何でも政府が無断であれを埋めるはずもなく、行政的な手順を踏むだろうからな。その証拠を摑み次第、私はマスコミ各社に通知を送り、同時に国会で追及する予定だった。その矢先だ。赤巻が死んでしまったんだよ」

警視庁は赤巻の死を心臓発作であると断定し、事件性はないとしているが、それでも豊松には何か感じるものがあるのかもしれない。自分たちが危ない橋を渡っているという自覚があったからこそ、甲賀に警護を依頼したり、今日のように自費でSPを雇ったりしたのだ。

「教えて。あれって何？　政府は何を十色村に運び込もうとしていたんですか？」

「一千万円で買った情報だ。おいそれと口に出すわけにはいかない。血清を打ってくれ。そうしたら話してやってもいい。今すぐ血清を……」

蛍は手を伸ばし、豊松の口を塞いだ。どこかで音が聞こえたような気がしたからだ。耳を澄ますと、気のせいではないことがわかる。救急車の車内は医療機器が所狭しと置かれていて、窓の外があまり見えない。後部ハッチの小窓から外の様子を窺ってみたが、人の姿は見えなかった。しかし間違いない。この救急車は完全に包囲されている。気配から察するに、おそらく十人以上の忍者が遠くから様子を窺っているはずだ。一刻の猶予もならない。

「おい、何をしている」蛍が手を離すと、豊松がストレッチャーの上で言った。「早く血清を打ってくれ。もう十五分くらい経ってるだろ。そろそろ症状が出てもおかしくない時間じゃないか」

「ここまでです」

近くにあったロープを使い、豊松の体をストレッチャーにグルグル巻きにする。

「おい、君。いったい何を……」

「時間がありません。最後の質問です。あれとは何ですか？」

「だから言っただろ。簡単に教えるわけにはいかない。血清を打ってくれ。条件はそれだけだ」

意外に頑固な男だ。もう時間がない。これ以上、ここにとどまっているのは危険だった。敵の包囲網が近づいているのは肌で感じた。蛍はスマートフォンを出し、この付近の地図を画面に表示させ、それを瞬時にして脳裏に焼きつける。逃走経路を事前に確保する。こういうときこそ、冷静さが求められる。

ストレッチャーの車輪のロックを解除しながら、蛍は豊松に言った。

「さっき私が打ったのはハブ毒ではなく、ブドウ糖です。ご心配なく」

「私を騙したのか？」

「申し訳ありません。せめて最後にヒントだけでも」

準備が完了する。豊松が口に笑みを浮かべて言った。

「絶対にあの場所に埋めてはいけないもの。私から言えるのはそれだけだ」

「そうですか。数々のご無礼、お許しください」

蛍はシーツを広げ、それで豊松の体を覆う。彼が何やら喚いていたが、耳は貸さなかった。スイッチを押し、後部ハッチを開ける。完全に開いたタイミングを見て、豊松が横たわるストレッチャーを力一杯押した。

ストレッチャーは一瞬だけ宙を飛び、アスファルトの上に着地した。少し斜面になっているせいか、ストレッチャーはガラガラと音を立てて滑っていく。包囲している者たちの注意もそちらに引きつけられているに違いない。蛍は後部ハッチから飛びだし、低い姿勢のまま狭い路地に飛び込んだ。

前方に二人の男がいた。蛍は麻酔銃を放ち、ものの数秒で男たちを昏倒させる。さきほどパチンコ店のトイレで雀と入れ替わったとき、一通りの装備は用意してもらっていた。弾も十分にある。

とはいえ、多勢に無勢だ。すぐに背後から追いかけてくる気配を感じ、蛍は角を曲がって別の路地に入る。これで逃走経路Aを放棄せざるを得ない。次なる経路はBだ。次の角を左折だ。

角に差しかかる。「いたぞ」という声が聞こえ、左側から二人の男が走ってきた。仕方ないので反対側に逃げる。Bが消えた。次はC。

麻酔銃を撃つが、当たらなかった。追っ手が投げてきた棒手裏剣が近くのビルの外壁に当たる。本気で殺そうとしているのか。ほかの通行人だっているのに。

角を曲がろうとした、そのときだった。いきなり蛍の体が宙に浮き、一回転してアスファルトの上に叩きつけられた。一瞬、息ができなくなる。男が立っているのが見えた。この男に投げられたのだ。

髪を摑まれ、体を引っ張り上げられる。かなりでかい男だった。丸太のような腕で何度か殴られた。腕で防御したが、それが意味をなさないほどの馬鹿力だ。

男は片手で蛍の髪を摑んだまま、もう片方の手でスマートフォンを出し、耳に持っていく。

「確保しました。場所はですね、ええと……」

蛍はこっそりと上着のポケットに手を入れる。麻酔銃を出そうとしたが、いきなり腕を摑まれ、麻酔銃をとられてしまう。男はそれを投げ捨てながら言った。

「油断も隙もあったもんじゃねえな、甲賀者は」

さらに殴られる。意識が朦朧としてくる。こういうパワー系の忍者と戦うのは初めてだ。

「姉ちゃん、意外に弱いんだな。もう少しやると思ったんだが」

ずっと髪を摑まれているため、どうにもならないのだ。しかしここで諦めるわけにはいかない。二回連続で伊賀者に捕まるわけにはいかないのだ。

蛍は渾身の力を込め、男の股間に拳を叩きつける。「うっ」という声を出し、男が一瞬だけ手を緩めたので、蛍は思い切り男を突き飛ばして、再び走りだした。白昼堂々殴り合っているわけだから、当然注目される。足を止めてこちらを見ている通行人もいる中、蛍は全力で走った。殴られた頬のあたりがジンジンと痛むが、構ってなどいられなかった。角を何度か曲がる。どこに逃げても伊賀者が隠れていそうな気がした。

一軒のブティックが目に入った。蛍は反射的にその店に飛び込んでいた。上品なマダムのような店員に出迎えられる。

「いらっしゃいませ」

蛍は顔を背ける。殴られた跡を見られたくなかったからだ。ハンガーにかかった山吹色のブラウスを手にとり、店員に向かって言った。

「これ、試着させてください」

「よろしいですよ。こちらになります」

奥にある試着室に案内される。中に入って仕切りカーテンを閉める。試着する気など毛頭ない。ブラウスをハンガーにかけ、蛍は壁に寄りかかった。最初に考えた逃走経路はすべて消えた。プランを練り直さなければならない。たとえばこの店にずっと居続けるというのはどうだろうか。見たところ、あの女の店員が一人で店番をしているようだ。彼女には悪いが眠ってもらい、一時的にこの店の店員に成りすますのだ。夜になれば伊賀者も諦めて帰るに違いない。

果たしてうまくいくだろうか。そんな不安が胸をよぎる。ローラー作戦さながらに付近一帯の店を捜索されたらどうなる？　今は変装用の道具も所持していないため、うまく化けられる自信がない。顔を見られたら一発でアウトだ。

悩ましいところだ。ここまで追い詰められるのは久し振りだ。やはり伊賀を敵に回すとこうなってしまうのか。

そのときだった。カーテンの向こうに人の気配を感じた。店員の声が聞こえる。

「お客様、困ります。今は別のお客様が、中に……」

伊賀者か。逃げ場はない。ここに逃げ込んだのは失敗だったかもしれない。唇を噛みつつも、蛍は懐に隠した予備の麻酔銃のグリップに手を持っていく。

カーテンが開けられる。そこに立っていた意外な人物に蛍は驚く。何と智代主任だった。あおぞら薬局世田谷店の薬剤師だ。智代主任は呑気な口調で言う。

「蛍さん、何だか大変なことになってるみたいね。ほら、そんなところに突っ立ってないで出てきなさいってば」

そう急かされ、蛍は言われるがままに靴を履いて試着室から出る。なぜか知らないが、智代主任はいつもと同じく白衣を着ている。蛍は数日前から薬局を無断欠勤しているのだが、智代主任はそのことについて一切触れようとしない。

「いいこともあれば、悪いことだってあるわよ。だから人生、楽しいんじゃないの。でもまあ、蛍さんの場合は事情が特殊かもしれないわね。なんたって旦那が伊賀者なんだから」

ようやく蛍は思い至る。智代主任の名字は山田だ。山田智代。この人も山田だったのだ。長年、私を近くで監視していた山田なのだ。それっぽい空気を一切見せなかったのは、彼女が一流であることを物語っている。

「逃げましょう、蛍さん。私が何とかしてあげるから」

智代主任はまるでランチミーティングに行くかのような、軽やかなステップで店から出ていった。呆気にとられている女の店員に頭を下げ、蛍はその背中を追いかける。外にはあおぞら薬局のロゴを消した軽自動車が停まっている。その後部座席に蛍は乗り込んだ。


「草刈、お前は自分が何をしたのか、わかっているのかね」

目の前に座る桐生がそう言った。彼のほかにも幹部の面々が顔を揃えている。

悟郎は伊賀ビルに連れ戻されていた。そして最上階の会議室にて、こうして幹部連中から尋問を受けていた。すでに洗いざらい喋っていた。と言っても自分が見聞きした事実のみを話しただけだ。何がどうなっているのか、悟郎自身にもよくわかっていない。蛍は豊松を射殺したと見せかけ、偽の救急車で豊松を拉致した。そして彼女には協力者、おそらく妹がいる。悟郎にわかっているのはそれだけだ。ただし豊松はすでに救出され、今は警察の保護下にあるようだ。

「甲賀者とは知らずに妻に娶った。このくらいならまだいい。信じられる話ではないが、甲賀者の情報を仕入れるという意味でも、貴重なサンプルにはなる。だが昨夜から今日の件に関してはいただけない。勝手に抜けだし、甲賀者を助けるような行動をとった。最後のチャンスを与えたが、それさえも失敗に終わった。決して許されることではない」

最後のチャンスというのは、音無から持ちかけられた豊松暗殺の命だろう。たしかに蛍より先に豊松を殺す機会が悟郎にはあった。しかしそれをせずに、蛍を止めることを優先した。心のどこかで躊躇していたのは事実だった。

「責任は重いぞ、草刈。お家取り潰しは覚悟しておけ」

「ちょ、ちょっと待ってください」

思わず声に出ていた。お家取り潰し。伊賀の忍者にとって最も重い罰だ。身分を剝奪され、伊賀社会から追放されるのだ。悟郎だけではなく、草刈家全体に対する罰のため、きっと父も郵便局で働くことはできないし、今住んでいる家からも出ていかなければならない。最大の懲罰とも言える。

「やはり草刈家だな。歴史は繰り返すとは、よく言ったものだ」

桐生が薄く笑って言った。そう、草刈家は過去にも一度、お家取り潰しの罰を受けているのである。

時は江戸時代初頭にまで遡る。大坂夏の陣において、徳川家康の本陣に真田信繁（幸村）の軍勢が押し寄せたことがあった。真田軍の勢いは凄まじく、家康自身も負けを覚悟したほどだと言われている。家康の本陣が攻め込まれ、馬印が倒されたのは、三方ヶ原の戦い以来、二度目のことだった。

実はそのとき、家康の斥候を務めていたのが悟郎の祖先だった。最終的には真田軍を退けることに成功していたが、家康は自身の馬印が倒されたことに激怒し、数十名の家臣を処分した。そのうちの一人が悟郎の祖先だった。斥候の任を満足に果たせなかったという罪は重く、お家取り潰しの厳罰が下ったのだ。

草刈家の者たちは武士という身分を剥奪され、浪人となった。それ以降は、内職のような細々とした仕事をして、生計を立てていたらしい。それでも仲間の伊賀忍者たちは草刈家のことを忘れてはおらず、折にふれ身分の回復をお上に訴えてくれていた。

それがようやく叶ったのは、時は流れて延宝八年、将軍宣下を受けたばかりの五代将軍、徳川綱吉によって恩赦の運びとなった。草刈家では代替わりをしており、夏の陣当時の家長は亡くなっており、その息子も死去し、孫の代になっていた。草刈家は忍者への復帰を果たし、以降、草刈家に生を受けた男子には、五代将軍綱吉公への感謝の意味を込め、「五」の文字を名前に入れるという慣習が残った。悟郎の名前もそれに由来しているのだ。

「草刈、お前はそれだけの罪を犯してしまったのだ。そのくらいはしないと示しがつかん」

「ど、どうか」と悟郎は声を絞りだす。「それだけはお許しください。お家取り潰しだけはご勘弁ください。ほかの罰なら何でも受ける覚悟があります」

両親を巻き込みたくない。その一心だった。両親はともに五十代。あの年齢となり、いきなり伊賀社会から切り離されるのは二人にとっては切実だ。両親の人間関係はすべて伊賀社会を基盤にしていると言っても過言ではない。そこから追放されるということは、それこそ社会からの隔絶を意味している。

「一つだけ、お家取り潰しから逃れる方法がないわけでもない」

悟郎は顔を上げた。お家取り潰しというのは厳罰だ。それを回避できるというからには、かなりのことをやらされる可能性が高い。

「今日の豊松の件もそうだし、赤巻先生が殺害された件もある。一連の事件は今後警察が捜査を進めていくはずだが、伊賀との関わりがバレたら厄介なことになる。いくら警視庁に同志が潜入しているとはいえ、彼らだけの力ではどうにもならん。そこでだ、草刈」

桐生は鋭い視線を向けてくる。思わず悟郎は姿勢を正していた。

「状況を見極めたうえ、お前には何らかの罪を被って警察に出頭してもらうことになる。お前は我が身を犠牲として、草刈家を、いや伊賀を救うのだ。なに優秀な弁護士をつけてやるから心配要らん。それまでの間、お家取り潰しについては保留とする。いいな？」

問答無用という感じだったので、悟郎はうなずくしかなかった。桐生ら幹部が立ち上がり、会議室から出ていった。脇に立っていた忍者に背中を押され、悟郎も立ち上がって会議室をあとにした。

再び小部屋に押し込まれる。ベッドが一台と、トイレと小さな洗面台があるだけの殺風景な部屋だ。天井の隅には監視カメラがついている。当面、ここで暮らすことになるのか。そう考えると気が滅入った。

用を足すためにトイレに入る。ここだけはカメラの死角になっているが、あまりに狭すぎるため何もできない。立ってしようか、それとも座ってしようか、一瞬だけ迷った。迷った末、悟郎は座ることにした。便座に座り、悟郎はそれに気がついた。トイレのドアに小さな箱がガムテープで固定されていた。市販されている頭痛薬らしい。どうしてこんなものが、ここに——。

悟郎はガムテープを剝がし、箱を手にとった。二十四錠入りの頭痛薬だった。中に小さなメモ用紙が入っていた。そこに書かれている文字の筆跡は蛍のもので間違いなかった。

メモを読み、頭痛薬の箱を懐に隠す。まだ諦めるのは早いのかもしれない。悟郎は立ち上がり、レバーを捻って水を流した。

「お疲れ。あ、これ飲んでいいぞ」

先輩忍者が部屋に入ってきて、テーブルの上に紙コップを置いた。宇良は伊賀ビル内にある小さな部屋にいた。モニターが一台置いてあるだけの狭い部屋で、そのモニターには草刈悟郎が監禁された部屋の様子が映っている。原則では二十四時間態勢で監視する。それが本部の方針であり、初日から宇良も動員されていた。一人当たり四時間、ここでずっとモニターを見続けるのだ。すでにＬＩＮＥを通じて当番表が配られていて、二日に一度の割合で当番が回ってくる予定になっていた。

狭い部屋なので、画面にほとんど動きはない。悟郎は狭いベッドに座ったり寝転んだりを繰り返しているだけだ。宇良はスマートフォンのゲームをしながら、たまに画面を見ていたのだが、あまりゲームに集中できなかった。ほとんど苦行に近い。

「あれ？　草刈がいないじゃないか」

「トイレっすよ。そろそろ出てくるんじゃないすか」

元々は仮眠室として使われていた部屋らしく、中にトイレと洗面台もついているようだ。しかし窓もないし、悟郎はスマートフォンもとり上げられている。自分だったら耐えられないだろう。

「あ、これ、自由に食べていいみたいです」

宇良は前任者から引き継いだ菓子の袋を指でさした。それから先輩忍者からもらった紙コップを手にした。温かいコーヒーだった。

「異状はなかったか？」

「ええ、特には」

怪しい点は何もなかった。前回は監視カメラを回してはいたが、それをリアルタイムでチェックしている者がいなかったため、小夜が差し入れするために中に入ってしまったのだ。その反省を活かし、こういう態勢になったようだが、監視をする忍者にとっては辛いだけだ。

「豊松の件、ニュースでも騒いでるぞ。明日以降のワイドショーでも確実にとり上げられるだろうな」

「豊松本人は何て？」

「何も憶えていない。その一点張りらしい」

ステージ上で撃たれ、救急車で搬送されたが、その後に近くの路上で発見、実は撃たれていなかった。あまりに不可解な事件であり、世間の関心を惹くのは当然だった。ただしその背後に忍者が関与していることは世間に知られてはいけないことなので、今も上層部では情報操作に奔走していることだろう。

「それじゃ自分、そろそろ失礼……」

紙コップ片手に宇良が監視部屋から出ていこうとしたときだった。背後で先輩忍者の声が聞こえた。

「おい、何か様子が変じゃないか？」

振り返ってモニターを覗き込む。ベッドの上に悟郎が寝転がっているのだが、何やら苦しげだった。のたうち回る。そんな表現がピッタリだ。

「宇良、一緒に来てくれ」

そう言いながら先輩忍者が壁にかかっている鍵をとった。非常時に備え、監視役は鍵の管理を任されている。俺、もう当番の時間は終わったんですよね。そんなことを言える空気ではなく、仕方なく宇良は先輩忍者のあとを追った。

悟郎が監禁されている部屋は同じフロアにある。先輩忍者は迷うことなくドアを開けた。ベッドの上で悟郎は苦しそうに喘いでいた。

「おい、草刈。大丈夫か？」

全然大丈夫そうではない。息遣いは荒く、額には汗が玉のように浮かんでいた。白い泡のようなものまで吐いている。

「まさかこいつ、これを……」

先輩忍者はトイレの床に落ちている箱に目を向けた。市販の頭痛薬だった。銀色の包装シートはすべて押し出されたあとのようだ。一気に飲んでしまったのか。

「……そうです。かなり苦しんでいます。……いえ、演技のようには見えません。頭痛薬の空き箱が落ちてました。自殺を図ったのかもしれません」

ドアの前で先輩忍者が報告していた。やがて待機していた別の忍者たちも集まってくる。しかし夜が遅いせいか、この場で物事を判断できる幹部クラスの忍者がいなかった。結局スマートフォンで幹部の指示を仰ぐことになった。その間も悟郎はベッドの上で顔を歪めていた。やがて一人の忍者が言った。

「病院に連れていけ。そういう指示だ。ただし救急車は呼ばず、タクシーで最寄りの病院まで運べとのことだ」

　豊松は偽の救急車で身柄を拘束された。おそらく幹部はそれを気にしたに違いなかった。だから救急車を避けよという指示に繋がったのだ。

「宇良、お前、先に下に降りてタクシーを捕まえろ」

「はっ」

　まったく面倒だ。宇良は部屋から出て、エレベーターで地上まで降りた。正面玄関は閉じてしまっているので、夜間通用口から外に出る。伊賀ビルが面している通りはさほど交通量があるわけでもなく、この分だと大通りまで出なければタクシーは捕まりそうにない。

　そう思って歩きだしたとき、目の前を一台のタクシーが通り過ぎた。しばらく走ったところでタクシーが停まり、中から乗客が降りてきた。その乗客は近くのマンションの中に入っていく。これは好都合だ。宇良はそのタクシーのもとに向かい、運転席を覗き見る。運転手は女性だった。年齢は多分四、五十代。甲賀は変装も得意という情報もあるが、この感じなら心配なさそうだ。

　運転手に事情を説明し、伊賀ビルの前につけてもらった。カーナビで調べてもらったところによると、ここから車で五分程度の場所に救急病院に指定されている医療機関があるという。そうこうしているうちに悟郎が運ばれてきて、後部座席に押し込まれた。忍者二人が同行することになったが、若い宇良は免除された。走り去っていくタクシーのテールランプを見送りながら、こう思った。

もし俺が甲賀なら、きっとあのタクシーに何か仕掛けるだろうな。救急車は避けることを見越して、その裏をかくのだ。

宇良は頭を振り、悪い想像を頭から振り払う。そんなことになったら俺の責任問題になってしまうじゃないか。もう遅いし、ラーメンでも食べて帰るとするか。


車が走りだして二、三分が経った頃だった。突然、タクシーが急ブレーキで停車した。悟郎はシートベルトをしていたため事なきを得たが、隣に座っていた忍者は前の座席にしこたま頭をぶつけていた。

「運転手さん、いったい……」

空気を切り裂くような音が聞こえ、助手席の忍者が開きかけた口を閉じた。女性の運転手の手にはオートマチック式の拳銃が握られている。蛍が愛用しているものとよく似ていた。

異変に気づいた悟郎の隣の忍者がドアを開けようとしたが、彼がドアレバーを握る前に後部座席のドアが開く。またしても発射音が聞こえ、忍者はぐったりと脱力する。外に立っていたのは蛍だった。

「智代主任、ありがとうございました」

「どうってことないわよ、このくらい。後片づけは私に任せておきなさい」

「ありがとうございます」

女性の運転手は蛍の知り合いらしい。バックミラー越しに女性運転手と目が合った。彼女は笑みを浮かべてウィンクをしてくる。「どうも」と言いながら悟郎はタクシーから降りた。

タクシーのすぐ脇に白い軽自動車が停まっている。蛍の勤務先の車だ。悟郎が助手席に乗り込むと、車がタイヤを鳴らして発進した。

「助かったよ、蛍」

「無事で何より」

頭痛薬の入った箱には蛍直筆のメモが入っていて、そこには『午後十一時に自殺を装って苦しむように』と書かれていた。だから悟郎は頭痛薬をすべてシートからとり出し、それをトイレで流したのち、ベッドに戻って苦しむ真似をした。トイレの水で顔や脇の下を濡らし、大量の汗をかいているように見せかけた。意外にも悟郎の演技は真に迫っていたようで、作戦は見事に成功した。

「ところで蛍、今日会場で豊松を撃った子、お前の妹さんか？」

「そうよ。妹の雀。変装が上手で、射撃も得意だから手伝ってもらったの」

少々違和感はあったが、外見は蛍そのものだった。最後に彼女が口にした言葉を聞かなかったら、今でも彼女が蛍本人だと思っていたかもしれない。

「昼間、何があったんだ？　手話通訳者に変装していたのが蛍なんだろ？」

「そうよ。豊松にはどうしても話を聞いておきたいと思ったの。それが私たちの最初からの作戦だったし」

赤巻が殺害された事件の真相を解明し、その情報と引き換えに伊賀側と交渉を進めていく。それが唯一の助かる方法であり、伊豆山中から逃走して以来、ずっとそれを目指してきた。蛍は豊松暗殺の命を受けても、自分たちの当初の目的を忘れていなかったのだ。

「赤巻の方から豊松に接触したらしいわ。彼、お金に困っていたようね」

蛍が説明してくれる。金に困った赤巻は、豊松に対してある情報を売りつけようとした。それが十色村にある、ヒカリの国のメインコロニー跡地に関するものだった。政府はあの場所に何かを埋める計画を極秘裏に進めていた。あの場所にはすでに教団関係者の手により、地下シェルターが造られているという噂もある。

「いったい政府はあの場所に何を埋めようとしていたんだ?」

悟郎が訊くと、蛍は首を横に振った。

「わからない。それを聞く前に伊賀者に囲まれたから。でも最後に彼、こう言ってた。絶対にあの場所に埋めてはいけないもの。それがヒントらしいわ」

それだけでは想像もつかない。金網のフェンスに囲まれた、広大な土地だった。昼間だったら富士山が綺麗に見渡せるであろう、風光明媚な土地とも言える。ヒカリの国による忌まわしい記憶さえなかったら、何かしら活用されていたはずだ。

「それで蛍、これからどうする?」

すぐに蛍は答えなかった。ハンドルを握ったまま蛍が口を開いた。

「明日の夜、富山港を出発する船があるの。船の行き先はマレーシア。偽のパスポートも用意してもらえるし、しばらく向こうで身を隠して、今後のことを考えればいい」

つまり海外逃亡だ。甲賀の伝手で乗船できるという意味だろう。国内には伊賀忍者の目が光っているし、現実的な選択肢ではある。それに蛍と一緒にいられるというだけで魅力的だ。伊賀と甲賀という越えられない壁も、海外であればまったく障害にならない。

魅力的な提案だった。しかし悟郎はわかっていた。蛍はきっと乗り気ではないことを。そのくらいは雰囲気でわかる。

「このまま逃げたくない。蛍、お前はそう思ってるんじゃないか？」

蛍が答えなかったので、悟郎は続けて言った。

「海外逃亡も悪くない。俺も一瞬だけ心が揺れたよ。でもこのまま逃げるのは格好悪いよな。いいぜ、蛍。俺はお前に付き合うよ」

腹を括った。毒を食らわば皿までという諺もある。どうせなら最後まで見届けようと決意した。それに実家のことも気がかりだ。できればお家取り潰しだけは避けたいところだ。

「それで蛍、どうするんだ？　もう一回豊松を拉致して、最後まで話を聞きだすか。向こうもかなり警戒しているはずだぞ」

マスコミもこぞって報道するはず。豊松に接近するのは至難の業かもしれない。

「こうなったら一気に行くしかないと思う。すべての元凶のもとを訪ね、問い質す。それしか方法はないわ」

「すべての元凶って、いったい……」

車は靖国通りを新宿方面に向かって走っている。赤信号で車を停め、蛍は前を向いたまま言った。

「伊賀の最高権力者、風富城水。彼こそが元凶だと私は考えてる。あの男をどうにかしなければ、私たちに未来はない」

まさか風富城水の名前が出てくるとは想像もしていなかった。伊賀のピラミッド社会の頂点にいる男だ。悟郎はゴクリと唾を呑み込んだ。

翌日の午前十時過ぎ。悟郎は蛍とともに目黒区内にある住宅街の中を歩いていた。都内屈指の高級住宅地として知られているエリアで、広めの敷地の家が並んでいる。どこか避暑地にでも紛れ込んだような印象を受ける。

「ここだな」

立派な和風の門がある。屋根瓦もついた数寄屋門だった。引き戸は当然閉ざされており、門の上部には監視カメラが設置されていた。蛍は迷う素振りも見せずにインターホンを押す。女性の声が聞こえてきた。

『どちら様でしょうか？』

「草刈蛍と申します。ご主人様にお会いいたしたく、参上しました」

『少々お待ちください』

しばらく待っていると、引き戸がゆっくりと開いた。まさか入れてくれるとは思っていなかった。蛍は臆することなく中に入っていくので、悟郎も慌ててあとを追った。

白い砂利の中に飛び石が並んでいる。高級料亭に来たかのようだ。母屋は平屋造りの和風の家だった。庭には池が見え、きっと錦鯉が泳いでいるのだろうと思った。玄関の前には作務衣を着た女性がいる。悟郎たちを見て、女性は礼儀正しく頭を下げた。

「ようこそお越しいただきました。お上がりください」

「失礼します」

靴を脱いで上がる。すると作務衣の女性が近づいてきて、何やら棒状の道具を悟郎の体に当てた。金属探知機らしい。反応があると音が出る仕組みになっているようで、悟郎は所持していた棒手裏剣を没収された。同様に蛍もチェックを受け、スマートフォンと麻酔銃、ナイフ三本を没収された。

「ご主人様がお待ちになっております。こちらへどうぞ」

お手伝いだろうか。女性に案内され、奥に進む。今、俺は風富城水の自宅にいる。そう考えるだけで緊張してしまい、喉が渇いてくるほどだった。本来であれば家の内部を観察したいところだが、そんな余裕は一切なかった。

「こちらでございます」

女性が膝をつき、障子を開けた。そこは広い和室だった。畳の匂いが香っている。二十畳ほどはあるだろうか。縦に長い造りになっていて、一番奥に二人の人物が座っていた。

中央に二枚の座布団が敷かれているのが見える。あそこに座れという意味か。蛍と視線が合う。彼女がうなずいたので、悟郎も同じようにうなずいた。覚悟を決め、和室の中に入る。

畳の上を歩き、座布団の敷かれているところに向かった。正面に一礼する。そこには深緑色の着物を着た風富城水が座っていた。少し離れた場所には小夜の姿もある。小夜はいつもと同じくスーツ姿だった。城水は長髪を後ろで縛っていた。とても七十五歳の老人には見えない。

「座りたまえ」

「はっ」と思わずいつもの返事をしてしまい、気恥ずかしさを覚えつつも、悟郎は座布団の上に座った。城水たちが座っている場所だけは一段高くなっている。まるで戦国大名が合議を開く部屋のようだ。

「風富家の歴史も古いが」城水がそう話しだした。やや掠れているが、声には張りがある。「甲賀のお方を中にお招きしたのは初めてだ。私がこの家の主、風富城水だ。ようこそお越しいただきました、草刈蛍殿」

心の底から歓迎しているわけはないはずだが、一応は話を聞いてくれるらしい。問答無用で拘束されてしまう可能性もなかったわけではないが、事前に蛍と話したところ、それはないだろうというのが彼女の見解だった。きっと風富城水は私たちがどこまで知っているか、その情報を探りたいはず。忍者にとって情報は宝であり、優先順位も最高位に近い。蛍の見解は当たったことになる。

「ところでご用向きは何かな。昨日も伊賀ビルから逃げた忍者がいたようでな、かなり手痛い目に遭ったらしい。まったく甲賀の者は無茶をするようだ」

「無茶などいたしておりません」蛍が冷静に応じた。「監禁されていた夫を救ったまでのこと。それのどこがいけないことなのでしょうか。法に触れる行為をしているのは、むしろ伊賀の方かと存じます」

内心ヒヤヒヤしていた。何しろ相手は伊賀の評議員長、最高権力者なのだ。本来であれば意見することすら畏れ多い存在だが、蛍は物怖じせずに話している。我が妻ながら頼もしく、同時に不安も感じた。

「よく言うわ、この小娘が」城水が鼻で笑う。態度も口調も途端に変わった。「法に触れる行為をしているのはそちらの方だろうが。我々伊賀は政府のため、民自党のために汗水流して働いているのだぞ。テロまがいの行動をとる甲賀と一緒にしてもらっては困る」

政府のため。民自党のため。そういう大義名分は伊賀忍者なら誰しも感じていることだ。俺たち伊賀が政府を縁の下で支えている。譲れないプライドのようなものだ。

蛍は動じることなく、あくまでも穏やかな物言いで続ける。

「先日、赤巻章介衆議院議員が変死いたしました。言わずと知れた、いえ、世間では知られていませんが、彼は伊賀忍者の末裔です。まるで私ども甲賀が殺害したかのような嫌疑をかけられたようなので、その真犯人を探しておりました。そしてこのたび、ようやく真犯人の正体に辿り着いたのです。警察に届け出るのが先決かと思いましたが、まずは風富さんのお耳に入れようと思いまして、今日は参上いたしました」

城水は何も反応しなかった。黙ったまま座しているだけだ。蛍が続けて言った。

「では主人から説明があります」

声がうまく出せるか心配だったので、悟郎は小さく咳払いした。よし、大丈夫だ。自分にそう言い聞かせ、悟郎は話しだした。

「あの夜、私は赤巻邸を警備する任務についていました。同僚である音無上忍とともに、正面玄関近くの路上で待機していました」

ヒントとなったのは昨日、音無が語った言葉だ。こっちの気も知らないで。そういう意味の言葉を投げ捨て、音無は悟郎を糾弾した。まるで自分にだけ重い任務が課せられたかのような意味合いにも受けとれる。

「赤巻議員の遺体を発見したのは私と音無です。庭側を見張っていた仲間と連絡がとれず、私は仲間を、音無は議員の安否を確認するため、別行動をとりました。そして私は賊と遭遇しました」

その賊こそが蛍であり、そうとは知らずに悟郎は棒手裏剣を投じたが、いとも簡単にかわされてしまった。一方、同じ頃、音無は鍵のかかった地下室に赤巻がいるのではないかと見当をつけた。そして二人でドアを破り、中で遺体を発見した。

「あの夜、遺体が発見される少し前、音無はコンビニにコーヒーを買いにいきました。車から消えていたのは十五分程度でした。コンビニは徒歩三分のところにあるので、コーヒーだけ買ったにしては店での滞在時間が長過ぎます。妻から電話があった。音無はそう言い訳していました」

この時間を利用して音無が赤巻を殺害したのではないか。その可能性についても悟郎は考えたが、その線はないのではないかという結論に至った。いくら忍者といっても所詮は民間人、殺人という無茶な任務は与えられることはない。昨夜は伊賀ビルに監禁されていたため、考える時間だけはあった。ひたすら考えた末に辿り着いた結論だ。

「音無はコンビニに向かう途中である者と落ち合い、その者に赤巻邸の鍵を渡したんだと思います。そのときに相手側の事情で少し遅れたのが、買い物が長引いた理由でしょう」

それから先は言わずもがなだ。音無は何くわぬ顔をしてコーヒーを持って車に戻った。そして犯人は音無から渡された鍵を使って赤巻邸に侵入した。

「時を同じくして、ここにいる私の妻、蛍も赤巻邸に侵入しました。彼女の目的は赤巻の違法薬物使用疑惑を暴くことでした。伊賀忍者を失脚させることは甲賀側にもメリットがあることなのでしょう。あの夜は新月でした。月の出ない夜は忍者にとっても好都合です。だからあの夜、二人の忍者が赤巻邸に侵入したわけです」

隣を見る。蛍は背筋を伸ばして座っている。その視線の先には城水の姿があるが、彼は目を閉じて話を聞いていた。悟郎は推理を続ける。

「犯人にとって一つ誤算がありました。赤巻がリビングや寝室ではなく、鍵のかかった地下室にいたことでした。ドアを破壊してしまえば中にいる赤巻に勘づかれてしまう。そこで犯人は換気口から地下室に侵入し、そこで赤巻を殺害したんです」

ちょうどその頃、蛍も赤巻邸の内部に侵入した。蛍はピッキング技術に秀でているため、自力でドアの鍵を開けて中に入ったらしい。赤巻の首筋の皮下出血に気づいたようだが、それ以外に怪しい点はなかったそうだ。

「犯人の侵入経路。それは換気ダクトです。よく映画やドラマで、ビルなどの換気口を主人公が移動するシーンがありますが、普通の一般家庭の換気ダクトはあそこまで広くはありません。大人の男性が入るには窮屈でしょう。そもそも伊賀忍者の多くは体を鍛えることを美徳としているため、筋肉の鎧をまとっている者がほとんどです。伊賀忍者の多くが候補となると換気口から地下室に侵入できる人物は限られてくる。伊賀忍者の多くが候補から脱落しますが、自分には一人だけ心当たりがあるんです」

悟郎は小夜に目を向けた。彼女もまた、こちらを見ているのだが、その目つきから感情らしきものを読みとることはできない。そこにいるのは忍者学校の同期ではなく、風富家の正統なる跡継ぎだった。

「風富小夜。君なら犯行は可能だ。その華奢な体格を利用すれば換気口から地下室に入ることもできそうだ。さっきも言いましたが、殺人というのは大罪です。ほかの者に任せるよりは、自分たちの手で始末する。そういう考え方もあるでしょう。なあ、小夜。教えてくれ。お前が赤巻を殺したんだろ」

綺麗な子だな。それが蛍の風富小夜に対する第一印象だった。それは今も変わらない。上座で正座をする彼女は美しかった。透き通るような肌とはこういうことを言うのだろう。小柄な体つきは上品な猫を連想させる。

彼女が赤巻殺害の犯人である。ここに来る前、その話を悟郎から聞いたとき、蛍は夫の推理が腑に落ちた。理由は悟郎も説明した通り、殺人という仕事を外部に依頼するリスクだ。いくら忍者といっても殺人というのはなかなか難しい依頼であり、仮に成功させたとしても、秘密漏洩のリスクは未来永劫付きまとう。ならば自分たちの手を汚した方がよかろう。その考え方に共感を覚えたのだ。

小夜は何も答えない。城水も同様だ。悟郎がさらに言った。

「赤巻が殺害された翌日だったと思う。小夜、音無と三人で四ツ谷で飲んだだろ。あのとき、お前はその日の午前中に大阪から戻ってきたと言ったが、あれは嘘だ。お前はもっと前に都内に戻っていたはずだ。もしあの夜、東京にいなかったことを証明できるんであれば、教えてくれ。アリバイってやつだな」

小夜は沈黙している。何も言えないのではないか。ふと蛍はそう思った。彼女の隣には風富家の当主にして、伊賀忍者の最高権力者がいるのだ。いくら血縁関係にあるといえども、無許可での発言は許されないのかもしれない。

「小夜、黙ってないで何とか言ったらどうなんだ?」

悟郎が詰め寄った。やはり蛍の想像は当たったらしい。代わりに口を開いたのは城水だった。

「それ以上孫を侮辱するのはやめろ。可愛い孫に殺人の罪を負わせる人間がどこにいる」

「消去法です。彼女以外に考えられないんです」

「仮にそうだとしても、それを告発して何になるというんだ？　お前たちに得があるのか？　それに赤巻ごとき男を殺したところで、風富家には何のメリットもない。殺す価値もないほどの俗物だぞ、あの男は」

「動機ならあります」

悟郎が蛍の方を見た。バトンを渡された気分だった。今度は蛍が口を開く。

「赤巻は仮想通貨の投資に失敗し、多額の借金を抱えていました。薬に溺れるようになったのも、それが原因かもしれません。借金もあり、薬を買う金も必要だった赤巻は、あることを思いつきます。情報の漏洩です。野党の未来党に対し、与党の情報を売り渡そうというものです。そこで赤巻は未来党の豊松党首に接触を図りました。最初は半信半疑だった豊松党首も、最終的に赤巻の提案に乗ったようです」

蛍は懐から二枚の写真を出し、それを手裏剣のように上座に向かって投げた。年をとっているとはいえ、そこは名うての忍者。城水は飛んできた写真を片手で摑みとる。赤巻と豊松、二人の密会現場を撮った写真だ。実際に二人同時に写っているものではないが、ホテルの同じ部屋に二人がいたことだけは証明できる。城水は写真に視線を落としたが、特に表情を変えることはなく、すぐさま写真を丸めて投げ捨てた。

「いったい赤巻はどんな情報を売り渡そうとしていたのか。調べた結果、山梨県の十色村にある、ヒカリの国のメインコロニー跡地が関係していることがわかりました。政府は何どうやらそこに政府は何かを埋める計画を極秘裏に立てているようでした。政府は何をあそこに埋めようとしているのか。昨日豊松を問い詰めたのですが、彼は白状しませんでした。ただし彼は最後にこう言いました。絶対にあの場所に埋めてはいけないもの、と」

最後まで豊松が口を割らなかったのは、その情報の重要性を表している。世間に知られたら、確実に大問題に発展する。だから最後まで豊松は情報を明かさなかった。いつか自分がそれを利用し、与党にダメージを与える日を夢見て。

「ところで息子さんはご在宅でしょうか？」

蛍は話題を変えた。上座の二人は答えないが、どこか微妙な空気が流れるのを感じた。核心に近づいていく感触を覚えつつ、蛍は話を進める。

「風富城一郎。赤巻と同じく衆議院議員。以前は大手ゼネコンで働いていたようですが、十二年前に立候補して当選。ゼネコン時代の見識を活かし、自然災害に関する分野に強いとされています。その経験が買われ、前回の内閣改造では環境副大臣に抜擢されました」

現在、国会は閉会中だ。議員宿舎もあることだし、普段はここには住んでいないのかもしれない。彼のブログは三ヵ月前に更新されたきりだった。忙しく飛び回っているのだろうか。

「おい、いったい何の話をしているんだ」痺れを切らしたように城水が言った。その苛立ちが伝わってくるようだった。「息子は関係なかろう。同じ伊賀系議員という付き合いはあっても、それ以外の利害関係はない」

ここが攻めどきだ。構わずに蛍は続けた。

「風富議員のブログを拝見したところ、昨年中に何度か福島に足を運んでいるのが確認できました。環境副大臣という立場からか、福島原発を視察しているみたいですね」

道の駅で野菜を買ったとか、地元の食堂で食べたラーメンが美味しかったとか、そういう内容のブログが掲載されていた。いずれも視察の際に立ち寄ったものとみられる。

「現在、福島第一原発では廃炉に向けた作業が進んでいるようです。ただし課題も山積みされていて、原子炉内で溶け落ちてしまった核燃料、燃料デブリをとり出すという、前例のない作業がおこなわれていくようです。その作業は二十年から三十年かかるとも言われています」

復興と廃炉の両立。それが政府が掲げているテーマだった。中長期的なロードマップを定め、それに基づいて廃炉に向けた作業が続けられていくらしい。ただし技術的にも困難を極め、世界的にも例のある取り組みではないため、今後も試行錯誤を繰り返すのではないかと言われている。

「取り出した燃料デブリをどこに保管するか。その結論は今も政府の中では出ていないようです。燃料デブリだけではありません。廃炉の過程で出たガレキ、いわゆる放射性廃棄物や処理水などの保管先も厳密には決まっていません。今は放射線量に応じてレベル分けされて、原発内に保管されているらしいです。ただし原発内に保管するといっても限界があります。いつか外に出さねばならないときが来る」

蛍は城水を見据える。一呼吸置いてから、蛍は続けた。

「あなたは、いや、風富一族と言ったほうがいいでしょうか。あなた方は政府と共謀し、福島第一原発の放射性廃棄物の一時保管場所として、あの十色村のメインコロニー跡地に目をつけていた。違いますか?」

想像を絶する話だった。これほどスケールの大きな話になるとは悟郎も思ってはいなかった。あの十色村のメインコロニーにまつわる、風富家の陰謀を摑んだ。蛍から事前にそう言われていただけだ。

「馬鹿げてる」吐き捨てるように城水が言った。「すべてはお前たちの想像だろうが。何の証拠もないではないか。つまらん言いがかりはやめてくれ。私たちにそんな大それたことができるわけなかろう」

「何をおっしゃいます。息子さんは現職の国会議員であり、環境副大臣ではないですか。そのあたりの調整は十分に可能です。あなたがお孫さんを使って赤巻の命を奪ったのも、彼がその情報を外部に洩らすことを危惧したからですよね。さらに豊松をテロ事件に見せかけて殺そうとしたのも同じ理由です。それほどまでして保持したい秘密など、そうそうありません」

放射性廃棄物の最終処分場を巡っては、自治体などでも議論されていると聞いたことがある。受け入れの是非を問うような首長選挙がおこなわれた自治体もあったという。

城水の様子は明らかにおかしかった。憤怒の表情を浮かべている。そこには伊賀一族の長としての威厳は感じられない。

「お祖父様、よろしいでしょうか」ずっと黙っていた小夜が口を開く。城水に比べ、孫の小夜の方が冷静だ。「ここまで知られてしまった以上、隠し通すわけにはいかないのではないでしょうか」

城水は大きく息を吸い、そして吐いた。そうした動きを何度か繰り返したあと、口を開いた。

「この短期間でよく調べた。今、お前たちが語ったことは、ほぼ真実を言い当てている。山梨県の十色村に放射性廃棄物の一時保管場所を建設しようというのは、息子の城一郎の発案であり、私も父親として全面的にバックアップしていた。実現まであと一歩という段階まで来ている。あとは来年の村長選挙の結果を待つだけだった」

つまり一時保管場所の建設に賛成する候補者を当選させ、実現に漕ぎ着けようという魂胆か。勝手にあの場所に放射性廃棄物を運び込むのではなく、行政的な手順を踏んだうえでの施設の建設・搬入を目論んでいたのだ。

絶対にあの場所に埋めてはいけないもの。蛍に対して豊松はそう言ったらしい。たしかにメインコロニー跡地は富士山からも近く、フォッサマグナと呼ばれる地溝帯の内部にあたる。地震等の災害の発生を考慮すれば、あの場所に放射性廃棄物を保管するのは極めて危険だ。

「ただし、事が事だけに厄介な問題だ。今の段階で話が公になるのはまずい。ところが赤巻が野党の議員、それも未来党の豊松に情報を売りつけたと耳にして、私は激怒した。すぐに私のところに釈明に来い。そう言っても奴め、私の呼びだしには応じなかった。しかも何を思ったか、本部に身辺の警護を依頼する始末。そこまでされたら堪忍袋の緒が切れるというものだ」

実際、悟郎は赤巻邸の警備の任務についていた。それにはこういう裏事情があったというわけか。だからといって自分の孫に口止めの仕事をやらせる神経が悟郎には理解できない。城水の近くに控える小夜の顔色を窺うが、何の感情も読みとることはできなかった。

「豊松の命を狙ったのもそうした理由からだ。ただしあの者に関しては、今回の一連の事件で精神的に参ったのではないかと想像できる。もしかすると話し合いの余地も残っているのではないか。そう思って打診したところ、色よい返事をもらっている。政治家としてクレバーな男だ。ここで伊賀に恩を売っておくのも悪くない。そう思ったのかもしれんな」

すでに来年の村長選挙に向け、城水たちは着々と準備を進めているのだろう。もし今の段階で情報が明らかになった場合、建設に反対する声が上がることは確実だ。反対派が村民グループなどを起ち上げ、組織立った動きをすると来年の選挙の雲行きが怪しくなる。だから現段階での情報の漏洩を阻止したかった。その思惑は十分に理解できるのだが――。

「どうしてですか？」口を挟まずにはいられず、悟郎は思わず訊いていた。「どうしてそこまでして十色村に一時保管施設を作ろうとしているのでしょうか？　そもそも十色村は伊賀にとっては縁もゆかりもない土地。あそこに放射性廃棄物を運び込むことが、伊賀にとってメリットになるのでしょうか？」

孫に殺人の罪を犯させてまで、進めるプロジェクトなのか。それが甚だ疑問だった。しかし城水はさも当然といった顔つきで答える。

「この計画が成功した暁には、息子の城一郎は次回の内閣改造で環境大臣に抜擢される。そういう約束が政府の上層部、端的に言ってしまえば総理の内諾を得ているんだ。大臣だぞ、大臣。国務大臣を出すことは伊賀一族の長年の悲願。お前も伊賀の忍者ならばそのくらいは承知しているであろう」

過去にも数人、伊賀から国会議員を送り込んでいるが、大臣にまで上り詰めた者はいない。つまり息子を大臣にしたい。その一心で城水は計画に加担していたのか。

「くだらない」

蛍がつぶやいた。その声に城水は敏感に反応する。

「おい、小娘。くだらないとは何だ？　伊賀忍者にとっての悲願なんだぞ。政府の足を引っ張るだけの甲賀者にはわからないだろうがな」

くだらない。そう言い捨てる妻の気持ちは理解できた。伊賀という狭い社会で生き続けてきて、息苦しいと感じたことは一度や二度のことではない。組織のルールや世間体などにがんじがらめにされ、自分が飼いならされていると感じたこともある。それに比べ、蛍は自由だった。彼女の目には伊賀の風習や組織としての在り方が奇妙なものに映ることだろう。

「これ以上、付き合っていられません。私は失礼させていただきます」

そう言って蛍が立ち上がる。このまま帰らせてもらえるはずがない。ただし蛍の意志は固いようで、畳の上を歩いて廊下側の障子に手をかけた。その背中に向かって城水が言う。

「一つ、面白い話をしてやろう。今から数年前、ある男が伊豆山中のキャンプ場で、一人の女性と出会った。それから数週間後、またしても同じ場所で二人は再会した。そうなると運命めいたものを感じずにはいられない。二人はほどなくして交際をスタートさせる」

俺たちの出会いの話だ。悟郎はそう察する。しかしこの話を持ちだす理由とはいったい何だ。どこか嫌な予感がして、悟郎は蛍の方を見た。蛍も興味を惹かれたらしく、障子に手をかけたまま動こうとしない。

「だが、二人にはお互い隠している秘密があった。二人は忍者だったのだ。しかも男の方は伊賀、女の方は甲賀忍者の末裔だった。この広い日本でだぞ、たまたま伊賀と甲賀の男女が運命的に出会い、恋に落ちる。こんな偶然が果たしてあるのだろうか？」

運命だと思っていた。あの時点ではそう思っていた。まさか、俺たちの出会いは

──。

「そうだ。初めから仕組まれていたんだよ。私が裏で糸を操ってな、お前たちが出会うように仕向けたのだ」

城水がそう言って、心底楽しそうに笑った。

「暇っすね。マジで帰りたいっすよ」

宇良は紙コップのコーヒーを飲みながら言う。場所は目黒区内にある住宅街の中だ。先輩忍者とともに車に乗っている。竹で出来た生け垣があり、その向こうには庭の木々が見えた。ここは伊賀忍者のトップ、評議員長である風富城水の自宅前だ。由緒正しい忍者の家系だけあり、格式の高い日本家屋の屋根だけが見える。

現在、ここには三十人以上の忍者が集められている。何と今、この家屋の中で風富城水と草刈悟郎・蛍の両名が膝を突き合わせて話をしているという。どんな話をしているのか、それはわからない。とにかくどんなことをしてもここからあの二人を逃がしてはならない。それが本部からの命令だった。

「でも甲賀って凄いっすよね。奴ら、半端ないっすよ」

昨夜もそうだ。監禁していた部屋で悟郎が急に苦しみだし、タクシーで病院に運べという指示を受け、その通りにした。しかし悟郎はそのまま姿を消してしまった。一時間後、伊賀ビルから二キロ離れた地点で問題のタクシーが乗り捨てられており、その車内では悟郎に同行していた二名の忍者が気を失っていた。その二人はすぐにこの件から外された。問題のタクシーを捕まえたのは宇良だったので、自分にも処分が下るかと思っていたが、お咎めなしだった。できれば処分を食らって家でゲームでもやりたいところだった。もうかれこれ一週間ほど、本部に動員されている。

「タイマンじゃ確実に負けますよ。実際に見た俺が言うんだから間違いないっす。草刈蛍は伊達じゃないっす」

「宇良、それ以上はやめておけ」

運転席に座る先輩忍者は言う。甲賀忍者は憎き敵であり、褒め称えることなどもってのほか。そういう空気が伊賀忍者の中にある。宇良も最近まではそう思っていた。いや、甲賀になど興味がなかったと言った方が正解だ。

ところが草刈蛍に出会い、その印象が百八十度変わった。伊賀と違い、彼女は本物だった。目的のためなら手段を選ばない強引さと、どんな相手にも対応する柔軟性を併せ持っていた。甲賀って凄え。本気でそう思っていた。

それにそもそも同じ忍者ではないか。宇良はそう思い始めている。戦国時代にまで遡る因縁が存在しているのはわかる。しかしこの現代社会では素性を隠して暮らすという、同じ境遇でもある。だったらもう少し互いを尊重してもいいのではないか。そんな風に思っているが、きっとそれを隣の先輩忍者に話しても相手にされないはずだ。伊賀忍者というのは大概頭が固い。それが美徳であるような風潮もある。

動きがあった。宇良たちの前方に停まっていた車の助手席のドアが開き、男が降りてきた。彼も忍者だ。集められた忍者の半分は何があってもいいよう、こうして邸宅の外の車内で待機している。残りの半分は敷地内に入り、庭や建物内に隠れているようだ。

男がこちらに向かって歩いてきて、助手席の窓ガラスをノックしたので、宇良はボタンを操作して窓を開けた。

「何すか?」

「お前、ボイフレって知ってるか?」

いきなり訊かれ、宇良は答えた。

「ボイスフレンドですよね。知ってますけど、ダウンロードはしてません」

完全招待制の音声アプリだ。要は動画配信の音声版といった内容で、数年前に一時話題になったが、それほど浸透することはなかった。

「この配信者にアクセスしろ」

男がそう言ってメモを渡してくる。『雀のお宿』という配信者名で、その下にはパスコードらしきアルファベットが並んでいる。

「すぐにダウンロードして、この配信者にフレンド申請をしろ。すぐに承認してくれるはずだ」

男の顔つきはやけに真剣だった。そして顔色が悪かった。具合が悪いのではないかと心配になるほどだが、男は立ち去っていく。別の車で待機する忍者に伝えて歩くつもりらしい。

「どういうことだ？」

運転席に座る先輩忍者が訊いてくる。説明するのが面倒なので、「ちょっと待ってください」と言ってから、宇良はスマートフォンを出し、アプリのダウンロードサイトにアクセスした。

ものの数分でダウンロードが完了する。ハンドルネームなどを決めたのち、実際にアプリを起動させる。『雀のお宿』という配信者はすぐに見つかった。現在も生配信中で、聴取者の数は現在十二人だ。

友達申請を出す。パスコードを要求されたので、メモにあったアルファベットを入力する。ほどなくして申請が許可され、ルームに招待された。スマートフォンを操作し、音のボリュームを上げた。

『……溺れるようになったのも、それが原因かもしれません。借金もあり、薬を買う金も必要だった赤巻は、あることを思いつきます。情報の漏洩です。野党の未来党に対し……』

悟郎の声だ。と言っても悟郎自身が配信することなどできるはずもなく、おそらく録音した内容を配信者が流しているものだと想像がつく。

『いったい赤巻はどんな情報を売り渡そうとしていたのか。調べた結果、山梨県の十色村にある、ヒカリの国のメインコロニー跡地が関係していることがわかりました。どうやらそこに政府は……』

これは今、風富家の内部で交わされている会話ではないのか。いや、きっとそうに違いない。それにしても内容が不穏だ。ヒカリの国というのはその昔、テロ行為で世を震撼させた新興宗教の教団だ。いったいそれが伊賀とどういう関係があるというのか。

隣を見ると、先輩忍者も青い顔をして音声に聞き入っている。

初めから仕組まれた出会いだった。その意味するところがわからず、悟郎はその場で呆然と座っていることしかできなかった。

「考えればわかるだろうが。伊賀者と甲賀者がたまたま出会って恋に落ちる。落雷に打たれる方がよほど確率的には高いのではないか」

そんなことがあるわけない。そう強く否定できないのも事実だった。偶然ではなく、仕向けられた出会いだった。そう説明された方が腑に落ちる部分もある。

「そちらのお嬢さんは長年うちでマークしていた。と言っても相手も忍者。たまに遠巻きに眺めて動向を確認する程度しかできなかったがな。何しろ月乃家の現役忍者だ。マークしておいて損はない」

月乃というのは蛍の旧姓だ。城水の口振りだと、甲賀では名の知れた存在らしい。あの動きを見れば蛍が優れた忍者であることは一目瞭然だ。優秀な忍者を輩出する家系なのかもしれない。

「月乃蛍が週末にキャンプに行くことは知っていた。そこを狙わない手はない」

あの伊豆のキャンプ場には月に二度、足を運んでいた。あのキャンプ場を紹介してくれたのは音無だった。音無は結婚以来、キャンプをやらなくなっていたが、かつては二人でキャンプをしていたものだった。ということは、つまり――。

悟郎の心の内を見透かしたように城水が言う。

「そうだ。お前をあの場所に向かわせたのは、音無が私の命令に従ったからだ。悪くは思わんでやってくれ。私の頼みを断れる忍者など、伊賀には皆無だからな」

そうとも知らず、俺は呑気にキャンプ場に向かったわけだ。そういえば思いだしたことがある。最初に音無からあのキャンプ場を紹介されたとき、パンフレットと一緒にお薦めのポイントを三ヵ所ほど教えられた。あれはおそらく蛍がよくテントを張る場所だったのだ。

「年齢や性格、あとは名前の画数などで、月乃蛍に合いそうな男をピックアップした。正直うまくいくとは思っていなかった。もし駄目なら別の手を考えていたはずだが、お前たちは交際にまで発展した」

キャンプ場で出会い、しかもお互いソロキャンプ。シチュエーションとしても悪くない。しかも最初の出会いから二週間後、またしても同じキャンプ場で再会したのだから、運命というものを感じずにはいられなかった。

あれがすべて、仕組まれたものだった。信じたくないが、きっとそれが真実なのだろう。忍者同士が偶然出会い、恋に発展する。確率的にも有り得ないし、演出されていたと考えた方が合点がいく。

「付き合うだけではなく、結婚までしてしまったのだから、私も驚いた。伊賀と甲賀の夫婦など聞いたこともない。しかも互いに素性を隠し、結婚したのだからな。仮面夫婦という言葉があるが、ある意味お前たちにこそ相応しい」

実はついさきほどまで、悟郎は自分たちが優位に立っていると信じて疑わなかった。十色村のメインコロニー跡地にまつわる、風富家の暗躍と、その野望。それを暴いてやったという痛快さもあったし、それに何より、ここでの会話は音声アプリを通じて伊賀忍者たちに発信しているのだ。

蛍の発案だ。彼女は予備のスマートフォンをこの場に持ち込んでいた。金属探知機でチェックを受けて一つ没収されたが、チェックを終えたあと、靴を直す振りをして中に隠していた予備のスマートフォンを手にしたのだ。録音された会話は蛍の妹――雀という地下アイドル――が音声アプリを通じ、伊賀忍者限定で公開するという計画だ。つまり風富家の悪事はすべて白日のもとに晒されるのだ。

だからずっと心のどこかに余裕があった。だが今は、それは完全に消え失せていた。自分たち夫婦の出会いは最初から仕組まれたものだった。衝撃的とも言える事実に、悟郎は今後の展開を一切予想できなかった。暴きだした真実を餌に、自分たちに有利に交渉を進めていく。最初のプランが根底から覆ってしまっていた。

おそらくこの内容は配信されていないはず。本筋とは関係ないので、雀がそう配慮をしてくれていると信じたい。

「どうした？　驚いて声も出ないか？」

城水がそう言って愉快そうに笑う。悟郎は蛍を見た。彼女は城水に背を向けたまま、その場に立ち尽くしている。部屋から出ていかないのは、彼女にしても城水の話に衝撃を受けているからではないだろうか。自分たちの結婚が、実は伊賀に仕組まれていた。甲賀にとってもかなりの屈辱ではなかろうか。

「一つ教えてください」悟郎は疑問を口にする。「なぜですか？　なぜそこまでして伊賀者と甲賀者を出会わせることに拘ったんですか？」

あまりいい気分ではない。自分が人体実験の材料にされたような気分だった。甲賀の情報を仕入れたいのであれば、単純に拘束して寝返らせるなど、方法はいくらでもある。実際に伊賀と甲賀はそれぞれ内通者を抱えており、それはまるでスパイ映画さながらの諜報戦だと噂で耳にしたことがある。

「理由は明白だ。そこのお嬢さんが月乃家の跡とりだからだ」

城水がそう言って蛍に目を向けるが、彼女は背を向けたままその場から動こうとしない。城水が余裕たっぷりの表情で続けた。

「甲賀の名門、月乃家には代々伝わる一子相伝の奥義があると聞く。その奥義は月乃家の正統な後継者のみに伝えられる秘伝だ。きっとおそらく、月乃蛍も父からそれを教わっているはず。私はそう睨んでいるんだが、どうだ？　私の想像に間違いはなかろう？」

蛍は答えなかった。一子相伝の奥義。いったいどんなものなのか。悟郎はゴクリと唾を呑み込み、城水の次の言葉を待った。

「生延（せいえん）の術。そう呼ばれているらしい。文字通り、生を延ばす術だ。死期の迫った者に対しその術を使えば、死期が数年延びるという禁断の術だ。あの太閤秀吉もその術を用いたとも言われているし、大権現様もその術に興味を抱き、月乃一族の行方を長年追われていたそうだが、その願いは叶うことはなかったという」

大権現様というのは徳川家康のことだ。死期を延ばす。そんなことが果たして可能なのか。話が胡散臭くなってきたのを悟郎は感じたが、城水は至極真面目な顔つきで話している。

「その術を使えるのは生涯で一度きりと聞いている。まさに禁断の術。それを手に入れるため、こうして大がかりな仕掛けをこしらえたのだよ」

蛍が振り向いた。そして城水に向かって言った。

「それが本当なら、私にどうしろと？」

「決まっているであろう。使ってほしいのだよ、そなたの受け継いだ、生延の術をな」

悟郎たちは和室から出て、廊下を歩いていた。場所を変えたい。城水の提案を受けてのことだ。悟郎の隣には蛍の姿があるが、彼女はやや俯いている。その表情を見ると、城水の話の信憑性が増してくる。一子相伝の禁断の術。それを彼女が受け継いでいるというのだった。

渡り廊下を渡る。両脇の庭はどこぞの旅館か寺院のように手入れが行き届いている。カツン、というししおどしの音が聞こえてきそうな雰囲気だった。気配は消しているが、複数名の忍者が息を潜めているのは想像がついた。

離れに到着する。ドアを開けると、そこは打って変わってモダンテイストな部屋になっていた。ただし普通ではない。ガラス張りの向こう側には一台のベッドが置かれ、その上には一人の男が横たわっている。酸素マスクをしたその男は、今は眠っているようだ。あの男は、まさか——。

「息子の城一郎だ」

やはりそうだ。選挙のたびに伊賀忍者は応援に動員され、街角の応援演説などに参加する。だから何度か見たことがあるが、そのときに比べてだいぶ痩せていた。

「一ヵ月前だ。議員会館で喀血したらしい。精密検査の結果、胃がんを宣告された。すでにだいぶ進行していて、手術ではどうにもならないそうだ。抗がん剤治療で生き永らえている状態でな。このままだと半年ももたないと医師から言われている」

もともと病院嫌いだったそうだが、国会議員という立場上、二年に一回の人間ドックは欠かしたことがなかったという。しかしここ数年、例のウイルス騒ぎで人間ドックの受診を控えていたという話だった。言われてみれば最近は城一郎の姿を公式の場で見ていない。ブログの更新も止まったままだ。

「箝口令を敷いているから、城一郎の病状は伏せられている。総理や幹事長などの党役員クラスの耳に入っているだけだ」

部屋の中には白衣を着た看護師もいる。専属で雇っているということか。城一郎は風富家の次期当主だ。いや、すでに彼は国会議員、しかも環境副大臣という責務を担っており、実質的には城一郎の時代と言ってもいい。そんな男が余命半年を宣告されたというのだ。

「頼む、お嬢さん。いや、蛍殿」

そう言って城水が自分の膝に手を置き、腰を折るようにして頭を下げる。あの風富城水が頭を下げる。自分が目にしている光景が信じられなかった。

「お願いだ。息子を助けてやってはくれないか？　貴殿が継承している生延の術で、息子の命を救ってはくれないか？」

城一郎の病を予見していたわけではないだろう。いつか風富家に不測の事態が生じた場合に備え、城水は蛍を手元に置き――伊賀忍者の妻として――絶えず監視していた。それが今回、早くも蛍の奥義が必要なタイミングが訪れたのだ。しかし死に瀕した病人の命を救うことなど、本当に可能なのか。

蛍は何も言わず、ガラスの向こうのベッドに横たわる城一郎に目を向けている。禁断の奥義を使うに値する相手かどうか、それを吟味しているのか。それとも全然別のことを考えているのだろうか。

「ちょっといいですか？」悟郎はおずおずと口を開く。城水が険しい視線を向けてきたが、それを無視して蛍に訊く。「蛍、お前、本当にそんな術を使えるのか？　生延の術だっけ？」

一応確認しておきたかった。術を使えるとは彼女は一度も明言していないからだ。

蛍はこくりとうなずいた。

「使える。父からちゃんと受け継いでるから」

城水が安堵したように息を吐くのが見えた。悟郎は質問を重ねた。

「死期を延ばすって、そんなことが可能なのか？」

悟郎はいまいち信じることができなかった。現代医学では手の施しようのない症状でも寿命を長くする。そんな魔法のようなことができるのか。

「面倒だけど説明する」本当に面倒臭そうに蛍が説明を始める。「生延の術は戦国時代に生みだされたの。あの時代、毒を使って相手を暗殺するのが流行っていたみたいで、それに対抗する手段として編みだされた技よ。大雑把に言ってしまえば、気の流れを利用して、体内に沈着した毒素をとり除くのよ。吸いとった毒素の一部は、吸いとった側の体内に残ってしまうから、使っていいのは一生に一度と言われている」

気功のようなものだろうか。頭では理解できるのだが、そんなものが実在しているとはにわかには信じ難い。

「だから刀で斬られたり、そういう系の怪我を負った場合には対処できない。だけど、がんとかウイルス系の病魔の場合、ある程度の対応はできる。ただしあくまでも毒物の除去に特化した術だから、完全にがんやウイルスを除去することはできない。寿命を少し延ばす程度だと言われてる」

「いいぞ。いいではないか。寿命を延ばしてくれるだけでいい。どのくらい延びるんだ？」

城水が口を挟んでくる。少し嬉しそうだ。蛍はベッドに横たわる城一郎を見て答える。

「見た感じだとかなり症状が重そうだから、二年くらい」

現在、城一郎は医師から余命半年と言われているらしい。それが二年に延びることに意味があるのだろうかと悟郎は疑問に感じる。しかし城水の反応は悟郎の思っていたものと違っていた。

「二年か。二年ならどうにかなる。次の選挙に間に合うぞ。後継者を立て、その者に地盤を継がせるのだ」

城水がやや興奮気味に言った。この男の頭の中には風富家の威信を保つこと以外はないらしい。息子の病状が回復するのを期待するのではなく、せめて次の選挙まで生き永らえることを祈っているのだ。それに後継者という言葉が気になった。城一郎の子供は小夜だけだ。つまり小夜に跡を継がせるという意味か。

悟郎は振り返る。壁際には小夜が立っている。すると城水が言い放った。

「小夜ではない。女に政治家は無理だ。どこかの上忍の男を養子縁組で迎え入れ、その者に城一郎の跡を継がせるつもりだ」

「お祖父様、話が違うではないですか」たまらないといった感じで小夜が声を上げる。「私がお父様の跡を継ぐ。そういう約束だったはずです。だから私は大学でも政治学を学びました。成績では男子にも負けませんでした」

「お前には無理だ、小夜。手の汚れてしまった女に風富家の将来を託すわけにはいかないのだ」

最初からこうするつもりだったのだ。女の跡とりは認めず、できれば養子縁組で優秀な上忍の子息を迎え入れるつもりだったのだ。そのために小夜に汚れ仕事を命じたのか。それが本当ならこの風富城水という男、骨の髄まで腐っている。

小夜は目が虚ろだった。信じていた祖父に裏切られたのだから、それは当然だ。

「待てよ、小夜」

小夜が離れから出ていくのが見えたので、悟郎は手を伸ばした。が、彼女には届かなかった。追いかけたいが、今はこの場を離れるわけにはいかない。

「さて、蛍殿」孫娘のことなど気にする素振りも見せず、城水は言った。「息子に生延の術を使ってやってくれないか？　必要な道具があればすべてこちらで用意する。もし私の希望を叶えてくれたら、それなりの礼はするつもりだ。特別におぬしの伊賀への帰属を認めてもいい。当然、甲賀の者とも話をつけるつもりだ。これまで通り夫婦水入らずで暮らすがいい」

一切を水に流し、夫婦として暮らすことを認めると言っているのだ。余命半年の命を二年に延ばす。その結果として得られるものとしては、かなりの褒賞と言えるのではないか。良心が許すか許さないかという問題は別にして。

「もし断ったら？」

悟郎は訊いた。すると城水は残忍な笑みを浮かべて答えた。

「その場合、お前たちは永遠に引き裂かれる運命にある。この屋敷は無数の忍者によって囲まれている。逃げだすことは容易ではないぞ」

どうするべきか。解決策は見いだせそうにない。悟郎は蛍を見た。彼女はガラス張りになった病室を見ているが、その目は何も見ていないようだった。術を使うのは彼女なのだ。決めるのは蛍だ。

「お断りします」

蛍が素っ気なく言う。すぐさま城水が反応する。

「なぜだ？　これほどの好条件はないぞ。甲賀を抜けることなら問題ない。こう見えて私は伊賀の長だ。向こうと話をつけることなどわけないぞ」

「そうじゃない。使えないの」

「術を使えない？　どういうことだ？　さっきは使えるとはっきりと言ったではないか。父から受け継いでいると」

少し間を置いたあと、蛍は言った。

「正確に言うと、使えなくなったの。一度使ってしまったから。それもつい最近」

蛍がこちらに目を向けた。その視線の意味に悟郎は気づいた。

あのときか。思い当たる節があった。伊豆のキャンプ場で襲われたときだ。腕に棒手裏剣が当たり、その毒が体に回ったのか、悟郎が気を失った。意識をとり戻したとき、三島市内のビジネスホテルの一室にいた。蛍がかなり疲労している様子だったのを憶えている。あれは悟郎を一人で運んできた疲れではなく、術を使ったあとの疲労だったのか。つまりあのとき、俺は死の淵を彷徨ったということか。

一生に一度しか使えない術。しかも吸いとった毒素が蛍の体内にも残ってしまう。そんな術を俺に施してくれたのだ。死にかけた俺を、救ってくれたのか——。

　蛍がこちらに向かって歩いてくる。そして悟郎の正面に立って言った。

「だから言ったでしょ。私の命に替えても悟郎さんは守る。それを実行しただけ」

「蛍、お前……」

　言葉が続かない。思わず悟郎は妻の体を抱きしめていた。

　あの日のことは蛍の記憶にも鮮烈に残っている。伊豆山中のキャンプ場で襲われた朝のことだ。
　悟郎は棒手裏剣の毒に冒され、意識が朦朧とした状態だった。林道を通りかかった地元住民から軽トラックを借り——実際には麻酔銃を使って半ば強引に奪い——そのまま林道をひた走った。助手席に座る悟郎の顔は土気色をしていて、もはや一刻の猶予もならないことは明らかだった。ようやく見えた人里の中に一軒の調剤薬局を見つけ、蛍はそこで必要な薬剤を調達した。車に戻って彼に薬剤を投与したが、容態はいっこうに回復する兆しが見えなかった。
　どうする？　このままだと彼は死んでしまう。
　蛍は自問した。ただしこの時点ですでに腹は決まっていたと言えるかもしれない。

何としても彼を救う。夫をむざむざ死なせてたまるものか。

蛍は空き家を見つけ、そこに悟郎を運び込んだ。そして月乃家に伝わる一子相伝の奥義、生延の術を夫に対して使ったのだ。やり方は父から教わっていたが、一生に一度しか使ってはならないと釘を刺されており、蛍も実際に使うのは初めてだった。

すぐに効果が現れた。浅かった悟郎の呼吸が力強さをとり戻したのだ。それと同時に蛍の体にも異変があった。体の節々に痛みが発生し、強い倦怠感を感じた。毒素の一部が蛍の体内に残ってしまったのだ。術が効いた証でもあった。

空き家の中で一時間ほど休んだあと、再び蛍は悟郎を軽トラックの助手席に乗せ、車を発進させた。そして三島市内のホテルにチェックインした。足元も覚束ないほどに疲れていて、悟郎をベッドに寝かせたあと、蛍自身もソファに倒れ込んだ。それがあの日起きたことのすべてだ。

「ふざけるのもいい加減にしろ。使えなくなっただと？　いいから早く息子を治してくれ。そうしなければお前たちの未来はないぞ」

蛍は城水に目を向ける。もう一度生延の術を使え。そう言っているのだ。

「二度目は無理。私の命に危険が及ぶ」

「そこを何とか頼む。風富家の将来がかかってるんだ」

足音が聞こえてくる。離れの廊下を複数人が歩いてくる足音だった。ドアが開き、数名の男たちが雪崩れ込んでくる。それを見て城水が叫ぶように言った。

「お前たち、勝手に入ってくるな」

「評議員長、大人しくしてください。あなたがおこなった行為は到底許されるものではありません」

　年配の男が前に出た。以前伊賀ビルに連行されたとき、蛍に対して事情聴取をした男だ。男はスマートフォンを出した。城水の声が聞こえてくる。雀が音声アプリを使って配信したものだ。城水がみずからが関与した悪事について語っている。

「現在伊賀ビルにおいて、臨時の評議会が開かれています。議題は風富評議員長の辞職勧告決議についてです。決議はすぐに下りるはずです。我々にご同行ください」

「ふざけるな。おい、何をする、離せ」

　若い忍者が前に出て、三人がかりで城水をとり押さえていた。最初は反抗していた城水だったが、徐々に抵抗する力が落ちてきて、最終的には三人に囲まれる形で離れから連れだされた。

　年配の男が言った。

「草刈、お前にも事情を聞きたい。もちろん奥さんにもだ」

　悟郎と目が合う。大丈夫だ。そう言わんばかりに彼はうなずいた。蛍もうなずき返した。そのまま離れを出て、渡り廊下を渡る。庭や廊下、屋根の上など、邸宅のいたるところに忍者が控えている気配を感じる。

廊下を中ほどまで進んだところで、衝撃音が聞こえた。車が衝突したような音だった。周囲の忍者が慌てた様子で音が聞こえた方向に向かって走っていく。やがて報告の声が上がってきた。

「トラックです。大型トラックが玄関に突っ込んできた模様。運転手の姿は確認できません」

雀の仕業だ。蛍は常人より聴力が優れているので、トラックが突っ込んでくるのを数秒前に察知していた。同時に、もう一つの音が蛍の耳には聞こえている。本命はきっとこっちだ。

「怪我人がいないか、至急確認しろ」

「はっ」

多くの忍者が玄関の方に向かっていく。その隙を突くように、今度は空の上からそれはやってくる。ヘリコプターだ。轟音を鳴らしながら、ヘリコプターが降りてくるのだ。機体のハッチからは一本の梯子が垂れている。

庭の木々が風になびいている。凄まじいダウンウォッシュだ。ヘリコプターというのは上昇するために、下に風を吹き下ろす仕組みになっている。そのときに生みだされる風のことをダウンウォッシュという。

蛍は悟郎の耳元に顔を近づけ、言った。

「悟郎さん、さよなら。愛してる」

すぐに蛍は身を翻し、渡り廊下から跳躍した。そのまま庭石の上に飛び乗り、その勢いを使ってさらに高く跳ぶ。

「蛍っ」

背後で悟郎の声が聞こえる。蛍は手を伸ばし、梯子に手をかけた。自分の体が宙に浮き、そのまま上空に引っ張られる感覚がある。ヘリコプターが上昇したのだ。みるみるうちに屋敷が小さくなっていく。高度が保たれたのを確認してから、蛍は梯子をよじ登った。乗っているのは操縦席のパイロットだけだ。ゴーグルをかけ、操縦桿を握っているのは姉の楓だった。

梯子を回収してから、蛍は操縦席の後ろに向かった。そして姉に声をかける。

「お姉ちゃん、どうして？　今日は日曜日でしょ」

日曜日は競馬の開催日のため、姉は騎乗予定が入っているはずだ。姉は答えた。

「昨日の午前中、あの人が競馬場に来たの。蛍がピンチだから体を空けておくようにって」

第二レースが終わったあとのことだった。調教助手に扮した父、竜兵が接触してきたそうだ。馬具の交換をしながら竜兵と打ち合わせをした。

「だから昨日の第六レースで落馬を装ったの。全治一週間の怪我ってことになってるわ。シラフのお父さんと話したの、結構久し振りだった」

つまり父の差し金というわけか。娘の危機を察し、救出作戦を実行する。ああ見えて一応父親らしいこともしてくれるのだ。

「……いいの？」

プロペラの回転音にかき消され、姉の声が聞こえない。蛍は操縦席に身を乗りだした。姉がもう一度訊いてくる。

「蛍、本当にこれでいいの？」

いいわけない。未練がないと言えば嘘になる。しかし伊賀者と甲賀者が結婚するなど、所詮は無理があったのだ。忍者に結婚は難しい。

「これでいいの。これでね」

二年半の夢から覚め、今日から月乃蛍に戻る。それだけだ。

外は快晴だ。蛍は東京の街並みを見下ろした。

エピローグ

テントの設営を終え、悟郎は持ってきたランタンに火を灯した。午後六時。外は薄暗くなっている。

ここは静岡市の北部、大井川の上流にあるオートキャンプ場だ。よほどの悪天候ではない限り、週末はここで過ごすのが悟郎の習慣になっていた。南アルプスの山並みも見え、すでにところどころの山肌は赤く色づき始めている。

悟郎は焚き火台の中に着火剤を置き、ライターで点火した。薪を入れ、火勢を徐々に大きくしていく。火を見ているだけで心が落ち着いた。キャンプの醍醐味だ。

あの一連の騒動から一年が経過した。現在、悟郎は静岡市内にある駿河南郵便局で働いている。お家取り潰しとまではならなかったものの、悟郎たちにもそれ相応の処分が下された。悟郎は世田谷中央郵便局を去ることになり、父の吾一は郵便局長から副局長へと降格処分を言い渡された。伊賀忍者としての番付も、三番隊甲組から五番隊乙組まで降格した。

以前のように忍者として任務に加わることもなくなった。ごく普通の郵便局員として日々汗を流しているだけだ。

火勢がいい感じに落ち着いたので、焚き火台の上に網を載せ、その上に水の入ったケトルを置く。最初にコーヒーを飲む。それが悟郎のルーティンだ。同時にスマートフォンの電源をオフにすれば、それだけで現実社会と切り離されるのだ。

まだスマートフォンの電源を切っていないことに気づき、悟郎は上着のポケットに手を入れた。そのときちょうど着信を知らせる振動があった。画面を見て悟郎は驚く。こいつが電話をかけてきたのは一年振りだ。躊躇しつつも、悟郎はスマートフォンを耳に持っていった。

「もしもし?」

「久し振りだな、草刈」

音無だった。あの事件以降、彼とも話を交わしていない。今も音無は麴町郵便局に籍を置き、事務局の手伝いをしているはずだ。将来は事務局の正規メンバーになるとも言われている。

「ソロキャンプは楽しいか?」

いきなり音無に言われ、悟郎は周囲を見回した。どこかで見ているということか。そんな心配を予期していたかのように音無は言う。

「毎週キャンプ場に行く。そういう報告は受けている。心配するな。お前はもう二十四時間の監視対象ではなくなってるよ」

「何の用だよ。用もないのにかけてきたわけじゃないだろ」

「そう突っ張るなよ。俺とお前の仲じゃねえか」

悪びれずに音無は言う。悟郎は思わず苦笑した。一年前の事件ではいろいろあったが、そういうものを水に流せてしまうあたりが奴らしいとも言える。

「毎週キャンプに行けるお前が羨ましいよ。俺なんて土日も仕事だぜ」

音無はそうぼやいた。彼がぼやくのも無理はない。一年前の事件は今も尾を引いている。

風富家はお家取り潰しとなった。首謀者である城水は今も軟禁生活を送っているという。息子の城一郎を大臣にしたい。その一念で計画された、十色村への放射性廃棄物等の一時保管施設建設計画は頓挫した。ただしそれは世間に向けて公表できる話ではなく、今も事務局では情報を外に洩らさぬよう、細かい作業が続いている。おそらく音無もそういう作業に忙殺されているものと思われた。要するに悟郎たちが暴いたスキャンダルを揉み消す仕事をやらされているわけだ。

「謝るよ。俺にできることがあれば手伝いたいんだが、この身分ではどうにもならん」

「いいって。それよりな、明日弁護士に同行して小夜に面会に行く。何か伝えることはないか？」

一年前の一連の事件において、伊賀の幹部が一番頭を悩ませたのは小夜の処遇だった。祖父に命じられたとはいえ、彼女は赤巻議員を殺害している。警察は事件性なしと断定したわけだし、このまま黙っていてもいいのではないかという意見もあったが、小夜自身が罪を償いたいと強硬に主張したらしい。

熟考を重ねたうえ、事務局が考えたストーリーは次のようなものだった。小夜は大学生のときに赤巻から過激なセクハラを受けていて――実際に彼女は赤巻の選挙ボランティアを務めていたことがある――彼に対して激しい憎悪を感じていた。小夜の方からは連絡を断っていたが、大手町の小夜のオフィス近くで赤巻と偶然再会してしまい、そのトラウマがよみがえり――。

赤巻側の弁護士も伊賀者であり、口裏合わせは容易だった。ただし警察の再捜査にも時間がかかり、一年経った今でも裁判は結審していない。小夜は拘置所に収容されているはずだ。

「俺は元気でやってる。そう伝えてほしい」

特に大袈裟なメッセージは伝える気になれない。向こうがどう思っているかわからないからだ。電話の向こうで音無が言った。

「わかった。じゃあそう伝えておく。そのうち会って一杯やろうぜ」

「ああ。そのうちな」

通話を切った。ケトルの湯が沸いていたので、少しずらして隅の方に寄せる。ずっと愛用しているチタンのマグカップを出した。個別包装のドリップパックをマグカップの上に置き、上から湯を注ぐ。コーヒーの香りが鼻孔を刺激した。

マグカップに手を伸ばそうとした、そのときだった。不意に背後に気配を感じた。誰かが立っているのは間違いなかった。ただし殺気などは感じない。それどころか懐かしさにも似た妙な感覚に包まれていた。

悟郎は苦笑する。気配を感じさせずにここまで接近してくるとは、やはりただ者ではない。

いつかまた会える。そう信じていた。

悟郎はゆっくりと振り向いた。

特別収録短編　忍者に披露宴は難しい

「いよいよだな。お前が結婚するなんて俺も感慨深いよ。忍者たる者、所帯を持ってこそ一人前だからな。本当におめでとう」

「ありがとう。お前にそう言ってもらって俺も嬉しいよ」

草刈悟郎(くさかりごろう)はコーヒーを一口飲んだ。修善寺(しゅぜんじ)にあるホテルのラウンジだ。一面ガラス張りの窓から、手入れの行き届いた和風の庭園が見える。目の前に座っているのは友人の音無祐樹(おとなしゆうき)だ。二人とも同じ世田谷(せたがや)区内で働く郵便局員であり、伊賀(いが)忍者の末裔(まつえい)という共通点もある。子供の頃からの付き合いだ。

「でも本当にいいのか？　草刈。俺たちの世界は特殊だ。やっぱり一般人と結婚するのは無理があるんじゃないか。俺みたいに見合いで同族の娘を嫁にもらった方がいいと思うぞ、絶対」

　すでに二人の間で何度となく繰り返された話だ。伊賀忍者は同族同士で結婚する風習があり、一般人と結婚するのは少数派だ。忍者であることは決して他人に知られてはいけない秘密であり、忍者同士で結婚した方が何かと好都合なのである。今、音無と話している内容は忍者同士だからこそのもので、悟郎も妻となる女性に自分の正体を話していないし、今後も明かすつもりはない。

「俺が決めたことだ。ここまで来てあとには引けないよ」

「それもそうだな。披露宴は明日だしな」

もともと結婚式も披露宴もおこなう予定はなかった。入籍するだけにしようと二人で話し合っていたのだが、形だけでもやるべきだと実家の両親に懇願され、こうして披露宴等をおこなう羽目になった。場所は静岡県伊豆市にある修善寺ガーデンホテル。由緒ある日本旅館を外資系のホテルが買収し、数年前に全面改修したホテルだ。実は妻になる女性と出会ったのが伊豆山中にあるキャンプ場であり、それがこのホテルを選んだ理由の一つだった。

「それで彼女、結婚しても仕事は続ける気なのか？」

「うん、そのつもりらしい」

「それが正解だな。共稼ぎの方がベターだ」

世間には知られていないが、郵便局員には伊賀忍者の末裔が多い。明治期、郵便事業のネットワークの構築に忍者が一役買ったと言われている。その関係で今も伊賀忍者は採用され易い傾向にある。

「それにしても遅いな、彼女」

「そろそろ来る頃だと思うんだが」

今日は現地で待ち合わせだ。悟郎は実家のある静岡（しずおか）市に向かい、そこで両親と合流して修善寺までやってきたので、彼女とは別行動だった。

「いやあ楽しみだな。何しろ草刈の奥さんになる人だからな」

実はまだ彼女のことを音無には紹介していない。彼女はシャイな性格であり、あまり積極的に人に会うことをしないタイプの女性だ。そういう奥ゆかしい面も気に入っている。

土曜日の昼ということもあり、ラウンジは八割方席が埋まっている。ホテル内の広間でシンポジウム的なイベントが予定されているようで、学者然とした人たちの姿が目立った。

「もしかして、あの子か？」

音無の言葉で入り口の方に顔を向けると、一人の女性が歩いてくるのが見えた。黒いシックなドレスに身を包んでいる。しかもノースリーブだ。まるでファッションショーのランウェイを歩くモデルのようだ。悟郎は我が目を疑った。

「そ、そうだ。あれがそうだ」

生唾を飲み込み、悟郎は答えた。その女性は真っ直ぐこちらに向かって歩いてくる。

　間違いない。悟郎の婚約者、月乃蛍だ。普段は都内の調剤薬局で薬剤師として働いている。基本的にデートはいつもキャンプ場だし、たまに街を出歩くときも彼女はジーンズにシャツという軽装だ。こういう風に着飾った彼女を見るのは初めてだ。女という生き物は化粧とファッションだけでここまで変わってしまうのか。悟郎は自分の妻となる女性の美しさに感嘆すると同時に、自分が幸せ者であることを痛感した。

「ごめん、遅くなっちゃって」

蛍がそう言いながら近づいてきた。音無も、そして悟郎も思わず立ち上がり、直立不動の姿勢で彼女を出迎えた。

「俺たちが早く着いてしまったんだよ。それより蛍、その格好は……」

「これ？」蛍がその場で一回転する。「私、地味な服しか持ってないでしょう。こういう場に来るにはどういう格好をすればいいか迷って、デパートに行って店員さんに決めてもらったのよ。変？」

「ちっとも変じゃない。あ、蛍、紹介するよ。こいつは俺の親友の音無だ。何度も話しただろ」

「こんにちは。月乃蛍です。お噂はかねがね。主人がいつも……、あ、違うか。まだ結婚してないんだよね」

「別にいいんじゃないですか」と音無が笑みを浮かべて言った。「こいつからのろけ話は散々聞かされていました。このたびはおめでとうございます」

「ありがとうございます」

蛍がそう言って頭を下げた。背中も開いており、こちらまで恥ずかしくなってしまうほどだ。ラウンジにいる男子諸君の注目を集めまくっているのだが、当の本人はそんなことを気にかける様子もない。今はこんな格好をしているが、普段は地味な女性なのだ。

「ごめん、悟郎さん。先にお手洗いに行きたいの」

「わかった。飲み物だけ注文しておくよ。コーヒーでいいだろ」

「ええ、お願い」

蛍はラウンジから出て行く。その様子を見届けてから音無が脇を突いてくる。意味深な笑みを浮かべて音無が言った。

「お前とは長い付き合いだが、お前のことを羨ましいと思ったのは今日が初めてだよ」

正直悟郎も思い悩んだ。音無らほかの忍者と同様、見合いをして同族の娘を娶った方がいいのではないか。そんなことを考えた時もあったが、やはり結婚相手くらい自分の意思で決めたいという強い思いがあった。

俺は本当に幸せ者だ。悟郎は自分の幸福を改めて実感した。

★

月乃蛍はホテルの廊下を歩いている。チェックインしたのち、悟郎は屋上にある展望露天風呂に入るといって部屋を出ていったので、蛍はホテル内を散策してみることにしたのだ。

結婚式を明日に控えているが、特に緊張もしていないし、これといった感慨もない。結婚というのは蛍にとって単なる偽装の一種に過ぎない。

蛍は甲賀忍者だ。幼い頃から父より忍術を仕込まれ、今も指令と呼ばれるミッションをこなす日々だ。忍者は普段は一般人として生活を送るものであり、日常生活で目立ってはいけない。この国においては結婚しているというだけで社会的に認められる傾向があり、結婚しておいて損はないと蛍は考えていた。

では結婚相手に愛情がないかと言えば、それも少し違う。全然好きではない相手と生活をともにするのは忍者といえども苦痛である。草刈悟郎は筋肉バカというか、短絡的な部分はあるが、根はいい男だ。一緒にいて楽な相手であるのは、毎週末のキャンプでわかっている。

実は郵便局員というのは伊賀忍者が隠れ蓑にしている職種であることを蛍も知って

いるが、父の事前の調べで彼がシロなのは判明している。交際期間は約半年間。決して長いとは言えないものの、彼が忍者っぽい動きをしたことは一度たりともない。体を鍛えるのと、肉を食べるのが大好きな好男子だ。

外の庭を歩いてみる。今日もホテル内で結婚披露宴がおこなわれているらしく、庭をバックにして写真撮影をしている新郎新婦の姿があった。明日自分もああして写真を撮ることになるのかもしれない。そう考えるととても不思議な気持ちになった。

前方に一人の女性が立っていた。年齢は六十代くらい。カメラを手にして池を泳ぐ家鴨(あひる)の写真を撮っているようだ。その女性が持っているカメラが気になった。かつて流行していた使い捨てカメラだ。そこに符号——甲賀の使者が発する特徴的なメッセージ——の匂いを感じとり、蛍は女性の方に近づいていく。

「こんにちは。それ、写るんですか？」

「ええ。とっても綺麗に写るんですよ」

合い言葉が成立し、その女性が山田(やまだ)であることが確定する。蛍に接触してくる使者はなぜか全員が山田と名乗った。かつては現役の忍者だった者が、年をとってから山田となり現役忍者のサポートに回るのではないか。確認したわけではないが、おそらくそうだろうと蛍は考えている。

「どう？　いい写真でしょう」

女性が一枚の写真を寄越してきた。夕焼けの富士山が写っている。写真の裏面にはQRコードがあった。

「いい写真ですね」と蛍がうなずくと、「あなたに差し上げるわ」と言って女性は立ち去っていく。

蛍は庭を引き返してホテルの中に戻った。一階のトイレの個室に入ってからスマートフォンのバーコードリーダーでQRコードを読みとる。やはり指令だった。

まさか結婚披露宴の会場に来てまで指令を受けることになるとは思わなかったが、届いてしまったものは仕方がない。甲賀忍者にとって指令は絶対だ。

指令の内容を読む。このホテル内に甲賀の抜け忍が潜伏しており、それを見つけ出せという内容だった。抜け忍というのは、逃げ出して姿を消してしまった元忍者のことだ。行方知れずだった抜け忍に対して捜索の指令が出る。それはつまりその抜け忍が何かよからぬことを企んでいることを意味している。披露宴をおこなうホテルに甲賀の抜け忍が潜伏している。これも何かの縁なのか。それとも忍者同士が呼び合っているとでもいうのか。

トイレから出た。廊下を歩いているとスマートフォンが鳴った。画面には『悟郎さん』と表示されている。もう風呂から出たのだろうか。通話をオンにすると悟郎の声が聞こえてくる。

「もしもし。蛍、今どこだ？」

「一階のフロントの近く。庭を散歩してたの」

「そうか。一応親父たちに顔を見せておいた方がいいかなと思ってな。すぐに上がってきてくれないか。屋上に眺めのいいカフェがあるんだ。そこでお茶でも飲もうって話になったんだよ」

「わかった。すぐ行くわ」

通話を終えて、蛍は歩き出す。念入りに準備を重ね、成功への道筋をきちんと考えたうえで、計画を実行する。それが蛍の指令への取り組み方だ。これまでに失敗したことはないし、失敗していないからこうして今の自分があるのだと思っている。しかし今回の指令は少し厄介だ。こうして雑事にも追われることになり、なかなか指令に集中できないのではないか。

いいえ、やるしかないわ。

蛍は小さく首を振り、悪い予感を頭の中から追い払った。


「おい、悟郎。この配席は違うんじゃないか。勝沼（かつぬま）さんは上忍で、及川（おいかわ）さんは下忍だ。二人が同じテーブルに座るのはどうかと思うぞ。それに岸谷君は中忍だが、忍者学校では津田君と同期だったはず。できれば同じテーブルにしてやってくれないか」

父の吾一が明日の披露宴の席次表を眺め、あれこれと文句を言っている。伊賀忍者というのはしがらみの多い組織だ。上忍、中忍、下忍という身分によって縛られ、窮屈に感じることもしばしばだ。だから悟郎は結婚相手を敢えて一般人にしたのだ。そういう思惑に父の吾一はまったく気づく様子もない。

「あなた、今さら言ったって仕方ないじゃない。昔はともかく、今のご時世、上忍と中忍が肩を並べて話をするのは当たり前よ」

母の美紀子が言った。母も伊賀一族の娘で、伊賀のしきたりには一定の理解がある。父は静岡市内の郵便局に勤めており、母は専業主婦だ。

カフェの入り口から蛍が入ってくるのが見えた。悟郎は両親に対して注意する。

「蛍が来た。二人とも忍者の話題は出さないでくれよ。彼女は一般人なんだからな」

「まったく面倒だな」父が首を横に振り、コーヒーカップに手を伸ばした。「嫁の前で忍者の話題を出せないなんて話があるか。だから俺は一般人などやめておくべきだと言ったんだ。同族の娘と結婚した方が楽に決まってる。なぜなら……」

父が突然黙り込む。コーヒーカップを手にしたまま、口を半開きにしてテーブルに近づいてくる蛍の姿を見つめている。そうだった、と悟郎は気づく。蛍のドレス姿は父には刺激が強過ぎたのだ。

テーブルの前に到着した蛍が頭を下げて言った。

「こんにちは。遠いところわざわざご足労いただきましてありがとうございます」

「こ、こんにちは。まあ、あれだな。ええと……晴れてよかったな」

父がしどろもどろになっている。両親が蛍と会うのは今日が二度目だ。結婚すると決めたときに、蛍を静岡に連れてきて両親に紹介したのだった。あのときはいつもの軽装だったが、今の蛍はモデル顔負けの際どいドレスに身を包んでいる。父がうろたえてしまうのも無理はない。

「蛍、座れよ。何か飲むか？」

「特にいい」

蛍が座ると、母の美紀子が声をかけた。

「蛍さん、随分華やいだ格好しているわね」

「せっかくなのでデパートで奮発しました。ちょっと恥ずかしいくらいです」

「とても似合ってるわよ。そのメイクも自分でやったの？」

「化粧品売り場の人にやってもらいました。あ、奥様。もしよかったら化粧品を一式買ったので、半分どうですか？」

「えっ？　いいの？」

「どうぞどうぞ。私はあまり使わないので。お部屋に届けますね」

「悪いわねえ。そういえばこのホテルの中にエステがあるみたいなの。あとで一緒に行ってみない？」

「いいですね。お供いたします、奥様」

「奥様ではなく、お義母さんでいいわよ。もう結婚したも同然なんだから」

母と蛍が会話をしているのを見て、悟郎は安堵した。母は伊賀一族の出ではあるが、忍術修行もしていないし、忍者として活動した経験もない。そういう意味では一般人に近い感覚を持っているのだろう。

スマートフォンが振動して、ＬＩＮＥのメッセージが届く。送り主は音無で、そろそろ行かないかという内容だった。これから自転車を借りてサイクリングをすることになっていた。

「悪い。俺はそろそろ行かないと」

悟郎が立ち上がると蛍も腰を上げた。

「じゃあ私も」

「二人ともゆっくり過ごしてくれよ。またあとで会おう」

蛍とともにカフェを出る。二人でエレベーターに乗った。他に乗客はいなかった。

悟郎は音無の待つロビーのある一階、蛍は客室のある五階で降りることになる。エレベーターのドアが閉まると同時に悟郎は蛍を抱き寄せた。

「駄目よ、悟郎さん。誰か乗ってきたらどうするのよ」

それには答えずに悟郎は蛍の唇を塞ぐ。こんな格好をされて我慢できるわけがない。最初のうちは抵抗していた蛍だったが、やがて悟郎を受け入れて大人しく従った。しかしそんな時間も長くは続かない。あっという間に五階に到着してエレベーターのドアは開いた。悟郎の腕をすり抜け、蛍がエレベーターから降りていく。

「じゃあね、悟郎さん。またあとで」

「ああ。またな」

エレベーターのドアが閉まる。悟郎はハンカチを出し、唇を拭いた。蛍の口紅でハンカチがほのかに赤く染まった。

部屋に戻った蛍は黒いドレスを脱ぎ、ジーンズとシャツという軽装に着替えて、また部屋を出た。このホテル内に潜入している抜け忍を探し出す。それが蛍に与えられた今回の指令だ。
ヒントらしきものは一切ない。性別さえもわかっていない。ただしこの手の指令は

慣れっこなので、蛍はいつもと同じく淡々と自分のなすべきことをこなす。この場合のなすべきこととは、つまり観察だ。

ホテル中を歩き回り、そこで働く従業員や宿泊客を観察するのである。注意深く観察していると何かしらアンテナに引っかかるものが出てくるのだ。どんなに上手に化けていようと、忍者として修行を積んだ蛍の目を騙すことはできない。

まずは一階から始める。フロントの様子を観察してから、次にラウンジに入ってコーヒーを飲みながら客の様子を観察した。アンテナに引っかかるものはなかった。次に二階に場所を移す。二階は広間がいくつかあり、そこでは結婚披露宴などの催しがおこなわれていた。披露宴の招待客に抜け忍が扮していると は思えず、蛍は従業員に絞って観察したが、特に違和感を覚えなかった。

面倒だな、ちょっとやり方変えようかしら。

たとえばこういうのはどうだろうか。人目を忍んでホテルの事務室に侵入し、そこのパソコンから全従業員のデータを入手するのだ。そして怪しげなプロフィールを持つ者をピンポイントで狙っていく作戦だ。そちらの方がはるかに作業効率がよさそうな感じがする。うん、それで行こう。

事務室は一階のフロントの奥だろうか。蛍が引き返して歩き始めたとき、向こうから歩いてきた制服姿の女性スタッフとすれ違った。アンテナに何かが引っかかる。ホテルの従業員にしては少しきつめの香水の匂い。蛍は常人よりも嗅覚、聴覚ともに優れている。

少し離れてあとを尾けることにする。三十代くらいの女性で中肉中背。髪は後ろで留めている。この女性がただ者でないことは蛍の勘が告げていた。

女性スタッフは階段室に入っていった。彼女が向かったのは四階だった。二階と三階は広間やレストランがあるらしく、四階より上が客室になっていた。今は午後の三時過ぎで、チェックインにはまだ早いのか、廊下には人影がない。女性スタッフは廊下を奥に歩いていく。客室係なのかもしれなかった。

眠らせてしまおう。そしてどこかの部屋に引き摺り込み、拘束した上で尋問するのだ。それが一番手っとり早い。本来ならこんな雑な方法はとらないが、今は時間が惜しかった。

蛍は懐から麻酔銃を出した。愛用している特製の武器で、見た目はオートマチックの拳銃だ。前を歩く女性の背中に銃口を向けたとき、信じられないことが起きた。

女性スタッフが不意にバク転したのだ。彼女の爪先で麻酔銃が弾き飛ばされる。しまった、私としたことが――。

すぐに蛍も反撃に出た。蛍の放った後ろ回し蹴りは空を切った。さらに手刀で追い打ちをかけるが、そのすべてをかわされる。やはりこの女、抜け忍か。しかもかなりの使い手だ。

息も吐けぬ攻防が続く。互いに手刀や蹴りを繰り出し、それをかわし、また放つの繰り返しだった。攻防が中断となったのは、エレベーターが到着したからだ。エレベーターのドアが開き、家族連れの宿泊客が降りてくる。蛍は女性と距離を置き、家族連れが通り過ぎるのを待った。

「ようこそお越しくださいました。ごゆっくりお過ごしくださいませ」

女性スタッフが恭しく頭を下げる。彼女の顔が少し上気していることに宿泊客たちは気づいていない様子だった。力は互角だ。いや、私の方が少し不利かもしれない。さきほど腹にいいのを一発もらってしまった。そのダメージが長引かなきゃいいのだけれど。

宿泊客たちがドアを開け、客室の中に消えていく。戦闘再開に向けて身構えたとき、蛍は異変に気がついた。女性スタッフから闘気というものが綺麗さっぱり消えていた。戦意喪失してしまったのか。蛍はそれでも警戒心を緩めることなく、慎重に距離をつめていく。すると女性スタッフが頭の後ろに手をやってヘアゴムを外した。長い髪を揺らして女性スタッフが言った。

「なかなかやるわね、蛍」

「お姉ちゃん？」

聞き憶えのある声だった。変装しているが、姉の月乃楓で間違いなかった。

　蛍は長野県の山奥で生まれ育った。二歳年上の姉の楓は勝ち気な性格で、絵に描いたようなお転婆娘だった。現在、楓は中央競馬でジョッキーをしている。自慢の姉であると同時に、唯一頭の上がらない存在だ。

「あれ？　お姉ちゃん、今日土曜日だよね。レースどうしたの？」

「妹が結婚するのよ。レース出てる場合じゃないわ。食中毒で騎乗取りやめ。それがマスコミ向けの説明よ」

「その格好は何？」

「披露宴に潜入するための衣装よ。だって蛍、私に招待状をくれないんだもの」

「それはしょうがないわよ。私は天涯孤独の身の上っていう設定なんだから。それにお姉ちゃん、自分が思っている以上に顔が売れてるんだからね。月乃楓って検索すればお姉ちゃんの画像、山ほどヒットするんだから」

　それは本当のことだ。姉は最近ではリーディング首位争いをするほどの実力派ジョッキーに成長しており、顔も売れている。

「蛍、こっちよ」

　そう言って楓は廊下を歩いていく。エレベーターに乗り、一階で降りた。そして楓は何食わぬ顔をして従業員しか入れないドアを開け、中に入っていった。蛍もあとを追う。

　地下に向かった。地下は全体が調理場になっているようで、慌ただしくコックたちが働いている。洋食、和食、中華とエリアが分かれており、それぞれ着ているコック服が異なっていた。

「ちょっと君たち、こんなところで何をやってるんだい」

　振り返るとスーツを着た神経質そうな男が立っている。調理部門のマネージャーあたりだろうか。しかし楓は笑みを浮かべて言った。

「この子、来週から働くアルバイトです。少し見学させてやろうと思いまして」

「そういうことか。調理の邪魔にならないように気をつけてくれ」

「はい。かしこまりました」

　男をやり過ごし、楓は再び歩き出した。彼女が足を止めたのは洋食部門のエリアだった。白いコック服を着た男たちが動き回っている。ちょうど今、披露宴の最中だ。そこで提供される料理を作っているのだろう。一際高さのあるコック帽を被った男が指示を飛ばしている。

「おい、グラタンはまだか？　焼き上がり次第、すぐに運べよ。ちょっとこのソース、バターの風味が足らんぞ。そこの新人、何やってるんだっ。手本を見せてやる。

貸しなさい」

コック長らしき男がコンロ台に近づき、華奢な新人コックからフライパンを奪いとった。そのまま液体のようなものをかけると、盛大に火が上がった。

「こうやるんだ。ビビってるんじゃないぞ」

「……はい」

「声が小さい」

「はいっ」

再び新人コックがフライパンをとる。その横顔を見て思わず蛍は声が出そうになった。フライパンを手に料理をしている新人コックは紛れもなく妹の雀だった。でも雀がどうしてこんなところに――。

「あの子も私と一緒よ」と楓が説明する。「あなたの披露宴を近くで見守りたいのよ。あの子は自分が作った料理をあなたに食べてもらいたいんでしょうね。だからああして変装もしないでここで雇ってもらった。泣かせる話じゃないの」

雀は地下アイドルをしている。もともと引っ込み思案な性格なのだが、唯一自己表現できる場所がステージの上だった。ただしトークや営業活動の能力は皆無なため、とことんマイナーな地下アイドルグループに所属していた。

「おい、新人。そろそろパスタを茹でてくれ。アルデンテだぞ」

「はいっ」

　雀が大きな鍋に向かっていった。雀も忍者であり、それ相応の技術は父から叩き込まれている。まさか忍者が働いているとはコックたちも思っていないはずだ。

「行くわよ、蛍。ここにいても邪魔になるだけだから」

　楓はそう言って立ち去っていく。もう一度雀の方を見てから、蛍は姉の背中を小走りで追った。

「まったく忍者を何だと思ってんだよ。俺たちは運転手じゃないっつうの」
　助手席で音無がぼやいている。悟郎はレンタカーの運転席に乗っている。話は二時間ほど前まで遡(さかのぼ)る。
　狩野(かの)川沿いを気持ちよくサイクリングしていたところ、メールを受信していることに気づいた。フィッシング詐欺のような怪しげなメールだったが、実は伊賀の暗号メールだった。音無も同じメールを受信しており、二人で暗号を読み解いた。それによると今夜、伊賀系議員が修善寺ガーデンホテルで催される集まりに参加することになっているので、その送迎を命じるとのことだった。仕方ないのでサイクリングは中止し、こうしてレンタカーで三島駅までやってきたのである。

「それにしても本部の連中も人使いが荒くて困るよ、まったく」

音無がぼやくのも無理はない。本部というのは麴町にある伊賀忍者の中枢機関だ。そこから命じられる任務——要人の警護や重要文書の配達等——をこなすのが伊賀忍者の務めだった。

「そろそろ行くか」

音無の言葉に悟郎は車から降り、二人で新幹線の改札に向かった。しばらく待っていると下りの新幹線がホームに到着したらしく、乗客たちが続々と改札口から出てきた。その男は一番最後に現れた。でっぷりとした偉そうな男だ。男は財布から何かを出して、それを駅員に見せた。駅員は途端に態度を変え、改札口から出ていく男を直立不動で見送った。国会議員なのでＪＲは原則無料なのだ。

「先生、こちらです」

そう言いながら悟郎は男に近づいた。音無が男からバッグを受けとった。男の名前は赤巻章介といい、民自党の衆議院議員だ。もともと伊賀一族の出だが、日頃の不摂生が祟っているのか、忍者として見る影もない。それでも一応議員であるため、伊賀一族が総力をあげてバックアップしているのだ。

赤巻をレンタカーの後部座席に乗せ、悟郎は運転席に回った。音無が助手席に乗ってくる。悟郎が車を発進させると音無が振り返って言った。

「先生、今日のご予定は？」

「懇意にしている病院の先生が、何とか褒章をもらったみたいでな。修善寺で講演をするらしい」

修善寺ガーデンホテルのラウンジにも学術関係とおぼしき男たちが何人もいた。

「では先生も講演に行かれるんですか？」

「講演には行かん。小難しい話を聞いても眠くなるだけだ。その後の懇親会に顔を出さねばならんのだよ。本来なら秘書が同行するはずだったが、腹を壊したとかで来られなくなった。懇親会で挨拶したら東京にトンボ返りだ。また三島まで送ってくれ」

「かしこまりました、先生」

音無は上忍であるため、赤巻とも面識がある。一方、下忍である悟郎はお偉方との付き合いはあまりない。気楽である反面、そういう出世競争的なものから置き去りにされているという疎外感はある。とはいえ下忍にも任務は下されるし、互助的な活動も多く、そこでのしがらみも多かった。当然、ストレスも感じた。

悟郎はここ数年、暇な週末はソロキャンプをしていたのだが、その目的はストレス解消だった。人里離れた山奥でテントを張り、一人で調理をする。伊賀忍者のしがらみから自由になれる時間だ。そんなときだ。キャンプ場で一人の女性と出会った。それが蛍だった。

「おい、せっかく三島に来たんだから帰りに旨い鰻(うなぎ)でも食っていきたいな」

「わかりました。手配しておきます」

明日、俺は蛍と結婚する。結婚したからといって伊賀一族であり続けるのは当然で、任務も組織活動もこなしていかなければならない。だが家で蛍が待っているというだけで、これまでよりも頑張れそうな気がしていた。

「あー、湯加減最高。三人でこうしてお風呂に入るなんて久し振りだよね」
姉の楓がリラックスしたような表情で言う。蛍は屋上にある大浴場の露天風呂にいた。妹の雀も一緒だった。
「私が小学生くらいのときだったかな」顔を上気させた雀が言う。「三人で東北地方の山に放置されたことあったじゃん。あのとき温泉入ったよね。あれは気持ちよかった。今でも忘れないくらい」
「あったあった。猿と一緒に入ったわね。私は嫌だったんだけど、蛍が最初に服脱いで飛び込んだのよ。あんた、昔からそういう度胸は据わってたわね」

「そうだっけ？　よく憶えてないんだけど」

月乃三姉妹は幼い頃から父、竜兵による厳しい修行を課されていた。格闘術やサバイバル術はもちろんのこと、野草の見分け方や毒物の扱い方など、多種に及んだ。そして真冬になるとどこか遠くの山に連れていかれ、姉妹だけで三日間のサバイバル生活を送るのが恒例行事だった。自分たちで食べ物を見つけ、寝床を探す。想像を絶する生活だ。高さ二十メートルの崖から落ちたり（楓・十一歳時）、毒蛇に噛まれたり（雀・八歳時）、ツキノワグマに遭遇したり（蛍・十歳時）と何度も命の危機に瀕して、それを乗り越えるたびに三姉妹は強くなっていった。

「蛍が結婚しちゃうのかあ。何か感慨深いわね」

楓がそう言いながら足を伸ばしてバタ足のように湯を叩く。雀もそれを真似して言った。

「本当ね。もう夜中に急に遊びにいったりできないんだね」

「二人とも、そういうのはやめて。結婚しても私は私よ。名字は変わっちゃうけど、指令を受けるのは私しかいないわけだしね」

「それもそうね。蛍には月乃家の正統なる忍者として引き続き頑張ってもらわないとね。あ、そうそう。今日も指令を受けたんでしょ。どんな指令？」

「えっ？　お姉ちゃん、指令受けてる最中なの？　私にも手伝わせてよ」

このホテル内に潜伏しているであろう、甲賀の抜け忍。蛍の話を聞いて楓が首を捻る。

「私、昨日の夜からここにいるけど、不穏な気配はまったくしないけどね。少なくともフロントや客室係で怪しい奴はいない。雀、調理部門はどう？」

「特に気になる人はいないかな」

「そっか。でも仮に抜け忍がどこかに潜んでいるとして、そいつの目的は何だろうね。もしかしてあれかな。蛍の披露宴を邪魔したいのかな」

「お姉ちゃん、どうして私の……」

「悪くない線かも。だってそれ以外に考えられないわよ。昔、蛍に赤っ恥をかかされた忍者じゃない？　そいつが蛍への復讐を企んでたりして」

「身に覚えがないわ。身内に恨まれるようなことはしてない。多分だけど……」

かつて受けた指令が巡り巡ってほかの忍者に悪影響を及ぼした。そういうこともあるかもしれないが、思い出せる範囲では心当たりはなかった。

「そういえば」と雀があごに手をやって言う。「さっきホテルのエントランスで赤巻って議員を見たよ。たしかあの男、伊賀じゃなかったっけ？」

紛れもなく伊賀系の議員だ。伊賀は甲賀が束になっても敵わないほどの大組織で、数人の議員を国会に送り込んでいるようだった。そもそも忍者と政治は相性がいい。

ときの権力者は忍者を上手に用い、自らの利益を増やしていったという歴史がある。

それは今の世も変わらない。

「ちなみに赤巻は何をしにここに？」

楓に訊かれ、雀は首を捻った。

「さあ、私もそこまでは」

さきほどホテル内を散策しているとき、今日のイベントについてはすべて確認済みだ。ほとんどが披露宴だが、一つだけ系統の異なるイベントがあった。東京の大学病院の医師が紫綬褒章を受章し、その記念講演と懇親会がおこなわれるのだ。懇親会は夜の六時からとのことだ。時間的にも赤巻が参加するのは懇親会かもしれない。

「伊賀系の議員と、甲賀の抜け忍。興味深い組み合わせね」

楓の言葉に蛍はうなずいた。その懇親会に甲賀の抜け忍が潜んでいる可能性は高そうだ。蛍は湯から上がり、二人に向かって言った。

「あとは私に任せて。私が受けた指令だから」

すると二人が口々に言う。

「何を言ってるのよ。水臭いじゃない」

「そうよ、お姉ちゃん。私だってたまには指令を受けたいの」

二人を無視して歩き出した。大浴場から出る。衣服を入れていた籠から浴衣を出そうとすると、スマートフォンに不在着信が入っていることに気づいた。かけてきた相手は悟郎だった。蛍はすぐに折り返す。

「蛍、今どこだ？」

「大浴場よ。お風呂から上がったところ」

「そうか。実は音無が三島で鰻食いたいとか言い出してな。ちょっと付き合ってやろうと思ってるんだ。帰りはそんなに遅くならないと思うけど」

「わかった。私は適当にやってるから気にしないで」

通話を切る。むしろ自由に動けて有り難い。が、結婚してしまうと今後はこういうことが増えるのだ。指令をこなしたくても、家に帰れば夫がいるわけで、食事を作ったり洗濯をしなければいけないのだ。結婚というのも意外に窮屈なものなのかもしれない。


「……医師としての心構え、それを私は伊能（いのう）先生から教わったような気がしております。日頃はあまり多くを語らない伊能先生ですが、お酒の場になりますと……」

懇親会が始まり三十分ほどが経過していた。今、壇上（だんじょう）では一人の男が話している。同じ壇上の脇の方に胸に花をつけた男が座っていた。彼が今日の懇親会の主役、伊能正春（まさはる）医師だった。

伊能は循環器内科を担当する医師のようで、都内の大学病院に勤務していた。将来の院長候補とも言われていて、ＮＨＫのドキュメンタリー番組にとり上げられたこともある名医らしい。

「蛍、対象者が来たわよ。今、広間に入っていくところ」

耳に仕込んだイヤホンから楓の声が聞こえる。楓はホテルスタッフに扮して会場の入り口付近で見張っていた。蛍は招待客に混じって壇上の男のスピーチを聞いている。もちろん、二人とも変装していた。雀は別の場所で情報収集に当たらせている。

蛍は入り口の方に目を向けた。太った男が入ってくるのが見えた。あの男が赤巻議員だ。赤巻は秘書を連れておらず、一人で来たようだった。横柄な態度から秘書が長続きしないという噂もある。

「……ありがとうございました。非常に興味深いエピソードでした」司会らしき女性が話し始めている。スピーチを終えた男が壇上から降りていく。「それでは次のゲストにお祝いのお言葉を賜りたいと思います。衆議院議員、民自党の赤巻章介議員にお越しいただきました。先生、壇上にお上がりください」

やはり議員という肩書きは効果絶大らしく、会場内は大きな拍手に包まれた。蛍はそれとなく周囲の様子を観察する。怪しい動きをする者はいない。マイクの前に立った赤巻が話し出す。

「皆さん、こんばんは。衆議院議員の赤巻です。私と伊能先生の出会いは二年前のことでした。自宅で酒を飲んでいるとき、急に胸が痛くなってしまいましてね、不安になって救急車を呼んだんです。そして搬送先の病院で私を担当してくださったのが伊能先生でした。先生の治療のお陰もあってか、一週間ほどで退院することができました。下手すればあのときくたばっていても不思議はありません。飲酒、喫煙、女遊び、思い当たることは山ほどありますからな」

失笑が洩れる。それに気をよくしたのか、さらに赤巻は続けた。

「それ以来、伊能先生とはお付き合いさせてもらっています。そんな先生がこのたび紫綬褒章を……」

挙動不審な者はいない。読み違えだろうか。抜け忍のターゲットは赤巻議員ではないのかもしれない。となると何が狙いなのか。

「……そういうわけでございまして、私のお祝いの言葉に代えさせていただきます。伊能先生、この度はおめでとうございました」

赤巻のスピーチが終わる。赤巻は壇上を横切り、伊能医師と握手をしてから記念撮影をしていた。撮影を終えた赤巻は壇から降り、笑みを浮かべて招待客らに手を振りながら歩いている。司会の女性の声が聞こえてくる。

「赤巻先生はご公務がございますので、これにてご退場されるそうです。皆様、盛大な拍手でお送りください」
　会場内が拍手に包まれる。赤巻は立ち止まり、車椅子に乗った女性に声をかけてい
た。怪我人や障害者を見かけたら必ず声をかける。何とも政治家らしい対応だ。「私
に任せて」という楓の声が聞こえてくる。スタッフに扮した楓は赤巻のすぐ近くに待
機している。楓に任せておけば大丈夫だろう。
　蛍は思案する。どうして抜け忍はこのホテルに潜伏しているのか。この懇親会が狙
いではないとすると、抜け忍の狙いは果たして何か。もしかして本当に私の披露宴が
狙いか。いや、そんなことがあるわけ……。
「お姉ちゃん、聞こえる？」
　雀の声だった。蛍は襟元に仕込んだ小型マイクに向かって声を発した。
「うん。聞こえるわよ」
「赤巻と伊能の関係について調べてみたの。二年前、赤巻が救急搬送されたときの担
当医が伊能だったみたい。病名は急性心筋梗塞。軽度だったみたいで薬物治療で治っ
たらしいわ」
　赤巻が会場から出ていった。姉がついているとはいえ、抜け忍が狙っている可能性
はまだ残っている。雀の言葉に耳を傾けながら蛍も会場を出た。支援者らしき男と談
笑しながら赤巻は廊下を歩いていく。

「それで二人は友人になったのね。伊能のSNSにしばしば赤巻が登場してる。ゴルフ仲間って感じね。ゴルフ場で肩組んで写真撮ってるの。男って気持ち悪いわね」

何となく想像できる。しかし忍者なのに軽々しくSNSに画像をアップされてしまうとは、赤巻という男は本当に無能だ。いや、議員だからそこは仕方ないのか。

「ちなみに伊能が勤務している病院てどこだっけ？」

「城東大学附属病院」

「その病院に何か問題はない？」

「ちょっと待ってね。ええと……」

雀はパソコンの前にいるはずだ。彼女はネットに精通していて、たまに依頼絡みの頼みごとをすることがある。

「大きな病院だけあって、それなりに訴訟も起こされたりしてるみたい。あ、これなんてどうかな。ちょうど赤巻が入院した頃に起きた事件ね。救急搬送された女の子が亡くなって、母親が医療過誤だと主張したそうよ」

何となく引っかかる。蛍は妹に告げた。

「詳しく教えて」

「わかった。当時の記事を当たってみるわ」

赤巻が足を止め、フロントの近くにある売店に入っていった。土産でも買うようだ。蛍は近くにあった柱の陰に身を隠した。やがて雀の声が聞こえてきた。

「あったわ。亡くなったのは六歳の女の子。心臓に持病があったみたい。あれ？　偶然かな。その子が亡くなった日、赤巻が運ばれてきた日と同じみたい」

まさか、そういうことか——。

自分が読み違えていたことに気づいた。赤巻が土産が入った紙袋を持って売店から出てくるのが見えた。蛍は踵を返し、廊下を足早に歩いた。

「お疲れ様です」

後部座席に乗り込んできた赤巻に対し、運転席に座った悟郎はそう声をかけた。音無は助手席に座っている。悟郎はアクセルを踏んで車を発進させた。

「これ、饅頭だ。二人で食べろ」

赤巻がそう言って、紙袋を寄越してくる。それを受けとって音無が礼を言った。

「ありがとうございます。遠慮なくいただきます」

「どうせ政務活動費から出てるからな。ハハハ」赤巻が下品な笑い声を上げる。それから訊いてきた。「ところで鰻屋は予約できたのか？」

「もちろんです。三島市内の名店を予約しました」

「よくやった。二人にも鰻をご馳走してやる。これも政務活動費だ。ガハハ」

悟郎は音無と顔を見合わせる。お互い苦笑交じりだった。

赤巻という男は評判がよろしくない。政治家としての活動も目立ったものはなく、次の選挙は危ういと囁かれている。

「ところでお前たち二人はどうして私の送迎を引き受けてくれたんだ？」

「実は我々、さきほどのホテルに宿泊してたんです」音無が答えた。「明日、この男が結婚式を挙げるんです。その関係で前乗りしていたところ、本部から連絡が入ったという次第です」

「ほう、それはめでたいな。おめでとう」

「ありがとうございます」

ハンドルを持ったまま悟郎は頭を下げた。赤巻が訊いてくる。

「ちなみに相手は？　同族か？」

「いえ、一般人です」

「そうか。そいつは苦労するぞ。実は私の家内も一般人だ。結婚したときは周囲から反対されたよ。私の妻はホステスだったんだが、結婚した当時は完全に惚れてたんだ。最初のうちはよかったんだけどな、やはり一般人だといろいろ気を遣うことが多くて、それが原因で不仲になった。家に帰るのが苦痛だった。別れてせいせいしたよ」

耳を疑う。助手席で音無も首を傾げている。

伊賀忍者は離婚がご法度とされていた。特に離婚した男には男子失格の烙印が押され、将来を棒に振るとまで言われている。

「おっと誤解するなよ。籍は入れたまま別居しているだけだ。事実上の離婚だが、建前上は別れることは難しいしな。この件は内密にしてくれ」

「はい」

音無と声を揃えて返事をする。後部座席でふんぞり返って赤巻が言った。

「結婚なんて楽しいのは最初の半年だけだ。あとは苦行が待っている。しかも一般人と結婚してしまうと家でも気を抜くことができんからな。まあせいぜい頑張るんだな」

「貴重なアドバイス、ありがとうございます」

前方に赤信号が見えた。俺は大丈夫だ。彼女とだったらうまくやっていける。悟郎は自分にそう言い聞かせつつ、ブレーキを踏んで車を停車させた。

蛍は懇親会の会場に戻った。壇上に人の姿はなく、今は歓談の時間らしい。主役である伊能医師の前には彼に一言挨拶しようと長蛇の列が続いている。

怪しい人物はいないか。不審な点はないか。注意深く会場内を見回していると、蛍のアンテナに引っかかるものがあった。列の前方に車椅子の女性がいた。あと少しで伊能医師の前に到達する位置に並んでいる。さきほど赤巻から声をかけられていた女性だ。

どの点がアンテナに引っかかったのか。単純に言ってしまうと車椅子に乗っていたからだ。車椅子は目立つが、その分チェックが甘くなるという傾向がある。たとえば手荷物検査をする際にも車椅子の細部まで調べられることはない。拳銃やナイフなどを車椅子の座面の裏に隠し持つ。そういうことも可能だろう。

蛍は車椅子の女性に近づいた。「失礼します」と声をかけてから、後ろのハンドルを持って強引に列から抜けた。女性はチラリと蛍の顔を一瞥したただけだった。特に文句を言うこともなく、されるがままになっている。こうなることを半ば予期していたかのようだった。

会場を抜け出し、車椅子を押して通路を進んだ。未使用の会議室があったので、そこに入った。ドアを閉めてから蛍は屈んで車椅子の座面の裏を覗き込んだ。想像していた通りだった。座面の裏には注射器が一本、ガムテープで固定されていた。注入された液体は毒物だろうか。蛍は車椅子の女性に向かって言った。

「失礼ですが、昼間会った山田さんじゃないですか？」

特に根拠はない。強いて言えばその目つきだろうか。どれだけ変装したところで目の印象だけは大きく変えることができない。

「よくわかったわね」

車椅子の女性――山田はカツラを外し、それから仮面を剝ぐようにして変装を解いた。やはり昼間に庭で接触してきた山田だった。

「どうして私が伊能を狙っていたのか。あなたはもう知ってるのね」

「はい」と蛍は答えた。「二年前、伊能医師は救急搬送された赤巻議員を救いました。しかしその夜、もう一人の患者がその病院に搬送されていました。六歳の女の子で、もともと心臓に疾患を抱えていたようです。容態が急変して運ばれたんでしょう。彼女の担当医は伊能医師でした」

彼とて二人の患者を同時に治療することはできない。伊能医師がどういう風に治療の順番を決めたのか定かではないが、結果として赤巻は助かり、六歳の女の子は命を失うこととなった。

「山田さん、亡くなった女の子はあなたのお孫さんですね」

年齢的に娘にしては幼な過ぎる。となると孫というのが妥当なところだ。山田は力なくうなずいた。

「そうよ。名前はさくらっていうの。目に入れても痛くないとはあのことね。さくらは先天的に心臓に疾患があって、それほど長くは生きられないだろうと言われていた。だから私たち家族も覚悟はしていたんだけど、あの子はもう少し、もう少しだけ長く生きることができた。どうしてあの子の治療が優先されなかったのか。病院に問い質しても無駄だった。治療は適切におこなわれた。その一点張りだったわ」

訴訟も視野に入れて弁護士に相談したが、勝てる見込みはないと言われてしまった。しかし山田はどうしても納得できず、伊能医師の周囲を嗅ぎ回った。ゴルフ場でキャディーに扮し、伊能と赤巻について回っていたところ、その会話を耳にする。

『先生には助けられました。聞くところによるとＩＣＵには別の患者もいたとか。そっちを優先しなくてよかったんですか？』

『ええ。あちらの子は余命が短かったですから。国会議員の先生を優先するのは当然ですよ』

その瞬間、山田は復讐を決意した。ほどなくして伊能医師が紫綬褒章を受章することが決定し、ここ修善寺ガーデンホテルで講演会及び懇親会が開かれることが決定した。

「狙うならここしかないと思った。でも皮肉なものよね。犯行を未然に防ぐよう、あなたに指令を伝える役が回ってきたんだもの」

偶然ではないのではないか。それが蛍の考えだった。甲賀の上の者はすべてを承知したうえで、指令を伝える役を彼女に命じたのだ。

「で、あなたはどうするの？　私を上に突き出すの？」

すでに開き直っているのか、山田は口元に余裕の笑みを浮かべている。蛍は答えた。

「事情はわかりました。私は特に何もしません。お好きにされたらどうでしょうか？」

すると初めて山田が狼狽した。

「どういう意味？　私を見逃すってこと？」

「はい。あなたのお気持ちもわかりますので。ただしこれだけはお考えください。あなたがこんなことをして、亡くなったお孫さんは喜ぶんでしょうか？　お祖母ちゃん、復讐してくれてありがとう。そんな風に言ってくれるでしょうか？」

山田は答えなかった。床の一点に視線を落としている。やがて山田は車椅子から降り、座面の裏に貼りつけてあった注射器をとり外した。そして彼女はみずからの思いを断ち切るかのように、プランジャーロッドを押してすべての薬液を噴出させた。山田の頬には一筋の涙が伝っている。

「これで今回の指令はすべて終わりです。お疲れ様でした」

蛍はそう言い残して部屋をあとにした。

「新婦の準備が整いました」

式場スタッフの声を聞き、悟郎は手にしていた紙コップを置いた。親族の控室だ。悟郎の家族や親戚が待機している。

遂に結婚式の当日を迎えていた。すでにチャペルで親族のみの結婚式を終え、この後は披露宴をおこなうことになっていた。ウェディングドレスを着た蛍はこの世のものとは思えないほど美しかった。絶対に同族と結婚すべきだ。一般人なんてやめておけ。そう言っていた親戚連中もあんぐりと口を開けていた。

スタッフに案内され、蛍のいる化粧ルームに向かう。同じウェディングドレスだが、髪形を変えるとのことだった。化粧ルームに入ると長い髪を下ろした蛍が椅子に座っている。

「そっちもいいな。見違えたよ」

「ありがとう。早く終わらないかな。何か恥ずかしくて……」

「花嫁がそんなこと言ってどうすんだよ」

悟郎は苦笑する。蛍は女の子っぽい部分がまったくない。コスメに興味を示したり、可愛い服を選んだり、そういうことが一切ないのだ。そのあたりに惹かれたというのもあるが、もう少し自分の容姿に自信を持ってもいいのではないかと悟郎は内心思っている。現に鏡に映る蛍は息を呑むほどに美しいのだから。

「少々よろしいでしょうか？」そう声をかけてきたのは男性のスタッフだった。やや深刻そうな顔つきで彼が言った。「新婦の恩師のご到着が遅れているようです。連絡をとっていただくことは可能でしょうか？」

披露宴のオープニングで悟郎は母親とともに入場し、その後に蛍が高校時代の恩師と一緒に入場する予定になっていた。蛍は天涯孤独の身の上であり、親しくしている親戚もいないため、高校時代の恩師に頼むことになったのだ。招待客も七割が新郎サイドの親戚や友人で、蛍が招いたのは調剤薬局の同僚がほとんどだった。

「わかりました。ちょっと電話してみます」

そう言って蛍がハンドバッグからスマートフォンを出した。電話の邪魔にならぬよう、悟郎は化粧ルームから出た。あと十五分ほどで披露宴が始まる。最後にトイレにでも行っておこうかと通路を歩き始めたところ、背後から声をかけられた。

「似合ってるじゃないか、タキシード」

音無だった。ダークグレーのスーツを着ており、上着のポケットからはピンク色のハンカチが覗いている。

「草刈、小便か？」

「そうだ」

「俺も付き合おう」

二人で男子トイレに入り、肩を並べて小便器の前に立った。控室エリアにあるせいか、トイレには二人以外に誰もいない。音無が言った。

「ズボンに垂らすなよ。新郎が小便の染みをつけてたらかっこ悪いぜ」

「そんなことするかよ」

そう言いながらも悟郎は慎重に用を足した。しみじみとした口調で音無が言った。

「これでようやくお前も一人前だな」

「お前に言われたくないけどな」

すでに音無は結婚して子供もいる。妻は伊賀一族の娘で、見合いによる結婚だ。伊賀忍者を地で行くような男だった。

「昨日赤巻議員もいろいろ言ってたけどな、結婚っていうのが一筋縄じゃいかないのは俺も経験上知っている。こないだ事務局で研修を受けたときに仲間と話したんだが、立って小便することもままならないらしい」

「どういうことだ？」

「飛沫だよ。家の洋式便器で立って小便すると、床に飛沫が飛び散ってしまうだろ。だから世の男子たちは家では座って小便をしているらしい。俺から言わせればそんなの有り得ないね」

なるほど。理解できる部分はある。

「草刈、お前を信じてるぞ。座って小便をするような男にだけは決してなるな。多少蛍さんの機嫌を損ねようが、伊賀忍者らしく家ではドンと構えてろ。それが俺からのアドバイスだ」

「わかった。有り難く受けとっておく。家で座って小便をするような男にならない。約束するよ」

二人同時に用を足し終え、最後にブルッと体を震わせるように最後の飛沫を飛ばした。手を洗ってトイレから出る。

さあ、まもなく披露宴だ。

「ご到着はまだでしょうか？　あと十分少々で入場のお時間となります。もしあれでしたら少し開始時刻を遅らせることも可能ですが」

女性スタッフが困惑気味な顔つきで訊いてきたので、蛍は答えた。

「多分もう少しで来ると思うんですが……」

披露宴のオープニングで蛍と並んで入場する恩師の到着が遅れているのだ。恩師というのはまったくの出鱈目(でたらめ)であり、実は先日山田を通じて依頼した人物だ。まさかまったく無関係の他人に恩師に化けてくれとは言えないからだ。

さきほどまで控室には多くの親族――すべて新郎側の人たち――がうろついていたが、間もなく披露宴が始まるため全員自分の席に着いているはずだ。悟郎はトイレに行くと言ってさきほど出ていった。

「お見えになりました」

男性スタッフがドアから入ってきた。男性スタッフに案内される形で一人の初老の男が化粧ルームに入ってくる。黒のスーツを着た地味な感じの男だ。当然見憶えはない。甲賀が用意してくれた替え玉だ。

「いやいや、遅れてしまって申し訳ない。電車の乗り継ぎに手間どってしまってね」

そう言って男は蛍を見て、目を見開いて言った。「ん？　月乃か？　すっかり大人っぽくなって。ウェディングドレスも似合ってるじゃないか」

「先生、ご無沙汰しております。本日はようこそお越しくださいました」

スタッフの目もあるため、蛍は仕方なく小芝居に付き合うことにする。

「何年振りだ？　高校卒業以来かな」

「六年振りですね。同窓会をやったじゃないですか？　先生、お忘れですか？」

「そうかそうか。最近物忘れが激しくてね。いやあ、それにしても綺麗な花嫁だ。ご主人が羨ましいよ」

ちょうどそのとき悟郎が化粧ルームに戻ってきたので、蛍は初対面の恩師を彼に紹介した。

「悟郎さん、こちらは私の高校時代の恩師の山田先生よ。先生、こちらが草刈悟郎さんです」

「初めまして。蛍がお世話になったようで」

「君が草刈君か。お噂はかねがね。この度はお招きいただきありがとう。しかも月乃をエスコートできるなんて鼻が高いよ」

「それが蛍の希望ですから。あ、新郎は先に入場するので、僕はこのへんで。じゃあな、蛍。先に行ってるぞ」

スタッフに案内され、悟郎が化粧ルームから出ていった。最後にもう一度全身の様子をチェックすることになり、鏡の前に立たされる。髪形を少し直してから廊下に出た。同じく服装のチェックを受けていた山田が隣に並ぶと、蛍の鼻はその匂いを嗅ぎ分けた。お酒の匂いがする。ということは、まさか――。

周囲のスタッフには聞かれぬように、押し殺した声で蛍は山田に訊いた。

「もしかして、お父さん？」

山田は不敵な笑みを浮かべて言った。

「気づくのが遅いんじゃないか、蛍」

父の竜兵が変装しているのだ。おそらく姉の楓の差し金だ。こっそりと父を潜入させ、花嫁である娘の隣を歩かせる。姉が用意したサプライズだ。

「飲むなってお姉ちゃんに言われたでしょ」

「すまん、ついな。新幹線に乗って、気づくとプシュッと缶を開けていたんだ。まったく不思議な話だ。俺は麦茶を買ったつもりなんだけどなあ」

とぼける父。今では酒浸りの生活を送っているが、長野に住んでいたときは厳しい父親だった。ときには鬼の形相で娘を叱りつけ、ときには修羅となって娘の前に立ち塞がった。蛍にとってはいつまでも越えられない壁であり、偉大な忍者だ。

「蛍、おめでとう。お前は俺の自慢の娘だ」

熱いものが込み上げてくる。私は今日から月乃蛍ではなく、草刈蛍となる。しかし私が甲賀忍者であることは決して変えられない事実であり、私はこれからも月乃竜兵の最高傑作であり続けるのだ。それが忍者としての生き方だ。

『それでは続きまして新婦、月乃蛍様のご入場です。エスコートいただくのは新婦の高校時代の恩師である山田様です。皆様、盛大な拍手でお迎えください』

司会の声が聞こえ、同時にスタッフがドアを開け放つ。一斉に焚かれるフラッシュが目に眩しかった。父と腕を組み、会場内に足を踏み入れた。大きな拍手と指笛が聞こえてくる。

会場の隅に女性スタッフに化けた姉の楓の姿が見える。楓の隣にいる女性コックは妹の雀だった。これで月乃家が勢揃いしたことになる。四人集まったのはいつ以来だろうか。

視線の先にはタキシード姿の悟郎が立っている。生涯の伴侶となる男性だ。結婚とは偽装の一種に過ぎない。その考えが変わることはないが、しかし――。

私はこの男を愛している。

満面の笑みを浮かべる男の顔を見て、蛍は改めてそう思った。

本書は二〇二二年五月、小社より単行本として刊行されたものに、短編「忍者に披露宴は難しい」（小説現代二〇二三年一・二月号掲載）を加えたものです。

*この作品に登場する忍者・組織・団体は、すべて架空のものであり、実在するものとはまったく関係がありません。

|著者|横関 大　1975年静岡県生まれ。武蔵大学人文学部卒業。2010年『再会』で第56回江戸川乱歩賞を受賞しデビュー。2022年『忍者に結婚は難しい』で第10回静岡書店大賞を受賞。「ルパンの娘」シリーズがドラマ化、映画化で話題に。ほかの作品に『グッバイ・ヒーロー』『チェインギャングは忘れない』『スマイルメイカー』『K2　池袋署刑事課神崎・黒木』『炎上チャンピオン』『ピエロがいる街』『仮面の君に告ぐ』『誘拐屋のエチケット』『ゴースト・ポリス・ストーリー』（いずれも講談社文庫）、『メロスの翼』（講談社）などがある。

忍者に結婚は難しい
横関 大
© Dai Yokozeki 2024

定価はカバーに
表示してあります

2024年7月12日第1刷発行

発行者——森田浩章
発行所——株式会社　講談社
東京都文京区音羽2-12-21　〒112-8001
電話　出版（03）5395-3510
　　　販売（03）5395-5817
　　　業務（03）5395-3615
Printed in Japan

デザイン—菊地信義
本文データ制作—講談社デジタル製作
印刷———株式会社KPSプロダクツ
製本———株式会社国宝社

落丁本・乱丁本は購入書店名を明記のうえ、小社業務あてにお送りください。送料は小社負担にてお取替えします。なお、この本の内容についてのお問い合わせは講談社文庫あてにお願いいたします。
本書のコピー、スキャン、デジタル化等の無断複製は著作権法上での例外を除き禁じられています。本書を代行業者等の第三者に依頼してスキャンやデジタル化することはたとえ個人や家庭内の利用でも著作権法違反です。

ISBN978-4-06-535694-4

講談社文庫刊行の辞

二十一世紀の到来を目睫に望みながら、われわれはいま、人類史上かつて例を見ない巨大な転換期をむかえようとしている。

世界も、日本も、激動の予兆に対する期待とおののきを内に蔵して、未知の時代に歩み入ろうとしている。このときにあたり、創業の人野間清治の「ナショナル・エデュケイター」への志を現代に甦らせようと意図して、われわれはここに古今の文芸作品はいうまでもなく、ひろく人文・社会・自然の諸科学から東西の名著を網羅する、新しい綜合文庫の発刊を決意した。

激動の転換期はまた断絶の時代である。われわれは戦後二十五年間の出版文化のありかたへの深い反省をこめて、この断絶の時代にあえて人間的な持続を求めようとする。いたずらに浮薄な商業主義のあだ花を追い求めることなく、長期にわたって良書に生命をあたえようとつとめるところにしか、今後の出版文化の真の繁栄はあり得ないと信じるからである。

同時にわれわれはこの綜合文庫の刊行を通じて、人文・社会・自然の諸科学が、結局人間の学にほかならないことを立証しようと願っている。かつて知識とは、「汝自身を知る」ことにつきていた。現代社会の瑣末な情報の氾濫のなかから、力強い知識の源泉を掘り起し、技術文明のただなかに、生きた人間の姿を復活させること。それこそわれわれの切なる希求である。

われわれは権威に盲従せず、俗流に媚びることなく、渾然一体となって日本の「草の根」をかたちづくる若く新しい世代の人々に、心をこめてこの新しい綜合文庫をおくり届けたい。それは知識の泉であるとともに感受性のふるさとであり、もっとも有機的に組織され、社会に開かれた万人のための大学をめざしている。大方の支援と協力を衷心より切望してやまない。

一九七一年七月

野間省一

講談社文庫 最新刊

堀川恵子　暁の宇品
〈陸軍船舶司令官たちのヒロシマ〉
旧日本軍最大の輸送基地・宇品。その司令官とヒロシマの宿命とは。大佛次郎賞受賞作。

川瀬七緒　クローゼットファイル
〈仕立屋探偵 桐ヶ谷京介〉
服を見れば全てがわかる桐ヶ谷京介が解決するのは6つの事件。犯罪ミステリーの傑作！

横関　大　忍者に結婚は難しい
現代を生きる甲賀の妻と伊賀の夫が離婚寸前？　連続ドラマ化で話題の忍者ラブコメ！

カレー沢　薫　ひきこもり処世術
脳内とネットでは饒舌なひきこもりの代弁者・カレー沢薫が説く困難な時代のサバイブ術！

園部晃三　賭博常習者
他人のカネを馬に溶かして逃げる。放浪の半生と賭博に憑かれた人々を描く自伝的小説。

斉藤詠一　レーテーの大河
現金輸送担当者の転落死。幼馴染みの失踪。点と点を結ぶ運命の列車が今、走り始める。

講談社文庫 最新刊

呉 勝浩　爆弾
ミステリランキング驚異の2冠1位！ 爆弾魔の悪意に戦慄するノンストップ・ミステリー。

小野不由美　くらのかみ
相次ぐ怪異は祟り（たた）か因縁かそれとも——。小野不由美の知られざる傑作、ついに文庫化！

冲方 丁　十一人の賊軍
勝てば無罪放免、負ければ死。生きて帰ることはできるのか——。極上の時代アクション！

森 博嗣　歌の終わりは海〈Song End Sea〉
幸せを感じたまま死ぬことができるだろうか。生きづらさに触れるXXシリーズ第二作。

海堂 尊　ひかりの剣1988
医学部剣道大会で二人の天才が鎬（しのぎ）を削る！「ブラックペアン」シリーズの原点となる青春譚！

桜木紫乃　起終点駅（ターミナル）
終点はやがて、始まりの場所となる——。北海道に生きる人々の孤独と光を描いた名篇集。